2009 年度浙江省哲学社会科学规划课题成果

项目编号:09HQZZ033

台州学院浙江省重点学科"比较文学与世界文学"资助成果

比较文学与文化丛书

蒋承勇 主编

李国辉 ● 著

比较视野下中国诗律观念的变迁

中国社会科学出版社

图书在版编目（CIP）数据

比较视野下中国诗律观念的变迁/李国辉著．—北京：
中国社会科学出版社，2011.1
（比较文学与文化丛书）
ISBN 978-7-5004-9273-3

Ⅰ.①比…　Ⅱ.①李…　Ⅲ.①诗律—文学研究—中国
Ⅳ.①I207.21

中国版本图书馆 CIP 数据核字（2010）第 217900 号

责任编辑　罗　莉
责任校对　周　昊
封面设计　王　华
技术编辑　李　建

出版发行　中国社会科学出版社
社　　址　北京鼓楼西大街甲 158 号　　邮　编　100720
电　　话　010－84029450（邮购）
网　　址　http://www.csspw.cn
经　　销　新华书店
印　　刷　北京新魏印刷厂　　　　装　订　广增装订厂
版　　次　2011 年 1 月第 1 版　　印　次　2011 年 1 月第 1 次印刷
开　　本　880×1230　1/32
印　　张　11.875　　　　　　　　插　页　2
字　　数　296 千字
定　　价　30.00 元

目　录

导　论

　　近体诗在唐代定型后，千百年来，成为中国文学的主流样式，以至于言中国文学则不能离唐诗。清人王楷苏在《骚坛八略》中说："宋、金、元、明以迄于今，皆沿唐人之旧，至元人之填词，近人之小曲，亦必有声调平仄，则又皆近体诗之流欤？"[①]把元代的散曲、小令以至于清代的时调小曲，都看做是由近体诗变化出的，可见近体诗的巨大影响了。

　　与汉魏的古体诗相比，近体诗的最大不同在于它是有律的，所以近体诗又被称为律诗。从古体诗与近体诗的不同中，可以找到中国的诗律观念。明人李东阳以为："律者，规矩之谓。"[②]清人蔡钧辑有《诗法指南》一书，书中引《闽潭诗法》曰律"如法律之严也"[③]，钱木菴《唐音审体》又谓律为六律。总体上看，律诗是法度严整的诗。

　　那么这种法度具体表现在什么地方呢？李东阳说："非独字

---

　　① 　王楷苏：《骚坛八略》，嘉庆二年钓鳌山房刊本，上卷，第 2 页。

　　② 　李东阳：《麓堂诗话》，丁福保：《历代诗话续编》，中华书局 1983 年版，第 1379 页。

　　③ 　蔡钧：《诗法指南》，《续修四库全书·1702》，上海古籍出版社，第 402 页。

数之同，而凡声之平仄、亦无不同也。"①《闽潭诗法》认为在于"调平仄、拘对偶"②。对偶不但是诗律的要素，也是近体诗的结构方法。从性质上看，对偶不算在诗律之内，当属于谋意布局方面。撇开对仗不谈，剩下的就是字数和平仄了。律诗通首八句，每句或五字，或七字，句有定字，篇有定句。清人徐增在《而菴诗话》中，戏称七律为二十八人主客赴筵，也对字句之度有所发挥。虽然律诗与古体诗的自由开合不同，但是古体诗中也有四句成篇者，也有八句成篇者；有通首五言者，也有通首七言者，因而律诗与古体诗的主要界限还不在字句数量上。实际上，古体诗和近体诗的差别主要在于有无声律。

古体诗虽然也有平仄，但是平仄无法，不及近体诗粘对精切，所以古体诗没有声律，而近体诗专有之。声律不纯粹是平仄的规范，它还要附着在字句上，清代的律诗歌诀，已把字句规范合在一起了。如果字句规范可融在声律中的话，中国的诗律实际上就体现在声律上。

诗律观念是一个民族诗律建造的基本原则，中国声律建造的基本原则在于变化：不仅一句诗要讲究"调平仄法"，而且一联诗、一调诗都要讲究平仄变化。因而整体上看，中国诗律观念就表现在一种变化的精神上。除了这种诗律观念外，还有另一种诗律观念，不同时代的人对于某种诗体会有不同的认识，比如1911—1941年中对于新诗格律的认识就有起伏变化。这种对某种诗体的认识也属于诗律观念的范畴，但这里有一个明显的区别，前者主要指涉的是一个民族诗律背后的构造基础，而后者则

---

① 李东阳：《麓堂诗话》，丁福保：《历代诗话续编》，中华书局1983年版，第1379页。

② 蔡钧：《诗法指南》，《续修四库全书·1702》，上海古籍出版社，第402页。

是指具体的诗律形态。区别开这两种"诗律观念"是至关重要的，因而本书不用"诗律观念"来称呼后者，而以具体到某一诗体的名称来称呼它，比如"现代格律诗的观念"，或"现代格律诗的认识"。

以平仄变化为核心的诗律观念，在 20 世纪的中国基本被废除了。清末巨大的政治文化变局，使得西学成为民族存亡的不二道路，西方观念渐入人心，诸多传统文化渐趋消亡，中国声律不过是沧海一粟而已。

变化的结果，是西方的音律（Metre）观念进入到中国的诗律领域之中，在现代格律诗、现代诗歌翻译、语言学、文学研究等领域，以重复为原则的音律观念取得了压倒性的优势，而中国的声律宛如一个丢了王权的帝王，流落在外，与主流话语无关。20 世纪众多著名的学者、诗人，大都接受了西方的音律观念。国学大师吴宓 1922 年在《学衡》上发表《诗学总论》一文，认为："诗者，以切挚高妙之笔，（或笔法）具有音律之文，（或文字）表示人生之思想感情者也。"① 这可看做是早期音律观念进入中国诗学的一个标志。后来的诸多学者、诗人都认同了吴宓的音律观，叶公超说："在任何文字的诗歌里，重复似乎是节律的基本条件，虽然重复的元素与方式各有不同。"② 卞之琳说："节奏也就是一定间隔里的某种重复。"③ 这些人的观点都来自西方的音律观念。

可能这些观念并不会让人吃惊，因为它们几乎是 20 世纪中国诗律学的基础，它们已经融化在现代学者和诗人的血液中。但

---

　① 《学衡》第 9 期，1922 年 9 月，第 11 页。原文"人生"作"生人"，商务印书馆《吴宓诗话》一仍其旧。现据文意改之。

　② 叶公超：《音节与意义》，《大公报·诗特刊》1936 年 4 月 17 日，第 12 版。

　③ 卞之琳：《人与诗：忆旧说新》，三联书店 1984 年版，第 28 页。

可怕之处就在这里，中国学者和诗人们自然而然地接受了它们，都似乎并没有意识到中国的诗律观念一千多年来第一次发生了根本性的改变，似乎也还没有认真思考一下这种变迁。人们注意的焦点往往在前方，如何建立新的节奏，如何创造新的典型句式，诸如九言诗、十言诗之类，这些问题可能太困扰诗人的心智了。但是一个关键的问题更需要思考：假如我们的远方不是固定的岛屿，而只是一朵飘动的白云，谁知道诗律前进的巨船将把我们带到哪里？

对于中国诗律观念的变迁，有许多问题值得沉思：诗律观念是如何变迁的？它有着什么样的背景？又由着什么样的原因？变迁后的状况和影响如何？又带来什么样的结果？诗律观念变迁的实质若何？如何评价这种变迁？本书就这些问题进行了探寻，在论述上也大致按照这些问题而展开。

首先，本研究有利于认清中国古代的诗律观念。现代中国的诗律研究，或者集中于以音律来阐释中国古代的诗歌，或者延续清代的诗律研究模式，对拗救规则进行梳理。后者多流于表面，算不上是理论研究，只不过是一种实验和验证，是对原有规则的修正，对诗律的基本问题缺乏思考。前者将精力放在怎样阐释的问题上，因而本身就有损客观。前者的出现是有其复杂原因的。原因之一在于西学成为权力话语，与其说学者们难以离开音律理论来阐释中国的诗律，还不如说学者们更钟情于这种方式；其二在于对新诗"创格"的关切。这两个原因都与清末以来中国文化的重建有关。文化重建的迫切性，使得学者们更易于思考应该如何创建的问题。本书志在深入中国诗律观念的内部，联系哲学和其他文化的内涵，阐释声律存在的基础，以及诗律观念变迁后产生的变化，这对于反思单向阐发式的诗律研究有积极价值。

其次，本研究有利于对中国现代诗律试验及其理论做一清醒思考。总结、评价现代诗律理论，已经是现代文学研究中的一个老课题。众多的论著对于各种理论的产生、异同、优劣问题，已经论述得很充分，但是这些论著还有不令人满意的地方。原因在于早期的诗律研究者们大都与试验者有着紧密的关系，他们或者本身就是新诗人，比如梁宗岱、孙大雨、罗念生、林庚；或者与试验者有着种种联系，比如朱光潜、王光祈。后来的研究者即使与试验者没有关系，但由于受到了早期研究者的巨大影响，也难以从他们的理论框架中突越出来。诗律研究者们的独特身份，对于说明一种理论的渊源问题，十分有利，但是这也妨碍他们研究的客观立场。具体来说，不利的因素有两点：第一，由于研究者和试验者角色的重合，许多试验性的文章与研究性的文章混合在一起，因而诗律论著的批判性不强，多流于主张的陈述层面；第二，由于试验者们本身受到了音律观念的影响，音律成为了一种尺度，使得诗律论著同样笼罩在音律的观念下，这就产生了单向阐发式的研究，对于现代格律诗的理论缺乏深入的认识。

　　再次，本研究有利于深入认识中国诗律观念变迁的若干问题。由于研究者们对文化重建的热衷，因而对于这种重建本身的后果、状况还缺乏反思，使得诗律观念的变迁问题，成为一个被遮蔽的世界。这种变迁发生的时间在哪一年，以何为标志？发生的过程若何？伴随着什么样的文化现象？诗律研究者们是否发现中西诗律存在着矛盾？如何消除这种矛盾？诗律观念变迁完成在什么年代，有没有标志性的事件？它又产生了什么样的结果，人们是如何看待这些结果的？这种种问题都是本书值得深思和追问的。如果人们能从本研究中得到上面一系列问题的答案，即使许多答案还有可以修正的地方，那么本研究的目的也就达到了。

　　本书注重从异质性比较的眼光看待中西诗律观念的不同。刘大白（1927）、孙大雨（1956）等人的研究虽然也有比较的眼光，但是研究视野多在求同，而非求异，因而他们得出的结论，不仅适用于今，也适用于古；不仅适用于中，也适用于西。孙大雨在总结他的音组论时，就融古今中外于一炉，他说：

> 我企图说明的是一件进行着的事态，一种动作，想要说明它的普遍的原理和在几种语言文字里的具体的表现状况，并且特别讲到了在我国语文里的这具体状况底历史发展……①

这种研究注定将中西诗律的差异抹去，使古今中外只具有一种模子。美国华裔学者叶维廉在《比较诗学》中，呼吁"放弃死守一个'模子'的固执"，"我们必须要从两个'模子'同时进行，而且必须寻根探固"。② 这实际上对以彼模子套我文学的做法作了批判，已被当代学者广泛接受。本书借鉴比较文学的异质性比较的方法，从求同到求异，脱离了单向阐发研究的樊篱。

本书对诗律背后的哲学、音乐、语言等文化作了整体思考。诗律的产生，不单单是一个文学事件，也不是一个孤立的领域，它与某一民族的文化紧密相连。因此诗律观念本身就是民族文化的另一显现，只不过同原文化观念相比，受到了文学和语言环境的调整而已。如果透过这种文学和语言环境，还原出诗律背后起作用的文化观念，那么这就能深入地理解中西诗律的特色及区别。本书对于中西节奏观念的探析，对于声律与《周易》的渊源关系、音律与古希腊哲学的联系，都进行了不少思考，这对于解

---

① 孙大雨：《诗歌底格律（续）》，《复旦大学学报》（人文科学）1957年第1期，第20页。

② 叶维廉：《东西比较文学中模子的应用》，《叶维廉文集·1》，安徽教育出版社2002年版，第38页。

释中西诗律观念的差别是有新意的。

一种新的观念产生后，它不但会对本领域产生作用，而且也会对相关的领域施加影响。西方音律观念进入中国诗歌领域后，它除了对古代诗律研究、现代诗律理论产生了作用，也对诗歌翻译、语言学领域施加了影响。所有这些领域，都是音律观念的作用范围，都体现了 20 世纪中国诗律观念的变迁。对这些领域进行音律影响度的分析，对于宏观地把握诗律观念变迁的程度，是非常有必要的。本书专列一章，对这些问题进行了梳理，这对于以往的诗律著作只注意于诗律本身，忽略其他领域的做法，是一种补充。

在以上的介绍中，实际上也涉及了本书的研究方法，这就是异质比较法和文化寻根法。除了这两种方法之外，还用到了不少观念和方法，现说明如下：

第一，结构主义和解构主义分析法。本书在对清代与 20 世纪英诗诗律观念进行话语规则分析时，为了呈现二者的不同，舍弃了福柯（Michel Foucault）的解构主义的分析方法，把清代和 20 世纪英诗诗律话语修补成结构主义的整体，这对于认识二者的差异性，而不是它们内部的断裂，有积极性的价值。书中的某些部分也用了解构主义的分析法，比如在分析中国清代的诗律话语时，对于唐宋时期的拗体和律诗观念与清代的作了区别，这有利于历史地还原中国诗律的面目，但显然，这里存在着解构主义所说的断裂。

第二，话语分析方法。话语（Discourse）是一个意蕴丰富的词眼，在本书中，话语主要指一定领域中使用的术语，以及言说方式。它涉及话语的对象，话语的主客体，以及话语的陈说等层面。每一个领域中都有这些层面的不同设置，福柯在《知识考古学》（L’ Archéologie du Savoir）中称之为话语规则的构成。

本书在分析清代和 20 世纪英诗诗律话语时，虽然作了结构主义的调整，但是与福柯的话语规则分析法仍然有关。

第三，考据和历史分析法。作为一个传统的研究方法，考据和历史分析法是文学研究不可或缺的。本书对中国古代的诗律研究的分期，对诗律观念变迁的进程，都使用了这种方法来分析。特别在中国古代的诗律观念和现代格律诗的理论两个方面，为了探明源流，分清类别，费力的考据工作实在不可缺少的。虽然对有些问题已经作出了回答，但是由于涉及的范围较广，一些材料还未收集到，因而不少结论可能要等待修正。

第四，音律音系学和韵律构词学的方法。西方 20 世纪 80 年代前后，兴起了音律音系学（Metrical Phonology）和音律构词学（Prosodic Morphology）。这两种学科被国外的学者拿来运用到汉语上，如冯胜利的汉语韵律句法学，以及其他学者的类似研究。要对这些研究进行分析，就必须了解音律音系学和韵律构词学这两门新学科。对汉语的实际进行分析时，也会运用这两门学科的方法，比如文中对汉语重轻音的分析时，涉及了"音律格"（Metrical grids），这属于音律音系学的分析方法。

书中在谈到西方的音律观念时，会常常使用一些术语，这些术语在 20 世纪译名多不统一，有些学者用这个术语，有些学者用那个。术语的不统一，给论述带来了麻烦，也常常会引起混淆。因而笔者对于西方的术语统一了译名，使前后一致，不致混乱。至于引文中的术语，为了保持原作的样式，均不作改动。

（1）Metre，或者 Meter：周无（1920）译为"韵节"，刘大白（1927）似乎称之为"韵律"，李思纯（1920）译为"叶律"，罗念生（1936 年 1 月 10 日）又译作"拍子"，王光祈（1933）译为"轻重律"，王力（2005）译为"步律"，闻一多（1926）虽然译"Form"为"格律"，但实际上他和后来的一些诗律家正是称"Metre"为"格律"。"格律"一词原属中国诗学，胡应麟《诗薮》曰：

> 五文言肇自河梁，盛于宛洛……如《孔雀东南飞》一首，骤读之，下里委谈耳；细绎之，则章法、句法、字法、才情、格律、音响、节奏，靡不具备，而实未尝有纤毫造作，非神化所至如何？[①]

这里就出现了"格律"一词。当然这里的"格律"，非指诗律而言，而指用意之法。《诗学指南》中收有王梦简《诗要格律》一书，张伯伟（2002）认为是《诗格要律》之误，不管怎样，这里的"格律"均指用意之法，与诗律毫无干系。为了将闻一多所说的"格律"与这里的"格律"区别开，同时照顾到西方的"格律"一词具有较宽的指涉性，比如中国的古代诗歌可以有这种"格律"，西方的诗歌也可以有那种"格律"，因而不采用"格律"的译名。康白情（1920）、吴宓（1922）和朱光潜（1933）都曾用过"音律"的译名。虽然"音律"一词亦属于中国古代的音乐术语，比如《颜氏家训》曾说："今世音律谐靡，章句偶对，违避精详，贤于往昔多矣。"[②] 但是"音律"一词，恰好能与中国古代的"声律"相对应，考虑到现代以来，"音律"这个译名又得到较广的接受，因而本书以"音律"一词来指"Metre"，凡是没有特别指出的地方，"音律"一词均与中国古代的音乐无关。至于"Metrical"这样的词，基本译为"音律的"，只是在一些地方，为了照顾老译法，将其译为"格律的"。

---

① 胡应麟：《诗薮》，上海古籍出版社1979年版，第131页。
② 颜之推：《颜氏家训》，《诸子集成·8》，上海书店1986年版，第21页。

(2) Prosody and Versification：前者冯胜利译为"韵律"，后者王力（2005）译为"诗律学"，现将"Prosody"和"Versification"译为"韵律"与"诗律"。之所以不从王力的译法，在于"Versification"一词可常指具体的诗体，与学术研究无关。《普林斯顿诗歌与诗学百科全书》说：

> 韵律是当前使用得最常见的术语，它指言语的节奏或动态部分中的要素与结构，当这些要素和结构出现在言语和普通语言中（语言韵律），出现在文学艺术创作中时（文学韵律），韵律也可指对这些要素和结构的研究。①

韵律涉及节奏的要素和结构以及对它们的研究，它涉及语言学和文学两个应用领域。与"韵律"相比，"诗律"主要关注诗体问题，诸如诗节的安排，押韵的设置，等等，它较少涉及节奏问题，也与语言学没有瓜葛。

(3) Rhythm：李璜（1921）译为"韵"，郭绍虞（1949）译为"律动"，徐志摩（1926 年 6 月 10 日）译为"音节"，吴宓（1922）、郭沫若（1926）、朱光潜（2005）、罗念生（1936 年 1 月 10 日）、孙大雨（1956）等都称之为"节奏"，本书选用"节奏"一名。吴宓和罗念生将"节奏"看做是不规则的重复，如果"节奏"是规则的，那它就成为了"音律"了。罗念生以"节律"（Metre）一词称呼"音律"，对后来的学者有一定的影响，这里不用"节律"一词。

(4) Foot：吴宓（1922）译为"节"，刘大白（1927）、闻一

---

① Alex Preminger, *Princeton Encyclopedia of Poetry and Poetics*. Princeton：Princeton University Press, 1974. p. 669.

多（1926）称之为"字尺"或"音尺"，罗念生（1936年1月10日）、朱光潜（2005）译为"音步"，这里从罗念生、朱光潜的译法。音步除了要有音节数量的规范，对于轻音和重音也有严格的规定，它在诗行中的基本特征是重复。20世纪中国诗律理论中出现的音顿、音组理论与音步并不完全等同，后者没有轻重音的规定，但是由于音顿、音组的基本特征也是重复，因而它们是变相的音步。

（5）Iambic：吴宓以"AX"符号表示它，不加译名，刘大白（1927）译为"抑扬律"，王力（2005）音译为"淹波律"，王光祈（1933）音译为"扬波式"。王力（2005）曾将Iambic和Anapest统称为"轻重律"或"短长律"。书中从王力，但只将Iambic译作"轻重律"。因而"Trochee"、"Anapest"、"Dacty-lus"等词，一律译为"重轻律"、"轻轻重律"、"重轻轻律"。涉及古拉丁诗律时，方用"长短律"、"短长律"等术语。

（6）Enjambement：朱光潜（2005）译为"上下关联格"，孙大雨（1956）译为"跨行"，现从孙大雨。

（7）Stress and Accent：中国学者有将"Stress"和"Accent"相混淆的情况，孙大雨称"Stress"为"重读"，罗念生（1936年1月10日）则译"Pitch accent"为"高低音"，梁宗岱将（1936）"Stress"和"Accent"一并称为"轻重（音）"，如同吴宓（1922）一律将"Stress"和"Accent"称为"重读"，王光祈则译"Accent"为"重音"，而陆志韦（1923）则似称"Stress"为重音。现译"Stress"为"重音"，"Accent"为重调。这种混用实际上在英美诗律学者那里也较为常见。伯林格（Dwight Bolinger）于1958年在《词语》上发表《英语重调理论》（A Theory of Pitch Accent in English），开始将二者区分开来，恰特曼（Seymour Chatman）在《音律理论》（1965）一书中，继续对其进行分析。简言之，"重音主词，而重调主于短语"①。因而音步中的重音即指"Stress"，而句中强调处的重读则指"Accent"。

（8）Pause and Caesura：李思纯（1920）译"Pause"为"止音"，李璜（1921）译"Pause"为"停顿"，梁宗岱（1936）译"Caesura"为"停顿"，朱光潜（2005）则译之为"顿"，王力（2005）译为"诗逗"。书中将"Pause"译为"停顿"，将"Caesura"译为"语顿"。"Pause"泛指一切停顿，比如节拍与节拍间、节与节之间、句子末尾等，而"Caesura"则特指诗行中由于语意和句法关系而产生的断裂，比如一个插入语，一个跨行都可以造成这种断裂。从与诗律的关系看，"Pause"可以指音组间的微顿，而"Caesura"好似中国古代诗歌中的"折腰"，它完全是语意上的断裂或停顿。

至于将"Rhyme"译为"韵"或"押韵"，将"Alliteration"译为"双声"，将"Assonance"译为"叠韵"，将"Sonnet"译为"十四行体"或"十四行诗"，这里不再多说。

除了英语中的术语外，还有一些法语的词汇，简单解释如下：

（9）Le Groupe Rythmique：这里译为"节奏组"，它指诗行中轻音和重音形成的拍子，在划分上常常与句法有关系，除了轻重音的规定外，它与中国古代诗歌中的"顿"相似。

（10）Binaire and Ternaire：译为"二拍子"和"三拍子"，它指诗行中分别由两个和三个节奏组组成的节奏样式。"二拍子"和"三拍子"大致与英诗中的"Dimeter"（二音步）和"Trime-

---

① Seymour Chatman, *A Theory of Meter*. The Hague: Mouton & Co., 1965. p. 57.

ter"（三音步）相近，但是二者也有区别，主要在于"二拍子"和"三拍子"还可以细分，分出更小的节拍出来，而"Dimeter"和"Trimeter"却是诗行中最小的节奏单元。

（11）Le Rapport de Progression Croissante：递增关系。它指前后两个或三个节奏组存在着音节数量上的递增，比如"3/4/5"，这里的每个节奏组都渐渐增加。

（12）Le Rapport de Progression Deroissante：递减关系。与递增关系相反，它指两个或三个节奏组在音节数量上的递减，比如：5/4。

另外，一些传统的中国诗律术语，也有需要辩明的地方，以免与西方诗律学术语发生混淆。

（13）诗律。"诗律"一词宋代就已经出现了，吕祖谦著有《诗律武库》一书，搜罗广泛。清代的"诗律"一词，则较为固定，顾炎武著有《诗律蒙告》一书。中国诗律环境中，"诗律"一词不但可以指诗句的安排，押韵的设置，也可以指平仄法则，因而中国的"诗律"比西方的"音律"与"诗律"外延要大。本书的题目《比较视野下中国诗律观念的变迁》中的"诗律"一词，并非专指西方的"Versification"，也不专指中国古代的"诗律"，它是一个泛称词，本书将其看做是中西有律的诗的综合规范。当然，"诗律"在本书中主要指音律与声律。除了特殊说明外，西方诗律学著作在名称上出现"Versification"一词时，译名的"诗律"一词，才有别于行文中的"诗律"。

另外，文中"诗律"的对象主要指近体诗。词与曲等诗体和近体诗一样，都要讲究平仄和字句的规范，但是词、曲的平仄多由近体诗而来，王楷苏因而称其为"近体诗之流"。由于近体诗在声律上的根本地位，再加上声律法则在近体诗中表现得更为规律，所以本书只考察近体诗的粘对规则，不涉及词、曲的声律。

至于古体诗，清代始倡为声调之说，董文焕著《声调四谱图说》，更辟出"古律"一体，衍为十卷，远胜过律绝四卷，自云："相传有一三五不论，二四六分明之说，人仅拘近世律法而非之，不知正古律之总诀也。"① 古律之体，自唐以后多见，唐以前，特汉代古诗，自无此法。因而古律实在因近体而生，如同近体诗的影子，其粘对之法，与近体诗无异，唯一句中平仄相连多非二平二仄。又董文焕之古律，实为古诗中之一新体，绝非诗必古律，以董公之语言之，亦非"古今诗人之谱也"，② 因而本书只论近体，不及古律。

（14）韵律。中国古代诗律话语中，"韵律"一词比"声律"、"声调"等词使用得少，它多合押韵与声律言，中国现代诗律著作中，多合押韵与节奏言，这与西方的"Prosody"一词意义有别。西方的"Prosody"可以不包括押韵，它与语言学也有关系。按照西方的用法，中国的音韵学也可以纳入到"韵律"中去。除了涉及语言学部分外，在书中的其他部分，"韵律"一词不涉及语言学问题。

（15）节奏。中国音乐和诗歌中的节奏，与西方的节奏差距甚大，似乎西方的节奏与中国古代的"拍"更为相近，但是二者的差异也不少。具体说来，中国古代的节奏主要指高下曲折之度，而西方的节奏主要指等时性的重复。本书中出现的"节奏"主要指西方的等时重复，在谈到高下曲折之节奏时，会加上"中国的"一语以作区别。

在比较视野下对20世纪中国诗律观念变迁进行研究，需要借鉴诸多领域的研究现状。就古代诗律研究领域来说，除了自唐

---

① 董文焕：《声调四谱》，广文书局1974年版，第73页。
② 董文焕：《声调四谱·自叙》，广文书局1974年版，第12页。

至清的诗格、诗法、声调谱等著作需要掌握外，现代学者的研究文章，也值得注意。这些著作有些是归纳前人的说法，比如范况《中国诗学通论》（1959）、王力《汉语诗律学》（2005再版）等书，还有一些著作，作者提出了自己的新看法，比如洪为法《律诗论》（1935）、启功《诗文声律论稿》[后收于《汉语现象论丛》（1997）之中]、叶桂桐《中国诗律学》（1998）等书。另外还有一些论著是在音律观念下产生的，它们既是本书的研究对象，同时也是这一领域的参考书目。这些论著有吴宓《诗学总论》（1922）、王光祈《中国诗词曲之轻重律》（1933）、刘大白《中国旧诗篇中的声调问题》（1927）和《说中国诗篇中的次第律》（1927）、孙大雨《诗歌底格律》（1956）和《诗歌底格律（续）》（1957）、朱光潜《诗论》（2005再版）、陈本益《汉语诗歌的节奏》（1994）和《中外诗歌与诗学论集》（2002）等。另外，华裔理论家刘若愚著的《中国诗学》（1962，*The Art of Chinese Poetry*）、《普林斯顿诗歌与诗学百科全书》（1974）及《新普林斯顿诗歌与诗学百科全书》（1993），高友工《中国律诗美学》（1986，*The Aesthetics of Regulated Verse*）等著作，或是对中国声律作了客观说明，或是作了音律观念下的重新阐释，它们和相关的中文著作有着相近的理论立场，对于中国诗歌的节奏问题作了细致分析，也属于应当参考的文献。

现代诗律理论部分，除了各种节奏理论外，一些研究性的论著也是必不可少的资源。这些论著有一部分和古代诗律领域相重复，比如孙大雨《诗歌底格律》（1956）和《诗歌底格律（续）》（1957）、朱光潜《诗论》（2005再版）、陈本益《汉语诗歌的节奏》（1994）和《中外诗歌与诗学论集》（2002）、王力《汉语诗律学》（2005再版）等书。有一部分是现代诗律领域所特有的，比如许霆、鲁德俊《新格律诗研究》（1991）、王珂《百年新诗诗体建设研究》（2004）、邓程《论新诗的出路》（2004）。有一部分著作本书未能加以参考，这些著作是周仲器和周渡《中国新格律诗论》、龙清涛《新诗格律理论研究》（1996，北京大学博士论文）。上述著作或梳理现代格律诗理论的历史，或是对现代格律理论中的节奏问题进行思索，总体上都受到了音律观念的影响。2000年，哈夫特（Lloyd Haft）出版了《中国十四行诗：一种形式的意义》（*The Chinese Sonnet*：*Meaning of a Form*）一书，该书主要分析中国现代十四行诗的发展和特点，对于中国十四行诗与西方的差距，作了较为客观的说明。哈夫特在研究上使用横向和纵向的研究方式，开阔了诗律研究的视野。

还有一部分著作是从语言学角度来论述中国的诗律问题，比如赵元任《中国话的文法》（*A Grammar of Spoken Chinese*，1968），冯胜利《汉语的韵律、词法与句法》和《汉语韵律句法学引论》（2000），吴洁敏、朱宏达《汉语节律学》（2001），吴为善《汉语韵律句法探索》（2006）等书。

除了以上书目外，还有一些论著在一定程度上反思了西方音律观念的适用性，这些论著有赵毅衡《汉语诗歌节奏结构初探》（1979）、林庚《问路集》（1984）。这些文章虽然并没有从音律观念中完全解脱出来，还置身于一个"模子"之中，但它们的批判立场对于本书有巨大的鼓舞作用。

在中英诗律的比较方面，除了吴宓、朱光潜、孙大雨等人的论著同样有比较的品质外，最近的论著有下列：田孟沂《从英诗与中诗的格律谈起》（1985）和《英国诗与中国旧体诗的格律比较》（1985）、黄新渠《中英诗歌格律的比较与翻译》（1992）、许霆《十四行体与中国传统诗体》（1994）、马钟元《浅谈英诗的韵律与格律——兼与汉诗比较》（1996）、鞠玉梅《英汉古典诗格律对比研究》（2003）、陈莹《英汉节奏对比分析》（2004）、史成业

《英汉诗律比较研究》（2004，曲阜师大硕士论文）等。这些文章多受音律观念影响，它们多关注于英汉诗歌的节奏与音步等问题，因而对于中英诗律的异质性问题缺乏思考。

至于英诗诗律著作，参考文献中的英法文部分，已较为详细。鉴于这些论著只涉及本国诗律问题，对于中英诗律的比较、对于中国诗律观念的变迁均无关系，因此这里略而不谈。

第一章

中西诗律观念的比较

第一节 中国古代的诗律研究及清代的诗律观念

　　中国古代的诗律研究，与律诗的出现是相伴随的。先秦至汉魏以来的诗篇不讲声律，但这段时期也是诗律的孕育期，徐青《古典诗律史》对汉代和魏晋时代诗歌作品中的押韵和对仗做了探索。诗律研究滥觞于齐梁时代，当时出现大量有关四声方面的著作，这对"永明体"的出现准备了必要的条件，而近体诗又是永明体所蜕变出来的。在齐梁之前，就有了对四声的认识，比如《隋书·经籍志》记载魏晋有关音韵方面的部分著作有：

　　　《声韵》四十一卷，周研撰。
　　　《声类》十卷，魏左校令李登撰。
　　　《四声韵林》二十八卷，张谅撰。

　　因为有了四声的观念，所以用四声来作诗，进而创造律诗就只是时间上的问题了。首先提倡用四声作诗的是沈约等人，《南齐书》卷五十二云：

　　永明末，盛为文章。吴兴沈约、陈郡谢朓、琅邪王融以气类相推毂。汝南周颙善识声韵。约等文皆用宫商，以平上去入为四声，以此制韵，不可增减，世呼为"永明体"。①

　　既然要以四声来作诗，就得有个讲究，《宋书》卷六十七《谢灵运传论》说：

　　夫五色相宣，八音协畅，由乎玄黄律吕，各适物宜。欲使宫羽相变，低昂互节，若前有浮声，则后须切响。一简之内，音韵尽殊；两句之中，轻重悉异。妙达此旨，始可言文。②

可见，沈约所提倡的四声作诗，就是要在一句之内，在两句之中，都要有参差变化，以求得协畅的声音美。

　　但这种永明体，与以五律七律为代表的近体诗，还是有差别的，这主要体现在它同近体诗的平仄规范相较，有很大的差异。胡应麟《诗薮》言之已详：

　　用修集六朝诗为《五言律祖》，然当时体制尚未尽谐，规以隐候三尺，失粘，上尾等格，篇篇有之。全章吻合，惟张正见《关山月》及崔鸿《宝剑》、邢臣《游春》。又瘐信《舟中夜月诗》，真唐律也。③

---

① 萧子显：《南齐书》，中华书局1972年版，第898页。
② 沈约：《宋书》，中华书局1974年版，第1779页。
③ 胡应麟：《诗薮》，上海古籍出版社1979年版，第61页。按所言"用修"者，为明人杨慎，著有《升庵诗话》十四卷。

从沈约、谢朓等人以四声为诗，历经简文帝、庾肩吾，王、扬、卢、骆及沈宋二人，律诗才最终确立。许学夷《诗源辨体》分析颇微。

因为律诗在唐代确立且达到极盛，所以诗律研究在唐代才开始起步。唐之前，沈约、刘勰等著作，虽然也与诗律相关，但论述的都是四声的安排，双声叠韵的问题，与后代诗律研究落差很大，所以可看做是诗律研究的滥觞，不必与后世诗律著作相提并论。

一 中国古代诗律研究的分期和研究领域

中国古代诗律研究大致可以分为两期。第一期为由唐至明的漫长时期，为诗律的现象和理论归纳时期。这一时期缺少专门的诗律研究著作，研究的深度和广度有限。第二期为清代，诗律研究达到极盛，著作之多，涉及面之广，为前代所不及，并且，清代的诗律研究，出现许多新的理论和研究方法。

（一）由唐至明的研究

1. 唐代的诗律研究

第一期研究始于唐代。唐代近体诗称为极盛，而此时诗律的归纳也开始发端。唐时的诗律论著，现在主要在诗格及诗格选本中见到，比如署名白乐天的《文苑诗格》，王昌龄的《诗格》，文彧的《诗格》、《论诗道》，王梦简的《诗要格律》，郑起潜《声律关键》，等等。这些所谓的"诗格"、"格律"，并不特指"格律"而言，正如王昌龄所说："凡作诗之体，意是格，声是律，意高则格高，声辨则律清，格律全，然后始有调。"① 察唐宋诗话著

---

① 王利器：《文镜秘府论校注》，中国社会科学出版社1983年版，第282页。

作，"格律"主要指用意之格，如王昌龄《诗中密旨》所言"诗有九格"，全指用事用意之式，又皎然《诗式》中所录"诗有五格"，亦专论用事，其他也有谈及内容风格的，诸如"颂美"、"忠孝"之类。唐五代时期真正触及到诗体方面的，有下列著作：

上官仪　《笔札华梁》

佚名　　《文笔式》

佚名　　《诗格》

元兢　　《诗髓脑》

崔融　　《唐朝新定诗格》

李峤　　《评诗格》

王昌龄　《诗格》（《文镜秘府论》一卷本、《吟窗杂录》一卷本各一）

　　　　《诗中密旨》

皎然　　《诗议》、《诗式》

王叡　　《诗格》

白居易　《金针诗格》

郑谷等　《新定诗格》

刘善经　《四声指归》

任藩　　《文章元妙》

　　这些著作，大都散见在《文镜秘府论》及《吟窗杂录》、《诗学指南》里面，《直斋书录解题》介绍《文章元妙》道："言作诗声病对偶之类，凡世所传诗格，大率相似。"[1] 但此书今已亡佚。这些书目，许多自宋以来，就有伪书的嫌疑，如《直斋书录解

---

[1]　陈振孙：《直斋书录解题》第五册，商务印书馆1937年版，第120页。

题》，谈到《二南密旨》时说："唐贾岛撰，恐亦伪托。"① 谈到
《评诗格》时说："峤在昌龄之前，而引昌龄诗格八病，亦未然
也。"②《四库全书总目》进而对唐宋以来的诗格著作，一律认作
伪书，其在《吟窗杂录》条目下说道：

> 前列诸家诗话，惟钟嵘《诗品》为有据，而删削失真，
> 其余如李峤、王昌龄、皎然、贾岛、齐己、白居易、李商隐
> 诸家之书，率出依托，鄙倍如出一手。③

陈振孙为宋时人，尚不对唐宋诗格作全盘否定，其持论自当较清
人为有据，按《郡斋读书志》、《宋书·艺文志》等史料，不少诗
格著作，亦昭然在录，怎么一概认为上述唐宋诗格著作都是伪作
呢？即使像《诗中密旨》《续金针诗格》这类著作，虽认为是伪
作，但是就其内容看，未尝一无是处，而且其中有不少是辑录宋
代之前的诗论资料，因而抛开署名问题，仍可看做是当时的诗论
著作。

　　唐五代的诗律著作，一部分是抄录和解释沈约以来的"八
病"，一部分是对于对仗的细致分析和归类。对仗是律诗格律的
一个重要组成部分，但也是骚赋、骈文的一个重要形式要求。狭
义的诗律研究，可将对仗隔置不论。若除去八病和对仗，唐代诗
话主要在下列方面有开创之功：

　　其一，句字规范的论述。如《金针诗格》所言"诗有四格"。
《笔札华梁》对五言、六言、七言等句式的归纳。

---

① 陈振孙：《直斋书录解题》第五册，商务印书馆 1937 年版，第 116—117 页。
② 同上书，第 116 页。
③ 永瑢：《四库全书总目·下》，中华书局 1965 年版，第 1798 页。

其二，诗律正体和平仄规范的总结。《文镜秘府论》引王昌龄《诗格》，标出"五言平头正律势尖头"和"七言尖头律"的格式，抛开"尖头"① 不说，这种格式正是平起仄收的五律，与仄起仄收的七律，平仄粘联都合规范。同样在《文镜秘府论·调声》里，王昌龄提出了"换头"的概念，这即是后来所称的"粘"。

其三，律诗拗体的总结。如王叡《诗格》所论"背律体"、"计调体"，《金针诗格》所言"拗背字句格"，都是诗句中平仄不尽合规范的形式。值得注意的是，在旧题白居易的著作中，已明确提出了"拗"的观念。又《文镜秘府论》引王昌龄《诗格》，有三平"相承"的说法，这也是拗体的一种。

其四，对律诗句逗的论述。《文镜秘府论·诗章中用声法式》中谈到五言和七言的句逗，明清诗律家亦称之为顿。

其五，押韵的细致总结。如《金针诗格》所列"诗有数格"，为葫芦韵、辘轳韵、进退韵。这与《新定诗格》中所说的"韵有数格"相同。《文镜秘府论》又录有"七种韵"：连韵、叠韵、叠连韵、转韵、掷韵、重字韵、同音韵，这与前二书不同。

2. 宋代的诗律研究

宋代的诗律著作大多承唐五代而沿续，但这时的诗格著作，已不如唐五代那么多了，据《吟窗杂录》、《诗学指南》所录，与诗律有关的诗格著作有淳大师的《诗评》，旧题梅尧臣的《续金针诗格》。除了这些诗格著作外，宋代出现了大量的诗话著作，这些诗话著作中，常常辑录有关诗律的见解，可以分三部分来谈。

---

① 王利器：《文镜秘府论校注》认为所谓"尖头"，指的是诗中头句不用韵，尾字为仄声。

第一部分，是诗话选集，如阮阅《诗话总龟》、胡仔《渔隐丛话》、魏庆之《诗人玉屑》、任舟《古今总类诗话》等。前三部皆存，唯《古今总类诗话》散失，宋人张镃《仕学规范》、元人王构《修辞鉴衡》中多辑录有宋代诗话，其中也收有部分《古今总类诗话》的内容。

第二部分，是专门的诗话著作，如旧题吴沆《环溪诗话》、刘攽《中山诗话》、吴可《藏海诗话》、严羽《沧浪诗话》。宋代出现的一些词话著作，其中也多包含押韵平仄的论述，广义上看，也可以隶属于这一部分，如张炎的《词源》、沈义父的《乐府指迷》之类。

第三部分，是子部的杂家著作，比如黄朝英《缃素杂记》、张镃《仕学规范》、吕祖谦《诗律武库》之类，这些书收罗广泛，也保存有部分诗律资料。

宋代的诗话著作，主要涉及诗律方面的，有以下部分：

其一，对律诗正格、偏格的归纳。比如《古今总类诗话》提出"正格"、"偏格"的概念。

其二，对律诗拗的认识。《环溪诗话》提出"拗体"的观念，《渔隐丛话》中，更对"变体"进行提倡，以为其如"兵之出奇，变化无穷，以惊世骇目"。[①]

其三，折句的提出。唐五代诗格中，已对律诗的句逗有所归纳，宋诗话中，更对折句进行了论述，如《渔隐丛话》引欧阳修"静爱竹时来野寺"句，说明折句的特点。

其四，押韵的归纳。严羽的《沧浪诗话》提出七种用韵法，与《新定诗格》的三种韵法不同，这七种韵法是：分韵、用韵、

---

① 胡仔：《渔隐丛话》，《文渊阁四库全书·1480》，台湾商务印书馆1986年版，第80页。

和韵、借韵、协韵、今韵、古韵。这几种韵法，实际上都是和韵书相关，算不上诗律中的韵式。《中山诗话》中提出"次韵"、"依韵"、"用韵"三个术语，大致和沧浪所说的韵法一类。

3. 元代的诗律研究

元代的诗话与诗律相关的较少，其有名者，如方回《瀛奎律髓》、范梈《诗学禁脔》、韦居安《梅磵诗话》、佚名《沙中金》、吴师道《吴礼部诗话》等著作，元代诗法中诗律方面的论述，主要是宋诗话的沿续，比如《梅磵诗话》、《沙中金》谈"折腰"，本之于《渔隐丛话》；《诗学禁脔》谈拗体，本之于《渔隐丛话》。方回《瀛奎律髓》专列"拗字格"一卷，其体例多指出拗在何处，疏于总结拗法，亦与宋代拗体论相伯仲。

4. 明代的诗律研究

明代诗话兴起，其诗话与诗律相关者，有谢榛《四溟诗话》、李东阳《麓堂诗话》、黄佐《六艺流别》、张懋贤《诗源撮要》、周履靖《骚坛秘语》、王文禄《诗的》、王世贞《艺苑卮言》等著作。

诗话选集有谢天瑞《诗法》、王昌曾《诗话类编》、王用章《诗法源流》、胡文焕《诗法统宗》等著作，其中选有历代诗话著作，也保存有明代诗律方面的材料。

子部的著作，有赵撝谦《学范》、俞弁《山樵暇语》、卫泳《诗诀》等著作。另外，像俞彦《爱园词话》、杨慎《词品》、王骥德《曲律》等词曲类著作，也都有诗律学方面的价值。

除了以上著作外，明代还出现了诗律史方面的著作，著名的有许学夷的《诗源辩体》，该书对五七言古诗、律诗由魏晋至于唐代的脉络，剖析得非常清楚。陈懋仁的《续文章缘起》，也对律绝句、律诗的源流，有所探寻，但比起前者来，则显得过于简略了。

明代的诗律研究，第一个方面，在于对律诗正格、偏格的继续沿承。如谢天瑞在《诗正体》、《审声》中，对五七言律诗的正格和偏格，都作了说明。第二个方面，在于对拗体的归纳。如谢天瑞在《述杜工部律诗十八格》中，把拗分为拗句格和拗字格两种，前者拗在诗句的上半部分，后者拗在诗句的下半部分，位置不同，实质无异。第三个方面，在于对句逗的归纳。唐宋时期就对句逗及其折句有了认识，明代对此继续深化下去，比如赵撝谦《学范》把七言诗的句逗归为四种。第四个方面，在押韵方面。陈继儒、程铨着《古今韵史》，衍为十二卷，专门收录与押韵相关之事，可谓广博，然而除卷七至卷十一录有韵语、韵诗、韵词，为诗作之选，其他诸卷，诸如韵人、韵事、韵物也者，都为佚事旧闻，与韵无碍，可谓有失取舍。《四溟诗话》中，对于择韵、借韵等方法，有所论述。王世贞《艺苑卮言》对于和韵等用韵之法，也有论述，与宋人相去未远。第五个方面，明代对律诗的本质，开始有了思考。《六艺流别》、《诗的》都以"法律"之义解"律"，《麓堂诗话》则以字数和平仄来解释诗律。

（二）清代的诗律研究

清代的声调之书一时大盛，其特点在于著作多，成果丰，创论多。清代的诗话著作中，谈诗律的篇幅很大，出现了众多的诗律专著，对诗律问题的各个方面，都有所涉及，不但沿承了唐宋以来的诗律认识，而且有更多的深入和发展，所以是古代中国诗律研究的巅峰。

清代的诗律材料，分类如下：

第一类，诗律专著。清代的诗律专著，据蒋寅《清诗话考》，见存的有八十二部之多，其中较有名者如王士禛《律诗定体》、

《王文简公七言古诗平仄论》，叶弘勋《增订诗法》，赵执信《声调谱》，徐文弼《汇纂诗法度针》，吴镇《声调谱》，叶葆《应试诗法浅说》，李锳《诗法易简录》，李汝襄《广声调谱》，翁方纲《五言诗平仄举隅》、《七言诗平仄举隅》、《七言诗三昧举隅》，郑先朴《声调谱阐说》，董文焕《声调四谱图说》，许印芳《诗谱详说》等著作。

第二类，诗话著作。清代的诗话著作盛极一时，除去上面见存的八十二部之外，清诗话见存书目尚有八百三十一种，与诗律相关且较为重要的有如下诸书：王夫之《姜斋诗话》、乔亿《剑溪说诗》、赵执信《谈龙录》、沈德潜《说诗晬语》、冒春荣《葚原诗说》、钱木菴《唐音审体》、梁章巨《退庵随笔》、朱庭真《筱园诗话》、刘熙载《诗概》、陈仅《竹林答问》、黄子云《野鸿诗的》等。

第三类，诗话选编。蒋寅《清诗话考》录汇辑诗话六十四种，若加上《清诗话考》中分出的"断代、专人、闺秀、郡邑"类，则有一百种左右，其与诗律有关且较为著名者，有如下诸书：费经虞《雅伦》、游艺《诗法入门》、翁方纲《小石帆亭著录》、蔡钧《诗法指南》、顾龙振《诗学指南》、王祖源《声调三谱》、丁福保《清诗话》、许印芳《诗法萃编》等书，郭绍虞辑《清诗话续编》，台湾新文丰出版公司出版的《清诗话访佚初编》等。

另外，子部类的如冯班《钝吟杂录》、赵吉士《寄园寄所寄》等著作，也收有部分的诗律材料。词曲类的著作，虽然不是以诗话为名，但在讲究平仄押韵上，与诗话无二致，也可以看做是广义的诗话，这些词曲类的著作，因而也是重要的诗律研究材料，其中著名的有沈雄《古今词话》，江顺诒《词学集成》，万树《词律》，吴梅《词学通论》、《顾曲尘谈》等著作。

　　清代的诗律研究，有丰富的成果。第一，对律诗正体有了更深的研究。唐宋以来的律诗正体，多举诗句以明诗律，言之不详，清代的诗律研究，开始使用符号和文字来代表声律。常见的符号有以"○"表示平声，以"●"表示仄声，如《律诗定体》常常是直接用"平仄"来描述诗律，这同明代纯用"○"号来作圈点，而不分平仄是不同的。清代由于对古句和律句的研究深入，所以出现了对五七言平仄格式的详尽分析，这在以前是从未有过的，比如郑先朴《声调谱阐说》，就对七言的一百二十八种句式，详加罗列，是古是律，标注分明。第二，对拗体的研究，也出现了新的转折。唐宋以来的拗体论述，《瀛奎律髓》是一个很好的缩影，举隅而不加论述，这妨碍了对拗体的深入研究。清代从《律诗定体》开始，以至《诗法易简录》、《律诗拗体》、《声调四谱图说》等著作，对拗的规律进行探索，总结出单拗、双拗等拗法，前代未明之处，顿时豁然。第三，在句逗的归纳上，清人也有更细致的分析，《诗法指南》、《诗概》等著作，认为诗中的句逗（顿），即为自然之节奏。在句逗的种类上，冒春荣认为五言诗有八种句式，比赵撝谦《学范》多出一倍，可见搜罗之精。第四，在押韵上，清代诗人对用韵、转韵进行了多方的论述，《甚原诗说》对转韵和意义的关系做了论述，《竹林答问》对换韵的平仄讲究也有论述，《声调谱阐说》对转韵与律句、古句的使用，也作了说明。总体来看，清代诗论家更重视从诗篇整体的角度来看韵的设置和作用。第五，清代诗律著作，对律诗的本质，继续有所思考，不同于《六艺流别》以"法律"来解"律"，清代往往从"六律"上来解"律"，注重声音的协调，以及相生相变的观念。如《唐音审体》、《诗法指南》中均有论述。第六，受益于词曲著作有关声情与平仄的说法，清代诗律理论也多有平仄与风格声情的论述，比如王士祯《师友师传录》对平仄韵与风格的关系，作了说明，《诗法易简录》对平声和仄声所适宜的情感，也有区分，因此，清代的诗律研究，对于一首诗的声律，常常从意义角度来分析，更接近心理学的角度，而非制定纯粹的规则。西方 19 世纪、20 世纪的诗律研究，也从"法律"式的规则，转移到情感和意义的决定作用上来，从而促进了内在节奏理论的形成，瑞恰兹和恰特曼都是这种理论的代表。而清代的诗律研究，同样有这样一个趋势，这体现了经过长久的积淀，中西双方在诗律认识上都有了变革。

二 中国清代的诗律观念

虽然由唐以至清，中国诗律观念存在着变化的现象，但是这些变化之中，仍然存在着不变的地方。

（一）正格、偏格

早在宋代，就有律诗正格、偏格的说法，《古今总类诗话》说：

> 诗第二字侧入，谓之正格，如："凤历轩辕纪，龙飞四十春"之类；第二字平入，谓之偏格，如："四更山吐月，残夜水明楼"之类。①

所谓"第二字侧入"，就是诗句的第二字用仄声字，如此即为正格，反之为偏格。明清诗话著作继承了这个说法，比如谢天瑞《审声》、蔡钧《诗法指南》就有对正格、偏格的回应。

---

① 王构：《修辞鉴衡》，《丛书集成初编》，商务印书馆 1937 年版，第 2 页。

（二）定体

早在王昌龄《诗格》中，就有"正律"的提法，《渔隐丛话》中把"正律"，改称为"定体"，胡仔说："律诗之作，用字平侧，世固有定体，众共守之。"① 所谓定体，即五七律的固定格式，正格、偏格都包括在其中。平韵五律的格式共有四个：

A 平起入韵（加点字表示可平可仄）

平平仄仄平　　仄仄仄平平

仄仄平平仄　　平平仄仄平

平平仄仄平　　仄仄仄平平

仄仄平平仄　　平平仄仄平

B 平起不入韵

平平平仄仄　　仄仄仄平平

仄仄平平仄　　平平仄仄平

平平平仄仄　　仄仄仄平平

仄仄平平仄　　平平仄仄平

C 仄起入韵

仄仄仄平平　　平平仄仄平

平平平仄仄　　仄仄仄平平

仄仄平平仄　　平平仄仄平

平平平仄仄　　仄仄仄平平

D 仄起不入韵

仄仄平平仄　　平平仄仄平

---

① 胡仔：《渔隐丛话》，《文渊阁四库全书·1480》，台湾商务印书馆 1986 年版，第 80 页。

平平平仄仄　　仄仄仄平平
·　　　　　　·
仄仄平平仄　　平平仄仄平
·　　　　　　·
平平平仄仄　　仄仄仄平平
·　　　　　　·

其中，A、B 为偏格，C、D 为正格，七言律诗在五言律诗前加两字，首字均不论。上述四种格式，由唐至清，虽然偶尔在某字的平仄上，有论与不论的争执，但在整体上是取到共识的。

（三）吴体、拗体

吴体、拗体之名由来已久，二者在唐代就并存了。据许印芳考证，吴体最早见于杜甫诗集中，为《愁》诗题下自注，曰："强戏为吴体"（考《全唐诗》，当在 231 卷）。许印芳认为吴体与古体不同，与拗体相同："'吴体' 即是拗体，亦不必尽如杜诗之奇古。"[1] 而纪昀、梁章巨等人，皆反对许印芳的观点，纪昀曰："'吴体' 与拗法不同，其诀在每对句第五字以平声救转，故虽拗而音节仍谐。"[2] 由此观之，吴体即为拗而不救之体，而拗体为有拗有救之体。唐宋之时，尚无拗救的观念，《环溪诗话》、《渔隐丛话》中所说的拗体，并没有救的产生，因此许印芳的观点，也并非完全错误。究其原因，许印芳所说的拗体，在于唐宋之时的拗体，而纪昀、梁章巨所说的拗体，则在清代拗救论已盛兴之日，拗体观念已经转变之时。考虑到拗体的定义存在着较大的变迁，要把有救之拗与无救之拗区分开，无救之拗与吴体同，有救之拗与吴体异。

---

① 李庆甲：《瀛奎律髓汇评》，上海古籍出版社 2005 年版，第 1120 页。
② 同上书，第 1115 页。

（四）单拗、双拗

诗律中既有拗救，就存在着不同的拗救种类。王士祯《律诗定体》首先谈到了单拗、双拗的法则，他举出一个诗例："好风天上至"，按语说道："如'上'字拗用平，则弟三字必用仄救之。"① 他又举例："粉署依丹禁，城虚爽气多。"两句的平仄格式为：仄仄平平仄，平平仄仄平，王士祯在按语中说："如单句'依'字拗用仄，则双句'爽'必拗用平。"② 简言之，所谓单拗是在五律的出句中，第四字救第三字，所谓双拗，是五律的对句第三字救出句的第三字：

　　A 单拗
　　五律出句：平平仄平仄
　　B 双拗
　　五律出句：仄仄仄平仄
　　五律对句：平平平仄平

　　A 中，第三字应为平，现拗作仄，故第四字以平救之；B 中，出句第三字应作平，而拗作仄，故对句第三字以平救之。不独拗处拗，救处亦拗，因救处亦拗，故能重新使平仄安排趋于平衡，以求达到音节协畅的效果。

（五）句逗与折句

早在《文镜秘府论·诗章中用声法式》中，对五七言的句逗

---

　　① 王懿荣：《声调三谱·卷一》，清光绪八年《天壤阁丛书》本，第 2 页。原文"弟"同"第"。

　　② 同上书，第 2 页。

就有了说明。句逗常常也称为顿、句法等，清代诗论家刘熙载说："……但论句中自然之节奏，则七言可以上四字作一顿，五言可以上二字作一顿耳。"① 可知句逗，实为意义上划分出的停顿，因为是意义的停顿，所以主语和谓语的决定作用很大，五七言诗常常以主语和谓语为划分的决定因素。蔡钧《诗法指南》说："知得句中有读，则诗义自易明矣。"② 因为分好了句读，对于诗句中的词性就会有更准确的了解，这就与诗义有很大的关系了。近体诗的句逗，五言常常为上二下三，七言为上四下三，也有把五言分成上二中二下一，把七言分成二二二一的，这明显是受五言诗"平平仄仄平"或"仄仄平平仄"句式的影响，考虑到诗句的意义，这种分法并不恰当。五七言诗的这种格式，较为稳定，但有时有些诗句并不如此分，折句就产生了。折句也称为折腰，早在宋代的《渔隐丛话》中，就有了对折句的论述："六一居士诗云：'静爱竹时来野寺，独寻春偶过溪桥。'俗谓之折句。"③ 蔡钧《诗法指南》也引用此诗，道："一句中第三字是断，故谓之折腰。"④ 这个"断"，指的就是意义的中断，尽管读诗时可以一带而过。折句的种类，据《甚原诗说》，五言诗有八种之多，七言诗可仿佛矣。这八种句法如下：

上二下三

上三下二

上一下四

---

① 刘熙载：《诗概》，《清诗话续编》，上海古籍出版社 1983 年版，第 2435 页。

② 蔡钧：《诗法指南》，《续修四库全书·1702》，上海古籍出版社，第 472 页。

③ 胡仔：《渔隐丛话》，《文渊阁四库全书·1480》，台湾商务印书馆 1986 年版，第 241 页。

④ 蔡钧：《诗法指南》，《续修四库全书·1702》，上海古籍出版社，第 448 页。

上四下一
上二下二中一
上二中二下一
上一中二下二
上一下一中三

（六）粘与失粘

粘与不粘，是律体诗与吴体、古体在音节上的一个重要区别。早在唐代，诗论家就总结出律诗粘的特点，即所谓"换头"。换头分为两种，一种为双换头，一种是单换头，如《文镜秘府论·调声》引元兢《蓬州野望诗》说：

> 此篇第一句头两字平，次句头两字去上入；次句头两字去上入，次句头两字平；次句头两字又平，次句头两字去上入；次句头两字去上入，次句头两字又平：如此轮转，自初以终篇，名为双换头，是最善也。若不可得如此，则如篇首第二字是平，下句第二字是用去上入；次句第二字又用去上入，次句第二字又用平：如此轮转终篇，唯换第二字，其第一字与下句第一字用平不妨，此亦名为换头，然不及双换。①

到了宋代，出现了"粘"这一术语。所谓粘，有两个方面的要求，一联内两句第二字平仄相对，两联相连的诗句第二字平仄相同，符合这个条件，就是合乎粘的法则。如果诗句一联内第二字平仄不对，或者两联相接处第二字平仄不同，就出现了失粘的

---

① 遍照金刚：《文镜秘府论》，人民文学出版社 1980 年版，第 13—14 页。

情况。《渔隐丛话》将这种失粘的情况，称之为变体，蔡钧《诗法指南》一书，则指为拗体，钱木菴《唐音审体》则谓之折腰体，三者称名不同，但与律诗定体相出入，则是它们的共性。

第二节　英诗 20 世纪的诗律观念

一　英诗音律概述

音律（Metre 或 Meter）是一个英美诗歌的格律概念，法国诗也称之为 Mètre，德国诗称之为 metrik，它是通过轻重音或长短音的组合，而形成的重复，是一种等时的节奏。

音律是由音步（Foot）构成的，音步基本上有四种：

Iambic foot	轻重音步
Trochaic foot	重轻音步
Anapestic foot	轻轻重音步
Dactylic foot	重轻轻音步

另外，偶尔在英诗中，也可以见到 pyrrhic（轻轻音律）和 spondee（重重音律）。这几种音律，以轻重音律和轻轻重音律为常见，重轻音律和重轻轻音律使用较少。

有时一首诗是由两个音步构成的，有时则有三个、四个，更多的是五个、六个音步组成的，这就产生了诗行众多的音步组合类型：

Diameter	二音步
Trimester	三音步

Tetrameter	四音步
Pentameter	五音步
Hexameter	六音步（亦称 alexandrine）

如果一首诗是由轻重音步组成，且每行诗有五个音步，那么它就叫做轻重律五音步（Iambic Pentameter）。

英诗中的音律，有漫长的发展过程，它受到古希腊、罗马诗律，法国诗律，盎格鲁—萨克森诗律的影响较大。早在古希腊时期，音律就存在了，比如《荷马史诗》中就有音律这个词。古希腊、罗马时期的音律，与后来的英诗诗律有相同的地方，比如诗行中音节在数量上是相同的，音步的安排也上下一致。但也有不同之处，古希腊、罗马时期的诗歌不押韵，而且长音和短音可以互相代替，一个长音节可以等同于两个短音节，诗行中不同的长音和短音组成的音步，在一定的规则下，也可以互相代替。

在英国出现现在的诗律之前，早期盛行的是盎格鲁—萨克森人的诗歌，盎格鲁—萨克森诗歌的格律，照塞恩斯伯里（George Sainsbury）的说法，有"四个柱子"：即行中停顿（Middle Pause），诗行中有较大的停顿，将诗行分行两半；双声（Alliteration），又译作"头韵"，诗行中常常有几个音节，有相同的开头的辅音；重音（Accent），每一个诗行有四个重音；等群代替（Substitution of equivalenced groups），诗行不要求有严格的音节数，而要求要有上下两群，每群有相同的两个重音。

关于英诗诗律的源流，塞恩斯伯里《英诗诗律史》一书剖析甚详，简而言之，英诗诗律的发端，即在于同盎格鲁—萨克森诗律的远离。早在 11 世纪时，英国就有了一些新的诗歌，它们虽然在非重音音节上自由不拘，与盎格鲁—萨克森诗律相同，但是常常出现单音节音步，另外也出现了重轻律和轻重律，并且有代替的情况。在这个世纪里，出现了半韵（Assonance），押韵并没有成熟。但到了12世纪时，成熟的尾韵就出现了。虽然14世纪，双声诗有复兴之势，但此一时彼一时，这时的双声诗已不同于盎格鲁—萨克森人的诗歌，诗行中不再是重音而是音步组织节奏，有韵，有节的限制，讲究字数、行数，还出现了轻轻重律音步。当此时，乔叟异军突起，组织和吸收前人诗律，使之臻于完美。乔叟采用多种诗体，在诗律的宽严之中，得心应手，为英诗诗律的发展定型，立下了功劳。但是这个时期的英诗诗律，还并未成熟，主要表现在词语的重音不稳定，词后有缀音"e"，这增加了诗行的音节数，也与现代英语不同。16世纪时，十四行诗传入英国，英诗诗律又一变，诗人转而多作十四行诗。待斯宾塞（Edmund Spenser）横空出世，英诗诗律经其手，达到一种高峰，已于现代诗律无甚差别。此时词语的重音确定，词后的"e"消失，词汇也渐渐新旧交替。经过了斯宾塞，英诗诗律在后来的诗人，比如莎士比亚等人那里，就稳步定型了。

二　20世纪英诗诗律的观念

（一）节奏与音律

布鲁克斯（Cleanth Brooks）和沃仁（Robert Penn Warren）在《理解诗歌》（*Understanding Poetry*）一书中说：

> 节奏是一种可以感受到的模式，是在时间中的重复。这种模式也可以是视觉的，就像流光闪闪，或者浪去浪回，可以不是时间中的重复，而是空间中的——我们有时甚至说到一个景色或绘画中的节奏要素。在诗中，我们往往关注的是

听到的节奏，即声音。①

因此诗歌中的节奏，即是读诗时声音的重复。英诗音律通过轻重音的安排，也会产生出节奏来。因此，音律本身，好像就是要创造一种节奏。但是西方诗律家，却极力要区分开节奏和音律。诗律家一个普遍的观点认为，节奏是诗篇中的整体运动，而音律只是创造一种节奏的方法。罗斯克（Theodore Roethke）在《我喜欢什么》（What do I like）一文中说道：

> 我们必须铭记，节奏是整个的运动，是与血流和自然节奏有关的重音和非重音的流动与重复。它当然包括重音、时间、音高、词语的组织，以及诗歌整体的意义。②

因此，诗歌中的节奏，是由多种要素构成的，它远远要超过音律安排的节奏。另外一些诗律家，从抽象和具体的角度来区别节奏和音律，何布斯堡（Philip Hobsbaum）和西蒙·恰特曼（Seymour Chatman）就是其中的代表。何布斯堡在《音律、节奏和诗歌形式》一书中说："音律是蓝图，节奏是居住的建筑。音律是骨骼，节奏是工作的身体。音律是地图，节奏是实地。"③ 恰特曼在《音律理论》一书中，则深入地剖析了二者的区别：

---

① Cleanth Brooks & Robert Penn Warren, *Understanding Poetry*. Beijing: FLTRP, 2004. p. 1.

② Harvey Gross, ed., *The Structure of Verse: Modern Essays on Prosody*. New York: Fawcett Publication, 1966. p. 225.

③ Philip Hobsbaum, *Metre, Rhythm and Verse Form*. London: Routledge, 1996. p. 7.

　　把音律看作是一个观念，而不是一个感受，要明智得多，虽然音律要以节奏的感受为基础。音律是思想，而不是感受，它把多样不同的语言现象化成简单的对立，把物理特性根本不同的事物相比较和相等同。[①]

（二）节奏的对立

　　因为节奏既有音律节奏，又包括其他语言和意义节奏，因此，诗歌中常常会出现这两种节奏的对立。罗伯特·布里奇斯（Robert Bridges）在《弥尔顿之韵律》一书中发现，读诗时相同节奏的诗句，划分的音律有时并不相同，布里奇斯说：

　　　　可能这种情况，能用节奏跨越创造它的音律这个理论来说明。韵律仅是创造好节奏的方法，在读诗时，韵律没有显露出来，而是要改头换面。[②]

布里奇斯实际上说明了音律的安排与言语节奏存在着对立的情况。这种对立是难以避免的，于是就需要寻找出这种对立的价值，布里奇斯在另外一篇文章《与乐师论英诗韵律书》中，认为节奏的精美，正是来源于这种对立：

　　　　诗歌节奏之精美，源于音律和言语节奏的对立。音律多少让人期望一种与典型的音律结构一致、有规律的重音节奏，而另一方面，言语节奏凌驾于音律之上，给诗歌节奏以

---

　　① Seymour Chatman, *A Theory of Mete*. The Hague：Mouton & Co.，1965. p. 105.

　　② Robert Bridges, *Milton's Prosody*. Oxford：Oxford University Press，1921. p. 36.

千变万化。①

弗莱（Northrop Frye）《批评的剖析》一书中，与布里奇斯相呼应，弗莱发现在轻重律五音步诗中，读诗时往往会出现古老的四重音节奏，这种节奏与音律节奏相抵消。

（三）音步与重音

盎格鲁—萨克森人的诗歌，最重视重音的安排，这给后来的诗律家一个感觉，英诗的音律构造中，重音的地位特别重要。但是对于音律的基础是音步的设置，还是轻重音的安排这个问题，看起来没什么差别，却是引起了诗律界广泛的注意。杰斯波森（Otto Jespersen）认为："日常语言中，可以发现强音和弱音更替变化，诗歌节奏正基于此。"② 这个观点，认为音律的基础，即在轻重音上，而按照飞塞尔（Paul Fusell）的看法，音步是"一个可以度量的，规则的，传统的节奏单元"。③ 这两种看法的差别，实际上涉及具体和一般的论述上。欧洲国家的律诗，都是按照音步建造的，但是具体来看，又有不同。英诗发展的过程中，又受到过古希腊和法国诗长短音律的影响，一度也曾计较音节的长短，因此从诗律史的角度上看，区分开音律的基础是音步还是轻重音，就显得有必要了。塞恩斯伯里就大力主张英诗音律是由音步划分出的，而不是轻重音，这两者是"真实、重要、不可调和的……历史和逻辑地说，音步划分带来一个连贯、持续不

---

① Harvey Gross, ed., *The Structure of Verse: Modern Essays on Prosody*. New York: Fawcett Publication, 1966. p. 87.

② Ibid., p. 116.

③ Paul Fusell, *Poetic Meter and Poetic Form*. New York: Random House, 1965. p. 23.

断的有关英诗韵律的解释，而重音划分却并不能这样。"① 至于
重音，这个音步中的特别分子，确实在音步中显得格外重要，一
旦英诗音步中的重音确定了，轻音也就随之而定。诗律家对重音
的判定，多有争议，恰特曼（Charles O. Hartman）在所著《自
由诗韵律论》一书中认为："重音综合了音强、音高、一定程度
的音长。它常常也着音色。"② 但这种解释没有多大的操作价值，
以至于飞塞尔在《诗意的音律与诗意的形式》一书中，一股脑儿
提出了许多疑问，但是也不知若何。西蒙·恰特曼的《音律理
论》一书，转而从音步中的音节环境出发，来判定重音，他提出
了重音总判定的五大法则，诸如词汇重音、语意重意、时值减短
的元音等在特定情景中的作用，这对于判定重音，提供了一个较
为有效的方法。

（四）代替（Substitution）

诗行中一旦确立了一种音律，诗歌就要沿着这个固定的模
式重复下去，没有变化，如同中国近体诗中的定体或者正格一
般。但是在实际中，由于这样或那样的原因，诗作很难完全遵
守它，所以在给定的音律之外，就会产生一些变化，这就是音
律的代替。古代英诗作品中，有不少音律的代替，到了现代，
音律的代替更是司空见惯的事情，甚至一些现代诗论家鼓吹要
打破严格死板的音律。瑞恰兹在《实践批评》中说："不是严
格地遵循一个格式，而是出入于这个格式，这被视为诗歌节奏

---

① George Saintsbury, *A History of English Prosody*. London：Macmillan
and Co., Limited，1923. p. 122.

② Charles O. Hartman, *Free Verse：An Essay on Prosody*. Princeton：Prin-
ceton University Press，1980. p. 17.

的秘密。"① 因此，音律的代替，是现代英诗诗律一个重要的问题。音律的代替，可分为两种情况，一种是重音的代替，一种是音节的代替。重音的代替，即是诗行中本该有重音的地方，却出现了轻音，本应该是轻音的地方，却出现了重音，常见的是轻重律中出现重轻律。杰斯波森（Otto Jespersen）认为："一个轻重音步在重轻音律中，是个冒失鬼，而一个重轻音步在轻重音律中，却成为座上嘉宾。"② 音节代替，即是长短音节的代替，比如古希腊诗歌中，一个长音节，就可以代替两个短音节，英诗中也存在着这种代替情况，塞恩斯伯里《英诗诗律史》一书对其进行了较为详细的分析，他所称的代替，是与等值（Equivalence）相伴随的一个术语，他说：

> 等值，指的是英诗中，有如古典诗律中，两个"短"音节与一个"长"音节相等，并由此可推出三音节可看作与双音节相等，虽然是大约相等。就像一个短长长律（⌣⌣—或½，½，1）与一个短长格（⌣—或½，1）相等一样。替换，我指的是处理这些单个的等值的过程，从而把等值的音节或诗行安排在音律中。③

塞恩斯伯里认为两音节音步和三音节音步，可以非常自由地替换。不管是重音代替，还是音节代替，其结果都是在某些音步上

① I. A. Richards, *Practical Criticism*. London: Kegan Paul, Trench, Trubner & Co. Ltd., 1946. p. 227.

② Harvey Gross, ed., *The Structure of Verse: Modern Essays on Prosody*. New York: Fawcett Publication, 1966. p. 113.

③ George Saintsbury, *A History of English Prosody*. London: Macmillan and Co., Limited, 1923. p. 381.

产生了与诗篇整体的音律不同的音律。

（五）错比（Countpoint）

错比本来是一个音乐术语，是一种旋律安排的方法，即对位法。诗人霍普金斯（Hopkins）首先把它引入到诗歌中，用来指称诗歌的一种节奏。《普林斯顿诗歌与诗学百科全书》这样解释它：

> 错比是一种音律变化所产生的节奏效果。一个相对平稳的音律结构（比如轻重律五音步）建立后，诗行偶尔地离开这个结构，就创造了两个音律模式，新旧两个节奏立即持续下去，这就产生了错比。[①]

实际上这是在稳定的音律里，偶尔出现两种音律模式的节奏。错比同代替有相似的地方，二者都在某些音步中出现了轻重音的改变。但二者也有不同之处，代替发生在某个音步中，它是针对音步而言的，而错比虽然也存在于某些音步中，它主要是针对于诗篇整体的音律安排而言的。诗行中偶尔出现的代替，改变不了整体音律的安排，但是错比却是在一种音律的背景下，出现了另一种音律模式，两种模式互相冲突、运动。因此错比是必须以代替为基础的，代替却不必以错比为归宿。诗行出现错比，有一个条件，就是必须在某个诗行中，连贯出现两个以上的相同音律的代替，否则第二种音律模式不会出现。另外，如果一个诗行本身没有规律，看不到有明显的音律安排，错比就不会出现。恰特曼

---

① Alex Preminger, *Princeton Encyclopedia of Poetry and Poetics*. Princeton：Princeton University Press，1974. p. 155.

《自由诗韵律论》一书，将错比的意义，进一步扩展，用来指自由诗中多种节奏的加强和抵消，因为自由诗本身并没有固定的音律安排，所以恰特曼的错比观，不在论述之列。

（六）缺音（Catalexis 或 Truncation）和多音（Hypercatalectic line）

诗行中的音步和音节，通常是固定的，比如一个重轻律四音步诗，它的每个诗行，就应该是八个音节。但是有些音律的诗行末尾，或其他位置上，有时会出现缺少音节的情况，这即是缺音。诗行较多的是缺一个音的情况，这称为一音缺（Catalectic line），有时诗行会缺两音，这称作二音缺（Brachycatalectic line）。诗行缺音有时固然有不得已的原因，诗人实在找不出一个音节来填实它，但缺音往往也有其他的原因，《普林斯顿诗歌与诗学百科全书》说：“缺音于重轻律中常见，因纯粹的重轻律诗往往单调。”① 而一个诗行的开始或末尾，如果增加一个音节的话，那就产生了多音，古希腊、罗马诗歌中，诗行的末尾有时会有一个与下一诗行的第一个音节相连在一起，古代德诗中，诗行的开始，常常有一个额外的音步来扩充诗行，这都是多音的情况。

（七）省音（Elision）和加音（Insertion）

英诗诗行中的音节，是以元音来计算的，一般是有几个元音，诗行就有几个音节。但是以元音来计算音步，并不绝对，有时诗行中的两个元音，会发生连音的情况，从而变成了一个音

---

① Alex Preminger, *Princeton Encyclopedia of Poetry and Poetics*. Ibid. p. 872.

节，这就产生了省音。布里奇斯《弥尔顿之韵律》一书，对省音发生的规律，分析得比较细致，认为两个相连的元音，一个为重音，一个为非重音时，会发生连音的情况；两个非重音的音节，被"R"或"L"等辅音隔开，这两个音节会连成一个，比如"Being"有两个元音，但连成了一个音节，"Several"有三个元音，但是连成了两个音节。恰特曼在《音律理论》一书中，归纳了省音的三种类型：（1）音节丧失，指的是一个音节的元音消失；（2）音节改变，指的是一个元音变为辅音；（3）假省音。当本来是一个音节的词语变成两个音节时，这就产生了加音。恰特曼认为加音有两种："一个没有实际发音的元音字母，添上完全的音节时值……另外一种常见的加音是把共鸣的辅音音节化。"①比如带"ed"的动词过去式，最后的一个不发音的元音"e"，就可以成为一个音节。不管是省音，还是加音，都是为了使诗行的音节数与音律的安排相吻合，因此，同一个单词，在不同的语境中，可能有时是两个音节，有时是一个音节，因此省音和加音的精神在于因宜适变，是不可为典要的。

三　法诗音律及其观念

法语和英语都有重音，因而在法语中，重音也在音律中有其位置。但是跟英诗不同，现代法语的音律有两个较大的不同。第一，现代法诗的音律不是在音步上建立起来的，而是在拍子（La mesure）上建立起来的。比如波多莱尔（Baudelaire）《美人颂》（Hymne à la beauté）中的一句诗：

① Seymour Chatman, *A Theory of Meter*. The Hague: Mouton & Co., 1965. p. 110.

Tu marches/sur des morts，//Beauté，/dont tu te moques

<u>3   3</u>   <u>2   5</u>

6   7

在你蔑视的死亡上，//美人，你走着

这首诗共由两部分构成（半行），第一部分有六个音节，中间有两个拍子，第二部分有七个音节，也有两个拍子，四个拍子的时间大致相等，又不完全相同。这一点与英诗中的音步不同。

第二，法诗的拍子可以在音节数量上有相当的变化。比如上面的诗句中，最小的拍子是两个音节，这叫两音拍（la mesure de deux temps）；有的是三音节，叫三音拍（la mesure de trois temps）；这两种拍子较为常见，但法诗中还有四音拍（la mesure à quatre temps）、五音拍（la mesure à cinq temps）。二音拍和三音拍一般都是由一个强音和其他的弱音组成的，但在四音拍以上的拍子中，强音和弱音的组成就发生变化了，吕汉（J. M. lurin）说："在四音拍中，第一个音同样是主导其他音的那个，不过拍子中有了个次强音，这是第三个音。"[①] 不过现代法诗诗律学也有新的认识，认为不管是几音拍，最强的音节在最末一个音节。法诗的这种特点与英诗诗律是不同的。

法诗在诗行上常见的有两种模式，一种是两拍子（La mesure binaire），指的是一个诗行由两拍组成，另外一种是三拍子（La mesure ternaire），即一个诗行由三拍组成。每个大的拍子在诗行中可以称之为半行（Hémistiche），半行与半行分隔的

---

① J. M. Lurin, *Éléments du rhythme dans la versification et la prose française*. Paris, 1850. p. 28.

点称作语顿（Césure）。半行以语顿为标志，而语顿也分开了半行，这两个概念实际上是共生的，它们也是法诗诗律的典型特征。

在亚历山大诗体中，半行的位置和诗行的音节数量都有规定，卡蒙说："将两个半行分开的语顿不可更改，它强制性地出现在六个开头的音节之后，将诗行分成两个均等的部分，音节数量相等，持续相间相同。"① 但现代法诗的半行在音节数量和位置上都有所松动，比如马乍雷哈（Jean Mazaleyrat）就发现："出于方便或者合法运用的延伸，它也能指不等的序列……"② 半行中有音顿（Coupe），"音顿标出分开拍子的点"。前面波德莱尔的诗句中，诗行从大的方面看是有两个半行，而每个半行被音顿分成了两个小拍子。

语顿到底是形式上的，还是一种实体，这在法诗诗律学中存有争议。马乍雷哈认为语顿是形式上的："在法诗的音律中，语顿不过是个端点，在二元的系统中，构成诗行的两个音节群得以分开。"③ 但 19 世纪的诗律家吕汉却认为语顿具有实际的停顿时间："一个语顿后面容许的最小停顿是四分之一拍。"④ 他发现语顿最长的停顿可达到四分之三拍。

和英诗相同，法诗在拍子上产生较为规则的节奏，因而这种拍子可称之为节奏组（Le groupe rythmique）。但正因为法诗并不是在严格的音步上建立起诗歌的节奏，而是在音节数可以有一

---

① Maurice Grammont, *Le Vers française, ses moyens d'expression, son armonie*. Paris: Librairie Alphonse Picard et Fils, 1904. p. 12.

② Jean Mazaleyrat, *Éléments de métrique française*. Paris: Armand Colin Edition, 1990. p. 142.

③ Ibid., p. 141.

④ J. M. Lurin, *Éléments du rhythme dans la versification et la prose française*. Paris, 1850. p. 162.

定变化的拍子上建立的，所以法诗的节奏与英诗相比是相对的等时性。因而马乍雷哈（Jean Mazaleyrat）说："建立在变化单位关系上的法诗的系统，在错觉上得以创立。"[①] 这种节奏也是通过重音和轻音的序列构成的。一般来说，法语词的最后一音最强，如果最后一音是不怎么出声的哑音，则倒数第二个音最强，吕汉给法诗节奏制定了这样的规则："拍子只打在词末最后的一音或与其对等的倒数第二音上。"[②]（在何处打拍意味着哪里是强音）另外在几个词语中，名词、动词要较强一些。

法诗在音节上也有与英诗相似的观念。首先法诗有省音（La élision），法诗中的省音，常常发生在元音之间。一个词尾的"e"和随后的元音常常只读作一个音节，比如波德莱尔的一首诗：

> Là, tout n'est qu'ordre et beauté,
> 在那里，一切只是秩序和美丽，

诗中的"ne"与"est"、"que"与"ordre"发生了省音，成为了一个音节。除了在元音前"e"会省略外，法诗中还有另外两种现代法诗中不太常用的省音模式：尾音省略（l'apocope）和腹音省略（la syncope）。比如"belle"（美丽）词末的"e"会发生省略，而"petit"（微小的）中的第一个"e"会发生省略。

另外，元音分读（La diérèse）和元音合读（La synérèse）

① Jean Mazaleyrat, *Éléments de métrique française*. Paris：Armand Colin Edition，1990. p. 31.

② J. M. Lurin, *Éléments du rhythme dans la versification et la prose française*. Paris，1850. p. 112.

也会对法诗音节的计数产生影响。元音分读和元音合读主要是依据拉丁语的词源而发生的读音现象。比如"ancien"（古老的）中的"-ien"在拉丁语中是两个音节，因而在法诗中可以将这个缀音读成两个音节。而在"fier"（高傲的）中，由于在拉丁语中这个词只有一个音节，后来发生变化才形成"ie"这两个元音，所以法诗可以将其读作一个音节。元音分读和合读虽然只是一个音节的分合问题，但它却涉及诗歌的风格。马乍雷哈说：

> 元音分读在诗中把词语较长地铺展开，元音合读则以散文的方式快速地穿越它们。元音分读措辞守旧，语调缓慢，它得以伸展开词语，使其庄重，时而崇高，时而文雅。元音合读则缩短词语，并使语调强硬。①

第三节　中西诗律观念的哲学根基

诗歌的格律是一个形式问题，因而它与形式美学相关，但是将诗歌的格律仅仅局限于形式美学，还难以深刻地认识到诗歌格律背后深远的文化因素。诗歌是一种形式，但它还不仅仅是一个形式，它与某种文化背后的哲学、音乐观念息息相关，或者不妨说，它本身就代表了这种文化的哲学、音乐等观念。因此不同文明的诗律模式，实际上代表了不同文明的文化观念。由此出发，分析中西诗律观念背后的哲学根基，可以深刻地认识到中西诗律观念的不同之处。

---

① Jean Mazaleyrat, *Éléments de métrique française*. Ibid. p. 54.

一 《周易》与近体诗声律的渊源探析

近体诗声律的哲学根基问题，实际上是近体诗声律规则的渊源问题。分析声律规则的起源，对于理解声律的本质，有重要的帮助。对于声律规则的来源，现在较为盛行的观点，一种是佛经来源论，一种是音乐来源论。佛经来源论，主要的论者是陈寅恪，他在《四声三问》中认为古代印度声明论有三声，中国转读佛经，故摹仿此三声，与乖异之入声相合，恰为四声。陈寅恪道：

> 故中国文士依据及摹拟当日转读佛经之声，分别定为平上去之三声。合入声共计之，适成四声。于是创为四声之说，并撰作声谱，借转读佛经之声调，应用于中国之美化文。①

四声若来源于转读佛经之三声，四声在观念上，与转读佛经之观念，自然相似。

另外一种观念是音乐来源论，其代表有李节，他在《〈音谱决疑〉序》中说："平上去入，出行闾里，沈约取以和声之律吕相合。窃谓宫商徵羽角，即四声也。"② 照此说，律吕的五声，即为沈约之四声，那么，律吕中五声的结合，即为四声结合的来源了。

但陈寅恪和李节所涉及的四声之观念，与声律的观念毕竟不同。声律是在四声的基础上，又作的二元的划分，平仄的观念，

---

① 陈寅恪：《四声三问》，《清华学报》1934年第9卷第2期，第276页。

② 遍照金刚：《文镜秘府论》，人民文学出版社1980年版，第33—34页。

与四声的观念是不同的。另外，陈寅恪和李节，都没有指明四声应该按照什么规则结合在一起，他们没有直接涉及这种观念问题。

当代学者叶桂桐著有《中国诗律学》一书，书中对于声律的规则，重新进行了思考，因而又促使当代的学者重新面对这个老难题。叶桂桐认为乐曲实际上对于声律规则的产生，起到极大的作用，主要在于近体诗是按某种曲调填出来的，因而声律就与曲调的特点有了对应，叶桂桐说：

> 乐曲的调式和主音在依声（曲）填词过程中形成的近体诗格律和词谱中，首先体现或留存在近体诗、词（包括曲）的平起与仄起，首句入韵与否，正格与拗格、以及所押韵的平仄上（词可以押仄声韵）。①

客观地说，叶桂桐的研究，对于认识近体诗的产生，以及与一定曲调的关系，是有帮助的。但是这种研究，本身对于声律的观念，声律的规则，还缺乏充分的解释力量。我们确实可以看到一定的曲调在押韵和句法上，与相应的诗词，有对应的地方，但是唐宋以来，曲调何止千万，而近体诗却只有几种固定的格式，这说明曲调与近体诗的声律，不是一一对应的关系。曲调的乐音，尽可以变化，而声律却只能依赖平仄。曲调的变化发展，也难以解释声律的粘联规则。另外，要把声律的观念和具体的曲调的发展区分开，观念的作用是指导性的，是抽象的，而曲调却是具体的、感性的东西。

因而对于声律的观念问题，还需要不断地探讨。本书在此提

---

① 叶桂桐：《中国诗律学》，文津出版社 1998 年版，第 83 页。

出一个新的观点，即声律观念乃是起源于《周易》之学。

（一）《周易》与声律的变化观

《周易正义·卷首》开宗明义地说"易一名而含三义"，它来源于《易纬·乾凿度》——"孔子曰：易者，易也，变易也，不易也。管三成而为道德包籥"① 除去简易不论，这种变易、不易观贯穿在《周易》之中，它同样也在声律中体现着。

先说变易，《易纬·乾凿度》说："变易也者，其气也。天地不变不能通气，五行迭终，四时更废，君臣取象，变节相和，能消者息，必专者败……"② 《系辞》中对这种变化的观念，论述得比较充分，诸如"变化者，进退之象也"，这里说的是一爻之变；又云："参伍以变，错综其数，通其变，遂成天下之文，极其数，遂定天下之象，非天下之至变，其孰能与于此？"③ 此言数与象的生成变化；"变动不居，周流六虚，上下无常，刚柔相易，不可为典要"，此言六爻之更替。中国古代声律中，同样注重这种变化观，沈约说：

> 夫五色相宣，八音协畅，由乎玄黄律吕，各适物宜。欲使宫羽相变，低昂互节，若前有浮声，则后须切响。一简之内，音韵尽殊；两句之中，轻重悉异。妙达此旨，始可言文。④

---

① 《易纬》，光绪二十五年广雅书局刊本，第1页。
② 同上。
③ 孔颖达：《周易正义》，阮元：《十三经注疏》，中华书局1980年版，第81页。
④ 沈约：《宋书·列传第二十七》，中华书局1974年版，第1779页。

沈约的论说，表明了"永明体"的变化观念，这同样适用于声律。近体诗一句诗中有五个位置，每个位置，平仄都不是固定的，它要根据情况，白我变化，这与"周流六虚"意义相同。许印芳在《诗法萃编》中说："诗家用字，以平对仄，以仄对平，上下相配，谓之相粘。作平韵诗，上下句相粘，上下联又相粘，谓之为律。"① 这里讲的是句中的变化；陈僅《竹林答问》云："律诗贵铿锵抗附，一片宫商，故非独单句住脚字须三声互换，即句首第一字亦不可全平全仄。"② 这里也对诗句末尾去声之变化等加以说明。

再看不易。《易纬·乾凿度》说："不易也者，其位也。天在上，地在下，君南面臣北面，父坐子伏，此其不易也。"③ 《系辞》云："天尊地卑，乾坤定矣。卑高以陈，贵贱位矣。"④ 讲的是天地之常；又云："六爻之动，三极之道也"这里讲的爻变之常；因而《系辞》云："君子所居而安者，易之序也。"所谓吉凶，都是与不易之序相关的。近体诗的声律中，也同样有不易的地方，王楷苏论"粘平仄法"时说："回环周流，不能增减移易，天然一调，此粘之义也。"⑤ 这里，王楷苏说明了声律中的平仄句式，不仅在顺序上不能改变，而且在构成上也不能增减。清人游艺编有《诗法入门》，书中论"二四六分明"说："谓诗句中第二字、第四字、第六字，当用平者，一定用平，当用仄者，一定

---

①　许印芳：《诗法萃编》，《丛书集成续编·202》，新文丰出版社1991年版，第395页。

②　陈僅：《竹林答问》，郭绍虞：《清诗话续编》，上海古籍出版社1983年版，第2239页。

③　《易纬》，光绪二十五年广雅书局刊本，第2页。

④　孔颖达：《周易正义》，阮元：《十三经注疏》，中华书局1980年版，第75页。

⑤　王楷苏：《骚坛八略》，清嘉庆二年钓鳌山房刊本，第27页。

用仄,不可移易,如五言律止论第二字第四字。"① "二四六分明"的法则是否准确,暂且不论,但这里的话,也同样说明了平仄在诗句的位置上,相对是不变的。不但近体诗每一句中的平仄基本不变,各个诗句的位置,一调的构成,也都有固定的法则。

由上文可知,声律如同《周易》一样,也贯穿着变易、不易的特点。如果认为《周易》表现了一种独特的变化观,声律同样体现出了这种变化观。

(二) 声律与《周易》生成的基础和规则

除了在变易观念上,声律与《周易》有共同性之外,它们在构建的基础,以及变化的规则上,也都有相通之处,这些同样有力地证明了声律与《周易》的紧密联系。

(1) 声律与《周易》都以阴阳二气为根基。《周易》卦爻以刚柔为名,刚柔是阴阳的另一种显现,故《说卦》云:"观变于阴阳而立卦。"② 又云:

> 昔者圣人之作《易》也,将以顺性命之理,是以立天之道曰阴与阳,立地之道曰柔以刚,立人之道曰仁与义。兼三才而两之,故《易》六画而成卦,分阴分阳,迭用柔刚,故易六位而成章。③

阴阳是天道的表现,所以《系辞》说"一阴一阳之谓道"。声律同样体现着阴阳二气的思想,沈约以四声入诗,近体诗后来变四

---

① 游艺:《诗法入门》,武汉古籍出版社 1986 年版,第 2 页。
② 孔颖达:《周易正义》,阮元:《十三经注疏》,中华书局 1980 年版,第 93 页。
③ 同上书,第 93—94 页。

声为平仄，以通阴阳之气，化繁为简，正如明朝人黄佐所说：
"律本阳气与阴气为法，阴阳对偶，拘拘声韵以法而为诗也。"①
清人朱庭真对平仄与阴阳的对应，分析更为繁复：

> 凡字以轻清为阳，以重浊为阴。用阳字为扬，用阴字为
> 抑。平声为扬，仄声为抑。而阳中之阴，阴中之阳，与夫字
> 虽阳而音哑，字虽阴而声圆者，个中又各有区别，用时必须
> 逐字推敲，难以言尽。②

刚柔与平仄为什么都与阴阳发生了联系呢？这与二元的思维认识
方式有关，但它们还都超越了二元对立的思维方式。盎格鲁—萨
克森人的诗歌，现代英诗的音律，同样在二元对立的基础上，划
出了重与轻两种音节，与平仄相对。但是重轻与刚柔、平仄有一
个重大的差别：重轻以重音为主，轻音有时可以不算在内，这显
示出了一个逻格斯中心主义的观念。另外，重轻只是时间上的重
复，它没有循环更替的概念，而刚柔、平仄则是互相转化的，这
是平仄与刚柔之所以以阴阳为基础的原因。德国人卫德明《〈易
经〉八讲》一书，对中西哲学做了一个比较，他认为中国哲学变
化是根本，"变的反面既非停歇，也非静止，因为它们都是变的
一部分。把变的反面看做是周而复始，没有停止，这个思想与我
们的时间观念明显不同"。③ 这可以看做重轻与平仄差别所在的

---

① 黄佐：《六艺流别》，王云五：《景印岫庐现藏罕传善本丛刊》，台湾商务印书
馆 1973 年版，第 1 页。

② 朱庭真：《筱园诗话》，郭绍虞：《清诗话续编》，上海古籍出版社 1983 年版，
第 2389 页。

③ Hellmut Wilhelm, Change: Eight Lectures on the I Ching, in *Understanding the I Ching*. Princeton: Princeton University Press, 1995. p. 26.

一个注脚。

（2）反对、覆变与对待。《周易》各卦的次序，有严格的规则，孔颖达在《周易正义》中称其为"覆变"："覆者，表里视一，遂成两卦，屯蒙、需讼、师比之类是也。变者反覆惟成一卦，则变以对之，乾、坤，坎、离，太过、颐，中孚、小过之类是也。"① 后来渐渐有了反对的名目，旧题宋人徐氏《易传灯》云：

> 《易》之序卦，有天命存焉，圣人即所重卦象，推反对之画，明先后之时。盖卦体有乾坤坎离者，其体相禅，如前震为后之艮，前艮为后之震；前巽为后之兑，前兑为后之巽。若乾坤坎离者，易以上下为先后也，考之于《易》，始其坎上震下为屯，及《易》变艮上坎下，则为蒙；始其坎上乾下为需，及《易》变乾上坎下则为讼矣；始其坤上坎下为师，及《易》变坎上坤下，则为比矣；始其巽上乾下为小畜，及《易》变乾上兑下，则为履矣。②

反对本来仅指"覆"，后来渐渐与"变"合二为一了。清代黄宗羲《易学象数论》说：

> 上经三十卦反对之为十二卦，下经三十四卦，反对之为十六卦，乾、坤，颐、大过，坎、离，中孚、小过，不可反

---

① 孔颖达：《周易正义》，阮元：《十三经注疏》，中华书局 1980 年版，第 95 页。

② 徐氏：《易传灯》，《文渊阁四库全书·15》，台湾商务印书馆 1986 年版，第 848 页。

对，则反其奇偶以相配。卦之体两相反，爻亦随卦而变。①

综合前人反对之论，结合《周易》的实际，可以得到如下几种对法：

第一类，上下相反。如屯变为蒙，小畜变为履，这是《周易》中最多的卦变方式，其与近体诗一调中入韵之首句变为次句相同：

如仄起平收句，变为平起平起句：— | | | — — → — — | | | —
如平起平收句，变为仄起平收句：— — | | | — → — | | | — —

第二类，前后相反。如乾变为坤，颐变为大过，其与近体诗不入韵的四联内部的变化相同，入韵的近体诗，一调中第二联中的平仄变化与此相同，近体诗声律之"对"，就是这种变化方式：

如仄起仄收句，变为平起平起句：| | | — — | → — — | | | —
如平起仄收句，变为仄起平收句：— — — | | | → | | | | — —

第三类，卦体中部分前后相反。这一种变化，与前一种相似，不过，在这种变化中，上卦变化，下卦不变，比如复变为无妄，讼变为师。这也是一种常见的卦变方式，其与近体诗的"粘联"规则相类，一调中第二句、第三句在变化上，遵守这种格式：

---

① 黄宗羲：《易学象数论》，《文渊阁四库全书·40》，台湾商务印书馆 1986 年版，第 30 页。

如仄起平收句，与仄起仄收句粘：||| | —— → ||| —— |

如平起平收句，与平起仄收句粘：—— ||| — → ——— |||

这样，近体诗的平仄变化，可以用仄起平收之五律说明如下：

— ||| ——　　与对句上下相反，如第一类之变化。

—— ||| —　　与下联首句相粘，如第三类之变化。

——— |||　　与对句前后相反，如第二类之变化。

||| | ——　　与下联首句相粘，如第三类之变化。

||| —— |　　与对句前后相反，如第二类之变化。

—— ||| —　　与下联首句相粘，如第三类之变化。

——— |||　　与对句前后相反，如第二类之变化。

||| | ——

王楷苏总结了近体诗的粘联规则，提出了"对待"、"接续"的观念，这与《周易》之书中说的反对，是一个相似的观念：

> 盖平仄一调，只有四句，二与一、四与三皆有对待之义，故皆主于对；三与二有接续之义，四与一有循环之义，故皆主于粘。若只有对无粘，则上下不相属，首尾不相顾，尚得谓之一调乎？①

二 声律与《周易》渊源关系的补充

以上从观念和构成两个层面，来看声律与《周易》的相似

---

① 王楷苏：《骚坛八略》，清嘉庆二年钓鳌山房刊本，第27页。

性，或有问曰：声律与《周易》诚有相同之处，我已信之矣。然声律与《周易》有其同，必有其异。观其秋毫之同，而不见其舆薪之异，非善论者也。今观平仄，其多二平二仄相间，与卦爻之迭用殊异。又《周易》一卦六爻，一爻分刚分柔，故合上下经为卦六十有四，五律每句五位，何一调只存四句，而非三十二乎？

这个疑问，实质上涉及了声律与《周易》的相异之处，因而需要对上述各点，做一补充的论述。针对声律与《周易》的疑问，可以分作三个方面来谈：

（一）声律为何二平二仄相间

声律以二平二仄相间为构句之法，前人多有论述。王楷苏《骚坛八略》认为这即是"调平仄法"：

> 调者，调和平仄，使一句中上下均匀，不至过多过少之义也。其法每二平二仄相间，有连用三平三仄者，以句法有变换，而五七言句皆单数，不得不尔也。[①]

二平二仄相间，在于将平仄调和均匀，因为五言为奇数，所以有三平、三仄连用的情况，若为六言，则可多二平二仄均匀之句，如王维《茗溪酬梁耿别后见寄》："鸟向平芜远近，人随流水东西"，虽然上下相对，但是句中的平仄，都为二平二仄。平仄相间则相间矣，为什么非要用二平二仄相间，而非一平一仄相间，或三平三仄相间呢？这跟诗歌的调声艺术相关。一平一仄相间，诗歌的音节节奏太促，而三平三仄相间，节奏又太缓，都没有二平二仄相间音韵效果好。翁方纲《七言诗平仄举隅》引《黄文节

---

① 王楷苏：《骚坛八略》，清嘉庆二年钓鳌山房刊本，第26页。

听宋儒摘阮歌》中有许多诗句，比如"翰林尚书宋公子"、"囊中探丸起人死"之类，平仄格式为：

> 仄平仄平仄平仄
> 仄平仄平仄平仄

这里的诗句，节奏就太促，读之不美。正是由于二平二仄相间，音节节奏最为合适，所以早在《文镜秘府论》中，就载有"双换头"的方法，认为它是三种"调声之术"之一。

　　声律的二平二仄相间，从来源上看，受到了乐曲的影响。乐曲有高下曲折的节奏，这与声律调和平仄相通，故叶葆《应试诗法浅说》云："诗如制曲一般，必须抑扬高下，方有音节。故平仄取其相间。"[①] 因而声律同样受到了音乐的影响，但声律与《周易》的关系更为显著。如果将声律的一切特性都归之于《周易》，这是不对的认识，如果看不到声律与《周易》的深远联系，同样有失误之处。

（二）声律为何一调四句，而非三十二句

　　即使是二平二仄相间，律诗的句式，也不一定只有四种，应该还有其他的句式，以五律为例，也应该可以有："平平仄仄仄"、"仄仄平平平"、"仄平平仄仄"、"平仄仄平平"等，但是这些句子，都可以归到律诗的四种句式之种。为什么律诗不允许"平平仄仄仄"对"仄仄平平平"，而另成一联呢？这是因为律诗中的每一句，都是从整体来看它的平仄属性的。《周易》的各卦，是从每一爻上来看它的属性，所以一阳略升，一阴略降，卦就有

---

① 叶葆：《应试诗法浅说》，道光十二年晋祁书业堂重刊本，第2页。

不同，比如"复卦"，一阳移至二位，就是"师"卦，"师"卦一阳再移至三位，就是"谦"卦。因此，《周易》的卦类，取决于每一爻。声律与此不同，近体诗每句中的单个平仄，即使有些变化，也常常不会改变这个句子的整体属性。声律的平仄句式，主要取决于整体的变化趋势，平起仄落为一句式，仄起平落为一句式，因为律诗常常二平二仄相间，所以诗律家常常从单个的字眼上来定，比如蔡钧《诗法指南》中录《近轩偶录》一条："学诗先要知平仄，不可失拈。大凡五言律诗一句中，以二四字为眼。当以平仄、仄、平仄始终拈之。"① 这就是后来诗律家所说的"二四定位"。但是"二四定位"，有利于解释粘联规则，对于平仄四种句式，还不能确指，比如"平平仄仄平"与"平平平仄仄"，从二四字来看，都是"平仄"，不好区别，所以从二五字上来定诗句的平仄，是一个更好的办法：

仄仄平平仄	仄仄式
平平仄仄平	平平式
平平平仄仄	平仄式
仄仄仄平平	仄平式

　　七律与之相似，不过在五言句式前，加一"平平"或"仄仄"，其起之平仄，相应发生变化。

　　正因为声律以平仄音的起落定句式，所以虽然一句有五个位置，但仍然一调只分出四个句式来，其余句式或隶属于这四个句式，或者为不合法的句式。

---

　　① 蔡钧：《诗法指南》，《续修四库全书·1702》，上海古籍出版社 1995 年版，第 401 页。

（三）声律一调四句，与《周易》有何干系

由声律与《周易》关注位置上的差别，可以看出《周易》
以天地为象，以重卦为法，声律以四时为象，以四象为法。
《周易》的产生，与观法天地分不开，《系辞》上说："易与天
地准"，又说："法象莫大乎天地"。所以《周易》表现了天地
的构成变化，"爻者言乎变者也"，"与天地相似，故不违"。从
卦的构成上看，它由重卦而成，以效天地之变化，通过一阴一
阳的变化，而生成新卦。而声律明显取象乎四时，一调的四
句，合乎四时更替的现象。早在唐代的诗格著作中，就有声律
与四时相应的论述：

> 夫文章之体，五言最难，声势沉浮，读之不美。句多精
> 巧，理合阴阳；包天地而罗万物，笼日月而掩苍生。其中四
> 时调于递代，八节正于轮环……①

这里所说的"四时调于递代"，即指四种句式的更替而言，而
"八节正于轮环"，犹言"四节正于轮环"。

从《周易》上看，四时即为四象，《易纬·乾凿度》云："易
始于太极，太极分而为二，故生天地；天地有春夏秋冬之节，故
生四时；四时各有阴阳刚柔之分，故生八卦，八卦成列，天地之
道立。"② 四象又有阴阳之名，宋人胡方平《易学启蒙通释》云：
"两仪之上，各生一奇一偶，而为二画者四，是谓四象。其位则
太阳一，少阴二，少阳三，太阴四；其数则太阳九，少阴八，少

---

① 遍照金刚：《文镜秘府论》，人民文学出版社 1980 年版，第 308 页。
② 《易纬》，光绪二十五年广雅书局刊本，第 3 页。

阳七，太阴六。"① 与四时相对，则春为少阴，夏为少阳，秋为太阳，冬为太阴。以平为阳，以仄为阴，则可以得仄仄式为太阴，平平式为太阳，仄平式为少阳，平仄式为少阴。二者结合，可得到如下图式：

　　　　仄仄式，为冬，其属水，其音羽，其味盐，其藏肾，其方为北；

　　　　平平式，为秋，其属金，其音商，其味辛，其藏肺，其方为西；

　　　　平仄式，为春，其属木，其音角，其味酸，其藏肝，其方为东；

　　　　仄平式，为夏，其属火，其音徵，其味苦，其藏心，其方为南。

　　按王楷苏将调分为仄起调、平起调，可得平起五律一调为：平仄式＋仄平式＋仄仄式＋平平式，若首句入韵则为平平式，则律诗第二调当以平仄式起句。以四时相配，则平韵五律平起一调为：春＋夏＋冬＋秋；相应五律仄起调为：冬＋秋＋春＋夏。平韵七律平起一调为：春＋夏＋冬＋秋；平韵七律仄起一调为：冬＋秋＋春＋夏。仄韵五律、七律反之。

　　律诗一调中，虽然平仄句式的更替，在四时上，并不是以春夏秋冬的顺序进行的，它们有自己的接合规则，但重要的是它们与四时发生了对应，在一种有序的变化中，显示出自身的运行轨迹。

---

　　① 胡方平：《易学启蒙通释》，《文渊阁四库全书·20》，台湾商务印书馆1986年版，第675页。

从上面的论述中，可以认为声律与《周易》有深远的联系，在诗律的标识（Marker）上，声律以平仄为用，通乎阴阳之道；在一句上，与《周易》的叠用柔刚相似，又取法乎乐曲之抑扬高下之度；在句间，声律一调之四句，取象乎四时，以四象为法，其对待与粘联法则，又与卦变之反对相通。这所有的特点，可以用"序变"二字一言以蔽之。

三 英诗诗律模式的哲学根基

英诗诗律在公元11世纪开始起步，它虽然受到了罗马、法国等诗律的影响，但它们都有一个共同的源头，即古希腊诗律。早在古希腊时期，比如在《荷马史诗》中，就有音律这个词，柏拉图的《理想国》也曾经提到过几种诗歌节奏，希腊早期的哲学家还有不少人创作短长律诗（Iambic poetry）。这样说来，西方诗律出现很早，在公元前10世纪时就已经存在了，而中国诗歌的声律要晚很多，直到公元6世纪才基本定型。考虑到先秦的哲学与古希腊的哲学大致是同时繁荣起来的，这说明中国的语言要产生格律，要比西方语言更为困难。

英诗诗律虽然与古希腊诗律不太一样，但是从观念上说，它们却有着同样的节奏观，因此要分析英诗诗律的观念，还得从古希腊诗律说起。因为古希腊的诗律早就出现了，而希腊早期哲学出现得较晚，因此用古希腊哲学来解释当时的诗律，是很勉强的事。希腊早期哲学之前，没有什么思想材料以供研究，这对于分析古希腊哲学非常不利。

要分析英诗或者古希腊诗律的观念，看来就要摆脱中国声律的渊源探析方法，用希腊早期哲学与其诗律相比较，从而生发出对这种诗律观念的认识。

赫拉克利特是古希腊早期著名的哲学家，他认为世界是一团永生的火，由此产生出天地万物，而万物之中都有一个潜在的结构（the latent structure）。赫拉克利特说："潜在结构是表面结构的主人。"[1] 这种"潜在的结构"是什么呢？赫拉克利特认为即是对立统一（Unity in Opposites）的，他说："人们不知道事物的分歧是如何相容的，它是相反张力（Opposite Tensions）的协调，就如同弓与竖琴一样。"[2] 赫拉克利特把事物看做是由相对立的因素构成的，这些因素间存在着张力的关系，它们统一成一体。

英诗和古希腊诗律在构造上，恰恰就是一种对立统一的原则。首先看音步内的情况，古希腊诗律的音步由长音和短音构成，英诗的音步由轻音和重音构成，虽然长短、轻重并不是绝对的，但它们却构成了一种相对的张力。

《新普林斯顿诗歌与诗学百科全书》对诗律要素的对立言之甚详：

> 作为最古老且最重要的诗歌形式，韵律选用语言的某一语音特征，比如重音、音高、长度，再将普通语言中它的几种层次，诸如重音的三个或四个级别，音高的高、中、低，不同的时值，化约成简单的二元对立，比如"重音"对"非重音"，"平调"对"变调"，"长音"对"短音"，这些都可以用"显著的音节"与"不显著的音节"概括。[3]

---

[1]　A. A. Long, *The Cambridge Companion to Early Greek Philosophy*. New York：Cambridge University Press, 1999. p. 91.

[2]　John Burnet, *Early Greek Philisophy*. London：A. & C. Black, LTD., 1930. p. 136.

[3]　Alex Preminger and T. V. F. Brogan, ed., *The New Princeton Encyclopedia of Poetry and Poetics*. Princeton：Princeton University Press, 1993. p. 768.

　　至于音步与音步之间，都是由相对的音节构成，因而它们具有了一致性的特征。由此看，英诗诗律著作中所说的"重复"，实际上正是这种一致性的反映，如果诗行中的轻重音不是重复的，则音律失去了一致性的保证。可见英诗诗律中，每一个轻重音在奇偶位置上，都是固定的。这即是说，音步之中不但都由轻重音构成，而且连位置也固定不变，这超越了赫拉克利特所说的对立统一。

　　诗行中的音步，有一个数的关系，温特斯（Yvor Winters）说："音律是数的规则，是诗行纯粹理论上的结构。"[1] 从词源上看，Meter 在古希腊即有度量的意义。音律与数的关系，与希腊早期哲学家斐罗老（Philolaus，470－385 B. C. ）的哲学思想有相通之处。斐罗老说："可知的万物实在都有数，任何东西没有数却想让人了解，那是不可能的事。"[2] 音步的种类和构成，实际上就是一个数的体现：

　　从构成上看，音步是轻重音的数量比：

Iambic foot	1 : 1
Trochee	1 : 1
Dactyl	1 : 2
Anapest	2 : 1

　　从音步的结合上看，音步是数量的尺度：

　　[1]　Harvey Gross, ed. , *The Structure of Verse*：*Modern Essays on Prosody*. New York：Fawcett Publication, 1966. p.133.

　　[2]　A. A. Long, *The Cambridge Companion to Early Greek Philosophy*. New York：Cambridge University Press, 1999. p.81.

Dimeter　　　2

Trimeter　　　3

Tetrameter　　4

Pentameter　　5

　　数在观念上，与物体的大小、程度相称，数的不同，实际上代表了事物的不同，因而数在一定程度上呈现了事物的实质。

第四节　中西诗歌的节奏观念

　　西方诗歌的音律，从精神上看，是一种重复，从效果上看，是一种节奏（Rhythm）。虽然 20 世纪英美诗律学，将节奏与音律尽力区分开，但节奏一词，几近为音律之代称，比如 20 世纪英美诗律论著，常常从节奏上来区分不同的诗，所谓重音节奏、重音—音节节奏，因而节奏一词，即为诗律之另称。

　　节奏是如何构成的呢？《简明大不列颠百科全书》说："从最普遍的意义上讲，节奏是对比因素有规律的交替出现。音乐不能脱离时间而存在，节奏就是音乐的时间形式。"① 布鲁克斯（Cleanth Brooks）和沃仁（Robert Penn Warren）在《理解诗歌》（*Understanding Poetry*）一书中，说：

　　　　节奏是一种可以感受到的模式在时间中的重复。这种模式可以是视觉的，就像流光闪闪，或者浪去浪回，也可以不是时间中的重复，而是空间中的——我们有时甚至说到一个

---

① 《简明大不列颠百科全书》，中国大百科全书出版社 1985 年版，第 359 页。

景色或绘画中的节奏要素。在诗中，我们往往关注的是听到的节奏，即声音。①

节奏的构成，有两个要求，一个是对比因素的存在，另一个是重复。对于英诗的音律来说，对比因素就是轻重音，重复就是诗行中规则的音步安排。

西方诗歌的节奏，20 世纪 20 年代左右，开始进入中国，当时的译名，有用"节律"的，有用"节拍"的，并不统一，后来才渐渐统一为"节奏"。比如吴宓在《诗学总论》中说："某形式某声相重而叠见，而与他形式他声相间而错出，合此二者而成节奏。故节奏者，重叠 Repetition 错综 Alternation 之排列也。"②

诗律观念的变迁，使得相间相重，或者对比性的重复这种节奏观念，深入人心，以至于 20 世纪中国诗律学，言节奏即为言诗律，舍节奏则诗律无法言说。流播之际，以至于古代著作中一旦出现"节奏"二字，则即指相间相重的观念，譬如刘熙载《诗概》说道："……但论句中自然之节奏，则七言可以上四字作一顿，五言可以上二字作一顿耳。"③ 这句话，被认为是音顿节奏中国原本有之的证据。这种影响不仅限于诗歌领域，在音乐学、语言学等领域，节奏观念，也别无它指。

实际上，中国原本的节奏观念，并非指什么重复性，由于诗律观念的变迁，使得中国传统的节奏观念，一变而为相间相重。因此分析中国传统的节奏观，对于认识中西诗律观念的差别，也极有帮助。

---

① Cleanth Brooks and Robert Penn Warren, *Understanding Poetry*. Beijing：FLTRP, 2004. p. 1.

② 《学衡》第 9 期，1922 年 9 月，第 11 页。原文文字下的加点此处略去。

③ 郭绍虞：《清诗话续编》，上海古籍出版社 1983 年版，第 2435 页。

一　中国文化中的节奏观念探源

早在《周易》中，就有"节"一卦，其象曰："天地节而四时成，节以制度，不伤财，不害民。"① 这里的"节"指节制。虽然这没有谈什么节奏，但是节奏却与它关系渊远，按传统的认识，一切有关"节"的观念，都可以上溯到《周易》之"节"。钱澄之《周易玩辞集解》说道：

> 节之取义多端，在天地为节候，在礼为节文，在乐为节奏，在信为节符，在用为俭节撙节，在军为节钺，在士大夫为名节、气节，得之者为达节、中节、廉节、高节、全节，反此则为凌节、踰节、失节、改节、逆节、违节。②

音乐中的节奏，同样是对音声的节制。

节奏最早见于《礼记》，《乐记》篇云："故乐者，审一以定和，比物以饰节，节奏合以成文。"③ 孔颖达在"疏"中说道："节奏合以成文者，谓奏作其乐，或节止其乐，使音声和合，成其五声之交也。"④ 这里的节奏，指的是音声的起止，音声相合，同起同止，自然有所节制，不致杂乱无章。因为节奏指音声的起止，所以它就具有了调和不同乐器的功能，使其共进共退，所以《乐律全书》卷二十八说："盖磬者，所以节乐也，

---

① 孔颖达：《周易正义》，阮元：《十三经注疏》，中华书局1980年版，第70页。

② 钱澄之：《田间易学》，《景印文渊阁四库全书·39》，台湾商务印书馆1986年版，第859页。

③ 孔颖达：《礼记正义》，阮元：《十三经注疏》，中华书局1980年版，第1529页。

④ 同上。

无则以缶代之。"① 又因为乐声的起止进行，常常有曲折缓急之度，所以节奏渐渐用来指音声的曲折变化：

> 奏，音乐作止缓急之度，又各音齐作也。
>
> 节，制也，止也，作乐击拍以定其缓急之度也。②
>
> ——《乐律明真解义》
>
> 节奏，音乐作止，高下缓急之度。③
>
> ——《古今韵会举要》
>
> 气体不同，歌声宜异。歌二南宜婉转抑扬，歌小雅宜廉直端靖，歌大雅宜发皇扬诩，歌周颂宜倡叹清微，至节奏之不同，宜因之宜有疾徐高下，器数各为大小，而其详不可考矣。④
>
> ——《乐经律吕通解》
>
> 今夫弹操弄者，前缓后急，妙曲之分布也；时中急后缓，节奏之停歇也。⑤
>
> ——《乐书》
>
> 歌生于言，永生于歌，引长其音而使之悠扬回翔，累然而成节奏，故曰歌永言也。⑥

---

① 朱载堉：《乐律全书》，《景印文渊阁四库全书·214》，台湾商务印书馆 1986 年版，第 112 页。

② 载武：《乐律明真解义》，《续修四库全书·116》，上海古籍出版社 1995 年版，第 403 页。

③ 熊忠：《古今韵会举要》，《景印文渊阁四库全书·238》，台湾商务印书馆 1986 年版，第 747 页。

④ 汪绂：《乐经律吕通解》，《续修四库全书·115》，上海古籍出版社 1995 年版，第 174 页。

⑤ 陈旸：《乐书》，《景印文渊阁四库全书·211》，台湾商务印书馆 1986 年版，第 564 页。

⑥ 朱载堉：《乐律全书》，《景印文渊阁四库全书·213》，台湾商务印书馆 1986 年版，第 123 页。

——《乐律全书》

从以上材料中可以看出，对于一首曲调而言，节奏可以指缓急，可以指高下，可以指曲折。概括地说，一个曲调在进行中要有许多的变化，节奏即指这种变化。

节奏即指曲折变化，自然与西方音乐的等时节奏不同。中国音乐的节奏观，既然与西方不同，那么抛开节奏不说，是否中国的拍板与西方的拍子相似呢？如果二者相似的话，说明中国也有与西方相近的节奏观，只不过不是称作节奏罢了。

这个假设有一定的道理，中国古代的音乐确实以拍板为节，相当于西方的拍子，张炎在《词源》一书中说："法曲大曲慢曲之次，引近辅之，皆定拍眼。盖一曲有一曲之谱，一均有一均之拍，若停声待拍，方合乐曲之节。"[①] 又说：

> 按拍眼二字，其来亦古。所以舞法曲大曲者，必须以指类应节，俟拍然后转步，欲合均数故也。法曲之拍，与大曲相类，每片不同，其声字疾徐，拍以应之。[②]

这里有两点值得注意，第一，拍是乐句必不可少的组成部分；第二，拍与曲调的疾徐有关。西方音乐同样有拍子，由拍子划分出小节来，形成等时的节奏。中国的拍板与西方的拍子是否一样呢？

中国宋词的拍板，现在已散失掉了，但留存下来的许多词律著作，还保留了宋代拍板的大致资料。不同于西方等时的拍子，

---

① 唐圭璋：《词话丛编》，中华书局 2005 年版，第 257 页。这里的均如同词中的一韵。

② 同上。原文"按拍二字"，疑缺"眼"字，此处补上。

中国宋代的拍板在时间上，变化很大，二均内常有大顿拍，小住拍，大顿拍，小住拍延一音，大顿拍延二音，另外，慢词的音谱中，每一拍前还有"打"，"打"相当于小住，延一音。可见，中国古代的乐曲，节奏的产生，并不仅限于拍，它有复杂的组织。任二北在《南宋词之音谱拍眼考》一文中，对姜夔的自度曲越调《秋宵吟》进行了分析，拍板和音谱如下：

凡（掣）工尺（打）合一尺（拍）工凡（打）工尺勾（折）尺（拍小住）

古簾空，　坠月皎，　坐久　西窗人　悄。

一（掣）四合（打）一尺工五六（拍）凡（掣）六（打）五六（拍小住）

蛩　吟苦，渐漏水丁丁，箭　壶　催晓。①

据周维培《曲谱研究》一书所录之宋代工尺字谱，将其译成西谱如下：

第一拍之前 b a g—c e g——
第一拍至第二拍 a b—a g♭ g——g—
第二拍至第三拍 e d c—e g a D C——
第三拍至第四拍 b C—D C—

可见，第一拍之前，共有八音，第一拍至第二拍共有十音，第二拍至第三拍共有十音，第三拍至第四拍共有五音。虽然在名

① 任二北：《南宋词之音谱拍眼考》，《东方杂志》第 24 卷第 12 号，1927 年 6 月，第 76 页。

称上，宋词有拍，但是与西方的拍子迥然不同，它根本就没有什么等时性。另外，宋词的拍，主要位于韵字下，所谓"一均有一均之拍"，即指词一韵下，有一定的拍子，南吕认为宋词一均二拍，每个韵脚字都固定有拍。可见，宋词之拍板，主要依据文词而定拍，而非依据什么等时性原则。

实际上，拍板同中国音乐的节奏是相同的，拍板就是对音声的"节"的具体体现，它要求用实际的乐器来配合唱词，如同"盖磬者，所以节乐也"。拍板不是什么等时性的单位，而是音声起止的规范，即所谓"拍为乐句"。洛地在《唐宋时音乐观念的节奏——板·拍·眼》中，也认可这种观念，他说：

> "节制音乐的进行"的我国"节奏"观，至少有两方面的意义：一是将音乐进行断分和联结，即所谓"声之饰"……另一个方面是"纵向"地"齐"众乐，使唱奏得以整齐地进行，即所谓"和乐"。[①]

这种认识，是符合中国传统实际的。

二　中国诗文中的节奏

正因为音乐的起止常常包含着曲折变化，所以节奏常常可以用来代指这种变化，变化的节奏也就可以扩展到诗文中来。诗文中的节奏，常常用来指篇法、章法、句法之类，现分类陈说如下。

---

① 洛地：《唐宋时音乐观念的节奏——板·拍·眼》，《西安音乐学院学报》1998年第3期，第4页。

（一）篇章的节奏

诗文在篇章布局上，要求有开阖，有顿挫，如果平铺直叙，则呆板而缺少灵动之气，因而篇章也就有了节奏的要求。李东阳在《麓堂诗话》中说：

> 长篇中须有节奏，有操，有纵，有正，有变。若平铺稳布，虽多无益。唐诗类有委曲可喜之处，惟杜子美顿挫起伏，变化不测，可骇可愕，盖其音响与格律正相称。①

杜甫的诗歌，在篇章上，注重节奏，其顿挫正好与音响、格律相照应，因而能产生较好的效果。不但诗歌要求有节奏，文章因而也要对篇法有所设置，所以同样要有节奏。刘大櫆在《论文偶记》中说："文章最要节奏；譬如管弦节奏中，必有希声窈渺处。"② 这里强调了文章要有虚有实，讲究布局。

（二）诗体之节奏

不仅篇法上要讲节奏，不同的诗体也有其不同的节奏。胡应麟在《诗薮》中，谈到五七言绝句也有它的节奏："节促于歌行，而咏叹悠永倍之，遂为百代不易之体。"③ 怎样理解这里的"节促于歌行"呢？是不是指从等时性上看，五七言绝句的节奏比五七言歌行的节奏要急促呢？要知道，五七言绝句与五七言歌行在言数上是一致的，按照所谓的音顿组合来划分的话，二者的"节

---

① 李东阳：《麓堂诗话》，丁福保：《历代诗话续编》，中华书局1983年版，第1373页。

② 刘大櫆：《论文偶记》，人民文学出版社1998年版，第5页。

③ 胡应麟：《诗薮》，上海古籍出版社1979年版，第105页。

奏”没有二致。这里指的是五七言绝句句数较少，不同于五七言歌行可以四句一转，它必须要在短短的四行中产生开阖变化，因而节奏比起歌行来，要急促得多。不但篇幅上可以有不同的节奏，即使一句诗也有不同的节奏，胡应麟说道：

> 七言律于五言律，犹七言古于五言古也。五言古御辔有程，步骤难展。至七言古，错综开阖，顿挫抑扬，而古风之变始极。五言律宫商甫协，节奏未舒。至七言律，畅达悠扬，纡徐委折，而近体之妙始穷。①

这里说的五言律“节奏未舒”，就不是指篇幅上的大小了，因为五言诗在句法上二下三，不如七言诗上二中二下三来得曲折，所以五言律虽然“宫商甫协”，但是在节奏上却比不上七言律的“纡徐委折”。如果用等时性的节奏来解释这句话，是不能理解为什么五言律“节奏未舒”的。

（三）换韵之节奏

古诗常常换韵，或二句一换，或四句一换，或多句一换，换韵的安排不同，也会产生曲折变化，这就又有了节奏。沈德潜《说诗晬语》说：

> 汉五言一韵到底者多，而“青青河畔草”一章，一路换韵联折而下，节拍甚急，而“枯桑知天风”二语，忽用排偶

---

① 胡应麟：《诗薮》，上海古籍出版社 1979 年版，第 81 页。

承接，急者缓之，是神化不可到境界。①

由于《青青河畔草》一诗，换韵过快，则其韵式变化于常诗相比，自然过急，所以沈德潜说它"节拍甚急"，并非如西方音乐中四分之一拍子变为八分之一拍子，乐拍变得急促的意思。沈德潜更论转韵可以改变诗歌的节拍：

> 转韵初无定式，或二语一转，或四语一转，或连转几韵，或一韵叠下几语。大约前则舒徐，后则一滚而出，欲急其节拍以为乱也。此亦天机自到，人工不能勉强。②

韵法的变化，可以带来节拍的变化，其要旨在于节拍即为曲折变化之度。

三 诗歌音节之节奏

以上皆论节奏在音乐、诗文中适用之情况，现更论诗歌音节的节奏，以与西方音律之节奏相比对。

中国诗歌音节的节奏，不仅适用于律诗，也可适用于古诗，乔亿《剑溪说诗》云："音节难言也，近体在字句轻重清浊，古体在气调舒疾低昂。"③ 这里说的"音节"，实则指音节的节奏。乔亿认为律诗的音节节奏，在于平仄，而古诗则在于气调，二者的来源不同，但实际上产生的节奏效果是一致的，都是一种疾徐

---

① 沈德潜：《说诗晬语》，王夫之等：《清诗话》，上海古籍出版社1999年版，第531页。

② 同上书，第536页。

③ 乔亿：《剑溪说诗》，郭绍虞：《清诗话续编》，上海古籍出版社1983年版，第1098页。

高下。

抛开气调不谈，专论平仄。诗歌中平仄所产生的节奏，按清代诗律家所论，可分为三种：

（一）前后平仄相对，以变节奏

李锳在《诗法易简录》中，解陶潜《饮酒》一诗之音节，在"采菊"一句下说道："上两出句第二字皆平，此句第二字仄，以变其节，如词曲之有换头。"① 这里的"以变其节"，指"采菊"句前两句诗，出句第二字皆为平声，而至此处以仄变之，则平起调变为仄起调。《饮酒》作为古体诗虽如律诗换头，但这里的变节，没有固定的规范，不如律诗法令严格。

（二）前有平仄正调，此处出变调以变其节

翁方纲在《七言诗平仄举隅》中引杜甫《观公孙大娘弟子舞剑器行》，于"感时抚事增惋伤"一句下说道："此句第六字仄，即是节拍。"② 为什么"惋"字作仄，就有了节拍呢？篇末按语道："前半收处犹略用'惋'字变转，以作节拍，至后半收处，更无复节拍之可言矣。"③ 原来"感时抚事增惋伤"一句之前，接连四韵对句皆为三平尾，此处以"平仄平"结尾，将对句三平的正调打破了，所以改变了音节的节奏。此诗的后半部分没有了三平正调，虽然也有变调的句子，但是就没有前半部分的节奏效果了。

---

① 李锳：《诗法易简录》，《续修四库全书·1702》，上海古籍出版社1995年版，第506页。

② 翁方纲：《七言诗平仄举隅》，王夫之等：《清诗话》，上海古籍出版社1999年版，第276页。

③ 翁方纲：《七言诗平仄举隅》，第276页。

（三）句末字的平仄变化

李锳在《诗法易简录》中分析《凛凛岁云暮》一诗，在"徙倚怀感伤"一句下说道："二四俱仄，亦必然不可易。自'唯古欢'至此，凡三见平脚，亦自成节奏。"[①] 从"良人唯古欢"一句，到"徙倚怀感伤"一句，共有五句，出句用了三个平脚字，出句的平脚字往往有振起音节的效果，这里多次用了平脚字，使诗中的音节一提一宕，所以李锳认为它"亦自成节奏"。翁方纲在《五言诗平仄举隅》一书中，也注意到了韵脚字的平仄安排与节奏的关系，他说："阮亭先生以五言出句第三字与对句第三字相乘。然对句第三字之平仄，亦必兼合上句煞尾一字节拍定之。"[②] 这里的"煞尾一字节拍"，即指出句末字的平仄，它的平仄变化，对于对句的音节有很大的影响。

以上专论古诗之平仄，古诗音节的节奏变化还远不至于此，总体上看，平仄在安排上要起到"变调"的作用，这样才能激荡起节奏来。李锳称古诗的音节"以气为主，以句法为辅，而以平仄之乘承抑扬激宕于其间"，[③] 正说明了它的节奏特性。

由此看，音节的节奏即指平仄正变，它与音乐节奏的曲折变化在精神上是相通的。虽然李锳、翁方纲等人对近体诗的平仄节奏言之未详，但是从古诗的音节节奏上看，近体诗的平仄节奏也是显而易见的。按王楷苏《骚坛八略》所论声律之法，可见所谓

---

① 李锳：《诗法易简录》，《续修四库全书·1702》，上海古籍出版社1995年版，第501页。

② 翁方纲：《五言诗平仄举隅》，王夫之等：《清诗话》，上海古籍出版社1999年版，第261页。

③ 李锳：《诗法易简录》，《续修四库全书·1702》，上海古籍出版社1995年版，第499页。

"调平仄法"，使平仄相间，这是句法中的节奏，"对平仄法"，使两句平仄相反，这是一联中的节奏，"粘平仄法"，使第二联出句与前一联之两句平仄皆不同，这是两联中的节奏，因而律诗一调之中，都体现了平仄音节的节奏。虽然律诗定体的音节节奏，与古诗的因宜适变不同，它是一种有序的节奏，但二者在节奏的精神上却是相同的。王士禛在《师友师传续录》中说："毋论古、律、正体、拗体，皆有天然音节，所谓天籁也。唐、宋、元、明诸大家，无一字不谐。"① 这实际上说明了古诗、律诗都有着相同的节奏精神。

第五节　中西诗律观念的本质差别

中国声律既有着《周易》的序变精神，又有着中国音乐的变化节奏观，它与英法诗歌音律（Metre）的重复，相差甚远。变化本身就是对单调的避忌，它以重复为病，而重复却要极力消除变化，归于一统。由此可见，序变与重复，正是中西诗律观念的根本不同，由此可以对中西诗律的本质进行探析。

一　结构与演化

从数的规则上看，音律本质上是一个音步结构（Structure），不同的轻音和重音构成音步，几个音步就组成了一个整一的诗句。以轻重音律为例，以 a 代表轻音，以 b 代表重音，可以得到如下的结构形式：

---

① 王士禛：《师友师传续录》，王夫之等：《清诗话》，上海古籍出版社 1999 年版，第 152 页。

Iambic bimeter：2（a＋b）

Iambic trimeter：3（a＋b）

Iambic tetrameter：4（a＋b）

Iambic pentameter：5（a＋b）

中国诗歌的声律，同样是一个结构，一个诗句由平仄音构成，一调由象征着四时的四种句子组成，诗中的一句、一调都是一个完整的一体。以平调七律为例，它的一调为：

平仄式＋仄平式＋仄仄式＋平平式

同样，近体诗的每一种诗句，都有它的构成方式：

平仄式：平＋平平仄仄，此为一平加二平二仄。

仄平式：仄＋仄仄平平，此为一仄加二仄二平。

仄仄式：仄仄平平＋仄，此为仄仄平平加一仄。

平平式：平平仄仄＋平，此为平平仄仄加一平。

但声律与音律还有更大的差异，它不仅可以是一个结构，而且它还超出了这个结构。阴阳二气，流动于天下万物之中，平仄取法乎阴阳，它本身也是一个太极，平仄之变化，因而与更大范围之天道、人事相对应，所以它是一种演化的过程，因而平仄实际上体现了道的演化。在此意义上，声律本身超出了纯粹形式的结构，它上升为大道的诉说，它实际上已经是一种陈说（Statement）了。陈说本身不是什么结构，它具有超越性的意义。法国当代思想家福柯在《知识考古学》中说：

　　如果有人找不到陈说的结构度量，这没什么意外的，因为它本身不是一个构成单位，而是个功用，它穿越结构和可能的一些单位领域，而这些领域却在时空中，有具体的内容显现出来。①

中国诗的声律，本身就具有超越结构的性质，它在向我们陈说着什么。

　　音律却不是一种演化，它难以与宇宙万物的始终变化相呼应，它没有向我们陈说着什么，最多它暗示了这个世界的构成规则：万物都是对立统一的。赫拉克利特说："人聆听时，不是听我说，而是听逻格斯，万事万物都是一，这是明智的认识。"②既然万物都是一，音律在轻重音上的构成，是恰与世界的潜在结构相一致的，或者说，音律本身即是世界潜在结构的体现，如同声律是道的演化一样。但是音律超越了结构，而上升为一种抽象的陈说了吗？没有。因为在音律中，潜在的结构与音步真正的结构合二为一了，潜在的结构看上去，即是一个表面的结构而已，而声律却通过变动的过程，上升为道的变动。

　　这不由得让人想起了中西哲学的不同，中国哲学不太追究万物的源头是什么，潜在的结构这个概念，对于古代中国哲学家来说是一个太让人费神的话题，所以中国古代的哲学都不太谈论它，实在避不开时，就用一个空洞的字眼，防止人过于追根问底，老子的"无"也好，《周易》的"太极"也好，《易纬》的

---

　　① Michel Foucault, *The Archaeology of Knowledge*. New York：Harper Colophon Books, 1976. p. 87.

　　② A. A. Long, *The Cambridge Companion to Early Greek Philosophy*. New York：Cambridge University Press, 1999. p. 91.

"太易"、"太始"也好，都是如此。而古希腊哲学家却努力思索着这个问题，古希腊哲学家对万物本质的思考，常常与宇宙的发生变化相联系。在阿拉斯曼德（Anaximander，610－546B. C.）看来，世界是从无极（Boundless）中产生出来的，开始分成了两半，一半是火焰，一半是湿气，由此相克相生，宇宙万物就出现了。赫拉克利特认为世界是一团永生的活火（the ever-lasting fire），万物由火生出，按照某种比例生息变化，因此宇宙万物不过是火的一种变化阶段而已。而作为物体的存在状态，其中即有着一个潜在的结构。

德国学者卫礼贤（Richard Wilhelm，1873－1930）在谈到中西哲学的差异时说："在欧洲，纯粹的存在被认为是根本的问题，而在中国思想中，变化是根本，这是个决定的要素。"① 对于中国哲学来说，怎样抓住变化的天道，以推及人事，才是最重要的，所以《老子》说"反者道之动"，《周易》要"观法"万物，从而能"吉无不利"。赫拉克利特和老子都以"弓"作为自己哲学观念的比喻，有意思的是，二人的喻意恰为中西哲学差异之一豹斑。《老子》云："天之道，其犹张弓乎？高者抑之，下者举之；有余者损之，不足者补之。"② 而赫拉克利特则说："人们不知道事物的分歧是如何相容的，它是相对张力的协调，就如同弓与竖琴一样。"③ 在老子看来，弓不过是天道变动的一个比喻，而赫拉克利特却在弓里看到了事物的潜在结构，一为动，一为

① Richard Wilhelm, Lectures on the I Ching: Constancy and Change, In *Understanding the I Ching*. Trans. by Irene Eber. Princeton: Princeton University Press, 1995. p. 154.

② 魏源：《老子本义》，《诸子集成》第3册，上海书店1986年版，第63页。

③ John Burnet, *Early Greek Philosophy*. London: A. & C. Black, LTD., 1930. p. 136.

静；一为道，一为结构。

二　声律、音律的位置观和重复观

从结构和陈说的角度，看声律与音律的差别，这就将两种异质文化的诗律差别揭示出来了。下面来看英诗轻重音的位置与声律一调中的一个句式的位置有何不同。英诗音律中的轻重音，它们的位置，使一个节奏模式得以产生，它们的位置是诗律结构所赋予的，离开了这个结构，就改变了音律的类别。而声律中的一个句式，它的位置，不但是结构上的，而且还是陈说功能确定的，上下句之间，构成了一个陈说的领域（The Domain of Statements），这些顺序确定着陈说的展开。

再看音律的重复，与声律中一调的重复有何不同。音律中，音步的重复构成了一个诗行的结构，诗行的重复，构成了诗节（Strophe）的重复，这种种不同的重复，实则有级别的区别，孙大雨因而在《诗歌底格律》一文中，提出"五级节奏"论。不同级别的节奏，在英诗的诗歌中，都具有结构的功能。五七律中的第一调与第二调的重复，则代表着中国哲学的循环观念，德国人卫德明所说中国哲学，以变的反面，为周而复始，正体现了声律一调的重复思想，而这种循环，它处于一种陈说之中，并不是孤立的重复。由此看，绝句与律诗，虽然可以由相同的调子组成，但它们却是两种不同的陈说，是不能画等号的。

第 二 章

中国诗律观念变迁的发生

　　自王士祯到光绪年间的许印芳，清代的诗律观念一直都是承继着的，诗律观念的变迁，自1921年左右才开始发生。从光绪年间到1921年这个时段里，发生了"诗界革命"和"诗体大革命"两个诗学事件，他们都与诗歌的形式有紧密的联系，但是它们本身并没有显现出诗律观念变迁的迹象。因而中国诗律观念的变迁是继"诗界革命"和"诗体大革命"之后而发生的。

　　中国诗律观念的变迁，如果勉强分期的话，1919年至1922年可看做是萌芽期，1923年至1937年7月可看做是初期的变迁，而1937年7月至1966年可看做是诗律观念变迁的磨合期，1976年之后则为最终的完成期。

第一节　中国诗律观念变迁的初成期

一　诗律观念变迁的萌芽

（一）音律概念的出现

音律本是中国音乐的一个术语，早在《尚书·尧典》中，就有"诗言志，歌永言，声依永，律和声，八音克谐，无相夺伦"① 的说法，这里说的"律和声"，指的就是音律。《隋书·音乐志》卷十五云："炀帝不解音律，略不关怀。后大制艳篇，矢极淫绮。"② 这里的"音律"，指是就是宫商吕律。因为诗文读起来，也有自然的声音，所以"音律"也会用到这上面。比如《颜氏家训》中说："今世音律谐靡，章句偶对，讳避精详，贤于往昔多矣。"③ 这里的音律，泛指文中的声音，又如《诗薮》中所谓："唐初五言绝，子安诸作已入妙境。七言初变梁、陈，音律未谐，韵度尚乏。"④ 这里的音律，又指声律而言。虽然音律一词，意义颇杂，但是以指宫商吕律为主。

1917 年，胡适发表《文学改良刍议》，文中有"废骈废律"的提法，这里的"律"，也还是指近体诗的声律，因此，胡适的论说，还是在传统诗律话语之中。同年刘半农发表《我之文学改良观》，亦承胡适之说，提出"诗律愈严，诗体愈少，则诗的精神所受之束缚愈甚，诗学决无发达之望"。⑤ 这个观点也是在传统诗律话语之内。

音律在现代诗学中的运用，最早见于《少年中国》杂志。1919 年 1 月，周无写出《诗的将来》一文，发表在《少年中国》第一卷第八期上，这篇文章提到音律是"和声律、节韵言"，节韵又分为"自然的节韵"和"造作的节韵"，周无认"诗有节韵，——与旧诗的音律不同……"⑥ 诗与文的区别，主要在于诗

---

① 孔颖达：《尚书正义》，阮元校刻《十三经注疏》，中华书局 1980 年版，第131 页。

② 魏征等：《隋书·音乐志》，中华书局 1973 年版，第 379 页。

③ 颜之推：《颜氏家训》，《诸子集成本》，上海书店 1986 年版，第 21 页。

④ 胡应麟：《诗薮》，上海古籍出版社 1979 年版，第 107 页。

⑤ 《新青年》第 3 卷第 3 号，1917 年 5 月，第 9 页。

⑥ 《少年中国》第 1 卷第 8 期，第 40 页。

的形式"有了节韵",由此看,节韵即后来众诗论家所说的节奏,虽然此处的音律还不是指所谓的"Metre",但显然声律之外,已经出现了一个节韵,它是诗歌的形式上的本体特征,决定着诗与文的差别,它和声律具有相同的地位,同属于音律的范畴。因此,可以说,周无的《诗的将来》一文,实际上是中国诗律观念变革的开始,西方诗律话语渐渐出现在中国诗律领域中。

同一期的《少年中国》上,发表了宗白华《新诗略谈》一文,宗白华认为诗要有"音律的绘画的文字"。[①] 什么是宗白华的音律呢? 宗白华认为诗在形式上要有音乐的作用,即"文字中可以听出音乐式的节奏与协和",[②] 这明显是英诗的诗律话语,而非中国的,由此看,宗白华的"音律",实际上即为"Metre"。1920 年李思纯的《诗体革新之形式及我的意见》一文,说:"自由句起源法国,不为音律所拘束。"[③] 这里的"自由句",即为"Free verse"的另一译法,而此处的"音律",当指 Metre 无疑。由此看,在 1920 年,英诗诗律话语初步进入中国诗学领域,并开始具有一定的言说能力。

(二)音律观念的明确接受

音律观念进入中国诗律话语之中的一个标志性事件,是吴宓《诗学总论》一文的发表。继周无、康白情之后,1922 年,吴宓在《学衡》第 9 期上发表《诗学总论》一文,正式把"Metre"称为音律,吴宓说:"……诗必具有音律 Metre,而文则无之也。然文与诗皆有节奏 Rhythm。"[④] 什么是音律或者节奏呢? 吴宓

---

① 《少年中国》第 1 卷第 8 期,第 60 页。
② 同上书,第 61 页。
③ 《少年中国》第 2 卷第 6 期,第 20 页。
④ 《学衡》第 9 期,1922 年 9 月,第 11 页。原文文字下的加点此处略去。

说："……某形式某声相重而叠见，而与他形式他声相间而错出，合此二者而成节奏。故节奏者，重叠 Repetition 错综 Alternation 之排列也。"① 音律是特殊的一种节奏："故音律者，节奏之整饬而有规则者也 Regular rhythm。"② 这里把节奏定义为相重相错，音律则是有规律的相重相错。吴宓还把这种节奏分了类，他说：

> 若其为形之上下前后左右等位置之排列，则为空间之节奏。若其为声之长短高低轻重等次序之排列，则为时间之节奏。而皆本乎异中有同，寓整于散之原理，而动人之美感者也。③

这种时间节奏与空间节奏的划分，也是节奏划分的一个基本类别，从感官上来分的话，也有人称其为听觉节奏和视觉节奏。

吴宓进而谈到中国诗的音律："然吾国以平仄为诗之音律，利用相间相重之法，以成时间中极有规则之节奏，此则与希腊拉丁及英国之诗，均全相同，可谓不谋而合也已。"④

吴宓不仅把音律提升为中西兼适的程度，更对其精神和原理，进行了深入的分析，在吴宓之前，还没有哪篇文章对音律有这么清晰的论述，在吴宓之后，20 年代的众多诗论家也少有出其右者。可以说，吴宓的论说，奠定了后来诗论家音律论的基础。可以说正是在"昌明国粹、融化新知"⑤ 的吴宓手里，英诗的音律在中国诗学中，初次获得了完全的合法性。这真是一个

---

① 《学衡》第 9 期，1922 年 9 月，第 11 页。原文文字下的加点此处略去。
② 同上书，第 12 页。原文文字下的加点此处略去。
③ 同上书，第 11—12 页。原文文字下的加点此处略去。
④ 同上书，第 18 页。原文文字下的加点此处略去。
⑤ 这是《学衡》的简章，鉴于吴宓为《学衡》的编辑，故有此说。

悖论。

从 1920 年到 1922 年这短暂的几年里，英诗的诗律话语已经具有了合法的适用性，诗律观念也正从中国传统诗律转移到英诗诗律中去。鉴于以"音律"来指称 Meter 于其他术语，比如"拍子"、"格律"之类要早，并且，有众多有影响的学者和诗论家使用这个术语，比如吴宓、朱光潜等人，因而沿用"音律"来称呼"Meter"更加合适。

二　诗律观念变迁的初成期（1923—1937. 7）

（一）音律观念的大规模介绍与接受

1923 年以后，中国诗律观念进入一个大规模的西化阶段，这个阶段最终导致了 20 世纪中国诗律观念完成了变迁，使西方音律话语成为中国诗律领域上的主流话语。萌芽期音律出现的契机，是探讨诗的本质特征，这一点在这个阶段还有延续，有不少文章还是谈这个话题，但是这个阶段还有一个新的契机，就是新诗格律化的讨论。许多新诗人比如闻一多、朱湘、孙大雨、罗念生都开始依照西方音律，来勾画中国的新诗格律。陆志韦在 1937 年发表的《论节奏》一文，表明了当时诗人们的这种初衷：

> 白话诗凭着语调的轻重建设节奏，我敢说是极普通的现象，虽则我的知识有限，不能断定是全世界普遍的。汉语的语调又和英语很相似，所以我就想利用英国人做诗的经验为推进我们的白话诗。①

虽然陆志韦在文中声称不主张摹仿英国诗，但是他实际上还是摹

---

① 陆志韦：《论节奏》，《文学杂志》1937 年 7 月，第 12 页。

仿了音律的规则。

当时许多建设新格律的文章，大都以英诗和法诗的音律为方向，产生了诸多的现代格律诗理论，这促进了音律对中国诗律问题的言说能力。另外有一些学者虽然不出于建设新诗格律的动机，但他们在了解了西方音律观念之后，不少人用西方的音律观念来阐释中国的诗歌，这也促进了诗律观念变迁的发生。

当时许多的报刊都刊登了有关音律观念的论著，在这些文章里，表现了音律观念在中国诗学话语中的大范围生效。这些论著如果按刊物分类的话，大致有这些：

（1）陆志韦。1923 年，陆志韦出版了诗集《渡河》，这本诗集是作者在西方音律的影响下产生的，陆志韦的自序也表明了他对西方音律观念的接受；1937 年 7 月，陆志韦在《文学杂志》上发表了《论节奏》一文，这篇论文，与其诗集《渡河》自序中的观点大致相同，不过是在对具体层面的分析上，更加深入和细致了。

（2）成仿吾。成仿吾在《创造周报》上发表《诗之防御战》一文，该文吸收了象征主义的理论观点，认为诗歌要有"音律"。成仿吾还指出了音律的特征。

（3）郭沫若。1926 年 3 月，郭沫若在《创造月刊》上，发表了《论节奏》一文，对西方的节奏论述较深，这与西方的音律观念相关。

（4）饶孟侃。1926 年 4 月，饶孟侃在《诗镌》上发表的《新诗的音节》一文，提到过节奏观念。

（5）刘大白。1927 年，郑振铎编的《中国文学研究》一书中，收录了刘大白的《中国旧诗篇中的声调问题》、《说中国诗篇中的次第律》两篇文章，这两篇文章都是作者接受了音律观念之后写成的。书中的"抑扬律"、"等差律"与西方诗歌的诗律渊源很深。刘大白还著有《中诗外形律详说》一书，可能已经散佚掉了。

（6）张铭慈。1928年张铭慈翻译日本人森泰次郎《作诗法讲话》一书，并在序中表现了音律的观念。

（7）陈勺水。1929年，陈勺水在《乐群月刊》上发表的《论诗素》一文，也将作为形式要素的韵律，做了分析。

（8）朱光潜。1933年，朱光潜在《东方杂志》上发表《替诗的音律辩护》一文，该文谈到了西方诗歌的节奏问题。朱光潜的论述，也认可了诗歌节奏的相间相重性。随后朱光潜还在《新诗》上发表了《论中国诗的韵》、《论中国诗的顿》、《答罗念生先生论节奏》等文章，从法国诗歌的音律观念出发，论述中国古代诗歌或现代诗歌的节奏问题。

（9）罗念生。1936年1月，罗念生在《大公报·诗特刊》上发表《节律与拍子》、《音节》二文。罗念生把Metre译为"拍子"，认为它是由几个音步组成的，其性质就是节律。随后罗念生在《新诗》上发表了《韵文学术语》，文中对"节律"、"拍子"等关键词的定义来自于音律观念。

（10）叶公超。1936年4月，叶公超在《大公报·诗特刊》上发表《音节与意义》一文，他这里所说的节律，与罗念生的相同。

（二）节奏与诗律的关系

诗论家们纷纷关注节奏与诗律的关系问题。张铭慈在《作诗法讲话序》中认为"自来中国之诗，极注重节奏（rhythm），如无节奏，殆不可谓之诗……"① 陆志韦也认可这种说法，他说：

---

① 张铭慈：《作诗法讲话序》，商务印书馆1933年版，第1页。

"文学而没有节奏，必不是好诗。"① 叶公超也认为"在任何文字的诗歌里，重复似乎是节律的基本条件，虽然重复的元素与方式各有不同。"② 刘大白似乎不认为重复与诗律有密切的关系，他将诗律分为"等差律"、"反复律"、"对偶律"、"次第律"等，明显将节奏问题转化成其他的规则了。罗念生认为节奏与诗律没有必然的关系，只有规则的节奏才与诗律有关："散文里只有节奏，诗里应有节律。"③

（三）节奏的特征

节奏的特征是这一时期讨论得最为丰富的话题，现具体介绍这些文章的观点。

（1）强弱反复论。强弱反复论强调节奏构成的具体单位以及整体状态。陆志韦在诗集《渡河》的自序中说："节奏不外乎音之强弱一往一来，有规定的时序。"④ 这里也谈到了"重复性"，即"一往一来"，有"规定的时序"，并且也强调了对比要素的组成。值得注意的是，陆志韦的这一节奏定义，实则以英诗的音律为样板。郭沫若提出"力的节奏"说，与陆志韦相似：

> 还有有两种以上的声音或运动的时候，因为有弱强的关系的缘故，彼此一组合起来，加以反复，我们便觉生出一种节奏来。或者是强弱强弱，或者是弱强弱强，或者是强强弱强强弱，或者是弱弱强弱弱强，都是可以成为节奏的。这种

---

① 陆志韦：《渡河·我的诗的躯壳》，亚东图书馆1923年版，第17页。

② 叶公超：《音节与意义》，《大公报·诗特刊》1936年4月17日第12版。

③ 《大公报·诗特刊》1936年1月10日，第10版。

④ 陆志韦：《渡河·我的诗的躯壳》，亚东图书馆1923年版，第17页。

节奏便叫着"力的节奏"。①

郭沫若的划分，实际上也就是恰特曼的"主要节奏"和"次要节奏"的划分。而且郭沫若的"力的节奏"，明显是比照着英诗的四种音律来划分的，这一点与陆志韦相同。

罗念生把不规则的节奏，称为节奏，而把规则的节奏，称为节律。他说：

> 节奏可以说是一种字音底连续的波动。如其这波动来得规则一些，便叫做节律。节律可以由长短，轻重或他种元素造成。②

罗念生也谈到了诗中的节奏有两种特点，一是规则的重复，二是由一些对比性的元素等来构成。

另外，叶公超说："在任何文字的诗歌里，重复似乎是节律的基本条件，虽然重复的要素与方式各有不同。"③ 叶公超着重强调了"重复"的重要性。这里叶公超没有明显强调强弱音的对立。

（2）组合和分组论。组合和分组论强调节奏在整体上的分隔状态。饶孟侃把节奏分为两种，一种是自然的节奏，另一种是"作者依着格调用相当的拍子（Beats），组合成一种混成的节奏"。④ 这里的格调，指的是格律，所谓"用相当的拍子，组合成一种混成的节奏"，也与音步组成的节奏相仿佛。但是饶孟侃

---

① 《创造月刊》第 1 卷第 1 期，第 10 页。
② 《大公报·诗特刊》1936 年 1 月 10 日，第 10 版。
③ 《大公报·诗特刊》1936 年 4 月 17 日，第 12 版。
④ 饶孟侃：《新诗的音节》，《晨报副刊·诗镌》第 4 号，第 50 页。

的论述，毕竟言之未详。

陆志韦说：

> 分组就是节奏。为要避免在定义上和人冲突，也不妨说是基本的节奏，单调的节奏。用西文说，叫做 rhuthmos。这个词的意思，第一是说"流动"，第二是说"节拍"。①

陆志韦所说的"分组"，实际上参照了西方诗歌的音步，它暗含了"重复"的精神，以及"分组"中的节奏要素。

（3）相间相重论。相间相重论强调节奏的具体单位的构成规则。刘大白在论抑扬律时说："抑扬律是以音底扬者和抑者相间相重而构成的。"② 这种抑扬律，是和陆志韦、郭沫若二人所说的节奏相同。刘大白也参照了英诗的音律。

（4）统一变化论。统一变化论忽略节奏的构成单位，而强调节奏的精神特征。陈勺水说："韵律就是声音的有秩序的连续，和有统一的变化。所以从来又把韵律叫做'复杂变化的统一'（unity in variety）"。③ 这里所说的"复杂变化的统一"，与吴宓的"寓整于散"，其实都是"unity in variety"的不同译法而已，吴宓在《译美国葛兰坚教授论》一文中也谈到节奏的实质，他说："所以必相间相重者，则寓散于整 unity in variety，实为人心审美之根本定律，去此则无美可言矣。"④ 则陈勺水的说法，与吴宓相同，自无疑义了。

---

① 《文学杂志》第 1 卷第 3 期，1937 年 7 月 1 日，第 6 页。
② 郑振铎编：《中国文学研究》，商务印书馆 1927 年版，第 25 页。
③ 《乐群月刊》第 1 卷 5 期，第 4 页。
④ 吴宓：《吴宓诗话》，商务印书馆 2005 年版，第 60 页。

（四）汉语诗歌节奏的单元

在这一时期，不少论者都提出了各自的节奏单元，或者说音步问题。

从诗律观念转变的过程看，音步的寻找和建设，是在音律接受之后发生的，但是实际中，二者也常常相伴随，许多文章可能既对音律观念进行了提倡，又对音步问题进行了探索。究其原因，音律观念不过是理念层面的，而音步则是具体层面的，二者实难分舍。

这些音步类型，有的是针对古代诗歌的，有的是专门针对新诗的，也有的对于古今都有言说能力。现将其一一概述如下。

（1）平仄构成的音步。这一理论家以吴宓和刘大白为代表。吴宓在 1922 年发表的《诗学总论》一文中，肯定了平仄属于音律的一种，认为它也体现相重相间的原则。吴宓说："吾国诗之音律，以仄（高）声及平（低）声字相重相间而成。以音波振动数之多寡定之。"① 吴宓把平仄与声音的高低对应起来，认为仄声高而平声低，中国诗的音律，或者说声律也无妨，就是平声字与仄声字的相重相间。

刘大白 1926 年左右所作《中国旧诗篇中的声调问题》，与吴宓的看法相同，也认为中国的声律，是平仄声底相重相间，然而在音步种类，及音步的安排上，刘大白与吴宓大不相同。

（2）轻重音步。王光祈在《中国诗词曲之轻重律》中，认为中国诗歌同西方一样，也都符合音律的标准。王光祈认为中国的平声字较重较长，仄声字较轻较短，他说："因此，余遂将中国平声之字，比之于近代西洋语言之'重音'（accent），以及古代

---

① 吴宓：《吴宓诗话》，商务印书馆 2005 年版，第 75 页。

希腊文字之'长音'。而提出：平仄二声，为造成中国诗词曲之'轻重律'Metrik之说。……中国诗之平声，则兼有'重''长'两项特色，实为全诗之重心。"①

英诗的轻重律，以一轻一重组合而成，怎么来解释中国诗歌的两平或两仄呢？王光祈提出了一个西方没有的音律种类：

> ……中国近体诗乃系一种"复突后式"Doppel＝Trochäccs，或"复扬波式"Dopple＝Jambus；换言之，即轻重"双"相间，所以特于西文原名之上，加上一个"复"字。②

（3）重音音步。陆志韦是重音节奏的始倡者，他也是新诗格律运动的先锋。他在《渡河》的自序中，提出要"舍平仄而采抑扬"，在轻重音上建立格律。1937年，陆志韦的《论节奏》一文，则正式地对重音节奏，进行了总结。他认为重音节奏的原则是："每行诗不必定有几节，每节不必有绝对划一的长短，一节之中轻音的多少，重音的位置，也不必太拘。"③

（4）重重音步和其他音步。同吴宓、王光祈对汉字声音的二分法不同，罗念生从词性上来分轻重，他说："我以为我们的文字有虚有实，大概虚字轻读，实字重读；此外轻读的实字自然也算是轻音。在时间上重音字较轻音字要长一些。这样讲来，我们的旧诗在节律与拍子两方面便没有丝毫缺憾。大多数的旧诗是用'重重'律写出来的。轻音字采用得很少，不能生出很大变

---

①　王光祈：《中国诗词曲之轻重律》，中华书局1933年版，第2页。

②　同上书，第27—28页。

③　《文学杂志》第1卷第3期，1937年7月1日，第17页。

化。"① 照罗念生的说法，近体诗基本上是重重律，即英诗的
"spondee"。1959年，罗念生又发表《诗的节奏》一文，将重音
与长音结合起来，认为近体诗是一种"重长节奏"，"重长节奏"
实际上仍然与重重律相一致。

叶公超《论新诗》一文，与罗念生的说法有一致的地方，他
认为中国语言里有较多的轻重音的连续，可以组成轻重重、轻重
重轻、重重轻、重重、轻轻等音步类型。

（5）音组、音顿理论。音顿、音组理论是所有节奏理论中影
响最为广泛的一种，很多理论家、诗人都对它做了补充和发展。
音顿、音组理论包括了众多相类似的概念，虽然它们在名称上不
同，却有共同的理论特征，因此本书用音顿、音组理论来概括这
一类的节奏理论。

音顿、音组理论的提出，同现代格律诗的建造密不可分，因
此脱离开现代格律诗运动，来谈音顿、音组理论是难以做到的。
现代格律诗运动所孕育出的音顿、音组理论，不但可以拿来做新
诗，也可以用来分析古代诗歌，实际上，很多诗论家也都这么
做了。

现将音顿、音组理论，做一历史性的考察。这一时期出现的
音顿、音组理论如下：

第一，拍子理论。拍子理论将诗句分成规律性的几拍，虽然
其着眼于诗句间的分隔状态，但是对于诗句间的音节组而言，仍
有规范作用，因此与音组理论貌异而神同。最早提出拍子理论
的，是饶孟侃，他在《新诗的音节》一文中，对闻一多的《死
水》一诗的拍子，做了分析，他认为每行诗有四个拍子，每个拍
子由两个或者三个字构成。梁宗岱1936年《关于音节》一文，

---

① 《大公报·诗特刊》1936年1月10日，第10版。

也谈到了拍子，认为诗行要有规则的拍数，拍数整齐的诗行，字数也要划一。罗念生《节律与拍子》一文则认为拍数整齐，字数不必划一，但是罗念生的拍子理论却是归于重重律的，按照英诗的分类，是一种重音音节节奏，因此与此处的拍子理论并不一样。

第二，音尺理论。音尺理论是闻一多《诗的格律》一文提出来的，他引了一首诗，其中有一句是："孩子们惊望着他的脸色"，闻一多说："这里每行都可以分成四个音尺，每行有两个'三字尺'（三个字构成的音尺之简称，以后仿此）和两个'二字尺'，音尺排列的次序是不规则的，但是每行必须还他两个'三字尺'两个'二字尺'的总数。"① 这里的"音尺"，即是"meter"，因为"meter"有"尺"的意义，闻一多加了一个"音"字来译它。音尺理论实际上注重二三个字组成的群体，这种群体的数量在诗行中是规则的，因此构成了一种重复。

第三，音顿理论。朱光潜 1936 年在《新诗》上发表《论中国诗的顿》一文，提出了顿的理论。朱光潜认为中国诗的节奏，类似于法诗的顿，每顿的字数不必划一，可以有所伸缩，每行诗的顿数要有些规律。

第四，音组理论。音组这个术语最早是孙大雨提出来的，他于 1930 年发表《黎琊王》一诗，在诗后谈到了音组这个名称。而最早著文专论音组的是叶公超，他在 1937 年的《文学杂志》中，发表了《论新诗》一文，对音组理论进行了阐说。随后由于卞之琳发表《我和叶公超》一文，遂乃引发谁是音组的最早提出者的争论，实不必要。叶公超《论新诗》一文，认为新诗的节奏单位多半是"二乃至四个或五个字的语词组织成功的，而不复是

---

① 《晨报副刊·诗镌》第 7 号，1926 年 5 月 13 日，第 30 页。

单音的了，虽然复音的话词中还夹着少数的单音"。① 由此看来，叶公超并未把音组理论扩及古代诗歌中去，因为古代诗歌"单个字的势力比较大"。叶公超进而对新诗中音组的要求作了说明，他说：

> ……音组的字数不必相等，而其影响仍然可以大致相同，而且我们说话的语词和段落又多半不出从二至五个字内的差别，所以我觉得音组的字数无须十分规定。音组内的轻重或长短律我觉得也无须像音步的情形一样，严格规定，但是每组必须有一比较重长的音，或两个连续重长的音。至于每行内音组的数目应否一致，这当然全凭各首诗的内容而定，但是最低限度也应当有一种比例的重复。②

叶公超的观点，可以分下面几点来说，首先，音组的字数和音组的数目，可以有变化，这和罗念生、唐弢等人的观点大致相同；其次，音组内要有一两个重音，这与陆志韦的重音节奏相似。因此叶公超的音组论实在与此处所论的音组、音顿理论名同而实异。

(五) 补充的说明

从上面的论述可以发现，在 1919 年至 1937 年间，格律的标准，不再以声律为准，而是以音律为准。虽然这些文章并不是完全的罗列，但是从涉及的刊物，涉及的论题，以及参与者的广度上看，音律的观念，已经渗透到了学者和作家之中，已经延伸到

---

① 《文学杂志》1937 年 5 月 1 日，第 17 页。
② 同上书，第 21 页。

现代格律诗、古代诗律、节奏学等领域之中。

第二节　中国诗律观念变迁的磨合期
（1937.7—1966）

一　1937.7—1949 年间的诗学环境和诗律观念

20 世纪 30 年代初，现代文学中就有大众文学的存在，到了1937 年全民抗战之后，为了配合抗战的宣传需要，诗人们纷纷投身于抗战文艺之中。在此背景下，大众化和民族风格对诗人的创作就有了要求。正如黄药眠所说："我想我们今天应该把'创造出真正能为大众所了解的作品'为我们创作的最大方向，并以此为准则，建立诗歌的批评。"[①] 值得注意的是，在这一时期里，诗歌的思想和形式的"改造"也直接地提了出来：

> 做为一个小资产者出身的诗人，从思想到感情到语言，都残存着许多毛病与毒素，如果不认真的"改头换面"一下，那是难能创作出被大众所喜爱作品的。说到改头换面，就是"改头"可能解释为"思想改造"，"换面"可解释为"艺术加工"。[②]

在大众化和民族风格的要求下，新诗，特别是格律化的新诗，受到了批评，不少论者认为它脱离大众，"新诗之所以在实践上失败，最后是因为没有总体的放在民族形式问题下

---

① 黄药眠：《中国诗歌运动》，《大公报》1940 年 6 月 21 日，第 4 版。
② 王亚平：《诗文学》第 1 辑，1945 年 2 月，第 25 页。

来解决"。① 这样 1920—1930 年间的音律观念下的新诗诗体尝试，就受到了一定程度的怀疑，新诗格律的试验也基本停下了脚步。

怎样体现民族风格呢？一种观点认为要向旧形式学习，要在旧形式的基础上建立新形式，代表的论文有向林冰《论"民族形式"的中心源泉》、陈伯达《论文化运动中的民族传统》等，向林冰认为：

> 民间形式的批判的运用，是创造民族形式的起点；而民族形式的完成，则是运用民间形式的归宿。换言之，现实主义者应该在民间形式中去发现民族形式的中心源泉。②

虽然郭沫若（1940）、周扬（1940）等人纷纷著文反对这样的观点，但是他们也同意为了宣传的目的，应该利用民间形式或者旧形式。

由于对民间形式的强调，1937—1949 年间，出现了大量民歌体、戏曲唱词体、民谣体的诗歌，西方音律观念下的诗体有退潮的迹象。

总体上看，1937—1949 年间，西方音律话语还存在于整体的诗学话语之中，虽然闻一多、罗念生、叶公超等诗人或诗论家对于新诗格律的探索在 1937 年之后渐趋沉静，但是朱光潜在这一时期出版了《诗论》一书，冯至出版了《十四行集》，林庚发表了《再论新诗的形式》一文，这些论著从理论和创作层面都展

---

① 王冰洋：《抗战第二期的诗过程》，《大公报》1940 年 1 月 7 日，第 4 版。
② 向林冰：《论"民族形式"的中心源泉》，《大公报》1940 年 3 月 24 日，第 4 版。

现了西方音律观念的影响。

　　这一时期的诗律理论较为重要的是林庚的"半逗律"。1948年的《文学杂志》上，林庚发表了《再论新诗的形式》一文，明确提出了"逗"的观念，这里的逗即意义的节奏——"顿"或"逗"（读）。林庚发现楚辞中"兮"字常常有节奏的作用，他说：

　　　　西洋诗虽以 metre 为主，却也有所谓 pause，而"兮"字正类似 pause 的作用，我们姑称之曰"逗"。那么一个诗行在中央如果能有一个"逗"，便可以产生节奏。若再看看四言诗乃是二、二，五言诗乃是二、三，七言诗乃是四、三，也都是要求在诗的半行上有一个明显的"逗"。这里正是说明着中国诗歌形式上值得注意的一个普遍现象。①

　　由于对民族形式讨论的侧重点是怎样体现大众化和怎样看待五四新诗的问题，诗学界对民族形式的格律特点并未深入探讨。但一个明显的现象是诗论家继续把近体诗的平仄看做是腐朽没落的东西，声律观念在音律退潮之间并非得到复兴，诗论家眼中的民族形式，不过是在古代被认为没有格律的民歌、民谣等体裁。周扬在《新文艺和旧形式》一文中对旧形式和民族新形式都作了界定，可以看出这一时期对民族形式格律认识上的模糊态度：

　　　　所谓旧形式一般地是指旧形式的民间形式，如旧白话小说，唱本，民歌，民谣，以至地方戏，连环画等等，而不是指旧形式的统治阶级的形式，即早已僵化了的死文学，虽然民间形式有时到后来转化为统治阶级的形式，而且常常脱不

---

　　① 林庚：《问路集》，北京大学出版社 1984 年版，第 208 页。

出统治阶级的羁绊。所谓新形式又是指民族新形式，而不是指外国旧形式，虽然一个民族的文艺常常要受先进民族或与自己民族在社会经济范畴上相类似的民族的文艺的影响。①

文中所说的"统治阶级的形式"，即指近体诗而言，而"外国旧形式"，则主要指十四行诗等符合音律规则的诗体。从这里可以看出，周扬的民族新形式，即不容纳声律观念，也不许可音律观念，即是一个在诗律上不中不西，没有明确标准的形式。

二 1949—1966 年间的诗学环境

1949 年新中国成立后，国内的诗学环境与前期并没有异质的变化，大众化和民族风格仍然是诗歌的一个中心话题。在此之下，诗歌仍然延续了前期对集体生活的反映形式，但是在新的形式下，对歌颂集体生活做了更多的强调。田间早在 1949 年 12 月发表的《关于诗的问题》，可看做是这种趋向的一个代表：

> 我觉得新时代的人民诗人，实际上是战士的别名，是新的集体主义英雄的代号。如果这样说法大体上没错，那么，诗也就是时代真实而嘹亮的音调，也就是人民意志的代表，也就是劳动人民（包括诗人）思想情绪精炼的韵律语言的艺术。②

这种立场实际上与抗战时期的文艺路线很相近，都强调诗歌在民族运动下的服务功能。

---

① 周扬：《新文艺和旧形式·上》，《大公报》1940 年 3 月 28 日，第 4 版。
② 田间：《关于诗的问题》，《文艺报》1949 年 12 月 25 日，第 12 页。

在这种文艺路线下，诗歌必须要具有人民群众喜闻乐见的形式，因此"新民歌"运动成为一种五六十年代（特别是"大跃进"时期）最为耀眼的诗歌现象。冯至在《关于新诗的形式问题》一文中说：

> 我们可以一点也不夸大地说，从去年以来（1958）大量新民歌的产生，无论在数量上或是在质量上，无论是在中国或是在外国，都是从来不曾有过的现象。只有在党所领导的大跃进中才会有这样意想不到的奇迹。和人民公社是将来共产主义社会的萌芽一样，新民歌是将来共产主义文艺的萌芽。①

冯至这里的话，并不是他一个人的观点，当时在刊物上出现的诗论家，几乎都热情洋溢地歌唱过新民歌。

同 1937—1949 年的诗学环境一样，自由诗和格律化的新诗在这一时期继续受到批评。萧三（1950）说：

> 我总觉得，现在我们的新诗和中国千年以来的诗的形式（或者说习惯）太脱节了。所谓"自由诗"也太"自由"到完全不像诗了。和中国古典的诗脱节，和民间的诗歌也脱节，因此，新诗直到现在还没有在这块土壤里生根。②

对于民歌的重视，对于传统形式的强调，以及对新诗的批评态度，同样构成了这一时期的诗学环境。许多诗论家认为民歌、

---

① 冯至：《关于新诗的形式问题》，《文学评论》1959 年第 1 期，第 36 页。
② 萧三：《谈谈新诗》，《文艺报》1950 年 3 月 10 日，第 6 页。

古诗甚至近体诗的形式不是束缚人的东西，因为老百姓喜闻乐见，它们易于被人民接受，容易产生影响。这种观念实际上具有很大程度的复古趋向，被新诗人们极力摒弃的词曲调的诗歌，重新恢复了它的价值，具有了新的功用。而音律在这种观念下却有失效的危险。从新中国成立初期，以至到50年代末，对于音律的批评就一直没有停止过。田间认为："徐志摩、朱湘等诗人早先也注意过格律，但他们所要求的和我们所要求的尚有某些区别。"① 张光年（1959）则认为卞之琳在音律观念下创作的现代格律诗，读起来让人感到别扭，而沙鸥（1958）则认为何其芳、卞之琳的现代格律诗探索是闭门造车，不顾人民群众的喜好。

对于西方音律的持续批评，确实有让西方的音律退出中国诗学话语中的可能，有让中国的声律重新生效的可能。但是实际发生的情况却并非如此，现代格律诗的探索虽然少了，民歌体的作品虽然占据着主流位置，但是诗论文章中的诗律话语却主要还是音律话语，声律话语并没有任何显著的增加。

1937—1949年以及1949—1966年间的诗律话语状况，主要涉及现代格律诗理论部分和新民歌理论部分，结合这两个部分具体分析，正可以全面地掌握这一时期诗律话语的状况。

三　现代格律诗理论中的诗律话语

新中国成立之后，何其芳先后发表了《话说新诗》、《关于现代格律诗》、《关于新诗的"百花齐放"问题》等文章，使得"现代格律诗"这样一个术语流传开来。与何其芳相附和，卞之琳也先后发表了《对于新诗发展问题的几点看法》、《分歧在哪里？》等文章，徐迟发表了《谈格律诗》。随后，《文学评论》联合《诗

---

① 田间：《写给自己和战友》，《文艺报》1950年3月10日，第7页。

刊》、《人民日报》、《文艺报》举行诗歌格律问题座谈会，并在1959年第3期的《文学评论》上，列出了"关于诗歌格律问题讨论专辑"，不少诗律学家发表了相关的文章，比如王力、朱光潜、罗念生、周煦良等人。另外，王力出版了《汉语诗律学》一书，孙大雨在刊物上发表了具有中西比较视野的论文《诗歌底格律》。这些文章和论著与何其芳、卞之琳、徐迟的文章一样，组成了50年代的现代格律诗理论话语。这些文章都是对新诗格律建设的探索和总结，是沿承着1923年以至1937年新诗格律运动的步伐的。

需要说明的是，由于当时"新民歌"运动的影响，这些文章也会夹杂着"新民歌"理论的话语，不是纯粹的。

由于这些文章都是在西方音律观念下发展的格律主张，因而文章中体现了西方的音律观念是确定无疑的。下面分类看现代格律诗理论在50年代的存在情况：

（一）节奏与诗律的关系

何其芳（1958）认为严格的节奏和押韵是格律诗与自由诗区别的标志，王力（1959）认为节奏和押韵一样，是格律诗的两个要素，罗念生（1959）认为节奏和韵、顿以及它们的相互关系，组成了诗歌的格律。

（二）节奏的特征

王力认为："节奏，从格律诗来说，这是可以较量的语言单位在一定时隙中的有规律的重复。"[1] 朱光潜认为节奏有两个特

---

[1]　王力：《中国格律诗的传统和现代格律诗的问题》，《文学评论》1959年第3期，第8页。

征，其中之一是："形式化的节奏和语言的自然节奏的矛盾的统一。"① 罗念生认为"节奏是有规律的运动，诗的节奏是由不同的字音很有规律的交替而造成的。"②

（三）现代格律诗节奏的单元

何其芳认为节奏在于"顿"，"我说的顿是指古代的一句诗和现代的一行诗中的那种音节上的基本单位。每顿所占的时间大致相等"。③ 朱光潜（1959）认为除了二字顿和三字顿之外，新诗格律中出现了相当多的"四字顿"。罗念生（1959）认为"顿"即是"音步"，每一顿里还有一定的轻重长短的差别。

除了以上理论外，王力在《汉语诗律学》中，还提出了长短音步的概念。王力认为汉语中的平声字，是长音，平调，与此相对，上去入三声的字，是重音，升降调或促调，他说："如果我们的设想不错，平仄递用也就是长短递用，平调与升降调或促调递用。"④ 因此，平仄的结合，就形成了长短音步，或者短长音步。

孙大雨的《诗歌底格律》一文，是"音组理论"的专著，孙大雨说：

> 音组乃是音节底有秩序的进行；至于音节，那就是我们所习以为常但不大自觉的、基本上被意义或文法关系所形成

---

① 朱光潜：《谈新诗格律》，《文学评论》1959 年第 3 期，第 13 页。

② 罗念生：《诗的节奏》，《文学评论》1959 年第 3 期，第 18 页。

③ 何其芳：《何其芳选集》第 1 卷，四川人民出版社 1979 年版，第 142 页。

④ 王力：《汉语诗律学·导言》，上海教育出版社 2005 年版，第 6 页。原文中字下加点，此处略去。

的、时长相同或相似的语音组合单位。①

孙大雨认为音组理论，有古今中外的普遍适用性，对于中国诗来说，不论是古代诗歌，还是新诗，音组都可以由一个字到四个字组成，诗行中音组要有规律性的重复，而音组的字数可以不必划一。

周熙良 1959 年发表的《论民歌、自由诗和格律诗》一文，也用到了音组的概念，他认为音组的概念比节拍更好，认为"音组字数相当自由，但是顿数长短却很分明的格律"是新民歌发展的方向。

自《再论新诗的形式》一文发表后，林庚没有停止对"半逗律"探索的步伐，他在新中国成立后陆续发表《新诗的"建行"问题》、《九言诗的"五四"体》、《关于新诗形式的问题和建议》等文章，渐渐将"半逗律"说完善成形，其《关于新诗形式的问题的建议》一文说：

> ……中国诗歌形式从来就都遵守着一条规律，那就是让每个诗行的半中腰都具有一个近于"逗"的作用，我们姑且称这个为"半逗律"，这样自然就把每一个诗行分为近于均匀的两半；不论诗行的长短如何，这上下两半相差总不出一字，或者完全相等。②

（四）现代格律诗节奏的安排

徐迟认为每行要有三顿或四顿，行与行间要有一定的规律：

---

① 《复旦大学学报》1957 年第 1 期，第 10 页。
② 林庚：《问路集》，北京大学出版社 1984 年版，第 245 页。

我们是否可以要求一些诗人在创作时注意到这样的一种格律——四行一节；每行三顿或四顿，或者有些变化，三顿四顿相间；一二四行押脚韵，或两行一韵，或两行间韵，短诗一韵到底呢？我想，我们可以这样希望的，事实上许多诗人已经这样接近于这个格律。①

罗念生认为：

格律诗各行顿数要相同（长短行相间者例外），所以我们念格律诗，要按照顿数来念。如全诗采用四顿诗行，凡遇有可念为三顿或五顿的诗行，要设法念成四顿……每行的顿数，可以由一顿到七顿，超过七顿的诗行会显得软弱累赘，难于成行（诗是以行为单位的）；遇到太长的诗句，可采用跨行，即把过多的顿移到下一行。②

（五）诗的调子

卞之琳提出了"调子"说，两字顿收尾的是说话式调子，三字顿收尾的是哼唱式调子，诗中的调子应该有所变化。

从上面的论述上看，50 年代现代格律诗理论话语中，虽然处在一个民族形式回归的浪潮中，但是等时重复的音律观念依然大范围地存在着，并没有因为传统形式的走俏而彻底失效。

四 "新民歌"理论中的诗律话语

新中国成立后的十七年间，现代格律诗的探索虽然仍在继

---

① 徐迟：《谈格律诗》，《诗刊》1959 年第 6 期，第 94 页。
② 罗念生：《诗的节奏》，《文学评论》1959 年第 3 期，第 23 页。

续，但是它跟"新民歌"的鼓吹文章相比，要逊色得多。不但各种文学刊物，比如《诗刊》、《星星》、《文艺报》、《人民文学》刊发了大量的"新民歌"及其相关的论文，即使在讨论现代格律诗的文章中，也都要为"新民歌"呐喊助威，比如1959年《文学评论》刊发的朱光潜的《谈新诗格律》、金戈的《试谈现代格律诗问题》等文章，都要涉及现代格律诗的民歌基础问题。

　　"新民歌"虽然是一种传统的诗歌形式，革命群众喜闻乐见，但有关它的论述文章却很少显示出声律复归的迹象。原因很简单，老百姓熟悉民歌和唱词，但他们不熟悉平仄对仗的近体诗，文学要服务群众，自然要考虑到群众的审美趣味。所以"新民歌"理论话语，与其说是诗学话语，更不如说是政治话语来得贴切一点。因为在这些理论中，既缺乏深入理性的分析文章，也缺乏脱离开政治话语的姿态。当时曾出现了一些极左的文章，比如李亚群《我对于诗歌下放问题的意见》一文，将现代格律诗与"新民歌"的争论上升到政治立场上。李亚群说："这问题从表面看来，好象是单纯的文艺理论问题，其实还是有关文艺方针的问题，亦即愿不愿为工农兵服务的问题，也是谁跟谁走的问题。"①

　　除了这些政治性强的理论文章之外，真正具有较严肃的诗学态度的，倒还是一些学者发表的文章，比如徐迟《谈民歌体》、周煦良《论民歌、自由诗和格律诗》、唐弢《从"民歌体"到格律诗》等文章，而这些学者因而涉及现代格律诗理论，所以论文中的诗律话语还是西方音律的。比如徐迟在《谈民歌体》中说：

　　　　我们的诗歌中，比较普遍的形式是：四行一节；五言或七言；每行二顿或四顿；第一、二、四行或第二、四行押脚

---

　　①　李亚群：《我对诗歌下放的意见》，《星星》1958年第11期，第9页。

韵。这也可以说是比较普遍的"格律"。

……

我们的民歌也是用这样的格律的。可是，民歌、歌谣中，变化之多，不可胜数。①

除了这些文章之外，也有一些政治话语强的理论文章涉及音律观念问题，比如张光年《在新事物面前——就新民歌和新诗问题和何其芳同志、卞之琳同志商榷》一文，文中说：

从新民歌中间已经产生了生动活泼的新形式、新格律。许多新民歌并不拘泥于五言或七言，但仍然保持了相当整齐的节奏或音节（也就是何其芳同志所说的"顿数"），它们照理说可以在何其芳同志主张的现代格律诗中占有一个席位的，可是就没有受到热情的接待。②

这里面的"格律"观念，明显还是建筑在"节奏"之上的，从学理上看，与何其芳所说的顿相近。

除去张光年这类的文章外，剩下的一些文章对格律的概念比较模糊，比如郭小川《诗歌向何处去？》、萧殷《民歌应当是新诗发展的基础》。这些文章并没有明显的"顿"的概念，只有笼统的"节奏"的字眼，比如萧殷认为民歌"音韵铿锵，节奏分明"。大致上看，当时的不少文章将"五言、七言"看做是一种格律，沙鸥《新诗的道路问题》一文认为民歌体的形式以五七言为主，

---

① 徐迟：《谈民歌体》，《文学评论》1959 年第 1 期，第 25 页。

② 张光年：《在新事物面前——就新民歌和新诗问题和何其芳同志、卞之琳同志商榷》，《人民日报》1959 年 1 月 29 日，第 7 版。

郭小川《诗歌向何处去?》则认为除了五七言四句体之外，还有一些长短体的形式。这种对形式或格律的看法，实际上与传统诗律观念大相径庭。中国古代的诗律观念中平仄为诗律必不可少的要素，虽然字数至关重要，但是平仄早已施加于字数之上，字数和平仄成为一个浑然的整体了。在这样的诗律观念下，单纯的字数规范是不符合律诗的标准的。由此看来，这些文章中的诗律话语不纯然是中国古代的。另外，这些文章并没有涉及音步、音顿的问题，它们对于五七言的节奏组合缄默不言，这说明这些文章也不一定是西方音律的话语。

综合来看，沙鸥、萧殷等人的文章与中西诗律话语都没有紧密的联系，但是如果强加区别的话，这些文章还是与西方诗律话语为近的。在西方的音律话语中，中国的五七言诗具有格律的特点，何其芳、朱光潜等人的理论文章都认可古体诗的格律资格，民歌因而自然也有了格律特性。从这一点来说，沙鸥、萧殷这类的文章，反映的不是中国古代的声律观念，而近于西方的音律观念。

第三节　中国诗律观念变迁的完成期(1976—2008)

一　新时期诗律研究的特色

从 1966 年到 1976 年，由于"文化大革命"对文艺的破坏性，文学界充斥着革命口号，虽然诗歌仍然延续了"大跃进"时"新民歌"的民族风格，但是诗论文章没有多少诗学性可言。

1976 年之后，对西方的学习和研究越来越热，一些诗人也开始沿着现代格律诗的道路继续前进，民族风格的"新民歌"体在年青的诗人那里受到了冷遇，西方诗律的文章和论著再次大量地涌现出来，这一切组成了新时期诗律问题的基本状况。

1976年之后的诗学背景与20世纪二三十年代的相比，有很大的共同点，比如对西方风格的重视、学者对音律的介绍和接受对诗律观念的影响很大。但除去这些共同点外，二者也有差异，这表现在新时期学者和诗人对于现代格律诗的开拓乏力。鉴于前者中的诸多节奏理论与新诗格律的建设有关，比如闻一多、叶公超、罗念生、陆志韦等人提出的理论，所以可以认为新诗格律的探索深深地促进了音律观念的生效。新时期的学者基本上是对以往现代格律诗试验或理论进行总结，缺乏新的理论出现，这多少使得这一时期的音律观念只是一种"复兴"，是对原有开拓地的重新耕种。

新时期的诗律论著，从构成上看，可以分为如下几种：

第一，老诗人、老理论家对自己主张的再次阐释。"文化大革命"之后，不少老诗人、老理论家重新回到了诗坛、学界，他们对自己早期诗律试验或主张进行重新论述，组成了这一时期诗律论著的一道风景线。这些诗人和理论家发表了以下有代表性的论著：卞之琳《对于白话新体诗格律的看法》、《人与诗：忆旧说新·序》，孙大雨《格律体新诗的起源》，林庚《问路集》、《新诗格律与语言的诗化》。

第二，学院派学者对20世纪节奏主张和理论的梳理、总结。从吴宓、陆志韦以来，20世纪出现了众多的节奏主张，它们基本对现代格律诗和传统诗歌都有言说能力，所以这些主张本身就具有学术研究的功用。20世纪70年代末恢复高考后，出现了不少学者，他们对这些主张重新进行了拉网式的梳理，有的甚至通过折衷的办法，形成了自己的诗律理论，以此来研究中国古代和现代的诗歌。这些学者及其论著简述如下：赵毅衡《汉语诗歌节

奏结构初探》，许霆、鲁德俊《新格律诗研究》，周仲器、周渡
《中国新格律诗论》，陈本益《汉语诗歌的节奏》、《中外诗歌与诗
学论集》，龙清涛《新诗格律理论研究》，王珂《百年新诗诗体建
设研究》，邓程《论新诗的出路》，吴洁敏、朱宏达《汉语节奏
学》等。由于新中国成立前的节奏理论的提出者具有学者背景，
他们很容易占据当代学院的话语空间，这使得早期学者的诗律观
念足以对后来的学者产生影响。比如赵毅衡曾师从卞之琳，陈本
益曾与方敬、邹绛共事，王珂曾师从陈本益。这种学术上的渊源
关系，使新来的学者容易站在音律观念的范围中重审前人的理
论。如果仔细分析一下上述学者的论著，可以发现他们都接受了
音律的观念，都在等时重复的基础上定义诗律。

这一时期值得注意的诗律现象有以下诸点：

（1）音顿理论的广泛接受。音顿理论是在学界得到最广泛接
受的节奏理论，80 年代以后，它迅速在诗律界散播，很多专门
研究诗歌的学者，都对顿诗理论做了细致的研究。比如邹绛收在
《中国现代格律诗选》中的《浅谈现代格律诗及其发展》一文，
对顿的划分、顿的安排、现代格律诗与古代格律诗及外国格律诗
的异同，都做了论述；吕进的《中国现代诗学》也对顿理论做了
介绍；许霆、鲁德俊的《新格律诗研究》一书，对音顿节奏做了
肯定，并对其规则做了探讨；陈本益《汉语诗歌的节奏》一书，
更是一部音顿节奏的集大成之作。陈本益将音顿与停顿结合起
来，认为汉诗是“音节·顿歇节奏”，继而对音顿节奏的历史探
索、构成原理，以及古代诗歌和新诗的节奏形式等，都做了细致
的研究。另外，吴洁敏、冯胜利、王珂、龙清涛等人都出版了专
著，探讨与音顿节奏有关的格律问题。

（2）新音组理论的探索。赵毅衡 1979 年发表《汉语诗歌节
奏初探》一文，提出了自己的音组理论。本书为了与孙大雨的音

组理论进行区别，故以"新音组"称之，因为他对原有的音组理论进行了修正。

赵毅衡的这篇文章，也是反对音顿、音组理论的，认为中国的诗歌，不是建立在西方音律的基础上，而是有着中国的传统基础，这一点颇与林庚相似。赵毅衡说：

> 笔者认为，汉语诗歌的节奏体系，不可能构筑在轻重音或长短音对比的基础上。从《卜辞》、《周易》中的原始诗歌开始的整个中国诗史，从上古的民歌到现代的民歌，都证明汉语诗歌用的是十分稳定的音组排列节奏，而现代的白话诗则是依托着自然语调节奏重新向音组排列节奏的传统靠拢。[①]

赵毅衡的新音组理论与音顿、音组理论的不同，在于它不是从等时性出发，要求字数和节奏单元的严整，赵毅衡说：

> 整齐，应当是指节奏的稳定延续，而不是指字数或节奏单元数字的一致。……节奏单位在行间以一定方式（数目和形态）相应以形成对比就能产生节奏感。[②]

但是音顿、音组理论也有较宽的一面，它有时也允许字数和节奏单元有一定程度的变化，因此这一点只是大致上的区别，不是绝对的区别。一个重要的区别在于音组的划分上。音顿、音组理论

---

① 赵毅衡：《汉语诗歌节奏初探》，《徐州师范大学学报》（哲学社会科学版）1979 年第 1 期，第 45 页。原文中字下的加点，此处略去。

② 同上书，第 48 页。

要求在诗行中,可以打破意义的联系,产生"形式的节奏",或是对"节拍群的分解与组合",而赵毅衡的新音组理论,则是照顾到意义的完整性,他说:

> 音组的区分与意群基本相合,区分音组的语音学方法又类似自然语调中区分意群的方法,这样,汉语诗歌的节奏实际上是自然语调配合的音组排列节奏。[①]

这种按照意群来分析音组,就能对一些音节较长的诗篇,进行较好的分析,远胜过音顿、音组理论的琐碎的音步划分。

(3)意顿节奏的提出。许霆、鲁德俊著《新格律诗研究》一书,提出"意顿节奏"的观念,这种观念不仅是二人的专利,而且有一定的代表性。另外虽然二人的论述对象是新诗,但是考虑到其理论也适用于古典诗词曲,因此,对其进行分析也是有意义的。

许霆、鲁德俊认为"意顿节奏"是与音顿节奏相并列的另一种节奏体系:"在我国,顿的有规律排列就形成新格律诗的节奏。由此出发,我们认为,新格律诗有两种节奏体系,即'音顿节奏'和'意顿节奏'。"[②]那么,什么是"意顿节奏"呢?书中说:

> 意顿节奏,说得完整一点,应叫做意群对称停顿节奏。实践意顿节奏的诗人也很多。这种节奏构成的条件也是三个方面:第一,节奏单元是"意群"。这是根据意义相对独立

---

① 赵毅衡:《汉语诗歌节奏初探》,《徐州师范大学学报》(哲学社会科学版)1979年第1期,第52页。

② 许霆、鲁德俊:《新格律诗研究》,宁夏人民出版社1991年版,第261页。

和语调自然停顿划分出来的"时间段落",一般是一个短语,甚至是一个诗行。这种节奏单元不呈形式化,长度并不统一。第二,意群的排列原则是"对称"。在诗中,连续排列的数个意顿并不等时,音节数差距较大,因此无法见出节奏,只有在意群对比排列条件下,节奏才呈现有规律运动——循环、反复、再现,这种对比即意群的相应对称排列。第三,有规律地"停顿"。在意群相应对称排列的情况下,诗行或诗行组之间的停顿就呈现出规律性。[①]

简言之,意顿节奏就是不着眼于音顿,而着眼于较大的诗行单位上,它的适用性在于,有些诗并不都是由某几个音顿组成的,诗行长短不一,用音顿理论解释有些困难,但是如果这首诗中,节与节之间有对称关系,就可以用意顿节奏解释了。

(4)典型诗行的探究。早在20世纪50年代,林庚从"节奏音组"出发,就开始了对典型诗行的探索,他提出了"五四体"的典型诗行,认为在五字节奏组上可以生成诸多的诗行形式。在1998年所作的《从自由诗到九言诗》一文中,林庚总结了这个说法:

> 根据韵乃是在一行的行尾而不在一行的行头这个举世皆然的现象,我就把"五字音组"放在诗行的底部,然后上面加上不同的字数来构成格律性的诗行……我初步认出十言(五·五)、十一言(六·五)是最为可取的……[②]

除了林庚的"半逗律"探索,诗人黄淮还尝试了另外一种

---

① 许霆、鲁德俊:《新格律诗研究》,宁夏人民出版社1991年版,第262页。
② 林庚:《新诗格律与语言的诗化》,经济日报出版社2000年版,前言。

"九言诗"，每个诗行由三个二字顿和一个三字顿构成。

诗律家陈本益进而对典型诗行进行了探索，他在《汉语诗歌的节奏》一书中说："总之，格律体新诗的典型行式是三顿七、八言双音尾行式和四顿九、十言双音尾行式，其中四顿九言双音尾行式最为典型。"①

二　诗律观念变迁最终完成的证据

总的来说，新时期出现的众多诗律论著，在节奏理论的探索上基本停滞，在对前人的主张和理念的总结上多有建树。这或许表明自 1921 年以来的诗律观念的变迁已经最终完成，诗人和学者已经在节奏理论上得到了共识，已经不需要其他新奇的理论作更远的开拓了。

将新时期看做是诗律观念的完成阶段，还有下列证据可资支持：

（1）音律观念下的现代格律诗已获得文学史的认可。当代许多的文学史书比如骆寒超《20 世纪新诗综论》、钱理群等人《现代文学三十年》等都对现代格律诗的理论有较多的关注，这标志着音律和节奏话语已正式为学界所认可。

（2）现代格律诗理论广泛进入大学课堂。虽然吴宓和朱光潜等人在新中国成立前就在大学开设过有关诗律的课程，但直到新时期以来，反映西方音律观念的现代格律诗理论才普遍地进入到大学课堂。其中的原因一个是现代文学学科在新时期的蓬勃发展，许多大学开设了现代文学课，另一个原因在于众多学者对音律的接受，终于影响了整个学术界。在当今的北京大学、首都师

---

①　陈本益：《汉语诗歌的节奏》，（台湾）文津出版社 1994 年版，第 535 页。所谓"双音尾"系指诗行以二字顿结尾。

范大学、西南大学，都有"诗歌研究中心"之类的机构，在各个大学的现代文学史课程中，都要讲授现代格律诗理论的源流，不少大学还开设了现代诗学、诗律学等课程。

（3）现代格律诗学会和诗律学刊的产生。1993 年深圳成立了"中国现代格律诗协会"，这不同于早期的社团和沙龙，而是全国性的正式学术性组织，标志着节奏观念的深入人心。与此同时，不少学术性刊物开辟版面刊登诗歌节奏研究的文章，比如《诗探索》、《西南师范大学学报》，更多的刊物则不定期地刊登节奏研究的文章，这些都促进了音律或节奏观念的影响和传播。

如果将新时期称作诗律观念变迁的最终完成期的话，1919年至 1922 年就是诗律观念变迁的萌芽期，1923 年至 1937 年这十来年的时间就是诗律观念的初成期，而 1937 年到 1976 年，可看做是西方诗律的退潮，但是音律观念仍广泛存在于不同类型的文章之中，是诗律观念变迁的磨合期。

三　诗律观念变迁的例外情况

在这音律流向中国的大潮中，有些细流也不容忽视。其一是反对英诗音律在中国的适用性的倾向，梁实秋 1931 年，发表在《诗刊》上的《新诗的格调及其它》，就直言不讳地指出英诗音律在中国的不适用性。梁实秋说：

> 现在新诗的音节不好，因为新诗没有固定格调。在这点上我不主张模仿外国诗的格调，因为中文和外国文的构造太不同，用中文写 sonnet 永远写不象。①

---

① 杨匡汉、刘福春：《中国现代诗论·上》，花城出版社 1985 年版，第 144 页。引文中的"sonnet"，即指十四行诗。

20 世纪 50 年代，林庚也著文指出，中国诗并没有音律所具有的规则重复，认为西文的音步观念，与中国诗没有多大关系。

其二是传统诗律学的继续存在。这里用的"继续存在"这几个字，是因为由于近体诗、词曲地位的衰落，及研究者的方法所限，传统诗律的研究并没有对清代有多大的突破。这类研究主要有两个特色。第一是诗律定体和拗体的总结，词谱和曲谱的整理，比如王力的《汉诗诗律学》的主体部分。第二是古代诗律原理的总结，这些总结，也多限于对清代或清代以前研究成果的汇总，比如《诗体释例》，徐英《诗法通微》，张崇玖《诗学》、陈去病《诗学纲要》之类。

这两股细流一是数量少，难以引人注意，基本上被音律的大潮掩去了声音；一是成就有限，难以超越清人研究和总结的苑围，因此价值不高。在这样的背景下，音律这个较新的诗律观念，这个来自于欧美国家的理念，在中国得到了快速的接受和影响。这就使中国的诗律观念发生了变革，传统的声律，渐渐变成了音律的一个特别分支，或者干脆被扫地出门，无处容身。

第 三 章

中国诗律观念变迁在诸多领域的状况

自 20 世纪 20 年代以来，中国古典诗律的研究，主要是在西方音律观念下的研究，是用一个新观念、新方法，对一个旧的对象的研究，这是比较文学研究的一个重要领域，台湾学者古添洪称之为阐发法。西方音律对中国古典诗律的阐发研究，在 20 世纪虽然是一个显著的文学现象，但还一直未得到系统的研究，此章将对这种阐发研究做一具体的清理和分析。另外，音律引起了诗律观念的变迁，它产生的效果，不仅在古典诗歌及诗律研究上，它对于现代格律诗建设，对于诗歌翻译，甚至对于汉语韵律学等语言学领域，都有强大的影响力。对这些领域进行描述，对于全面地审视诗律观念的变迁，有着重要的意义。

第一节　近体诗平仄的节奏探寻

音律观念的盛行，首先对中国诗律的影响，就是对声律的反思。既然诗律要求要有音步的重复，那么中国诗歌的声律，具体说来，即平仄的安排，合不合乎音律的规范呢？如果合乎的话，那么，传统的声律就好安顿了，它不过是音律的一种形式而已；

如果不合乎的话，那就有点遗憾了，因为中国的声律，可能并不是什么格律诗，这岂不是千年的大误会？

胡适早在 1914 年，就作了一首十四行诗，诗后对这种十四行诗的格律，也进行了说明，其中就有了这种阐发，胡适说：

> （十四行诗）行十音五"尺"；（尺者［foot，］诗中音节之单位。吾国之"平平仄仄平平仄"，平平为一尺，仄仄为一尺，此七音凡三尺有半，其第四尺不完也。）① ……

胡适在《谈新诗》一文中，还对古典诗歌中的"节"，做了划分，这是探寻平仄的节奏最早的记录，虽然胡适的说法和后来的研究相仿，但是他们的背景却是不同的。胡适是简单的以西格中，这种阐发并没有突现出音律理论的强势，实际上，胡适的论说，只是一种类比（analogy）而已，而后来的诗论家们，却都是在诗律观念变迁的背景中产生的研究。因此，本书专论"诗体大解放"之后的研究。

一　吴宓的探索

首先对平仄进行重新打量的是吴宓，他在 1922 年发表的《诗学总论》一文中，认为中国诗的音律，就是平声字与仄声字的相重相间。至于相重相间的方式，吴宓则归纳出两种，一种为错综式：

> 甲甲乙乙甲甲乙乙甲甲乙乙甲甲乙乙甲甲乙乙甲甲乙乙
> 平平仄仄平平仄□仄仄平平仄仄平□（错综式）

---

① 胡适：《胡适留学日记》，上海书店 1990 年版，第 499 页。

另一种为对称式：

甲甲乙甲甲乙甲甲乙甲甲乙甲甲乙甲甲乙甲甲乙甲甲乙甲甲乙
仄仄平平平仄仄□平平仄仄仄平平□　（对称式）①

按照吴宓的解释，错综式中，甲甲与乙乙之间都相隔二字，平仄交错，所以为错综式；而对称式中，甲甲与乙，成二比一的比例，仄仄后接一平，所以为对称式。

在音步的种类上，吴宓认为基本有两种，即甲甲乙乙、甲甲乙这两类，但是同具体的平仄联系起来，则不那么简单了。甲甲乙乙可以有两种音步：

甲甲乙乙：平平仄仄；（A）
仄仄平平。（a）

而甲甲乙这种对称式，却比较复杂，至少可以有四种不同的音步：

甲甲乙：仄仄平；（C）
平平仄；（c）
仄平平；（E）
平仄仄。（e）

---

① 吴宓在《学衡》上发表的《诗学总论》一文，甲乙图式的下面，并没有配上平仄，平仄图式是在后来商务印书馆出版的《吴宓诗论》中配上的。

但是上面的音步，还没有包括一个省略的"□"号，它在诗中是一个省音，如果考虑它的存在的话，诗中的音步就又会增添不少。

照吴宓的说法，我们可以分析一下七绝的音步构成类型，以仄起调为式：

平平仄仄平平仄	平平仄仄＋平平仄	A＋c
仄仄平平仄仄平	仄仄平平＋仄仄平	a＋C
仄仄平平平仄仄	仄仄平平＋平仄仄	a＋e
平平仄仄仄平平	平平仄仄＋仄平平	A＋E

这里每一行诗，都由两个音步构成。按照中国声律的规则，这里每一行中的 A 或 C，顺序是不能颠倒的，而每一行的安排，都有固定的位置，第二行的安排，不能调换到第三行，否则就不合乎声律的规范了。

吴宓试图调和中国诗歌的声律同英诗的音律的关系，认为声律即是音律之一种，但是他的错误是明显的。首先，它安排的甲甲乙乙与甲甲乙的秩序，与平仄的秩序，根本是不对应的。如果说甲甲乙乙与甲甲乙，还确实存在着"相重相间"的话，平仄的秩序，却完全没有这种重复性可言。比如下面一个图式中：

甲甲乙甲甲乙甲甲乙甲甲乙甲甲乙甲甲乙甲甲乙甲甲乙
仄仄平平平仄仄□平平仄仄仄平平□（对称式)[①]

---

① 吴宓在《学衡》上发表的《诗学总论》一文，甲乙图式的下面，并没有配上平仄，平仄图式是在后来商务印书馆出版的《吴宓诗论》中配上的。

平仄的安排，并不是和甲乙的安排相对应，没有比例可言。具体看近体诗的四个一般句式，平仄也不是相重相间的，诗行中常常会多一个平声，或仄声字，有时会少一个仄声字，或者平声字，吴宓认为近体诗中平仄的重复，是站不住脚的。

其次，吴宓所认可的两种基本音步，细分开来，却有六种之多，还不考虑省音处的作用，而这些音步在一首律诗中，都存在着。这就意味着，中国古代的近体诗，一首诗中，至少存在着六种音步，它们在某些固定的位置上，是必然存在的，不能变更。这种观点，让西方的诗律学家听了会大吃一惊，虽然英诗的音律，常有"替换"（Substitution）的存在，产生了新的音步，但是诗行中只存在一个基本的音步，替换出现的新的音步，也没有绝对固定的位置。从这一点上看，吴宓的理论，与英诗相差太大，且也不符合平仄安排的实际，因此这种理论，是难以站得住脚的。

再次，吴宓面对七言诗时还有些解释能力，当面对五言诗时，问题就出现了，比如一首仄起式的五绝：

仄仄平平仄	仄仄＋平平仄	仄仄＋c 或者 a＋仄
平平仄仄平	平平＋仄仄平	平平＋C 或者 A＋平
平平平仄仄	平平＋平仄仄	平平＋e 或者平＋A
仄仄仄平平	仄仄＋仄平平	仄仄＋E 或者仄＋a

吴宓并没有认可"平平"或"仄仄"音步，他的音步都是平仄混和组成的。可见，吴宓的平仄音步是无法解释五言律绝的，在这一点上，刘大白做了弥补。

二　刘大白的探索

刘大白的分析方法，与吴宓略有不同，他不从大的组合上分平仄的音步，而是从小的组合上分。刘大白认为中国的声律中，从音节上看，有两种不同的音步单元，一是单音步，单音步分为两个音步：

a1：平

a2：仄

一种是二音步，又分为四种：

b1：平平

b2：仄仄

b3：平仄

b4：仄平

而这六种音步，根据抑扬的基本性质，又可以分为两大类，一类是扬步，由 a1、b1、b4 组成；一类是抑步，由 a2、b2、b3 组成。

在音步的安排上，刘大白的分析，要远较吴宓具体。他把诗行的言数，和音步的组合，细细地做了罗列，比如三言诗中，诗行的音步由一个单音步和一个双音步构成，有八种组合方式；四言诗由两个二音步构成，有十六种组合方式；五言诗由两个二音步和一个单音步构成，有三十二种组合方式；七言诗有三个二音步和一个单音步构成，更是破天荒地达到了一百二十八种组合方式。很难想象，古人在作七律的时候，要考虑六种音步的一百二十八种组合方式，别说是作诗，就是依表照抄着来凑，也是费尽心力的事情。

比如一首七绝，照刘大白的分析如下：

平平仄仄平平仄	平平＋仄仄＋平平＋仄	b1＋b2＋b1＋a2
仄仄平平仄仄平	仄仄＋平平＋仄仄＋平	b2＋b1＋b2＋a1
仄仄平平平仄仄	仄仄＋平平＋平仄＋仄	b2＋b1＋b3＋a2
平平仄仄仄平平	平平＋仄仄＋仄平＋平	b1＋b2＋b4＋a1

这里每个诗都是由四个音步构成，五言律绝则是由三个音步构成的。近体诗中平仄的安排有固定的次序，因此，上图的音步安排，是固定不变的，行中和行间，都不许有调换。

但是刘大白的理论，同吴宓一样站不住脚。首先，刘大白的组合方式，也没有体现出"相重相间"的原则，诗行中这么多的音步类型，并没有重复着，相反，每一行都有不同的组合方式，虽然律诗可以有二调，每调相同，但这也不是什么音步的重复，而是调的重复。

其次，刘大白难以回答诗行中为什么夹杂着单音步的现象。刘大白的分析，诗行的前部分都是两个音节的音步，而末尾都加上了一个单音节的音步，并且这些音步也并不是重复着的，有时上下两句的最末一个音步是相同的，比如起句入韵的律诗中，有些是相反的，比如颔联和尾联就是这样。

再次，刘大白的看法与吴宓相较，有一层不同，吴宓认为平声为低音，仄声为高音，则平为抑，仄为扬，而刘大白将平声看做重音，或扬音，将仄声看为轻音，或抑音，所以一般平仄，却有两样抑扬，这也是二人认识的混乱之处。而这种混乱的原因，在于汉语并非具有英德语那样鲜明的轻重音，邹绛在《浅谈现代格律诗及其发展》一文中，谈到现代格律诗坛上用轻重音来建立格律的情况，也可以拿来在此做说明：

> 汉语是方块字，一个字只有一个音节，没有显著的、明确规定的重音。要完全借用英语的轻重格来建立中国的现代格律诗，这是不可能的，虽然也有人这样尝试过。①

刘大白、吴宓等人拿着并无存在客观性的轻重音来解释汉语的声律，注定是不能成功的。

从这种烦琐的分析法中，可以看出，刘大白的研究同吴宓一样，既不合乎英诗音律的原则，也根本不合乎中国古代诗律和作诗的传统，所以不能成立。

吴宓和刘大白的观点和分析方法，影响了当代众多的诗律研究者，胡安顺、吴洁敏、周寅宾等人，都曾分别著文指出律诗的节奏是平仄交替。

三　王光祈的探索

王光祈在《中国诗词曲之轻重律》中，认为中国的平声字较重较长，仄声字较轻较短，从而提出中国诗词曲之"轻重律"（Metrik）之说。有趣的是，吴宓以仄为重，而此处王光祈又以平为重，谁是谁非，在音律东渐的大潮中，实发人深省。

---

① 邹绛：《中国现代格律诗选》，重庆出版社 1985 年版，第 15 页。

王光祈提出了中国近体诗有两种音律：一种是"复突后式"Doppel＝Trochäccs，即重重轻轻式，一种是"复扬波式"Dopple＝Jambus，即轻轻重重式。以五绝的仄起式为例：

仄仄平平仄	仄仄平平＋仄	Dopple＝Jambus＋仄
平平仄仄平	平平仄仄＋平	Doppel＝Trochäccs＋平
平平平仄仄	平＋平平仄仄	平＋Doppel＝Trochäccs
仄仄仄平平	仄＋仄仄平平	仄＋Dopple＝Jambus

由此例可见，王光祈的理论也是非常有问题的，第一，他无法解释为什么诗行的首尾多出一个平声或仄声，这是不是一个音步呢？第二，一首英诗或德诗中的音步，都是一样的，如果偶尔出现了第二种音步，这就是错比，但是那首诗还是有一个统一的音步的。而五绝中却有两种音步交替出现，这与英、德诗中的错比不同，诗行中没有一个统一的音步。

实际上，王光祈的"复突后式"和"复扬波式"两种音步论，在他的整本书中并不一致，他分析律诗和绝句时，并没有使用"平平仄仄"或"仄仄平平"音步的论述，相反，他竟然着眼在每个诗句的整体上，所以他分析李白的《送友人》一诗，认为诗的八行里，有八个格式（"—"代表平，"〵"代表仄）：

青山横北郭	———〵〵
白水绕东城	〵〵〵——
此地一为别	〵〵〵—〵
孤蓬万里征	——〵〵—
浮云游子意	———〵〵
落日故人情	〵〵〵——

挥手自兹去　　　　－∨∨－∨

萧萧班马鸣　　　　－－－∨－

这种分析方法，明着是打着音律的旗号，实际上同中国的声律方法没什么差别。它着眼于一句诗的平仄（轻重）安排，并不遵循音步的观念，与他前面的论述相矛盾，并且他混淆古体诗和近体诗的形式差别，竟然也分析古体诗的格式。他分析了《木兰辞》一诗的格式，认为全诗六十二句，共有格式三十种。这种烦琐的分析，也重蹈了刘大白的覆辙。

总体上看，王光祈的前后两种分析，并没有体现出相间相重的音律原则，他的分析，同样是自相矛盾的。

四　王力、周熙良的探索

音节的分别，除了轻重以外，还有短长，既然轻重音难以解释平仄，因此也就有用短长来解释的了。王力在《汉语诗律学》中，提出了"短长律"和"长短律"理论。王力先生的诗律研究，被看做是传统诗律学研究的继续，然而同样在这本书中，他用西文的长短音律来分析声律，同样说明了音律观念在 20 世纪的巨大支配力。

王力认为近体诗由两个音步构成，一种是短长律，一种是长短律。王力说：

> ……汉语近体诗中的"仄仄平平"乃是一种短长律，"平平仄仄"乃是一种长短律。汉语诗律和西洋诗律当然不能尽同，但是它们的节奏的原则是一样的。[1]

———————————

[1]　王力：《汉语诗律学·导言》，上海教育出版社 2005 年版，第 6 页。

虽然找出了节奏单元，但是王力同吴宓、刘大白一样，面对着"相间相重"的难题，吴宓和刘大白没有解决这个问题，行文中多自相矛盾，而王力则别出心裁，他试图找出貌似杂乱的平仄中，到底是如何"相间相重"的。

王力的解决办法就是加字，平平仄仄和仄仄平平是规则的，只需在每个这样的音步中，加一个字，就能变成五律的诗句。具体的加字法如下：

（一）"平平仄仄"的四言欲变为仄脚的五言时，须在中间插入一个平声字（以平随平），成为"平平平仄仄"。

（二）"平平仄仄"的四言欲变为平脚的五言时，须在句末加上一个平声字（以平随仄），成为"平平仄仄平"。

（三）"仄仄平平"的四言欲变为平脚的五言时，须在中间插入一个仄声字（以仄随仄），成为"仄仄仄平平"。

（四）"仄仄平平"的四言欲变为仄脚的五言时，须在句末加上一个仄声字（以仄随平），成为"仄仄平平仄"。

……

这样，五律虽有八句，其平仄变化，不出于下列的四种形式之外：

仄仄平平仄；

仄仄仄平平；

平平平仄仄；

平平仄仄平。①

---

① 王力：《汉语诗律学·近体诗》，上海教育出版社2005年版，第74—75页。

这样，王力就将其提倡的两个基本的音步：平平仄仄和仄仄平平，与五律的平仄联系起来了，他试图说明五律的平仄虽然复杂，但是都是从两个基本的音步派生而来，五律中流动着这两个音步的血脉。

王力的分析，同吴宓和王光祈有相通之处，二人都肯定"平平仄仄"及"仄仄平平"两个音步的存在。值得注意的是，王力的加字法，并不是空穴来风，清人王楷苏在《骚坛八略》中谈到律诗有"调平仄法"，所谓调平仄法，就是指律诗的构成是二平二仄相间使用的，因为五七言诗是奇数行诗，所以每行不得不多出一个字来："其法每二平二仄相间，有连用三平三仄者，以句法有变换，而五七言句皆单数，不得不尔也。"[1] 董文涣《声调四谱》则直接列出四言的平仄样式，以及五言和七言由四言样式的生成办法。

王力的加字说，主张在诗句中间和末尾加字，这种加字法，拆开了音步，不如把近体诗，看做是在首尾加的字，试举仄起式五绝说明：

仄仄平平仄	仄仄平平＋仄	短长音步＋仄
平平仄仄平	平平仄仄＋平	长短音步＋平
平平平仄仄	平＋平平仄仄	平＋长短音步
仄仄仄平平	仄＋仄仄平平	仄＋短长音步

但是无论在句中加，还是在句首加，王力的理论还是站不住脚的。虽然王楷苏的调平仄法，认可二平二仄相间的说法，但这仅是律诗的一个法则，律诗还有其他诸多法则，比如粘联的法则

---

[1]　王楷苏：《骚坛八略·上卷》，嘉庆 2 年钓鳌山房刊本，第 26 页。

等，正是这些其他的法则，使得律诗的声律，完全不同于音步的安排。而王力却单单从这一个调平仄法出发，来谈律诗的音步构成，这是脱离了律诗的实际的。

出于这种原因，王力虽然说明了两个基本音步与五律的四种平仄格式的关系，即平仄递用的音步与五律的关系，但他并没有说明五律的四种格式与平仄递用有何关系，陆志韦的长短音组也没有说明它们在诗行中是怎样构成节奏的。两个基本音步，确实是平仄递用，但加过字后的五律的平仄，却没有多少平仄递用可言。因此怎能说五律的平仄，同两个基本音步一样，也是平仄递用呢？况且，近体诗平仄变化的四种形式，在每个诗行中都不一样，并不是什么重复，加的字或是平声，或是仄声，也不是固定的一个音节。王力在《中国格律诗的传统和现代格律诗的问题》一文中，也承认道："对句的平仄不是与出句相同的，而是相反的。这是一种很特别的节奏。"① 很难想象，这种变化与英诗的音律，到底有哪些一样的节奏原则。王力发现中国的声律是"一种很特别的节奏"，但是可惜，他并没有更深地思考这个问题。

另外，王力的长短律要成立的话，必须要有一个前提条件，就是在五律的平仄格式定型之前，历史上先有这两个基本音步存在，后来生成了五言的律诗。如果这个条件不具备的话，那么加字法的科学性就站不住脚了。实际上，五律之前的诗史中，并没有提供出一个平平仄仄、仄仄平平音步，来让后人增加成五律的格式。律诗在唐代成形之前，面对的是讲究"四声八病"的"永明体"诗，那时还没有什么平仄的分化。《诗经》中有大量的四言诗，但没有这两个基本音步。古人也并不知道这个加字法，他们作诗的时候，也没有细心地注意到某一行应该在哪个位置上，

---

① 《文学评论》1959 年 3 月，第 9 页。

加一个平声字，或一个仄声字。

另外，平仄虽然常常在音节上有长短的分别，但是这种分别是有限的，第一，声母和韵母相同的音节，四声上确实有长短的分别，但是分成平仄两类来讲，却难说平长仄短，因为很多上声字发音较长，例如"醒"就有可能比"行"发音要长，而"醒"字却属于仄声，"行"字属于平声。第二，声母和韵母不同的音节，很难说平声字就比仄声字长，比如"缺"、"街"字，就不一定比"凤"、"水"字发音长。总的说来，汉语的平声和仄声并没有明确的长短差异，因此把平仄声与长短音联系起来，是走不通的死胡同。

总的说来，王力的长短律，并不是一个客观的理论。

除了王力，周熙良也提出过他的长短律，周熙良在 1959 年发表的《论民歌、自由诗和格律诗》一文，认为中国的五言古诗，是由一个二字音组和一个三字音组组成的短长音组诗，"但是这种短长格的五言古诗的确非常单调，所以中国诗歌便进一步发展为一种音组多数为两个字，而以平仄声的组成来分别长短的格律……"① 这种说法，将平仄与音组结合起来，实际上还是认为中国诗的平仄即是一种音步，这与刘大白的二音步，有很大的相似性。

那么这种音步是如何构成的呢？周熙良说："仄仄、平仄算短音组，平平、仄平算长音组。"② 他认为单独一个平声算长音组，单独一个仄声算一个短音组，这样，周熙良的音组就如同刘大白一样，有两种大的类型：一是单音步，单音步分为两个音步：

---

① 《文学评论》1959 年 3 月，第 36 页。
② 同上。

a1：平
a2：仄

一种是二音步，又分为四种：

b1：平平
b2：仄仄
b3：平仄
b4：仄平

而这六种音步，刘大白根据抑扬的基本性质，分为扬步和抑步两大类，周熙良相对地分成长音步和短音步两大类，长音步包括 a1、b1、b4，短音步包括 a2、b2、b3。以仄起式五绝为例，来说明周熙良的理论：

仄仄平平仄　　仄仄＋平平＋仄　　b2＋b1＋a2
平平仄仄平　　平平＋仄仄＋平　　b1＋b2＋a1
平平平仄仄　　平平＋平仄＋仄　　b1＋b3＋a2
仄仄仄平平　　仄仄＋仄平＋平　　b2＋b4＋a1

但是这种分析方法，同样面对着王力和刘大白相同的理论缺陷，首先，这种格式并没有体现出任何相间相重性，诗行的音步构成，看上去是特别复杂的结构，五绝的四句诗中没有一行具有相同的音步安排。虽然周熙良也承认"这种律诗的长短音组发展到唐朝应变得更加精致，它已经不是单纯的短长格了"①，但是

---

① 《文学评论》1959 年 3 月，第 36 页。

作为一种"复杂的短长格"，它是如何安排，与音律的重复有何一致性，这让人不得而知。

其次，同王力所面对的一样，汉语的长短本来是没有定规的，比如周煦良自己举的"国破山河在"一句诗，"破"字未必比"河"字短，"山"字未必比"在"字长。因为没有坚实的语言学依据，所谓的长短音组，只能是空中楼阁。显然周煦良对此也并非不知内情，他说：

> 这是一种人为的格律，因为平声字和仄声字本身并没有绝对长短，只是在律诗里却容许人碰到以平声结尾的音组时把声调拉长，因而给人以一种以长短音组组成的节奏形象。

但这句话，本身对于他的长短音步来说，就有否定的作用。

再次，周煦良同刘大白一样，无法解释诗句末尾的一个单音节问题，虽然英诗中有所谓行末缺音，但是这只是偶然的情况，而且行末的音节基本上是一个重音音节，缺少的是一个轻音音节，为什么中国的律诗中，一会儿缺一个重音音节（或长音音节），一会儿缺一个轻音音节（短音音节）呢？周煦良对此无法回答。

第二节　古典诗歌节奏单元的重新寻找

很多诗论家，发现用西方的音律来解释中国的声律，是走不通的路，平仄的安排，与音律的"相间相重"、"等时反复"并不一致，所以，怎样寻找古典诗歌的节奏单元，就成了一件迫切的事情。

一 诗律中的节奏单元

音律以音步为其节奏单元，诗律观念变迁后，诗论家们通过分析和自己的试验，找出了不少节奏单元，有的受到了较多的批评，有的得到了广泛的认可，现分类论述如下。

（一）重音音步

首先面对着平仄音步尴尬的是陆志韦，他正式宣告了平仄的破产，中国诗的格律再不能从声律上打主意了，而长短音节在汉语中又不明显，于是他推出了重音节奏。重音节奏本是古代益格鲁·萨克森人所使用的节奏，又称为四重音节奏（Accentual Rhythm），这种节奏的诗，要求一行诗有五个重音，轻音的数量可以不拘，前两个重音和后两个重音之间有一个停顿（Middle Pause）。英国诗人霍布金斯（G. C. Hopkins）继承了重音节奏的特质，创造了"跳跃节奏"（Sprung Rhythm），只讲究重音数，不讲究轻音数，而且每个音步都以重音音节开始。诗论家温特斯（Yvor Winters）吸取了霍布金斯的理论，发展成自己的重音音律，讲究重音音节，而轻音音节可以不限。陆志韦的重音节奏，即是由古代英诗的重音节奏及霍布金斯的跳跃节奏借鉴而来。

陆志韦的重音节奏，主要有三个特点：一是讲究重音数量，位置不拘；二是轻音数量不拘；三是音步数量不拘。

陆志韦举了二首诗作为例子：

> 一斗米—尚可舂—
> 一尺布—尚可缝—
> 兄弟二人不相容

君不见黄河之水—天上来—

奔流到海—不复还—①

　　这几句诗加点的字，都被陆志韦认为是重音字，其他为轻音字。第四行诗中，由五个音步构成，其他都是由四个音步构成，轻音音节在零到两个之间浮动。由此看来，陆志韦的重音节奏确实同英诗的重音节奏相同，比如贺兰多译成现代英文的一首无名氏的谜诗：

'Injured by 'iron, 'I am a 'loner

'Scarred the 'strokes of the 'sword's 'edge；

'Wearied of 'battle war I be'hold,

The 'fiercest 'foes, yet I 'hope for no 'help. ②

　　这首诗也是每行四个重音，轻音不拘，陆志韦的诗例，和这首诗是比较像的。

　　陆志韦重音节奏的缺陷是很明显的，首先，汉诗并没有明显的轻重音的区别，除了现代汉语中的副词、连词等常轻读外，名词和动词、形容词等大都重读，据赵毅衡统计，现代汉语中，轻音节字大约占五分之一至十分之一以下，可见现代汉语中轻音节字过少。按照赵毅衡的统计，古代汉语中的轻音字，更是在十分之一之下了。如此少的轻音，如何能建造重音节奏呢？轻重音实

---

　　① 《文学杂志》第1卷第3期，1937年7月1日，第12—13页。原文黑点在字上标出，现改为字下加标。

　　② John Hollander, *Rhyme's Reason*. New Haven：Yale University Press, 2001. p. 88. 参考译文为：铁器弄伤了我，我是个孤独者/剑刃的一击，给了我创伤；/我厌倦了所见的战争/对于凶狠的敌人，我希望无所用处。

在难以构成"相间相重"的音律。再看陆志韦的划分，确实存在着这样的毛病，为什么"君"字是重音，而"见"字就是轻音呢？"奔流到海"四个字，实在难说哪个字发音更重一些。这种具体操作的失误，本身就表明汉语的轻重音与英诗不同，汉诗难以用轻重音建造像英诗那样的音律。

另外，任何新的格律的探索，都要照顾到古诗与近体诗的不同，新诗和古诗的不同。如果一种新的节奏单元，不仅适用于古诗，而且适用于近体诗，不仅适用于古典诗歌，而且适用于新诗，那么这种格律本身就值得怀疑了。英诗有很多种形式，但是没有一种格律，能适用于全部的英诗形式，所以重音节奏是重音节奏，重音音节节奏是重音音节节奏，两不相混。而陆志韦的重音音律，不仅可以用来分析古体诗（上面引述的李白的诗就是古风），分析近体诗，还可以来分析新诗，甚至是散文诗。如此一来，古体诗与近体诗的区别何在？新诗与旧诗的区别何在？陆志韦没能回答出这些问题，他的重音音律，也不过是沙上建楼罢了。

（二）重重律音步

既然古汉语轻音不明显，重音突出，那么主要以重音来建造音步可不可行呢？罗念生因此提出了"重重律"。英诗的重重律每个音步由两个重音构成，罗念生所说的重重律，在音步上是怎么构成的呢？

罗念生说：

> 五言诗是双拍子或三拍子重重律诗行，如果算三拍子，那第三个拍只有一个字音，尾上停半拍，例如李太白底"青溪半夜闻笛"：

寒山—秋浦—月

肠断—玉关—情①

照罗念生的分法，如果五言诗是双拍子，那么诗行可以分成：

寒山—秋浦月 　　　重重—重重重

肠断—玉关情 　　　重重—重重重

这样诗行中就有了两个音步，一个是重重，一个是重重重。而重重在音步上是"spondee"，但是重重重在英诗音律中却是一个不存在的音律。如果分成三拍子，诗行就有一个单音步和两个双音步，但英诗音律中并没有单独由重音构成的音律，因此"月"和"情"这两个音步，就存在着归类的困难了。

罗念生的解决方法是，后面是一个半拍子，省略了一个音节。但是英诗中的缺音音步，只是诗行中的少数现象，一首诗，还是以完整的音步为主。而照罗念生的分法，五七言的近体诗，几乎全都有规则的省音音步，这于理不通。而且，认定五七言有省音音步，这即是肯定，五言诗和七言诗，只是六言诗和八言诗的省略形式，因为任何省略的音节，都可以填实它的，而五七言诗，填实后，就是六八言诗了。但五七言与六八言在中国诗歌传统里，却是泾渭分明的不同诗体，省音说也与中国诗歌传统不合。

再有，肯定了重重律的存在，就等于说明有轻轻律的存在，因为每个国家的语言，都存在着不同程度有轻重、高低的分别，

---

① 《大公报·诗特刊》1936年1月10日，第10版。

既然中国诗有重重律，那就必然有轻轻律，就像中国古代的诗歌，有全仄的诗篇，也有全平的诗篇一样，但是罗念生并不能提供轻轻律的诗篇。如此说来，重重律根本就不是一个符合中国诗歌实际的理论。

最后，如果承认中国古诗主要是重重律，那么就是认定中国的古诗中，基本上都是重音的字，而文言文照此一推，也就基本上都是重音的字了。考虑到文言文中有许多齐言的格式，比如《老子》中说：

道可道，非常道，	重重重—重重重
名可名，非常名。	重重重—重重重
有名，万物之始，	重重—重重—重重
无名，万物之母。	重重—重重—重重

照罗念生的说法，每行都有六个重音，那么它在音节上，是不是重重律呢？如果不承认的话，就是说明文言与诗歌的语言不同，但这并不成立。如果承认的话，即是认为中国有许多文言文，特别是骈体文，基本上都是重重律，而诗与文的差别何在？

（三）音组、音顿

既然汉语无法利用轻重音和长短音来建造音律，一些诗论家最终在音节上下工夫，因为中国诗从《诗经》开始就有了齐言的诗体，近体诗、词都严格讲究字数，那么，古典诗歌的音节本身，是不是蕴藏着节奏单元呢？音组、音顿理论，实际上给出的就是这个答案。

音组、音顿论是个泛称，包括了诸多与其相似的理论，比如

"拍子"论，"音尺"论等，但不管是哪种理论，它们都有着相同的理论特征，这些特征如下：第一，不管是古体诗、近体诗，还是现代格律诗，节奏单元是以几个音节结合的音组或音顿，实际上，常常是两个音节和三个音节的音组或音顿；第二，这些音组或音顿没有音节上的限制，即不讲平仄和轻重长短；第三，音组或音顿的划分，主要以语法和语意为主，以稳定的节奏模式为辅，即可以根据上下文的格律设置，分出一些没有语法和语意关系的音组或音顿；第四，这些音组或音顿后面有停顿或者延音，停顿和延音也构成了节奏。

　　以诗例说明音组、音顿理论：

涉江—采芙—蓉	2＋2＋1
风绽—雨肥—梅	2＋2＋1
中天—月色—好谁—看	2＋2＋2＋1
江间—波浪—兼天—涌	2＋2＋2＋1

这是朱光潜先生的例子，按照他自己的分析，五言诗分为三个音步，两个二音顿后面，跟了一个单音顿，七言诗分为四个音步，三个二音顿后面，跟了一个单音顿。音组、音顿的划分，有"形式化"的规则，比如"风绽雨肥梅"，读诗时按意义的停顿，应该是"风绽—雨肥梅"，"中天月色好谁看"应该为"中天—月色好—谁看"，但是考虑到上下文的音律模式，就要把意义的停顿分开。

　　音组、音顿理论与英诗确实有共通之处，举济慈《关于我的歌》（A Song About Myself）两句诗来看：

There ′was a ′naughty ′boy　　轻重＋轻重＋轻重

A 'naughty 'boy was 'he①　　　轻重＋轻重＋轻重

按音节来看，这首诗的音节可以用下式代表：

2＋2＋2

2＋2＋2

因此可以说，从音节的数量和组合上看，音律与音组、音顿是一致的。

音组、音顿理论，确实有很强的本土色彩，早在唐代，律诗的停顿问题就得到注意了，《文镜秘府》论诗中"用声法式"，说五言诗是："上二字为一句，下三字为一句。"② 而刘熙载《诗概》更是说道："……但论句中自然之节奏，则七言可以上四字作一顿，五言可以上二字作一顿耳。"③ 这里明确拈出了"节奏"的字眼，且七言的上四下三，五言的上二下三，具有规律性，因此传统诗学中的句法理论，成为音组、音顿理论主要的传统支持，所以孙大雨说这种节奏"顺利地承接了我们自己的古典传统"④。

但是音顿、音组理论也遭到了不少诗论家的批评，它在实际的划分上，常常以词为单位，而划分二三个字左右的单位，这种划分法，与诗句中的意义停顿，常常违背，这使得音顿或音组理论，不但没有英诗轻重音音步上的节奏，连意义的节奏都破坏掉了。赵毅衡在《汉语诗歌节奏初探》一文中，也谈到了这点：

---

① 参考译文为：这儿有个淘气的孩子，淘气的孩子就是他。

② ［日］遍照金刚：《文镜秘府论》，人民文学出版社 1980 年版，第 17 页。

③ 郭绍虞：《清诗话续编》，上海古籍出版社 1983 年版，第 2435 页。

④ 《复旦大学学报》1957 年第 1 期，第 20 页。

"顿诗拆散了意群，破坏了正常语调。"① 如陈本益将杜甫的《宿府》一诗，划分为四顿：

> 永夜/角声/悲自/语，中天/月色/好谁/看。

按此读诗，几不能解。而原诗若划为：

> 永夜角声悲/自语，中天月色好/谁看。

这样诗意就明晰了。

　　传统的民歌时调，从意群上分，节奏很明白，如果用音顿、音组理论来分析，就不是这样了。比如《挂枝儿·相思》一诗，若是从意义上分，节奏是这样：

> 前日个/这时节，/与君相谈相聚，
> 昨日个/这时节，/与君别离，
> 今日个/这时节，/只落得长吁气。

这首曲子里，虽然字数不同，但都是三个停顿，这是明代《挂枝儿》在字数增多后，典型的一种句法。而如果用音顿、音组理论来分析，就破坏了这种停顿了：

> 前日个/这时节，/与君/相谈/相聚，
> 昨日个/这时节，/与君/别离，

---

　　① 赵毅衡：《汉语诗歌节奏结构初探》，《徐州师范大学学报》1979 年第 1 期，第 58 页。

　　今日个/这时节，/只落得/长吁气。

按照音顿、音组理论，"与君相谈相聚"和"与君别离"是绝对不能成为一个音顿的，因为意群（或节拍群）本身不是音顿，音顿"是对汉语自然节拍群的分解与组合"。这种划分法，不是陈本益的独创，打碎意群，划分出细小琐碎的音顿，在诗论家那里是习以为常的事。孙大雨、卞之琳、屠岸、邹绛等人都支持这种分法，动辄把诗分成五顿、六顿，诗行创作上也多至五顿、六顿，罗大刚在《文学杂志》上发表的《骨灰》一诗，更是长至七顿，诗歌意义，尽遭割裂，语意停顿，面目全非，这都是音顿、音组理论的弊病。

（四）半逗律

　　音顿、音组理论是 20 世纪中国诗律学上影响最大的一个理论，不仅在古典诗律的研究上，而且在现代格律诗的创作上，都起了巨大的作用。实际上，有些与音顿、音组理论不同的主张，也多少与其有些联系。其中林庚的"半逗律"，就是较有影响的一个主张。

　　林庚的"半逗律"，对于分析中国古代诗歌的停顿，是一个很好的工具，一些音顿、音组理论难以分析的诗篇，"半逗律"能较好地分析出来。比如，《楚辞》中字数常常多变，非常适合"半逗律"。林庚举出《涉江》作为例子：

　　　　余幼好此奇服兮/年既老而不衰，
　　　　带长铗之陆离兮/冠切云之崔巍；
　　　　被明月兮/佩宝璐，
　　　　世溷浊而莫余知兮/吾方高驰而不顾。

　　这一首诗，经过了半逗的分析，停顿就很清楚了，林庚说在音组构成上"它乃是'六''六'，'六''六'；'三''三'，'七''七'"。虽然每个诗句的音节数不同，但是诗句中都有一个规则的停顿点。

　　在分析五七言诗上，林庚认为不论是古体还是近体，其节奏都是一样的，五言诗是二三，七言诗是四三，比如下面两句诗：

　　　春眠/不觉晓
　　　处处/闻啼鸟

　　这里每个五言的句子，在第二个字后出现了一个"半逗"，将诗行分成了一个二字音组和一个三字音组。"半逗律"和音顿、音组节奏一样，都是由停顿和音节群组成的。但它们也有不同的地方，首先林庚的"半逗律"侧重点在停顿上，他认为正是这种有规律地停顿，产生了中国古代诗歌的独特节奏，而对于音组的字数，"半逗律"却无特别严格的要求，所以在分析《楚辞》的节奏时，有时是六字音组，有时是三字音组，二者的差异，并不有损于"半逗律"。而音组、音顿理论侧重点在音组和音顿这些节奏单元上，对于停顿与否，不同的诗论家并非有强烈的共识，有些诗论家承认停顿，有些诗论家不论停顿。其次在音节群上，"半逗律"把五七言诗划分二三、四三，而非音顿、音组理论的二二一，二二二一。这体现了二者在划分音组上的标准不同。另外，在停顿的方式上，"半逗律"强调上下两半，停顿在音节群之间，而音顿、音组理论则可以有多种停顿，因此音节群就可能有四个、五个之多。最后，"半逗律"除了本行要有大致的对称外，上下行之间没有音节数量上的限制，因此，也就多少脱离了

等时性的束缚。林庚也谈到了"半逗律"与音步理论的不同:

> 实际上西洋诗的每一音步或顿,其结构长短永远是固定一致的;而中国诗行的每一音步或顿,其结构长短却并不永远完全一样。此外,西洋诗由于每一音步(或顿)是固定的,所以诗行的不同就在于音频的数目(也即顿数)的变化上;而中国诗则永远就是上下两半,因此也就并无数目上的变化。①

虽然"半逗律"在分析诸如《楚辞》等诗体,有独到之处,但作为诗律理论,它也遭到了一些批评。首先,林庚的"半逗",只是一个停顿单位,而诗律的要素,必须建立在音节本身之上,因此,"半逗律"并没有提供出一个格律的实体要素。在逗前后的音组里,没有塞恩斯伯里(George Sainsbury)在《英诗诗律史》(*A History of English Prosody*)中所说的音步的内在安排。邓程在《论新诗的出路》一书中,认为林庚把"停顿与节奏单位混为一谈"②,这是一个代表性的观点,它说明了林庚的"半逗"并非是诗律的构成要素。需要补充的是,林庚也曾将"半逗"与音组理论联系起来,提倡五字音组与其他字数的音组结合在一起构成诗行,这就有效地避免了上文的指责。

另外,诗歌是否只能有一个"半逗"呢?如果一个诗建立在几个逗上,有没有效果呢?林庚否定诗行可以有两个以上的逗,他坚持认为诗行要分为均匀的上下两半。当遇到难以分成"近于

---

① 林庚:《问路集》,北京大学出版社 1984 年版,第 246—247 页。
② 邓程:《论新诗的出路》,中国社会科学出版社 2004 年版,第 320 页。

均匀的两半"的情况时，他就以那种诗行"没什么前途"① 为搪塞，比如林庚自己否定过的六言诗《送陆沨还吴中》：

> 瓜步寒潮送客，
> 杨柳暮雨沾衣；
> 故山南望何处，
> 秋草连天独归。

六言诗是否"没有什么前途"，这里不需详说，然而"半逗律"对三个停顿的诗行，丧失分析能力是毋庸置疑的了。

（五）新音组理论

赵毅衡的"新音组"理论，相对于音组、音顿理论来说，更好地顾及了中国古代诗歌的民族传统，比如用新音组理论分析民歌：

> 纵然有/千般相思/万般愁恨，
> 也只好/自家烦闷/自家沉吟。
>
> ——扬州清曲《黛玉自叹》

这里的三四四停顿方式，在中国古典戏曲中，是一个较为盛行的句法，假若用音顿、音组理论来分析，恐怕只好是这样了：

> 纵然有/千般/相思/万般/愁恨，
> 也只好/自家/烦闷/自家/沉吟。

---

① 林庚：《问路集》，北京大学出版社 1984 年版，第 246 页。

这里分成了五步，打乱了诗行中的意义停顿，因此难以卒读。

赵毅衡的新音组理论，还有一个特别之处，就是它允许诗行中有些"衬字"，这些衬字，是些轻声字，多是虚词，没有实际的意义。这说明了赵毅衡先生考虑了传统戏曲中的实际情况，对诗行中的句法，也有较多的关注。这种衬字理论，对分析某些诗行，特别有价值，而音顿、音组理论却无能为力。比如另一首扬州清曲《黛玉自叹》：

> 难道说/红颜女子/真个是命薄？
> 可惜把/美貌多才/一笔都勾销。

从意义停顿上说，这首诗的句法也是三四四，每句中的第三处位置上，都多了一个轻声字，第一句多个"个"字，第二句多了个"都"字，去掉这两字，诗行就变成三四四了（当然离开传统戏曲民歌的背景，硬要说这个诗行是三四五的安排，也是可以的）。而如果用音顿、音组理论来分析的话，每行的第三个位置上，就分成了一个二音顿，一个三音顿，或一个二音组一个三音组，原诗本来末尾的"四"，是偶行结尾，而如此一来，照卞之琳的说法，就出现了吟诵的调子和歌唱的调子的转换了。

音组理论的另一个特点，是认为在现代汉语里，由于词的加长，音组也变长了。虽然早在 1959 年，朱光潜就发表了《谈新诗格律》一文，认为：

> 在现代汉语里每顿的字数一般是加长了，四字顿相当多。因此，在建立新诗格律时，就不能局限于过去的二字顿

和三字顿，就应该顺着语言的自然趋势，给四字顿以合法的地位。①

但是朱光潜的说法，在他后来的继承者那里，并没有得到贯彻，音顿、音组理论在分析古诗时，基本上是以一音节、二音节为单位，分析现代诗时，以二音节、三音节为单位，四字顿或四字以上的顿，并没有得到合法的地位。而赵毅衡的新音组理论，则是考虑到了现代汉语的特点，对分析现代的民歌，甚至是元明以来的民歌时调，都有积极的价值。

总体上看，赵毅衡的新音组理论，突破了音顿、音组理论的诸多陈规，多符合中国传统的意义节奏，因此与林庚的"半逗律"相近，与朱光潜、何其芳的理论相远。但是赵毅衡的新音组理论，与"半逗律"也是有区别的。林庚的"半逗律"，把诗行分为上下两半，否定二逗、三逗的诗，而赵毅衡的理论，却可以冲破这个限制，对多顿的诗，也可以解释。

虽然赵毅衡主张以意群为划分音组的原则，但是在论述古典诗歌的七言诗时，认为其音组安排为二二二一式，如其在《汉语诗歌节奏初探》一文中举的例子：

> 之乎/也者/矣焉/哉，
> 不读/诗书/哪有/才！
>
> ——广西彩调剧《刘三姐》

这种分法与意群并不一致，实际上，这几句诗的意义节奏，也应是四三。从这一点上看，在分析古典诗歌上，赵毅衡的理论

---

① 《文学评论》1959年3月，第17页。

与实际操作，还存在着矛盾，这明显是受普遍观点的影响。

二　其他节奏理论

除了上面基本的格律单元外，还有一些节奏理论并不直接关注诗行的建设，而是关注到行与行，或者节与节之间的节奏。这些节奏理论虽不在诗律的中心位置上，但却与音律观念联系很深，同样具有认识的价值，现分类论述如下。

（一）韵节奏

朱光潜 1933 年 1 月，在《东方杂志》上发表《替诗的音律辩护》一文，提出韵节奏的理论。他认为中西诗歌都有节奏，不过"西文诗的节奏偏在声上面，中文诗的节奏偏在韵上面，这是由于文字构造的不同"[①]。那么，中国文字有什么独特性，使它以韵为主要节奏呢？朱光潜说：

> 它常以四言五言七言成句，每句相当于西文诗的一行而却有一个完足的意义。句是音的阶段，也是义的阶段。每句最末一字是义的停止点也是音的停止点，所以诵读中文诗时到每句最末一字都须略加停顿，甚至于略加延长，每句最末一字都须停顿延长，所以它是全诗音乐最着重的地方。如果在这一字上面不用韵，则到着重一个音上，时而用平声，时而用仄声，时而用开口音，时而用合口音，全诗节奏就不免因而乱杂无章了。[②]

---

① 《东方杂志》1933 年 1 月，第 109 页。
② 同上书，第 110 页。

朱光潜认为中国诗，每句是音和义的完整结合体，因而句末字就特别重要，需要有规律的押韵，使其节奏和谐。这种看法是有道理的，中国诗从《诗经》开始就有了多种押韵方式，而且每首诗中的押韵都比较严整，而古希腊罗马诗歌，以至后来的英国早期诗歌，都不押韵，可见韵在英诗诗律史上并不如音律重要。中国诗的押韵，多在偶行上，这一行除了也是一个较大意义的停顿外，较奇数行重要，而西方诗由于一句诗并不总是意义的停顿处，常常有所谓跨行（Enjambement），有时一句完整的句子，要由四行五行诗组成，所以西方诗并不限于偶行押韵。

朱光潜的韵节奏，在格律实质上，与音顿节奏有何异同呢？陈本益对此问题进行了思考。他说：

　　　韵节奏是一种什么性质的节奏呢？它也是声音本身的一种节奏，即一种音质节奏，而不是关于声音的轻重、长短等特征的节奏。任何语言的诗歌的韵节奏都如此。就汉诗的韵节奏与作为汉诗一般节奏的音顿节奏的关系看，两者是同质的，即都是声音本身及其后面的顿歇的有规律的反复。两者的不同仅仅在于：韵节奏是同一声音的反复，而音顿节奏则一般是不同声音的反复；韵节奏中那韵的反复一般是两行一反复（作为韵便是隔行押韵），是间歇性的，并且间歇很大；而音顿节奏中音顿的反复是连续性的，反复的音顿之间的间歇很小。①

因为音顿节奏和韵节奏，都有音节上的特点，所以二者有很

---

① 陈本益：《汉、英诗韵的若干比较》，见《中外诗歌与诗学论集》，西南师范大学出版社 2002 年版，第 38 页。

大的相似性，陈本益就将韵节奏放在音顿理论之下，认为韵节奏是音顿节奏的一个"重要部分"。朱光潜也将二者并置起来，他说："节奏既不易在四声上见出，即须在其它元素上见出。上章所说的'顿'是一种，韵也是一种。"① 可见，韵节奏俨然成了音顿节奏的重要辅助力量，是诗歌格律的重要构成。

韵节奏和"半逗律"、新音组理论不同的地方，在于它跟意义有关系，但本身却不是按意义节奏划出来的，它有更多的语音上的属性。而近体诗中，诗行和韵式都固定，确实有一种很稳定的节奏产生。比如王勃的《杜少府之任蜀州》一诗：

> 城阙辅三秦，风烟望五津。
> 与君离别意，同是宦游人。
> 海内存知己，天涯若比邻。
> 无为在歧路，儿女共沾巾。

这首诗押"真"韵，第一个出句押了韵，以后都是偶行押韵，押在每联的第十字上，分别为"津"、"人"、"邻"、"巾"五个字。除了首联韵字间相隔五字，后三联都相隔十字，有规律性。考虑到韵字都为平声，因此这里的押韵确实符合等时重复的规范。以英诗的音律特征来看，这些韵字是有一定的节奏性，有一定的格律性的。

但是韵节奏作为诗律构造，也是有问题的。首先看韵在诗律中的地位问题。韵式作为诗歌格律的一种安排，它只是诗歌格律的必要条件，而不是充分条件，刘勰在《文心雕龙·总术》中

---

① 朱光潜：《诗论》，上海世纪出版集团 2005 年版，第 148 页。

说："无韵者笔也，有韵者文也。"① 不光是诗，赋、颂、铭、赞都属于"文"的范围，它们也大都有韵。可见，一首近体诗不能没有押韵，但有了押韵，并不能就称其为近体诗。而许多古体诗和民歌押了韵，但它们还不是律诗。所以韵的有无，并不是诗律判定的主要标准，中国古代的诗论家，在定义律诗时，也很少考虑押韵的情况，而多集中在平仄和对仗上。如果用韵节奏来判定诗律的话，像《诗经》、《古诗十九首》就都成了名副其实的格律诗了。而中国古代的诸子之书，多有用韵的，比如《老子·二十五章》有几句话：

> 有物混成，
> 先天地生，
> 寂兮寥兮，
> 独立而不改，
> 周行而不殆，
> ……

这里前两句和后两句，都是隔着四个字或五个字而押韵，也算是有规律的，算不算是韵节奏呢？肯定是算的，如此韵节奏是不是就有了格律性呢？肯定是有的。但一旦承认它有，也就将诗与文混淆了起来，这是不符合中国古代诗歌的实际的。

韵既然不是诗律的关键因素，而在押韵基础上形成的所谓节奏，也难以成为诗律判定的主要标准。

再次，韵的安排上，必须要音节相等，才能产生有规律的节奏。词和曲大多是长短句子组成的，它们也都押韵，特别是曲，

---

① 杨明照：《增订文心雕龙校注》，中华书局 2000 年版，第 529 页。

常常一韵到底，它们是被认为有律的，但是词和曲有规律的韵式下，音节长短不齐，它又哪来什么韵节奏呢？比如张可久的【双调】《庆宣和·春病晚起》一段：

> 燕子来时人未归，
> 肯误佳期？
> 一对灯花玉蛾飞，
> 报喜，
> 报喜！

这里第二句和第四句、第五句都押了韵，两个韵字之间的音节并不相等，而且，这里的韵式，也并非是单纯的偶行押韵，韵节奏对这样的诗是无法解释的。

可见，韵节奏虽然在近体诗中有可以说通的地方，但它本身难以有效解释中国的诗律问题。

（二）意顿节奏

许霆、鲁德俊在《新格律诗研究》一书中，提出"意顿节奏"的观念，从节奏的重复性出发，很容易得到这种观念，因此，二人的"意顿节奏"同样具有很强的典型性。意顿节奏注重从节的单位上，看待诗歌的节奏，这其实是对于前文各种着眼于诗行间的节奏理论的一个补充。因此，从重复性的精神出发，用意顿节奏分析现代和古代诗歌，就具有某种合法性了。比如艾青的《手推车》一诗：

> 在黄河流过的地域
> 在无数的枯干了的河底

手推车

以唯一的轮子

发出使阴暗的天穹痉挛的尖音

穿过寒冷与静寂

从这一个山脚

到那一个山脚

彻响着

北国人民的悲哀

在冰雪凝冻的日子

在贫穷的小村与小村之间

手推车

以单独的轮子

刻画在灰黄土层上的深深的辙迹

穿过广阔与荒漠

从这一条路

到那一条路

交织着

北国人民的悲哀

　　这首诗如果用音顿理论解释的话，诗行中的音顿安排太杂乱，虽然诗行间有对称的规律，但是于等时性上较难服人。意顿理论就是为了解释这样的诗的节奏的。但是如果承认音顿在诗行中的安排，有整齐和对称两种的话，所谓的意顿节奏，本身就是其中的一种。另外，意顿节奏离不开音顿，如果一首诗的意义对称，而音顿不对称的话，意顿节奏还是无能为力，比如戴望舒《闻曼陀铃》一诗的第二、三两节：

　　你徘徊到我底窗边，
　　寻不到昔日的芬芳，
　　你惆怅地哭泣到花间。

　　你凄婉地又重进我纱窗，
　　还想寻些坠鬟的珠屑——
　　啊，你又失望地咽泪去他方。①

　　这两段诗在语法和语意上，完全是并列的关系，但是音节长短不同，照音顿理论来解释，是讲不通的。而意顿理论也不包含这种形式，其常常关注的是音节基本相等的诗行，这些诗行，可能是交叉的，也可能是并列的，或者是诗的一节中，首行与末行对称，即"包孕式"。由此可见，意顿节奏，不过是音顿节奏在诗节层面的组合而已。许霆、鲁德俊将意顿节奏从音顿节奏中划出来，成为一个独立的节奏体系，实无必要。

　　着眼于诗节层面的意顿节奏，与孙大雨的"四级与五级节奏"相同。孙大雨把一个音步中的各个音节之间的节奏，称为初级节奏；把诗行内音步之间的节奏，称为二级节奏；在孙大雨《诗歌底格律》一文中，没有说明三级节奏，可能是编辑时漏排所致，但根据上下文可知行与行之间的节奏，即三级节奏。孙大雨说：

　　　　此外押脚韵的韵文里节与节、章与章之间也都有它们各自的四级或五级节奏；不过对于后者，我们的注意力往往维

---

　　① 戴望舒：《望舒诗稿》，上海杂志公司 1937 年版，第 35 页。

持得不够持久，所以不易感觉到它的存在或重要。①

这种四级或五级节奏对于词来说，有适用的价值，词常常分上下阕，比如李煜《虞美人》：

> 春花秋月何时了，
> 往事知多少。
> 小楼昨夜又东风，
> 故国不堪回首月明中。
>
> 雕栏玉砌应犹在，
> 只是朱颜改。
> 问君能有几多愁，
> 恰似一江春水向东流。

这首词的上下两阕，存在着对称关系，有意顿节奏，另外，近体诗中的排律，四句一解，字数和"章节"上也是对称的（一致的对称），也是所谓的四级、五级节奏。

可见，意顿节奏，以及孙大雨说的四级、五级节奏，作为诗节层面的节奏层次，对于分析诗节有借鉴意义，但这个理论，同样有值得批评的地方。

从节奏本身的理论出发，意顿节奏是不成立的。20 世纪西方诗律学，渐渐把节奏作为一个心理特质，而不是一个物理特质来看。节奏作为心理特质，必须符合人们心理感受的特点。西蒙·恰特曼在《音律理论》一书中，对人们感受节奏单元的时

---

① 孙大雨：《诗歌底格律》，《复旦大学学报》1956 年第 2 期，第 18 页。

限，作了说明：

> 成群的节奏时限是多少？经过调查，群组单位的"长
> 度"（从一个顶点到另一个顶点的距离）大于七到十秒时，
> 其感觉就会消失了。另外，单元最大可感的时长（两个或三
> 个以上的事物组成群的节奏里，从第一个开始，直到最末一
> 个）是四到五秒。①

恰特曼说明了两个节奏组间的时长超过七秒时，人就不能感觉
到节奏的存在了，而一个节奏组如果超过了四到五秒，节奏感
也同样消失了。意顿节奏着眼于诗节上面，孙大雨的五级节
奏，还着眼于章上面，它们作为外形的规范是可以的，但作为
节奏却难以说得过去。古典诗词的章节读起来常常大于四秒五
秒，特别是慢词和曲，章节更长，一阕或一个曲牌，在十几句
之上的很多，那么按照恰特曼的理论，自然节奏感消失了，这
样一来，意顿节奏有何节奏可言呢？许霆、鲁德俊拿意顿节奏
分析现代诗，其分析的诗例中，一节字数在四十字以上者，屡
见不鲜，而四十字左右的诗节，其一般的吟诵速度也要在十秒
以上，至于像上文艾青《手推车》之类的诗，一节中的行数较
多，其所耗时间，更为长久，即使是这类诗对称工整，其节奏
感又在何处呢？可见意顿节奏虽名为节奏，实无节奏可言，这
是它理论本身的自相矛盾。

---

① Seymour Chatman, *A Theory of Meter*. The Hague：Mouton & Co.，
1984. p. 26.

第三节　中国现代格律诗建设中音律的影响

如果说新诗格律化的发展，完全是受音律的影响的话，这并非持平之论。自新文学革命以来，除了新诗的绵延发展之外，现代诗歌在形式上的建设有两条路线，一条是新体词曲的路线，一条是现代格律诗的路线。

一　新体词曲概要

新体词曲是 1917 年以来，旧有词曲在诗体大解放观念下产生的。早在 1920 年，康白情就曾假设新词、新曲两种诗体，他在《新诗底我见》中谈到："新诗可以创造，'新词''新曲'又有甚么不可以创造呢？所以有不讲格律，而其体裁风格和词曲太相近的，我便想要武断他为'新词'，或'新曲'。"[①] 康白情的论述只是设想，傅东华、刘大白等人也随后提出了自己的设想，但是经过后来诸多诗人的实践，新体词曲才成为了现实。

但是新体词曲只是一个泛称，实际上除了康白情之外，大多数尝试新体词曲创作的诗人，都提出了自己的概念，比如傅东华的"新歌曲说"、刘大白的"新声调"、赵朴初的"自度曲"、丁芒的"自由曲"、香港诗人晓帆的"新体词令"，等等，虽然这些名称不同，但是他们提倡的这些诗体，都是在旧有规律宽化之后形成的半格律诗体，其格律特征，介于新诗与古典词曲之间。

从创作上看，新体词曲的收获也颇丰富，其代表有吴芳吉著

---

① 胡适：《中国新文学大系·建设理论集》，上海文艺出版社 2003 年版，第 332 页。

名的《婉容词》，刘大白《丁宁》、《再造》、《秋之泪》、《邮吻》
等集中的诸多篇什，应修人《春的歌集》中的诸多篇什，黄炎培
的《白桑》集，臧克家的《臧克家旧体诗稿》中的一些篇什，赵
朴初《片石集》中的部分篇什，丁芒《丁芒诗词曲选》中《自由
曲》一辑，香港诗人晓帆所著《香江那片晓帆》中，《迷你诗章》
和《商余走笔》二辑，特别是《新体词令》一辑。

二 现代格律诗的节奏单元

现代格律诗是在 20 世纪 20 年代，陆志韦、刘梦苇等人开始
尝试，而被新月诗人推上高潮的。现代格律诗自诞生起，就是完
全在音律的影响下形成的。

现代格律诗的节奏单元，与音律观念下产生的中国古诗的节
奏单元，有很大的共通性，二者常常是由一个理论生发出的，只
不过指涉对象不同，稍微有些调整罢了。现将现代格律诗的节奏
单元简述如下。

（一）陆志韦的重音节奏诗

陆志韦的重音节奏论，虽然对古代诗歌有阐释能力，但它
却是直接针对新诗问题而提出来的。陆志韦认为新诗的格律建
设，要"舍平仄而采抑扬"，具体来讲，就是要创造讲究重音，
不拘轻音的诗，他在《渡河》中进行了这个尝试，后来在《文
学杂志》第一卷第三期对重音节奏理论做了总结，比如下面几
行诗：

赶着自己的尾巴绕圈的狗
一碰——碰到了人家啃光的骨头
⋯⋯

这两句诗里，每一句有五个重音，轻音多为一个到两个音节。同陆志韦一样，闻一多也曾试验过重音节奏，他试验了一首诗：

> 老'头儿和'担子'摔了一跤
> 满'地下是白'杏儿红'樱桃

每句诗有三个重音，轻音或多或少。

（二）叶公超的轻重音音组

叶公超在《论新诗》一文中说：

> 在每个音组里，至少有一个略微长而重，或重而高，或长而重而高的音。除了单音的长短轻重高低之外，差不多同等轻重的连续字音也常见，类似希腊诗的双长或双短的音步。这种连续的"轻轻"或"重重"的音组在中国语言里似乎特别丰富，尤其多的是名词和形容词的语词……这种说话的节奏，运用到诗里，应当可以产生许多不同的格律，虽然程度也许不如英文诗里的那样大。譬如我们以轻重为中国语言比较显着的节奏，那么我们至少可以有以下各种不同的音组：轻重重，轻重重轻，重重轻，轻重轻，轻轻重重，重重，轻轻，轻重，重轻等。[1]

他还认为中国的语调，与英德语并不相同，没有显著的长短轻重

---

[1] 《文学杂志》第1卷第1期，1937年5月1日，第17—18页。

高低的差别，所以"音组内的轻重或长短律我觉得也无须像音步的情形一样，严格规定，但是每组内必须有一比较重长的音，或两个连续重长的音"。① 但是叶公超只是对这种轻重音构成的音步作了假设，他并没有以此来建造现代格律诗，他的理论，只是在观念上对于其他的重音理论，有些参考的作用。

（三）罗念生的重重音步论

罗念生认为中国的文字，按实字和虚字分重轻，古诗大多是"重重律"音步，新诗的情况有些变化，罗念生说：

> 新诗里的轻音字既然加多，节奏底变化也多起来，复杂起来。"重重"的音步依然保存不少，但最多的是"轻重重"音步，也许有人喜欢叫它做"重重轻"音步，这全看各人怎样划分。这两种音步本可以造成节律的，不幸旁的极复杂的音步常常出来破坏了节律底组织。最破坏节律的是两头重中间轻，或两头轻中间重的音步。结果便生出了一种混乱的节律。②

这种"混乱的节奏"究竟如何呢？他举孙大雨的《自己的写照》一诗为例，虽然这首诗按照孙大雨的说法，根本没有什么重重律：

> 这转换——交更，——这徙移——荟萃，

---

① 《文学杂志》第 1 卷第 1 期，1937 年 5 月 1 日，第 21 页。
② 罗念生：《节律与拍子》，《大公报·诗特刊》第 75 期，1936 年 1 月 10 日，第 10 版。

如此──如此──的频繁──（我又想，
我又想），怎么会──不使──这帝都
像古代──意琴海──周遭 ──的希腊
……

罗念生将它的音律划分为：

＜──── ──── ＜──── ────
＜── ──＜── ＜── ──＜──
──＜── ──＜＜ ＜＜ ──＜──
──── ＜──── ＜──── ────
……

图中的"＜"，罗念生用来表示轻音，"─"表示重音。从图式中可知，孙大雨的每行诗由四音步（拍子）构成，每个音步或为二音，或为三音，诗中的"＜──"音步，和"──"两种音步，即是罗念生说的新诗的主要音步，而其中的"─＜─"、"＜──"等音步，则是破坏节奏的音步。

以上三种理论，都是试验性质的，并没有得到广泛的接受，现代格律诗真正得到广泛接受的，是在音组、音顿节奏上的诗歌。当然，一些与音组、音顿有关的理论形式，也有其一定的存在空间。

（四）周熙良的长短音组

周熙良认为不仅音组有长短的区别，音组中的停顿也有长短的区别，比如《楚辞》诗句中的"兮"字，就形成了一个与前后两个停顿都要少的停顿。新诗的格律建设，就是要靠音组的长短

与顿的长短。他在《论民歌、自由诗和格律诗》中说:

> 新诗歌的格律究竟应当怎样建立……它也应当建立在长短顿或者长短音组的基础上;而且两种格律很可能会同时发展:一种音组字数相对分出长短的格律,一种音组字数相当自由,但是顿数长短却很分明的格律。[①]

这种新的格律是怎么构成的呢? 周熙良引了一首民歌作为说明:

> 什么·藤:结什么·瓜,
> 什么·树:开什么·花,
> 什么·时代:唱什么·歌,
> 什么·阶级:说什么·话。

它的长短音步格式如下:

> 中十短十长十短
> 中十短十长十短
> 中十中十长十短
> 中十中十长十短

　　这里因为音组由一字到三字不等,所以用二分法划分,有点勉强,用长中短的三分法,则可以更好地描述出它的构成。由此可以看出,周熙良的长短音组,同法诗的长短音步还不一样。法诗的长短音步,着眼于音节上,它在音节数量上常常是每步相

---

① 《文学评论》1959 年 3 月,第 37 页。

等，而非从音节数量上分出长短来，英诗中有些诗歌是由二种音步构成，一种音节多，一种音节少。比如布莱克（Wlliam Blake）的《生病的玫瑰》一诗，每一个诗行有五个音节，前一个二音节的轻重音步，后一个三音节的轻轻重音步，也构成了长短的关系。但是二者还是有区别的，布莱克的诗是两种音步的结合，每一个音步都有轻重音的讲究，而周熙良的则是纯粹的数量的讲究，没有音节本身的规范。

周熙良将这首民歌的停顿划分如下：

短＋长＋短
短＋长＋短
短＋长＋短
短＋长＋短

这是个较有规律的停顿，如果忽略开长顿前后的两个短顿，实际上林庚的"半逗律"就显示出来了。因此，周熙良的长短停顿，实际上可以看做是"半逗律"的细化。

总体上看，周熙良的长短音组，结合了音组和停顿两方面的构成，通过长短不同的设置来建设现代格律诗。

（五）音顿、音组理论

这一理论包括饶孟侃、梁宗岱等提出的拍子论，闻一多的"音尺"论，朱光潜、何其芳等提出的"音顿"论，孙大雨提出的"音组"论。另外，像叶公超、周熙良等诗人虽然有自己独特的理论，但是与音顿、音组理论也有一定的关系。音顿、音组理论认为新诗的格律，要依靠诗行中的音节单元——音顿或音组。音顿或音组没有轻重长短的要求，但是大多诗论家认为每一个音顿或音组后面，也有一个停顿或延音，因此陈本益在《汉语诗歌的节奏》一书中，又称之为"音节·顿歇节奏"。以闻一多自认为"第一次在音节上最满意的试验"[①] 的《死水》为例：

这是｜一沟｜绝望的｜死水　　2＋2＋3＋2

清风｜吹不起｜半点｜漪沦　　2＋3＋2＋2

不如｜多扔些｜破铜｜烂铁　　2＋3＋2＋2

索性｜泼你的｜剩菜｜残羹　　2＋3＋2＋2

这一首诗每行由四个音步构成，这四个音步有三个是二音节的，一个是三音节的，每个音步后面都有一个停顿，因此每个诗行都是由四个停顿构成的。这种诗由于每行的字数相同，因此被讥为"豆腐干"。后来的音顿、音组论者大都不赞成字数过严，但是他们的理论和闻一多的音尺论，本质上没有不同。

（六）林庚的"半逗律"

林庚将"半逗律"与音组结合起来，认为现代格律诗的建设，要做到如下几点：

一、要寻求掌握生活语言发展中含有的新音组。在今天为适应口语中句式上的变长，便应以四字五字等音组来取代原先五七言中的三字音组；正如历史上三字音组曾经取代了四言诗中的二字音组一样。

二、要服从于中国民族语言在诗歌形式上普遍遵循的"半逗律"，也就是将诗行划分为相对平衡的上下两个半段，

---

① 《晨报副刊·诗镌》1926 年 5 月 13 日，第七号，第 31 页。

从而在半行上形成一个类似"逗"的节奏点。

　　三、要力求让这个节奏点保持在稳定的典型位置上。如果它或上或下、或高或低，这种诗行的典型性就还不够鲜明。①

林庚的"半逗律"理论包括两种诗体。一种是"节奏自由诗"，即主要讲"逗"，对音组的字数要求不严，比如林庚自己创作的一首诗：

　　　　春天的蓝水｜奔流下山，　　　　5＋4
　　　　河的两岸｜生出了青草；　　　　4＋5
　　　　再没有人记起｜也没有人知道，　6＋6
　　　　冬天的风｜哪里去了。　　　　　4＋4

这首诗每一行的音组不必一样，上下行的音组类型也不同，有时是四字的音组，有时是六字的音组，但它们在诗行中间都有一个"逗"。

另一种形式是建立在典型诗行上的现代格律诗，这一类里林庚较多地关注了九言诗，比如下面一个诗节：

　　　　说什么难事｜就是不怕　　5＋4
　　　　可有一样啦｜得有计划　　5＋4
　　　　活都干完了｜学习文化　　5＋4
　　　　电线赛一幅｜新风景画　　5＋4

---

① 林庚：《问路集·序》，北京大学出版社1984年版，第3页。

这一首诗应该是林庚在形式上的试验，每个诗行都是由前后一个五字音组和四字音组构成的，中间一个逗，字数划一，音组齐整，林庚认为像这样的诗应是现代格律诗的最终方向。

（七）赵毅衡的"新音组"理论

赵毅衡在《汉语诗歌节奏结构初探》一文中，提出他的"音组理论"。这种理论与何其芳、孙大雨的"音顿"、"音组"理论不太一样，因为它"音组的区分与意群基本相合"，① 它是中国诗歌所特有的，"一整部汉语诗歌史绵延几千年，就是在不断寻找新的音组排列方式"②。

因为音组与"意群"相合，所以赵毅衡的音组在音节上要较孙大雨为长，而且赵毅衡容许诗行中有"衬字"存在。"衬字"多为虚词，它在诗行中较为灵活，可计入节奏，也可不计入节奏。以赵毅衡引未央的诗歌为例：

> 时代（的）飞轮/决不会逆转，
> 真理（的）光辉/将永照宇宙。
>
> ——未央《一个姑娘在发言》

这首诗中的"的"字属于"衬字"，不计入节奏，因而赵毅衡认为这是"四五式"节奏。

以上诸种理论的错误是显然的。首先看建立在重音上的理论，由于汉语没有明显的重音和轻音的差别，传统诗律也没有重音诗律的基础，所以难以成立。其次看音顿、音组理论和"半逗

---

① 赵毅衡：《汉语诗歌节奏结构初探》，《徐州师范大学学报（哲学社会科学版）》1979 年第 1 期，第 52 页。

② 同上书，第 54 页。

律"，西方的重音音节节奏讲究音组，如同中国古代的诗歌有较为规律的意义停顿，但西方的音律还要有音节上的支持，汉语本身缺乏这个支持，况且中国古代的顿属于句法之类，还只是平仄的辅助手段，与西方诗歌的音步毕竟不同。因此音顿、音组、"半逗律"理论，按照西方和中国的标准，它都不是什么格律理论。如果说现代诗律家们创造了一个既不同于中国，又不同于西方的诗律的话，由于没有一个固定的评定标准，没人敢说这种诗律是客观成立的。

现代格律诗建设的不中不西现象，特别是音顿、音组理论，或许表现了诗律家们自觉的创造意识：要按照西方的音律标准来创造现代格律诗，但同时他们也知道无法建立什么轻重律或重轻律的诗，于是在顿和音步之间折衷，才产生了这样一个理论。因此，音顿、音组等理论，实际上是中西折衷的产物。但是这种折衷使它既抛弃了音律的基础，也丢掉了声律的精髓。

三　现代格律诗建设的方向

19 世纪后期，以至 20 世纪初期，法国、英国、美国等国家掀起了自由诗运动的浪潮。此时的中国正处于风雨飘摇之中，受西方文化以及当时国内的文化形势的影响，终于孕育出了"文学革命"。"文学革命"的重要成果，就是产生了自由诗。

因不满于自由诗的散漫，许多诗论家认为要在"新诗"里建造新格律，于是新格律如何建造便成了热门话题。每个国家的语言和诗律传统，是后来诗律改革的基础，而现代格律诗却背离了这个传统，采用西方的音律观念来建造现代格律诗。这种西式的中国现代格律诗，究竟与传统诗歌有何不同呢？它的背离是如何体现的呢？

（一）由平仄到音步

现代格律诗从陆志韦、新月诗人起，就不再考虑诗篇的平仄安排了。陆志韦公开声称"舍平仄而采抑扬"，新月诗人闻一多提倡的"三美"之一"音乐美"也不包括平仄，而是考虑"尺"与"尺"的安排，后来的汉园诗人、九叶诗人等，创造了大量的现代格律诗，大都按着闻一多的路子走下去。虽然罗念生、陆志韦主张以轻重来建立现代格律诗，但是他们的道路并没有走出多远，何况轻重律本身也是重音步而弃平仄的。因此 20 世纪的中国现代格律诗传统，基本上没有在平仄上有多少试验，它主要是在音组、音顿等音步概念上建立起来的。虽然有些诗论家否定用音步这个词，比如邹绛说：

> 现代格律诗所用的顿，虽然不等于英国格律诗中的音步，但也是构成诗的节奏的单位。饶孟侃和闻一多称之为音尺，孙大雨和卞之琳称之为音组，陆志韦和胡乔木称之为拍，都是一回事。也有人称之为音节或音步的，前者容易和英语的音节或音缀相混，后者容易和轻重格或抑扬格的英诗中的音步相混。①

但既然是"节奏单位"，自然是从音步学来的，因此用音步这个概念不仅可以指称音组、音顿的实质，也可以指涉其他诸种节奏单元。

---

① 邹绛：《中国现代格律诗选·浅谈现代格律诗及其发展》，重庆出版社 1985 年版，第 15 页。

（二）由对待粘联到重复

中国近体诗讲究粘联，许印芳在《诗法萃编》中说："诗家用字，以平对仄，以仄对平，上下相配，谓之相粘。作平韵诗，上下句相粘，上下联又相粘，谓之为律。"① 许印芳说的粘联，实际上就是王楷苏在《骚坛八略》中谈到的"对平仄法"、"粘平仄法"，因此对待粘联是平仄安排的一个重要方法，比如五绝仄起式：

仄仄平平仄
平平仄仄平
平平平仄仄
仄仄仄平平

这个格式中，每一行中平仄相对，前平后仄，或前仄后平，王楷苏说："对者，匹敌之谓，两句既是一联，平仄必须变换方不合掌，方有声调，以仄对平，以平对仄……"② 另外，第二句开头是以"平平"起，第三句开头也是以"平平"起，但是这两个句子第三字处的平仄却不相同，这即是粘，王楷苏说："粘者如胶粘物，合而一之也。"③

这种平仄安排的粘联对待法，在 20 世纪中国诗律中变成了音组、音顿等节奏单元的重复。闻一多在《诗的格律》一文中，认为现代格律诗在诗行上，每行必须还它个"二字尺"和"三字

① 许印芳：《诗法萃编》，《丛书集成续编·202》，新文丰出版社 1991 年版，第395 页。
② 王楷苏：《骚坛八略·上卷》，嘉庆二年钓鳌山房刊本，第 26—27 页。
③ 同上书，第 27 页。

尺"的总数，他的《死水》每行由三个"二字尺"和一个"三字尺"构成。虽然后来的诗律家对于整齐的字数不太认同，但他们都认为诗行中应该有整齐的音步组织，要么是划一的，要么是对称变化的。叶公超在《论新诗》一文中说：

> 至于每行内音组的数目应否一致，这当然全凭各首诗的内容而定，但是最低限度也应当有一种比例的重复，即如第一行有三个音组，第二行一个，则以后应根据这两种音组来重复，但重复不一定是接连的，或相隔同等距离的。[①]

比如臧克家的《肉搏》一诗：

> 麻木
> 有了刺痛的感觉，
> 苟安
> 爬出了它的老窝，
> ……

这首诗就是奇数行一个音组，偶数行三个音组。它和闻一多每行整齐的顿数诗一样，都是按照一定的重复原则建立起来的。

这样建立起来的现代格律诗，由于没有平仄规则的基础，所以在诗行中，它不讲究对待的法则，而只是遵循音步的连续排列；在行间，它也没有粘的法则，比如第二行和第三行，虽然都有一个二字的音组，但它并不如五绝的粘一样，将这二行"合而

---

① 叶公超：《论新诗》，《文学杂志》第 1 卷第 1 期，1937 年 5 月 1 日，第 21 页。

一之"。温特斯（Yvor Winters）曾经说过："音律是数的规则，是诗行纯粹理论上的结构。"① 这一点恰好说明了现代格律诗弃除粘联对待法则，采用重复后，诗行所体现出来的结构原则。

（三）由讲究声韵到声韵不拘

沈约首倡"四声八病"之说，"八病"之中，有许多声韵规范，在律诗中也是要讲究的，比如上尾、大韵、旁纽、正韵之类。清人吴镇有《松花菴八病说》一书，以沈约"八病说"来论律诗，其自序云："东阳八病初亦论古诗耳，今专以绳律，使之声调和谐，讵不妙哉！"② 吴镇的《松花菴八病说》对律诗的声病问题多有阐明，其论大韵云：

> 此病在古诗无妨，在律诗最为紧要，不论上句下句，五言七言，皆不可犯。虽细检唐诗，犯者亦复不少，究不得舍其所长，而专师其故犯大韵也。休文即无此论，今日固当议及之。③

其论旁纽云："此病于声调之虚实阴阳最有关系，不第如宛陵所注'丈梁'、'田延'、'寅宾'等字也，然此等字亦在其中。能悟此病，则声调自高。"④

这些声病在现代格律诗中，基本都不讲究，不论是新月诗人，还是九叶诗人，他们在诗论中没有谈到这些声病规范。自胡

---

① Harvey Gross, ed., *The Structure of Verse*: *Modern Essays on Prosody*. New York: Fawcett Publication, 1966. p. 133.

② 吴镇：《松花菴全集·卷十》，《中国西北文献丛书·第六辑》，兰州古籍书店1990年版，第566页。

③ 同上书，第573页。

④ 同上。

适"自然的音节"开始，现代诗人们，更加重视的是内在的音节，而非外部的声病。康白情在《新诗底我见》一文中说：

> 旧诗里音乐的表见，专靠音韵平仄清浊等满足感官底东西。因为格律底束缚，心官于是无由发展；心官愈不发展，愈只在格律上用工夫，浸假而仅能满足感官；竟嗅不出诗底气味了。于是新诗排除格律，只要自然的音节。①

这种自然的音节，虽然同现代格律诗的音组节奏不同，但是现代格律诗在反对声病这一点上，仍然继承了"自然的音节"说。邹绛说："古典格律诗非常讲究平仄，而现代格律诗虽然也要求音调的铿锵和谐，但却不受平仄的束缚，这是一大解放。"②邹绛所说的平仄，实际上就包括了声律、声病二者。因为现代格律诗没有声病规范，所以近体诗避忌的声病，可能在现代格律诗那里比比皆是。比如林庚《北京之冬》一诗：

> 叮当叮当、铁匠风箱
> 古老声音中变成工厂
> ……

这两句诗里，在"箱"、"厂"个韵字处，又有"当"字、"匠"字，除了大韵外，还出现了"风"、"工"、"中"一个小韵，"叮"和"音"一个小韵，如果按照近体诗的标准，可以说处处

---

① 康白情：《新诗底我见》，《少年中国》第1卷第9期，第4页。原文"表见"同"表现"。

② 邹绛：《中国现代格律诗选·浅谈现代格律诗及其发展》，重庆出版社1985年版，第4页。

都是韵病。

另外，近体诗有严格的韵式，基本是偶行押韵，韵分平仄，奇数行要辨四声，郑先朴《声调谱阐说》云："凡单句末字，必错综用之，方有音节。如以入声为韵，第三句或用平，第五句或用上，第七句或用去。"① 这种说法清代许多诗论家都认可。现代格律诗虽然也有较多的偶行用韵，但韵式更为随意，可押可不押，押韵更不拘平仄。胡适在《谈新诗》里说的几个押韵条件，即"用现代的韵，不拘古韵，更不拘平仄韵"、"有韵固然好，没有韵也不妨"②，完全符合现代格律诗的实际。

（四）由调式到节式

近体诗，甚至古诗，是有调的。古体的调相当于它的"解"，近体诗的调，比古体诗复杂，有声韵平仄的要求。王楷苏在《骚坛八略》中说：

> 调者，腔调之谓，近体必有腔调，乃可被之管弦，故谓之调。每调止四句者，以一对一粘再一对，止有四句，而平仄即相周流，不能增减移易……③

绝句只有一调，而律诗则有二调，排律相当于多个绝句叠加而成，是多调的。现代格律诗不讲调，而讲节。闻一多的音尺论主要讲究的就是"节的匀称和句的均齐"。现代格律诗的节有二句的，有三句的，也有多至十几句、几十句的，不像近体诗一调四

---

① 郑先朴：《声调谱阐说》，《中国学报》1913 年 7 月，第 4 页。
② 胡适：《谈新诗》，《中国新文学大系·建设理论集》，良友图书公司 1935 年版，第 305 页。
③ 王楷苏：《骚坛八略》，嘉庆二年钓鳌山房刊本，上卷，第 28 页。

句；节内每句的字数有二字的，有三字的，有多至十几字的，也不同于近体诗的五字、七字等。现代格律诗的节与节之间可以是相等的，比如闻一多的《死水》，也可以是对称的，比如余光中的《乡愁》，也可以是变化的，比如彭邦桢《月之故乡》，不同于近体诗一调在字数、行数上的一致性。

调还分调式，王楷苏说："有平起调，有仄起调，皆以首句第二字之平仄定之。"[①] 而现代格律诗没有相对的概念，只在节内分对称还是均齐与否。比如艾青《一个黑人姑娘在歌唱》一诗，是均齐的诗节，闻一多《你莫怨我》，则是对称的诗节。

（五）由对仗到单行

对仗是近体诗的一个修辞手段，同时也是一个结构原则。唐宋时期的诗格著作，特别留意对仗，清代的诗话著作中，对于对仗的论说，明显有升温之势。早在《文镜秘府论》中，就列有二十九种对，清代通行的对仗格式，也在十种之上，诸如"双声对"、"叠韵对"、"犄角对"、"借对"、"开门对"之类。近体诗除了要运用这种种对仗法式，还有位置的要求，一般来说，律诗中间二联必须要对，绝句则可对可不对。比如仄起式五律：

仄仄平平仄	
平平仄仄平	
平平平仄仄	对
仄仄仄平平	对
仄仄平平仄	对

---

① 王楷苏：《骚坛八略》，嘉庆二年钓鳌山房刊本，上卷，第28页。

平平仄仄平　　　　　对

平平平仄仄

仄仄仄平平

　　新诗的产生，其前期运动之一，就是打破对仗的讲究。胡适的《文学改良刍议》提出"八事"说，其中之一，就是"不讲对仗"。胡适把对仗和声律放在一起，认为二者即使不能废除，"亦但当视为文学末技而已"①。胡适的主张，在当时马上得到钱玄同、刘半农的响应，钱玄同认为："凡作一文，欲其句句相对与欲其句句不相对者，皆妄也。"② 后来的现代格律诗人们，继承了胡适等人的观点，诗中基本不用对仗，变对偶为单行。这种变化的结果，是诗中不像近体诗那样有所避忌，比如徐志摩《庐山石工歌》：

　　　　唉浩！唉浩！唉浩！

　　　　唉浩！唉浩！

　　　　我们起早，唉浩，

　　　　看东方晓，唉浩，东方晓！

　　　　……

　　这首诗不但第一句和第二句完全重复，四句中也都有"唉浩"的重复，不像近体诗那样担心合掌。

---

① 胡适：《文学改良刍议》，《新青年》第 2 卷第 5 号，第 9 页。

② 钱玄同：《寄陈独秀》，《中国新文学大系·建设理论集》，上海文艺出版社2003 年版，第 50 页。

第四节　20世纪诗歌翻译中的诗律观念

诗歌翻译活动，本身就是诗律观念的体现。中国在19世纪和20世纪，都翻译了大量的外国诗歌。考察诗歌翻译活动中的诗律工具，对于认清20世纪的诗律观念变迁，很有帮助，而且从译作来看音律的东渐，看待同样的西方诗体在中国的诸多译法，这对于西方的诗律家来说是非常有趣的事。

一　近代诗歌翻译的格律

清朝中期，陆续有外国传教士来华，传教士不仅带来了基督教，还把近代科学也带到中国，一些中国文人就开始把近代西方科学译成中文，比如17世纪时，徐光启、李之藻分别翻译了《几何原本》、《浑盖通宪图说》等书。

对西方科技的翻译，在19世纪达到高峰，当时出现了诸多的翻译机构，比如同文馆、江南制造局翻译馆，也出现了一些出版译著的书局，比如大同译书局、商务印书馆等机构。

伴随着大量的西方科学技术的翻译，也就产生了文学翻译。1871年，王韬与张芝轩合译了《普法战纪》，中间收有《法国国歌》，是较早的诗歌译作。随后出现了众多的诗译家，他们翻译了不少诗作，比如辜鸿铭翻译有《痴汉骑马歌》，苏曼殊翻译有《拜伦诗选》，马君武翻译有《哀希腊》、《缝衣歌》等作品。近代还出现了一些刊登译诗的刊物，比如《英文杂志》、《东吴》、《华侨杂志》等。

可以说，近代中国的诗译家，绝大多数本身就是诗人，所译的作品，也以英国、法国、德国、美国居多。

如果把1917年以前的文学，看做是近代文学的话，那么，近代文学的译诗从诗体上，可以划分为三个派别。

（一）白话自由诗体

近代的白话自由诗以传教士印发的《圣经》为代表，《圣经》中有许多诗歌，传教士为了普通百姓的理解需要，使用北京官话来译它，比如《雅歌》：

> 我心所爱的求你告诉我，
>
> 你在何处放羊，
>
> 午间在何处使羊歇息，
>
> 免得我在你同伴的羊群中来往游行。①
>
> ……

这首诗使用了清新的白话，形式上与"诗体大解放"之后的自由诗，没有差别。《圣经》中的雅歌等诗歌作品，本身就是不讲音律的，因此这类译诗与诗律问题没有多大关系。

（二）文言古诗体

这一类是近代译诗最常用的一个诗体，刘半农、颜铸欧、陈稼轩、苏曼殊、辜鸿铭、马君武等译诗者，都曾用过这种体式。从篇幅上看，这种体式可以分为四句及四句以上两种。比如任鸿隽译拜伦的《三十六生日诗》（On This Day I Complete My Thirty-sixth Year），原诗四句，前三句为四个轻重律音步，后一句为二个轻重律音步：

---

① 施蛰存主编：《中国近代文学大系·翻译文学集三》，上海书店 1991 年版，第 98 页。

'Ts time this heart should be unmoved,

Since others it hath ceased to move：

Yet，though I cannot be beloved,

Stll let me love!①

……

任鸿隽则将其译为五言四句一解的古诗：

无复能感人，此心当寂灭。

世人虽弃余，余宁忍人绝。②

第二种为四句以上的，《古诗十九首》就是这种形式，译诗的例子，有夏沔丰译郎斐罗的《雨中感怀》（The Rain Day），原诗为五行一节，每节前四句为四个轻重律音步，后一个为轻重律三音步：

The day is cold，and dark，and dreary；

It rains，and the wind is never weary；

The vine still chings to the moulding wall，

But at every gust the dead leaves fall，

And the day is dark and dreary.

……

---

① Margaret Ferguson, etc. *The Norton Anthology of Poetry*. New York：W. W. Norton & Company, 1997. p. 466.

② 施蛰存主编：《中国近代文学大系·翻译文学集三》，上海书店 1991 年版，第 137 页。

译诗为八行一解的五言古诗：

阴霾匿白日，寒气含冰霜。
愁肠已久回，况复风雨狂。
嗟彼葛蔓藤。枯廋攀颓墙。
西风一吹拂，僵叶纷飘扬。①
……

如果按照齐言和杂言来分的话，古体类的译诗，也可以分为齐言古诗和杂言古诗两类。中国的歌行体古诗，常常是杂言体的，比如李白的《蜀道难》、《梦游天姥吟留别》等诗，汉魏之时齐言体的古诗较多些，比如曹植的《赠白马王彪》、曹丕的《燕歌行》等诗。近代的译诗中也以齐言体为多见，比如马君武译虎特《缝衣歌》（The Song of the Shirt），原诗为三音步，每节八行，每行多由两个轻重律音步和一个轻轻重律音步构成，有时诗行中也有单个的重音构成一个音步：

With fingers weary and worn,
　　With eyelids heavy and red,
A woman sit in unwomanly rags,
　　Playing her needle and thread——
　　　　Stitch, stitch, stitch!
In poverty, hunger, and dirt,
　　And still with a voice of dolorous pitch,

---

① 《英文杂志》第 3 卷第 1 号，1917 年 1 月，第 10 页。

She sang the "song of the shirt!"
......

马君武的译诗为八行一解的五言古诗：

美人蒙敝衣，当窗理针线。
眼昏未敢睡，十指既已倦。
不辞缝衣苦，饥穷可奈何！
愿以最悲音，一唱缝衣歌。①
......

杂言的古体译诗较少，刘半农译柏伦克德的《火焰诗》
(The Spark) 是其中的一个代表，《火焰诗》为每节五行，每行
为轻重律三音步。

Because I used to shun

Death and the mouth of Hell,

And count my battle won,

When I should see the sun

The blood and smoke dispel.

刘半农将其译为杂言的古诗：

我昔最惧死

———————————

① 施蛰存主编：《中国近代文学大系·翻译文学集三》，上海书店 1991 年版，
第 146 页。

　　不愿及黄泉

　　自数血战绩

　　心冀日当天

　　日当天

　　血腥尽散如飞烟①

　　这首诗里，前四句为五言，后一句为七言，中间夹了一个三言句。

（三）词体

　　陆志韦和梁启超都曾用词体译过英国诗歌，比如陆志韦译朗费罗的《野桥月夜》（The Bridge），原诗为四行一节，每节三个音步，音步多由轻重律和轻轻重律构成：

I stood on the bridge at midnight,

　　As the clocks striking the hour,

And the moon rose o' er the city,

　　Behind the dark church-tower.

I saw her bright reflection

　　In the waters under me,

Like a golden goblet falling

　　And sinking into the sea. ②

······

----

　　① 《新青年》第 2 卷第 2 号，1916 年 10 月，第 2 页。

　　② Henry Wordsworth Longfellow, *The Complete Poetical Work of Henry Wordsworth Longfellow*. Boston：Houghton, Mifflin and Company, 1902. p. 78.

陆志韦的译诗为：

> 夜静小桥横，远树钟声。
> 浮图月色正三更。
> 桥小月轮桥上客，沉醉金觥。①
> ……

这里将原诗中的两节，合成了词调《浪淘沙》的一阕。《浪淘沙》分上下两阕，每阕都是由五句构成，句式为：五四七七四，谱式如下：

> 仄仄仄平平，仄仄平平，平平仄仄仄平平，仄仄平平平仄仄，仄仄平平。　　仄仄仄平平，仄仄平平，平平仄仄仄平平，仄仄平平平仄仄，仄仄平平。（图中加点的字为可平可仄）

从上谱式可知，陆志韦的译诗，是符合《浪淘沙》的格式的。因为要考虑到把诗歌中的意义，译成固定的词谱，所以陆志韦的译诗，在意义上与原文有较大的出入，有漏译、改译的地方。

（四）骚体

骚体是近体译诗者们常常采用的一个诗体，刘半农、鲁迅、应时、叶中冷都用骚体译过西方诗歌。以《离骚》为代表的骚体诗，

---

① 施蛰存主编：《中国近代文学大系·翻译文学集三》，上海书店 1991 年版，第 195 页。

是中国诗歌的两大传统之一，它与《国风》一起，被称为"风骚"。骚体诗在诗体上的特点，是不讲究平仄，诗句长短有些变化，诗句中常常有"兮"字，将上下两句，或者一句中的上下两部分联在一起，就如同盎格鲁—萨克森人诗歌的中间停顿（Middle Pause）一样。比如叶中冷译雪莱的《云之自质》（The Cloud）一诗，原诗共为六节，一节十二句，奇数句为四音步，由轻重律和轻轻重律共同构成，偶数句为三音步，有时也出现二音步，构成方式不变：

> I'bring fresh'showers for the'thirsting'flowers,
> 　　From the'seas and the'streams;
> I'bear light'shade for the'leaves when'laid
> 　　In their'moonday'dreams.
> From my'wings are'shaken the'dews that'waken
> 　　The'sweet'buds'every one,
> When'rocked to'rest on their'mother''s'breast,
> 　　As she'dances a'bout the'sun.
> I'wield the'flail of the'lashing'hail,
> 　　And'whiten the'green'plains'under,
> And'then a'gain I di'ssolve it in'rain,
> 　　And'laugh as I'pass in'thunder. ①
> ……

叶中冷的译诗为：

---

① Margaret Ferguson, etc., *The Norton Anthology of Poetry*. New York: W. W. Norton & Company, 1997. p. 473.

吾输河流之水为新雨兮，
骤以疗乎渴花；
又使木叶酣睡于日中兮，
运轻阴以式遮。
凡鸟拥雏摇且眠兮，
惟晨曦兮照群动；
吾振翼以坠甘露兮，
用以警夫凡鸟之梦。
又掷飞霓若枷板之喧兮，
使绿野为一白而晶莹；
更融之为甘霖兮，
吾大笑作雷霆之飞鸣。①
⋯⋯

叶中冷的骚体译诗，与原作相比，在长句短句上，有些对应，但不完全一致；在语法和语意上看，原诗二行构成一句诗，骚体诗的上下两半正好与其有所对应。

（五）国风体

这一类采用《诗经》中的四言句式，不拘声病，或长或短，长则如苏曼殊译拜伦诗《赞大海》，一节长至四十句，短则如叶中冷译朗费罗《矢与歌》（The Arrow And the Song），一节四句。以《矢与歌》为例，原诗每行四个音步，音步基本上是由轻重律构成的，偶尔出现的有重轻律音步及缺音的音步：

----

① 施蛰存主编：《中国近代文学大系·翻译文学集三》，上海书店 1991 年版，第 140 页。

I'shot the a'rrow in'to the'air,
It'fall to'earth, I'knew not'where;
'For, So'swiftly it'flew, the'sight
'Could not'follow it'in its'flight. ①
⋯⋯

叶中冷的译诗为：

吾矢射空，莫知堕处；
其飞甚疾，目不及顾。②
⋯⋯

　　叶中冷的译诗，取消了原诗中的轻重音等音律安排，以等音的四言来对应原诗近乎整齐的八音节诗行。

　　总体上来看，近代的诗歌翻译，在对象上基本上都是欧美的格律诗，而相应的译诗主要可分为两类，一类是非律体译诗，主要以古体诗、骚体、国风体为代表，它们忽略了原诗的格律特征，而代之以音节数量的整齐与变化，在诗行上译诗与原诗的长短有些是相应的，有些是不同的。另一类是律体译诗，以词为代表，另外一些五七言古诗中，偶尔会出现律句，比如苏曼殊译豪易特《去燕》诗，有句云："燕子归何处，无人与别离。"两句都是律句，格式为"仄仄平平仄，平平仄仄平"；胡适译邓耐生

---

① Henry Wordsworth Longfellow, *The Complete Poetical Work of Henry Wordsworth Longfellow*. Boston: Houghton, Mifflin and Company, 1902. p. 84.

② 施蛰存主编：《中国近代文学大系·翻译文学集三》，上海书店 1991 年版，第 196 页。

《六百男儿行》有句云："偕来就死地，六百好男儿。"两句皆为律句，格式为"平平仄仄仄，仄仄仄平平"。这些律句与词体的译诗，以平仄与原诗的轻重相对应，以言数的整齐和变化，与原诗的长短对应。

二 "诗体大解放运动"中诗歌翻译的格律

1917 年的中国文学界，发生了"文学革命"，它虽然并没有对中国的诗律观念有所浸染，但是在 1918 年左右，自由诗渐渐发了萌芽，周作人在《新青年》第 4 卷第 2 号上，发表了《古诗今译》一文，声称：

> 口语作诗，不能用五七言，也不必定要押韵；止要照呼吸的长短作句便好。现在所译的歌就用此法，且来试试；这就是我的所谓"自由诗"。[①]

这里不仅反对作诗采用五七言句子，同时也表明诗歌翻译要采用口语，它暗含了自由诗译欧美诗歌的倡议，这同近代以来的译诗的大方向完全不同，与早期的官话本《雅歌》倒相一致。随后在 1919 年的《谈新诗》一文里，胡适提出"诗体大解放"的观念，因此在 1918 年往后的几年中，用自由诗来译欧美诗歌，就成为诗歌翻译中的一个新现象。

除了周作人的《古诗今译》，用自由诗译古希腊诗歌之外，胡适自认为"新诗成立的纪元"的《老洛伯》，是用自由诗译英国格律诗的一个典型例子。《老洛伯》（Auld Robin Gray）一诗原是由九节组成，每节四行，每行基本上是有四个重音，有时是

---

① 《新青年》第 4 卷第 2 号，1918 年 2 月，第 124 页。

轻重律音步和轻轻重律音步构成，有时诗歌中出现了古老的盎格鲁—萨克森人的四重音节奏，因此《老洛伯》一诗，在音律上变化较大：

> When the′sheep are in the′fauld, and the′kye at′bame,
> And′a′ the′world to′rest are′gane,
> The′waes o′ my′heart fa′ in′showers frae my′e′ e,
> ′While my′gudeman lies′sound by′me.
> ……

胡适的译诗为：

> 羊儿在栏，牛儿在家，
> 静悄悄地黑夜，
> 我的好人儿早在我身边睡了，
> 我的心头冤苦，都迸作泪如雨下。①
> ……

原来诗行中四个重音的尺度，在胡适的译诗中是没有什么相应的体现的，胡适的译作不讲究平仄的规范，也没有音节上的约束，诗行或长或短，与原诗的形式反差很大。

三　现代格律诗运动下的译诗格律

20世纪20年代，随着吴宓、陆志韦、刘大白等人发表文

---

① 《新青年》第4卷第4号，1918年4月，第324页。

章，介绍和表现西方音律观念，使得中国诗律观念迅速发生了变迁。诗人和诗论家，大多把节奏单元作为诗歌格律的一个标准，因而出现了种种现代格律诗的试验，现代格律诗的试验促成了诗歌翻译在诗体上的一次革命。诗歌翻译的这次革命，之所以能立即发生效果，是因为现代格律诗的试验者，往往就是诗歌翻译者，两种诗歌活动角色的合一，立即使诗歌翻译和现代格律诗试验结合起来。

典型的现代格律诗的试验群体是新月诗人，他们以新诗"创格"者的形象写入了史册，正如徐志摩在《诗刊弁言》中直接声称的那样，"我们的大话是：要把创格的新诗当一件认真事情做"。^① 徐志摩的倡议也是新月诗人们群体的努力方向，闻一多、孙大雨、朱湘、陈梦家都通过各自的试验，试图来找到现代格律诗的建设道路。虽然他们的试验和理论各有不同，但是总体上看，却又惊人的相似。这种群体的相似探索，立即使现代格律诗运动深入人心。

现代格律诗人们找到的道路，就是西方的音律。一种观点认为现代格律诗的建设，本身是受诗歌翻译的影响，卞之琳说："'五四'以来，我国新诗受西方诗的影响，主要是间接的，就是通过翻译。"^② 这一句话并非受到怀疑，但是从近代诗歌翻译的实际情况来看，它的错误却是明显的。近代不乏诗歌翻译活动，但是诗律观念并非发生变化。也就是说，诗歌翻译活动不能直接导致诗律观念变迁，相反，诗律观念变迁，却能产生诗歌翻译活动的变化。充分地研究 20 世纪二三十年代的诗律史，我们可以发现，诗歌翻译的变化，正代表了背后隐秘浩大的观念变迁。虽

---

　①　《晨报副刊·诗镌》1926 年 4 月 1 日，第 1 号，第 1 页。

　②　卞之琳：《人与诗：忆旧说新》，三联书店 1984 年版，第 192 页。

然折衷一下卞之琳的说法，诗歌翻译未尝不促进了诗歌观念的变迁。当时的新月诗人，大多都是留学过欧美，对西方诗歌比较了解的人，他们中有很多从事诗歌翻译，比如，徐志摩翻译哈代和罗色蒂的诗，孙大雨对莎士比亚、弥尔顿诗歌的翻译，卞之琳对象征主义诗歌和现代主义诗歌的翻译，朱湘对英国浪漫主义诗人，以及古代埃及、波斯等诗作的翻译。新月诗人的诗歌翻译活动，本身就是现代格律诗的一种尝试，随着现代格律诗运动深入人心，他们的翻译模式也确定下来，成为后来译诗家的一个样板。后来的诸多译诗家，比如九叶诗人查良铮、郑敏、陈敬容，七月诗人绿原、罗洛等，都贯彻了现代格律诗运动译诗的特点。一些专门的译诗家，比如江枫、飞白、王佐良、周煦良等人，也沿着现代格律诗运动的路线前进。这些人的合力，使得现代格律诗，成为20世纪二三十年代之后译诗的主要体式。

现代格律诗运动下的译作，其格律特点，与近代的译诗相比，可以分析如下。

（一）诗行的音节上，从讲究字数规范，到字数不限

近代的译诗，不管是用五七言古诗来译，还是用词体来译，都要讲究字数，每个诗行或者每句诗，不能出现字数的增减，以求合乎中国古代诗体的规范。这个原则在现代格律诗运动下的译诗中被打破了，译诗者常常不拘字数，因而原诗音节数相同的诗句，在译诗中可能有很大的字数差距。比如查良铮译拜伦的《我们俩分手时》（When We Two Parted），原诗每行由一个轻重律和一个轻轻重律音步构成，共有五个音节，有时诗行中会多出一个音节来：

They'name thee be'fore me,

A′knell to mine′ear;

A′shudder′comes′o′er me—

′Why wert thou so′dear?

They know′not I′knew thee,

Who′knew thee too′well.

Long,′long shall I′rue thee,

Too′deeply to′tell. ①

……

查良铮的译诗为：

他们当着我讲到你，　　　　　　8

一声声有如丧钟；　　　　　　　7

我的全身一阵颤栗——　　　　　8

为什么对你如此情重？　　　　　9

没有人知道我熟识你，　　　　　9

呵，熟识得太过了——　　　　　7

我将长久、长久地悔恨，　　　　9

这深处难以为外人知道。　　　　10

……

　　这一首译诗里，字数从 7 个字延伸到 10 个字，诗行间的字数常常变化，与近代译诗的五七言体很不相同。这种变化明显是白话入诗所产生的，但是除了语言因素之外，诗体的因素也是显

---

① Byron, *Selected Poems of Byron*. London: Oxford University Press, 1931. pp. 2—3.

而易见的。词和古诗，也有不少口语诗，比如汉《乐府》中的《上山采蘼芜》，一些《敦煌曲子词》等，这些诗都遵循着古诗和词体的句式规范。同样，现代以白话译诗，它背后还存在着诗体的变化，正是这种诗体的变化，赋予诗行字数变化以有效性，使其具有价值。

（二）诗行内部的组织，从讲究平仄到讲究音组的安排

近代译诗的词体和律句，都是讲究平仄的，古诗虽然不讲究什么平仄，它的字数的整齐，倒也不是按照音组来建造的。20世纪二三十年代，随着音组、音顿的出现，译诗开始讲究音组的安排。音组的安排本身代表了一种新的诗体，它对于诗行的字数变化有决定的作用。卞之琳在《英国诗选·序》里说得明白："我们用语体（现代白话）来翻译他们的格律诗，就不能象文言诗一样，象法文诗一样，讲音节（单字）数；只能象英文诗一样，讲'顿'数或'音组'数（一音节一顿就不便说'音组'了），但是不能象英文诗一样安排固定的轻重音位置。"[①] 卞之琳这里的论述，并不准确，法文诗和英文诗，大多都是讲究音节数，同时也讲究音步的，只不过法文诗中的停顿较英文诗更加重要。但是撇开这个不谈，卞之琳实际上指出了一个事实，就是20世纪二三十年代以来的译诗出现的新规则。比如卞之琳译本·琼孙的《给西丽雅》（Song：To Celia）一诗：

> 'Drink to me'only'with thine'eyes,
> And'I will'pledge with'mine;
> Or'leave a'kiss but'in the'cup,

---

① 卞之琳：《英国诗选·序》，湖南人民出版社 1983 年版，第 4 页。

And'I' ll not'look for'wine.

The'thirst that'from the'soul doth'rise,

Doth'ask a'drnk di'vine：

But'might I'of jove' s'nectar'sup,

I'would not'change for'thine. ①

你就只用你的眼睛来给我干杯，

我就用我的眼睛来相酬；

或者就留下一个亲吻在杯边上

我就不会向杯里找酒。

从灵魂深处张开起来的渴嘴

着实想喝到美妙的一口；

可是哪怕由我尝天帝的玉浆，

要我换也不甘把你的放手。②

原诗在诗行上是由轻重律构成，每行都建立在音步的基础上。卞之琳的译作中，每一个诗行，都是由音组构成的，或者由二字音组，或者由三字音组。比如："你就只用你的眼睛来给我干杯"中，"你就只"是一个三字音组，"用你的"是一个三字音组，"眼睛"是一个二字音组，"来给我"又是一个三字音组，"干杯"又是一个二字音组。

（三）诗律的组织，由词曲体的调节平仄变成音组的重复

近代的译诗中，古体诗不调平仄，它不同于词体以及一部分

---

① Margaret Ferguson, etc., *The Norton Anthology of Poetry*. New York：W. W. Norton & Company, 1997. p. 199.

② 卞之琳：《英国诗选》，湖南人民出版社 1983 年版，第 32 页。

律句，但是与现代的译作更不相同。一部分律句在局部位置上，是讲平仄的，不过它的平仄的调节，并不能适用到整个诗篇中。词曲虽然于律诗，没有一致的粘联规则，但是由于词是"诗之馀"，它自然地带有律诗的一些平仄调节的规则，只不过不同的词牌曲牌中，规则的显现不同罢了。龙榆生《词曲概论》中说：

> 要想构成每个句子中的和谐音节，必得两平两仄交互使用，这是一个原则性的问题。但在整体中，又常是应用"奇偶相生"的法则，每一个曲调，总得用上一些对称的句子。在这一类构成对称的形式中，如果它的相当地位不是平仄交互使用，就会构成拗怒的音节。①

龙榆生在这里说的词曲的"奇偶相生"的法则，正是词曲平仄的一个原则，它从根源上看，是来自于律诗的。

现代格律诗以来的译诗，诗律建设围绕着音组，不同于明清曲体的音组，现代格律诗的试验者把他们的音组单独地看做是一个诗律单位，而非是诗歌句式上的一个规范，或者说是诗律的一个协助因素。导致这个结果是因为，现代格律诗的试验者们，受到了音律的影响，把音组与欧美诗歌中的音步相对等。因此，诗律在诗行或者诗行间的组织原则，变成了与英诗一样的原则了，这就是重复。孙大雨在《诗歌底格律》一文中，对音组的重复有所交代：

> 如今且来引几段我所试验写作和翻译的诗行，并且在音节和音节之间加以划分，以表明我所主张和实践的新诗里的

---

① 龙榆生：《词曲概论》，上海古籍出版社 1980 年版，第 110 页。

音组究竟是怎样的东西：

|有色的|朋友们！|让我问：你们
祖先	当年	的啸傲	自由，
到那里	去了？	你们	的尊严
是否被	大英	西班牙	底奸商
卖给了	上帝？	你们	的晏安
是否被	盎格罗	萨克逊	大嘴
炎炎的	妄人们	吞噬	尽了？

······

这是一首长诗底几行素体韵文，每行有四个音节。[①]

孙大雨实则在这里将译诗的音组组织原则，进行了说明。在他的译诗里，每行诗有四个音组的重复，他所说的"每行有四个音节"，即指此而言。从孙大雨的诗作中，可以看出，音组的组织，不仅在诗行内，是个重复，在诗行与诗行间，也取消了近代译作的平仄调节，而一律依靠重复。

从诗行运用的音组数量上看，现代以来的译诗在诗行上，多由四个到五个音组构成，三音组的次之。这个特点，同现代格律诗的创作实际是吻合的，这也说明了二者的密切联系。

（四）由分解、分阕到分节

近代的译诗，虽然有较多的歌行体古诗，体式很长，但是也有许多古诗四句一解，有时译诗与原作句数相同，比如刘半农译约瑟·柏伦克德的《悲天行》（I See His Blood Upon the Rose）一诗，有的与原作句数不同，比如夏沛丰译郎斐罗的

---

① 孙大雨：《诗歌底格律》，《复旦学报》1957年1月，第10页。

《雨中感怀》，这些诗都通过四句一解的反复，组合而成。至于一些词体的译作，比如陆志韦译朗费罗的《野桥月夜》、马君武译拜伦的《端瑞安》（Don Juan）都是将原诗的节式，改成词曲体的分阕或分套。译作前有词牌或曲牌名称，译作也依词曲的平仄格式来填写。而 20 世纪 20 年代之后，译诗家大都以分节来译诗。从对应性上看，后来的译诗明显比近代的译诗要更符合原作的节式，但这也使译作丧失了一些中国诗歌的特色。

　　分节的方法，使得现代的译诗出现了许多新的排列形式，这常常是与原作的格式相对应的。这种种格式中，有一个常见的格式就是对称和空行的使用。比如华兹华斯的《露西·格瑞》（Lucy Gray）一诗，原诗奇数行与奇数行相对应，偶数行与偶数行相对应，偶数行有缩进形式出现：

Oft I had heard of Lucy Gray：
　　And，when I crossed the wild，
I chanced to see at break of day
　　The solitary child.

　　杨德豫的译诗为：

　　我多次听说过露西·格瑞；
　　当我在野外独行，
　　天亮时，偶然见过一回
　　这孤独女孩的形影。①

---

① 杨德豫：《华兹华斯抒情诗选》，湖南文艺出版社 1996 年版，第 13 页。

由分解、分阕到分节，也使得现代的译诗每节不再完全一致，每节的字数出现了不同程度的变化，甚至每节的行数也可以有些伸缩。

第五节 韵律语言学中音律的观念

中国古代对句读和语法、音韵有一定的论述，但没有西方式的语言学，因而中国的语言学完全是西学东渐以来的宁馨儿。因为中国现代意义上的语言学源自西方的语法著作，它必然要受到西方观念的深刻影响，因而西方音律观念进入中国语言学领域似乎是一种宿命。

从 1898 年马建忠出版第一部中国语法著作《马氏文通》以来，中国语言学著作拓荒甚广，胡适、刘半农、何容、王力等人都有著述。因为语言学与诗律学存有较大的差异，所以中国早期的语言学著作中，并没有多少音律的观念出现。在 20 世纪七八十年代，英美诸国出现了韵律音系学（Metrical Phonology）和韵律构词学（Prosodic Morphology），它们使得传统的诗律研究与语言学研究结合在了一起，随着中国留学生的染指，韵律音系学渐渐与中国语言、中国诗歌结合在了一起，因而形成所谓的汉语韵律句法学（Chinese Prosodic syntax）①。随着冯胜利的不断探究，国内国外也有不少学者涉足于这个领域，诸如端木三、王

---

① 汉语韵律句法学是一个不好翻译的名词，冯胜利在《学术界》发表《汉语韵律句法学引论》一文，篇末的译文为"Chinese rhyme syntax"，但是"rhyme"指押韵，与韵律一词无关，而"syntax"一词虽指句法，却并非指句法学。本处将《汉语韵律句法学引论》中的译文稍加改变，以"Prosodic"代替"Rhyme"一词，但仍有未谐之处。

洪君等人，因而使得韵律语言学中充盈着音律的观念。

音律观念在中国韵律语言学中出现，同古代诗律研究、现代格律诗创作等领域有不同之处。后者肇始于 20 世纪初期，直接受到了西方诗歌的影响，而前者产生于 20 世纪末期，脱胎于西方韵律音系学、构词学等学科，没有直接受到西方诗歌的影响。虽然如此，从大的视野看来，二者都是西学东渐的一个反映，都是在西方观念的影响下产生的，它们共同表现了 20 世纪中国诗律观念的变迁状况。鉴于中国韵律语言学中，出现了一些与早期诗律研究相同的问题，而且另有一些问题是讨论诗律观念变迁不得不触及的，因而对韵律语言学中的音律观念进行分析，就有了重要的意义。

一 中国早期语言学中的音律观念

马建忠在《马氏文通》一书的例言中说："是书本旨，专论句读；而句读集字所成者也。"① 观马建忠《马氏文通》一书，除论实字、虚字外，即是句读之学，且何谓句读？"凡有起词、语词而辞气未全者，曰'读'。"② "起词"、"语词"指主语、谓语，所谓"读"，当指有主语有谓语但句法还未完整的句子，何容在《中国文法论》中点出这种"读"的实质，它"并不是，至少不完全是，西文所谓 Clause；而是，或大部分是，西文法所谓 Participle phrase"③。由此可见，马建忠的"读"，来自于西文的分词短语，它实在与中国诗文中的"句读"之"读"不同。

---

① 章锡琛：《马氏文通校注》，中华书局 1988 年版，第 1 页。
② 同上书，第 522 页。
③ 何容：《中国文法论》，商务印书馆 1985 年版，第 122 页。

《马氏文通》一书，虽然并未涉及诗律，但它变中国诗文中的"句读"为西式的分词短语，它"把欧洲语言的文法里的通则，拿来支配我们的语言"，[①] 已开后来语言研究的基本模式。它对于将西方语言的轻重音，借到中国语言来，是有推波助澜的作用的。

1938 年，郭绍虞在《燕京学报》上发表《中国语词之弹性作用》一文，后来收在《语文通论》一书之中。郭绍虞说："利用文字之单音，遂成为文辞上单音步的音节；利用语词之复音，遂又成为文辞上二音步的音节。"[②] 这里就将西方诗歌的音步，引入到中国语言学上来。从"音步"的涵义上看，郭绍虞的音步观可包含西方诗歌的轻重音构成的音步，以及中国现代格律诗中的"音顿"、"音组"等概念，总的说来，具有等时性重复的特点。当然，这种音步对于古诗的二字音组具有指涉作用，郭绍虞在《从永明体到律体》一文中说永明体变为律诗之后，"于是抑扬律中遂渐渐发见音步的关系"。[③]

郭绍虞一方面是语言学家，另一方面则是著名的诗学家，他对诗律的关注，不足为奇，但赵元任则是纯粹的语言学家，他在著述中论述诗律问题就更值得注意了。赵元任于 1942 年发表《汉语中的轻重律节奏和动宾结构》一文（收于 Studies in Linguistics），又于 1968 年出版《中国话的文法》一书，有专节论汉语的韵律，1975 年，他在《台湾大学考古人类学刊》发表《汉语词观念中的节奏和结构》一文，都对汉语的韵律问题做了很多研究。

---

① 何容：《中国文法论》，商务印书馆 1985 年版，第 24 页。
② 郭绍虞：《语文通论》，开明书店 1941 年版，第 3 页。
③ 郭绍虞：《语文通论续集》，开明书店 1949 年版，第 108 页。

赵元任认为汉字按照有声调和无声调的差别，可以相应分为重音字和轻音字：

> 一个音节既可以是重音音节，有一个声调，也可以是一个轻音音节，是个轻声词。没有轻声的两个、三个或四个音节，最后一个是最重，第一个次之，中间的音节最轻。如果有一个或多个音节是轻音，则最后一个重音音节有主重音。①

因为汉语的词以双音节为主，汉语中的音步就是双音节的音步，赵元任因而认为汉语的音步既可以是轻重律音步（Iambs），也可以是重轻律音步（Trochee）。其中两个上声组成的词，第一个上声要发生音变（Sandhi），成为阳平，这种现象赵元任认为是"轻重律中惟一重要的变化"。②

二　韵律构词学影响下的音律观念

20世纪末21世纪初，以《中国语文》为主要阵地，冯胜利、王洪君、端木三等人发表了不少谈论汉语韵律问题的文章，随后冯胜利出版《汉语的韵律、词法与句法》及《汉语韵律句法学》两本书，吴为善也随之出版《汉语韵律句法探索》一书，使得汉语韵律句法学成为语言学中的一个新领域，受到了世人的关注。

汉语韵律句法学是深受西方韵律构词学和韵律音系学影响而

---

① Yuen-ren Chao, *A Grammar of Spoken Chinese*. Berkeley：University of California Press, 1968. p. 147.

② Ibid., p. 148.

产生的。1975 年，李伯曼（Mark Liberman）完成了他的博士论文《英语的语调系统》（The Intonational System of English），随后又和普林斯（Alan Prince）合作了《论重音和语言节奏》（On Stress and Linguistic Rhythm，1977）一文，麦卡西（John McCarthy）发表《论重音和音节划分》（On stress and Syllabification，1979）一文，海斯（Bruce Hayes）完成了他的博士论文《重音规则的音律理论》（A Metrical Theory of Stress Rules，1980），这些文章促成了音律音系学和构词学的产生。汉语韵律句法即源于此，它是援用西方理论与方法"并加以考验、调整"，以应用于汉语之中，如果按照古添洪的说法，即是韵律语言学中的中国学派了。什么是韵律句法学呢？麦卡西和普林斯说：

> 韵律构词学这个理论，是研究语言形式的构词、语音的决定音素怎样在一个语法系统中相互影响的。具体来说，它研究韵律结构怎样影响模型构词（Templatic morphology）和限制构词（Circumscriptional morphology），比如重复（Reduplication）和中缀（Infixation）。①

澳大利亚和非洲等地的某些语言，常常在构语上受到韵律的影响，比如一个单词的复数形式是其单数形式与某种固定的音节结合而成的。冯胜利受到韵律构词学的影响，进而研究汉语的"音步"是怎样限制句法的。冯胜利说："韵律句法学是通过韵律来

---

① McCarthy, John J. and Prince, Alan S., Prosodic Morphology. In *The Handbood of Phonlogical Theory*. Edited by Goldsmith, John A. Oxford: Blackwell Publishers, 1996. p. 318.

探索句法的规律。"① 冯胜利在《汉语的韵律、词法与句法》一书的序言中，将韵律句法学的宗旨简单概括为"韵律对句法的制约"。

虽然汉语韵律句法学的中心问题在于"韵律对句法的制约"，但它也同时涉及了汉语的音步问题，因而与诗律观念等问题有密切的联系。总的看来，当代汉语韵律句法学讨论了与诗律有关的以下问题。

（一）韵律词（The Prosodic Word）

麦卡西和普林斯认为韵律词必须具有两个以上的韵素（Mora）或音节：

> 根据音律等级理论，任何种类的韵律词必须具有至少一个音步（F）；根据音步二元理论，每个音步必须是双韵素或双音节的，转化一下，一个韵律词就必须具有至少两个音素或音节。②

既然一个韵律词最少要有一个音步，那么它就有了最小性，这就是最小韵律词（The minimal prodic word）。冯胜利借鉴了这个说法，认为"在韵律构词学中，最小的、能够自由独立运用的韵律单位是'音步'（Foot），因此韵律词就必须至少是一个音

① 冯胜利：《韵律构词与音律句法之间的交互作用》，《中国语文》2002年第6期，第515页。

② McCarthy, John J. and Prince, Alan S., Prosodic Morphology. In *The Handbood of Phonlogical Theory*. Edited by Goldsmith, John A. Oxford: Blackwell Publishers, 1996. p. 321.

步"。① 进而冯胜利认为汉语的韵律词由两个或三个音节构成，即双音节音步和三音节音步，冯胜利将双音节音步称为"标准音步"，把三音节音步称为"超音步"，把单音节音步称为"蜕化音步"。在冯胜利看来，大于三个音节的音步是不存在的，它们不过是"标准韵律词跟超韵律词之间的组合"。②

因而像下面这些词语，在冯胜利看来，都是一个韵律词，或者说都构成了一个音步：

办法　　宽松　　商店　　经理
笑话　　工厂　　大学　　铁路

但是问题出来了，两个音节或三个音节，有时构成词，有时构成短语，比如下面这些例子：

想办法　　副经理　　兵工厂　　说笑话

上述例子中的短语，能不能构成韵律词呢？冯胜利认为不能，短语中本身就包含着韵律词了，这体现了音步实现的法则："在一个有音的句法树形上，从最右边的音节起向左数，直到一个音步的音节数量得到满足为止。"③ 冯胜利称其为"双音步绝对优先"原则。

这样的话，除了韵律词之外，还有一个较高的层次，即韵律短语。

---

① 冯胜利：《汉语的韵律、词法与句法》，北京大学出版社 1997 年版，第 2 页。
② 同上书，第 4 页。
③ 同上书，第 11 页。

（二）韵律短语（The Prosodic Phrase）

在韵律词和韵律短语的分别上，冯胜利与端木三并不一致。按照冯胜利的看法，1＋2式，即单双式的结构，很难成词，"如果按这种结构硬造，除了非常拗口之外，剩下的恐怕只是十足的短语而不是'词'了"。[①] 随后冯胜利举了下面的例子：

耍花枪　　　开玩笑
说笑话　　　洗干净

上面都是主谓结构的，还有一些偏正结构的：

副经理　　　书呆子

端木三则认为把1＋2型的偏正结构看成是短语，会有不少问题。端木三说：

　　首先，短语的形容词应该可以受副词修饰，比如英语可以说 small train（小火车），也可以说 very small train（很小的火车）或 fairly small train（相当小的火车），而汉语却不能说"很小火车"或"相当小火车"，要加个"的"才能说。这说明，没有"的"的形容词＋名词不是短语。还有，短语可以"并列缩减"。比如，英语的 big trains and small trains（大的火车和小的火车）可以缩减成 big and

①　冯胜利：《汉语的韵律、词法与句法》，北京大学出版社1997年版，第14—15页。

small trains（大的和小的火车）。可是汉语的"大火车和小火车"却不能缩减成"大和小火车"，只有加了"的"才能缩减。这也说明，没有"的"的形容词＋名词，不是短语。①

因而1＋2式的偏正结构里，音步的构成就有了下面两种，以"大火车"为例：

/大/火车/
/大火车/

前一种是冯胜利的分法，有两个音步，后一种是端木三的分法，有一个音步。为了消除这种分歧，王洪君提出了"类词短语"的概念，认为它"既有与韵律词类似的地方，也有与自由短语类似的地方，可以看做是词和短语的过渡类"。② 根据王洪君的分析，类词短语在音步上要分为两步，但是与韵律词有相同的地方，即假如处于更大的组合中，类词短语同韵律词的内部都有较小的停顿。

（三）右重音步（Right-dominant Feet）

既然汉语有音步，且有重音，那么它在音律类型上以什么音步为主呢？这就涉及了诗律的中心问题。冯胜利认为"汉语双音

---

① 端木三：《汉语的节奏》，《当代语言学》2000年第4期，第207页。
② 王洪君：《汉语的韵律词与音律短语》，《中国语文》2000年第6期，第529页。

形式的一般重音格式是'轻重'或者'中重'"。① 这说明在双音节音步里，汉语的音步基本上是右重音步，这即是说汉语的双音步主要构成轻重律音步了（Iambus）。冯胜利的说法得到了吴为善的响应，吴为善（2006）认为每个音步中的重读音节，自然地落在后一个音节上，这被称为"后重原则"。所谓"后重"和右重在音步重音的指派上基本是一致的，不过吴为善将重音指派的音步，扩大到双音步之外而已。

　　这些说法，与赵元任（1968）对汉语重音指派的说明相近，赵元任同样认为没有轻音的词语中，最后一个最重。现用哈勒（Morris Halle）等人提倡的格子理论来分析赵元任举出的例子（在图式中，最底一层星号称为 0 行，它代表所有的音节，第二层星号称为 1 行，它代表音步中的重音音节）：

$$\begin{array}{ccccc} * & * & * & * & \text{line1} \\ *\ * & *\ * & *\ * & *\ * & \text{line0} \\ 天下 & 起初 & 同事 & 拒绝 & （赵元任　1968：148） \end{array}$$

　　但是右重论也遭到了怀疑，端木三认为从语音试验的角度看，后重论没有什么根据，端木三说："比如，两三字组在单读时，末字会稍微长一点。可是放到句中读时，却是首字最长。单读时末字略长，可能属于'顿前拖延'（Prepausal Lengthening），不应该作为重音的唯一证据。"② 由此端木三提出了左重音步论。

---

① 冯胜利：《汉语的韵律、词法与句法》，北京大学出版社 1997 年版，第43 页。
② 端木三：《重音理论和汉语的词长选择》，《中国语文》1999 年第 4 期，第249 页。

（四）左重音步（Left-dominant Feet）

端木三认为汉语双音节音步中，重音基本在第一个音节上，原因有三：

> 首先，在双音节词里，轻声字可以出现在第二音节，不能出现在第一音节，这与左重步相符合，这点 Lin（1994）已经提到。第二，在吴方言里左重步可以用变调域来证明。Duanmu（1995）对上海话有过详细讨论，这里不重述。第三，左重步很常见，右重步却相对少，而且有争议。①

照端木三的说法，赵元任的例词就可以改为如下模式了：

*		*		*		*		line1
*	*	*	*	*	*	*	*	line0
天下		起初		同事		拒绝		

如此汉语诗歌就大多是重轻律音步了（Trochee）。

端木三的左重理论并不是孤立的，当代学者有一些人赞成这种观点，比如王晶和王理嘉就支持端木三的看法。赵元任（1932）也曾认为多音节词的第一个音节为重音，习用已久的口头语词中，双音节和三音节的第二音，会是非重音音节。但这种说法恰和赵元任《中国话的文法》（1968）观点相左。

---

① 端木三：《重音理论和汉语的词长选择》，《中国语文》1999 年第 4 期，第250 页。

（五）古典诗歌音律分析

汉语的音步类型确定后，许多学者自然而然地将这种音步使用到古典诗歌之中，从而使口语（Spoken Chinese）与诗歌、现代汉语与古代文言搭上了桥梁。冯胜利、吴为善等人的著作中，对古典诗歌的音律分析的较多，从诗体上看，涉及了《诗经》、五七言古诗、词曲等，鉴于端木三在论文中没有将左重音步与诗歌作品结合起来，因而这里的分析只限于右重音步的情况。

首先看《诗经》的音步构成。《诗经》多为四言诗，按照冯胜利的观点，它的音步组成大多为两个双音步。冯胜利说：

> 我们本来无法得知古代汉语的句子中的轻重缓急，然而我们却可以说《诗经》中的第一句的韵律结构是：
> 关关／雎鸠，在河／之洲
> 轻重／轻重，轻重／轻重①

这样，《诗经》的每一句诗，大多是轻重律二音步诗（Iambic dimeter）了。在这些诗句中，按照冯胜利对核心重音（Nuclear Stress）和四字词组的分析，最后一个重音可能要重于它前面的重音，因而"轻重／轻重"大多会变成"轻中／轻重"。

其次看五七言诗的音步构成。冯胜利说："五言诗的基本节奏是：［XX／XXX］。就是说前两个字为一个韵律单位，后三个字为一个韵律单位。七言诗的节奏是：［XX／XX／XXX］。前四个字分为两个韵律单位，后三个字为一个韵律单位。"② 以五言诗

---

① 冯胜利：《汉语韵律句法学引论·上》，《学术界》2000 年第 1 期，第 110 页。
② 冯胜利：《汉语韵律句法学引论·上》，《学术界》2000 年第 1 期，第 57 页。

为例：

> 离离/原上草，
> 一岁/一枯荣。
> 野火/烧不尽，
> 春风/吹又生。
> ……

这里面每句诗音节的轻重可图示如下（其中"line2"表示重音中的主重音。括弧表示音步界线和右重）：

			*		line2	
	*			*)	line1	
*	*)	*	*	*)	line0	

离离/原上草

词和曲的音步构成，是二音节音步和三音节音步的组合，吴为善（2006）在论词曲的后重原则时，引了一些诗，可以将其音步分析如下：

> 平山/栏槛/倚晴空，山色/有无中。手种/堂前/垂柳，
> 别来/几度/春风？
>
> ——欧阳修《朝中措》

这句词里，前两句为二音节音步（Iambus）和三音节音步（Anapest）的组合，而后句为二音节音步（Iambus）的重复。

（六）韵律语言学诗律观念的评价

冯胜利、吴为善等人的韵律句法学，在分析句法和音律的关系时，常有发明，但是就诗律部分而言，他们的观点也有值得商榷的地方。

（1）从学理上看，冯胜利等人对于汉语音步的论述，没有足够考虑到汉语的声调特征，完全是从西方语言学的法则中，推导出汉语的结果。比如冯胜利《汉语韵律句法学引论》一文，是这样推出汉语的音步来的：

> 大前提：音步由轻重音组成。人类语言中的音步有两种，一种是音节音步，一种是韵素（Mora）音步。
> 小前提：汉语是音节音步。
> 结论：汉语中的音步由轻音和重音组成，最小音步为二音节音步。

"音步由轻重音组成"这个命题不错，人类语言中的音步确实有上述两种，但是有谁证明汉语是音节音步呢？汉语是音节语言，这个不错，但音节语言就是音步语言吗？翻开中国古代的诗律著作以及音韵学著作，没有一本书能证实汉语有所谓的音步，"汉语是音节音步"的命题，完全是冯胜利以西方语言为模子，预设好的一个结论，并没有得到严格的证明。

端木三的论述同样如此，他先认定汉语是有音步的，然后再来找重音的位置，为了支持他的理论，他不得不证明重音是如何在词首的。这种模式导致了众多学者对于音步重音问题的分歧，学者们不是根据重音的位置来分析音步，而是先设定了一个音步，再来套重音，这种重音实际上都是"找出来的重音"，而不是"原有的重音",既然没有原有的重音,那么不同的理论相互矛盾也就是理所当然了。

(2)在音步类型上,韵律语言学的诸多学者以西方的音步种类来套汉语,得出了西方相对等的音步种类。英美诗歌的音步从音节上看,主要分为单音节和二音节和三音节,单音节为缺音音步(Catalectic Foot),二音节和三音节音步则为完整的音步,最为常见;从音节构成上看,则有重轻律、轻重律、重轻轻律和轻重重律四种,考虑到缺音音步的单个重音,则可扩充为五种。这些音步都是由于诗篇或者语言中的重音确定起来的,重音确定了,音步也就确定了。虽然有重音不甚明晰,需要靠音步来参考的情况,但从作用上看,重音对于音步的产生确实起着关键的作用。

而汉语韵律语言学中出现的音步,却是直接仿照着西方诗歌的音步而定下来的。冯胜利(1997)援引西方的理论,说明音步至少要由两个音节组成,但他并没有交代音步至多可以有几个音节,这个问题好像是不需探究的,因为英诗的样板就在那里。所以冯胜利提出汉语的音步以二音节为标准音步,单音节为蜕化音步,这与英诗的缺音音步相对,他也承认三音节音步的合法性,但是对于四个音节或者四个音节以上的音步,他是断然不承认的,原因在于英诗中没有这样的音步。

端木三(2000)也探讨了汉语的音步问题,他先定好了汉语有"二字组的音步"和"三字组的音步",然后来分析音步中的重音若何,至于二音节音步和三音节音步的有效性问题,则似乎是不言而喻的公理。

几音节的音步确定后,再加上他们确定的重音,于是音步的名称也就确定了,在冯胜利、吴为善看来,汉语中的音步有轻重律(Iambus)和轻轻重律(Anapest)两种,对于端木三、赵元任（1932）来说，则为重轻律（Trochee）和重轻轻律（Dactylus），这些音步恰与英诗相仿。至于为什么没有"重重轻"、"重重轻轻"等音步，也是不消来解释的。

（3）从重音的指派上看，韵律语言学中的诸多研究，将音节上的重音与音节处的重音混淆了。音节上的重音（Stressed Syllable）是属于音节本身的重音，而音节处的重音（Stress at Certain Syllable）不是音节本身的重音，它是由于特定的位置而产生的，它跟真正的音节没有关系，所以不同的音节都可以具有重音，而相同的音节在另外的位置上却可以失掉这种重音。因此，音节处的重音，可以称为重读，以与音节上的重音相区别开。吴为善说："从声学特征上看，汉语节律结构中'扬'的音节与其说是'重音'，还不如说是'重读'……"① 这种说法，实际上正揭穿了汉语韵律构词学下的音律理论。

赵元任对汉语重音所作的解释，实际上也涉及了这个问题，在《中国话的文法》中，赵元任在注中说："严格说来，它们是宽泛意义上的轻重律，因为汉语第一个音节仅仅是比第二个较轻，而不是完全没有重音。"② 这说明了汉语的音节中，不是什么轻与重的对立，而是由于重读而产生的语音变化。

因此，韵律语言学上的很多研究，没有意识到所要分析的重音，与真正的音节没有关系，比如下面的例子：

七上／八下　　横七／竖八（冯胜利　1997：36）

---

① 吴为善：《汉语韵律句法探索》，学林出版社 2006 年版，第 17 页。
② Yuen-ren Chao, *A Grammar of Spoken Chinese*. Berkeley：University of California Press，1968. p. 148.

　　　东南/西北　　　南北/东西（Yuen Ren Chao　1968：
　　35）

　　在"七上八下"中，照冯胜利的右重原则，"上"和"下"
是重音，"七"和"八"是轻音，但在"横七竖八"中，"七"和
"八"又变成了重音。决定着什么是重音什么是轻音的，不是音
节本身，而是它们的位置。如果说冯胜利的例子中，字句稍有变
化，因此音节的对比效果发生了变化，那么赵元任的例子就能更
好地解释这个问题了。赵元任认为四音节中第一个和最后一个音
节是重音，所以同样的几个字，位置稍稍改变，"东"就失去了
重音，"西"就获得了重音，这说明位置比音节对重音更有支配
作用。

　　因此，赵元任也好，冯胜利也罢，他们论述的重音，不过是
重读罢了，与英语中的重音不能相提并论。赵元任分析这些不同
的重音时，认为它们都属于正常重音（Normal stress）的一种，
只是存在着轻重的分化，而到了冯胜利、端木三那里，音节处的
重音对比，脱离开正常重音的范围，成为了英语式的轻重对比，
而且将这种轻重对比，上升为汉语的基本音步构造层面了。

第四章

中国诗律观念变迁的原因

20世纪二三十年代，发生在中国诗学界的诗律观念变迁，并不是一个孤立的文化现象，如果考察20世纪各个学科特别是社会科学的话，我们会发现它只是大潮中的一股细流而已。西学东渐的余波至今未歇，19世纪中国的宗法社会，转变为西式的共和国家，古老的丝麻衣物，由西装革履代替，通行千年的经学子学，退缩到大学的文史学院之中，西方的科学和语言，成为所有人的学习对象。因此这种诗律观念的变迁，似乎是一种注定的文化过程。

但是诗律观念的变迁，不能简单地理解为西学东渐的作用，它有发生的原因和条件。简言之，诗律的嬗变，是内外两种因素影响的结果。就内在的因素而言，声律必须有失效的原因；就外在的因素而言，音律必须有生效的原因。

这两个原因必须是同时发生了作用，才能促成中国诗律观念的变迁，单单一种原因发生作用，还不足以促使这种变迁发生。比如单单是声律失效的话，最多的可能是古体诗得到了繁荣，声律在合适的环境下，还会重新发出光芒。回顾欧美诗歌，我们能找到具体的证据，19世纪中后期、20世纪初期的自由诗运动是西方音律失效的结果，许多诗人开始寻找自身的情绪节奏，艾略特、威廉姆斯等诗人都创造出了自己的节奏形式。但单单是音律的失效，还不足以产生诗律观念的变迁，因而欧美的诗歌在自由诗盛兴之后，终于迎来了"新形式主义"的浪潮，使得西方的音律重新获得了重视。同样，单单是音律的传入，也不足以引起诗律观念的变迁。比如清代末年西方诗歌就曾翻译到中国来，不少有西学背景的中国人对西方诗歌也有一定的了解，但这并没有引起诗律观念的变迁。再看英国诗歌的情况，日本的俳句自 20 世纪以来，多被英国诗律家所熟知，这种只重音节，不讲轻重长短的诗体与英国诗律的观念差异很大，所以英国诗歌中只出现极个别的模仿情况，并没有出现由音步观念到音节观念的转变。

因此，有必要对中国诗律观念变迁的内外原因，都进行较为细致的分析，才能揭示出诗律观念背后的推动力量。

另外，中国诗律观念变迁的内因和外因是非常复杂的。就声律观念的失效看，它至少可从这两个原因来解释，第一是"诗体大解放"运动损害了声律的价值和功用，第二是现代汉语与声律规则的矛盾。第一个原因直接解释了诗体解放与声律失效的关系，它是从诗学内部着眼的，第二个原因则解释了格律恢复了价值之后，声律为什么没有获得新生，它是从语言以及语言与诗律的关系着眼的。

就音律的生效来看，它的构成较为复杂，首先它有语言的因素，现代汉语存在着部分的轻音和重音的分化，传统诗词曲中有规则的音节群，使得音律的音步或者节奏组具有部分语言基础；其次清末以及新中国成立前，不少留学生了解了音律的观念，他们回国后或者创办刊物，或者举办沙龙，或者开设课程，促使音律观念得到广泛传播；再次，自由诗运动本身在形式上的缺陷，使得新诗人和学者不甚满意，这本身对音律观念的进入是一种动力；最后，同样是为了批驳自由诗，一些学者援用了音律观念，以图恢复声律的地位，但这最终增强了音律观念的影响力。这四个原因中，前两个多是非诗学的背景因素，而后两个则与1921年前后的诗学事件紧密相连。

第一节　"文学革命"运动对声律的否定

在"诗体大革命"的理论中，人们看不到诗律观念有着什么大的变化，这给人一种错觉：1921年左右，诗律观念突然毫无缘由地发生了变迁，众多的学者都开始接受了音律（Metre）观念。但是一个时间数字，根本不能代替事件的本质。诗学的变迁史告诉我们，一种观念的变迁，大多是环境的产物，它有其变迁的诱因和轨迹，任何事情都有可以预测的地方。诗律观念虽然只是一种抽象的存在，但它也同植物一样，依赖于它周围的环境状况，它本身不是独立存在的，它存在于一个关系之中，因为这个关系结构的变化，而发生不可阻止的更改。

诗律观念依赖的环境主要有这些：第一，人们对诗律的态度如何，或者说人们对诗律的价值有何看法；第二，这种诗律的模式或者规则有何功用。就中国诗律的观念而言，具体表现为人们对声律的价值和功用的看法。

从西方的诗律史上看，英国和法国的诗律观念的变化，同上面两种关系有紧密的联系。法国的象征主义诗歌兴起后，魏尔伦（Verlaine，1844—1896）、马拉美（Mallarmé）等人由此开创出自由诗的一代诗风，究其原因，在于象征主义诗人认为外在的形式的韵律没有多大的价值，诗人心中内在的韵律更为重要，这都体现了象征主义诗人对于诗律的价值和功用的新看法。

因而从这两个依存关系上，再来看"诗体大解放"，人们也许会发现，在貌似平静的水波下面，可能会掩藏着巨大的激流，它们或许能解释为什么诗律观念在 1921 年左右发生变迁。但是要分析这个诗学事件背后诗律的环境，就有必要对清代的诗律观念的价值和功用，对"诗界革命"时期诗律的价值和功用进行分析，从而发现它是否发生了变化，哪怕只是微妙的一点不同。

一　清代声律的价值和功用

在近体诗定型之前，沈约等人创"永明体"，回忌声病。在沈约看来，诗律有积极的价值，它是音声协畅的自然要求。《宋书·范晔列传》记载了范晔的一段话："性别宫商，识清浊，斯自然也。"① 这种观点可以看做是沈约、范晔等人的共识。刘勰在《文心雕龙·声律》中开篇说道："夫音律所始，本于人声者也。声含宫商，肇自血气，先王因之，以制乐歌。"② 刘勰的看法，仍与沈约等人相同，他认为诗篇的音律也好，乐歌的音律也好，都是人声的自然特征的需求。

近体诗在唐代定型后，到了清代，诗律观念渐趋成熟。清代的诗律著作中，诗律的环境是怎样的呢？

首先看人们对诗律的价值看法若何。清代的诗律著作中，也有少数人批评声调，比如郑先朴在《声调谱阐说》中说："声调之弊有二：一曰塞涩，读去令人口吃；一曰低沓，读去令人气索。低沓由于入律，塞涩由于用齐梁调及柏梁调。"③ 这里说的"低沓"和"塞涩"，都表明了声调的消极面。但是总体来看，清代的论诗者大都肯定声调的价值，认为它是诗歌的音节所不可缺

---

① 沈约：《宋书·范晔列传》，中华书局 1974 年版，第 1830 页。
② 范文澜：《文心雕龙注》，人民文学出版社 1959 年版，第 552 页。
③ 郑先朴：《声调谱阐说》，《中国学报》1913 年 7 月第 9 期，第 1 页。

少的。吴镇在《松花菴八病说》中说："四声始于周颙，八病出于沈约。诗之妙如斯而已。然不通声病，终难言诗。"① 王士祯《师友诗传续录》也说道："毋论古、律、正体、拗体，皆有天然音节，所谓天籁也。唐、宋、元、明诸大家，无一字不谐。"② 吴镇和王士祯都认为声律是近体诗必不可少的，特别是王士祯，他认为人为的声律与天然的音节相符合，这与刘勰的"声含宫商，肇自血气"一脉相承。

再看人们对声律功用的看法。清代之前，不少著作就已说明声律的目的在于调和音节，清代的论诗者大都接受了这种观点。王渔洋《师友师传续录》中，刘大勤曾引萧亭先生的话道："每句之间，亦必平仄均匀，读之始响亮。"③ 如果违背声律规范的话，那将会导致音节失去响亮的特性。陈僅《竹林答问》中也通过"或问"的方式，谈到了这个话题：

　　问：昔人谓律诗每句之音；必平仄均匀，读之始音节谐畅，有可指示者与？
　　律诗贵铿锵抗坠，一片宫商，故非独单句住脚字须三声互换，即句首第一字亦不可全平全仄。④

这里也是肯定声律规则对于音节本身的作用的。王楷苏在《骚坛八略》中更将声律之法看做是诗歌音节本身的体现："诗无声调音节不足以为诗，而声调音节以平仄为总持，无平仄是无声调音

---

① 吴镇：《松花菴全集》，《中国西北文献丛书·第六辑第六卷》，兰州古籍书店1990年版，第15页。
② 王夫之等：《清诗话》，上海古籍出版社1999年版，第152页。
③ 同上书，第152页。
④ 同上书，第781—782页。

节也。故平仄之法不可以不讲。"①

　　从这两条看，清代时期论诗者对诗律的价值和功用都有积极的看法，表明当时声律所处的环境较好，而这种环境从唐代以来，大体上维持了一千多年的稳定，它们和中国古代诗律观念的长期稳定性是相伴随的。

二　"诗界大革命"时期诗律的价值和功用

　　晚清的"诗界革命"是黄遵宪、梁启超、谭嗣同等人合力推动的。由于受西方文化的影响，以及社会改良的需要，他们提出相似的诗歌革命的主张，这些主张，大致是为了解决以新语言和新精神入诗这个宗旨的。梁启超曾在《饮冰室诗话》中说：

　　　　过渡时代，必有革命。然革命者，当革其精神，非革其形式。吾党近好言诗界革命。虽然，若以堆积满纸新名词为革命，是又满州政府变法维新之类也。能以旧风格含新意境，斯可以举革命之实矣。②

梁启超所说的"以旧风格含新意境"，是梁启超的诗学理想，但它实际上也可看做是"诗界革命"的一面旗帜。黄遵宪在《人境庐诗草自序》中说："其述事也：举今日之官书会典方言俗谚，以及古人未有之物，未辟之境，耳目所历，皆笔而书之。"③ 这里既然提到要写出"古人未有之物，未辟之境"，实际上与梁启超的说法相呼应。可见"以旧风格含新意境"是黄、梁二人共同

---

① 王楷苏：《骚坛八略·上卷》，嘉庆二年钓鳌山房刊本，第21页。
② 梁启超：《饮冰室诗话》，人民文学出版社1959年版，第51页。
③ 钱仲联：《人境庐诗草笺注》，上海古籍出版社1981年版，第3页。

的主张。

从梁启超的诗学主张上，很容易发现"诗界革命"时期诗律所处的环境。梁启超说"然革命者，当革其精神，非革其形式"，这肯定了诗律的价值和存在合理性。从"诗界革命"倡导者们的文章来看，没有人否定过平仄，从他们的诗作来看，采用的都是传统的诗体，或者是洋洋洒洒的古体诗，或者是守规守矩的近体诗。因此，人们对诗律的价值和功用的看法，与先前王士祯、许印芳等人的看法基本没有区别。

但撇开诗律的价值和功用不谈，"诗界革命"实际上还有值得注意的地方。黄遵宪、梁启超等人提倡俗语文学，认识到了言语与文字的矛盾。这种语言上的主张与维新运动实际上关系密切。黄遵宪在《日本国志·学术志二》中说："盖语言与文字离，则通文者少；语言与文字合，则通文者多，其势然也。"[1]裘廷梁甚至著有《论白话为维新之本》一文，他说：

> 有文字为智国，无文字为愚国；识字为智民，不识字为愚民：地球万国之所同也。独吾中国有文字而不得为智国，民识字而不得为智民，何哉？裘廷梁曰：此文言之为害矣。[2]

这种政治教化上的主张，进而延伸到文学领域，梁启超在《小说丛话》中说："文学之进化有一大关键，即由古语之文学变为俗语之文学是也。"[3]他看到清代言文之间的巨大沟壑，因而感叹

---

① 陈铮：《黄遵宪全集》，中华书局2005年版，第1420页。
② 郭绍虞：《中国历代文代选·四》，上海古籍出版社1980年版，第138页。
③ 同上书，第125页。

道："本朝以来，考据学盛，俗语文体，生一顿挫，第一派又中绝矣。苟欲思想之普及，则此体非徒小说家当采用而已，凡百文章，莫不有然。"① 而黄遵宪同样肯定"流俗语"入诗的价值。

由于推崇俗语文学，或者俗语入诗，一些诗文自然不及文言文的平仄协畅，因而平仄失调则成为一种普遍现象。这便产生了这样的创作结果："诗界革命"的代表诗人创作了大量的古体诗。古体诗因而声誉日隆，梁启超曾赞叹黄遵宪的一首古体诗道："煌煌二千余言，真可谓空前之奇构矣！"② 这在当时的历史背景下，决不单单是称赞诗篇结构本身，它背后实在代表了弱化声律的趋向。虽然这种趋向并不是否定声律，虽然它还没有达到特别高的程度，但这也足以引起人们对诗律态度的微弱变化。

朱自清在《中国新文学大系·诗集导言》中认为，诗界革命"对于民七的新诗运动，在观念上，不在方法上，却给予很大的影响"③。这个"观念"，如果具体化一下，它可以理解为对言文矛盾的认识，对俗语入诗的肯定。而正是这种对俗语入诗的推崇，以及它所带来的古体诗的盛兴，诗律态度的微弱变化，虽不足以引起本时期诗律存在环境的改变，却引发了"文学革命"时期存在环境的变化，因而不容忽视。

三　白话诗时期声律的价值和功用

白话诗运动以胡适 1917 年 1 月在《新青年》上发表《文学改良刍议》为标志，这是"文学革命"的最初成果。从存在的时间上看，白话诗仅存在了一年的时间，1918 年 2 月之后，白话

---

① 郭绍虞：《中国历代文代选·四》，上海古籍出版社 1980 年版，第 126 页。
② 梁启超：《饮冰室诗话》，人民文学出版社 1959 年版，第 4 页。
③ 朱自清：《新文学大系·诗集》，上海文艺出版社 2003 年版，第 1 页。

诗就转入了新诗的轨道，诗歌中的语言、句式、修辞开始发生巨大的变化。

由于白话诗和后来的新诗在声律上的巨大差异，这决定了两个时期声律的存在环境也大有不同。在白话诗时期，声律的存在环境主要体现在胡适、陈独秀、刘半农的文章之中。其中胡适的《文学改良刍议》一文最为重要。

（一）白话诗的理论状况

胡适《文学改良刍议》提出文学改良要从"八事"入手，这"八事"中，第一条"须言之有物"，第二条"不摹仿古人"，第五条"务去烂调套语"，与黄遵宪的"我手写吾口"，反对"日日故纸研"等反对摹仿古人的批判，虽程度有别，实则相去未远。第八条"不避俗字俗语"，则更是顺着"诗界革命"诸公而行了。台湾学者陈敬之在《中国新文学的诞生》一书中说："虽然胡适和陈独秀两人对文学革命提供的各点，除了以白话为文学的正宗外，不曾比梁启超、黄遵宪……们对文学改革的主张进步多少；但是由于时移势易和瓜熟蒂落之故，这一运动不仅经胡、陈两人的登高一呼，居然马上成为一个热潮澎湃的大运动；而且他们两人也因此一跃而成为这一个运动的赫赫有名的主将，真可谓时势造英雄。"[①] 这句话正说明了"诗界革命"诸公与胡适的早期诗论之间的相近性。

但是抛开胡适与"诗界革命"诸公的相似点之外，胡适实际上还提出了较为激进的诗学主张，主要体现在"不讲对仗"、"废骈废律"上。黄遵宪在《人境庐诗草自序》中，曾提出"以单行之神，运排偶之体"的说法，但这并不是否定对仗。梁启超提出

---

① 陈敬之：《中国新文学的诞生》，成文出版社1980年版，第13页。

的"以旧风格含新意境",则更无"废骈废律"之论。胡适的文学革命主张,是与黄、梁等人有着巨大的鸿沟的。

从胡适、陈独秀、刘半农的诗论著作中,可以发现此时诗律所处的环境极为恶劣。

从对诗律的态度上看,胡、刘二人否定诗律的积极价值,认为它妨碍了诗歌的创作。胡适在《文学改良刍议》中说:

> 今日而言文学改良,当"先立乎其大者",不当枉废有用之精力于微细纤巧之末;此吾所以有废骈废律之说也。即不能废此两者,变但当视为文学末技而已,非讲求之急务也。①

刘半农说:"徒欲于字句上声韵上卖力,直如劣等优伶,自己无真实本事,乃以花腔滑调博人叫好。"② 这句话否定了声律的重要性,刘半农还认为当时的诗体中,律诗排律应"当然废除"③。总胡、刘二人的观点看,声律的价值已遭否定,他们对待声律的态度非常冷淡,一反前人。

从诗律的功用上看,声律不再有积极的作用了。胡适认为骈律的作用,在于产生了"文胜"之弊,这对于文学自然的表现有害,他说:"骈文律诗之中非无佳作,然佳作终鲜。所以然者何?岂不以其束缚人之自由过甚之故耶?"④ 刘半农也响应道:"尝谓诗律愈严,诗体愈少,则诗的精神所受之束缚愈甚,诗学决无发

---

① 《新青年》第 2 卷第 5 号,第 9 页。
② 《新青年》第 3 卷第 3 号,第 2 页。
③ 《新青年》第 3 卷第 3 号,第 9 页。
④ 《新青年》第 2 卷第 5 号,第 9 页。

达之望。"① 二人都把声律看做是一种束缚，而非调音之术。陈
独秀在《文学革命论》一文中说：

> 诗之有律，文之有骈，皆发源于南北朝，大成于唐代。
> 更进而为排律，为四六，此等雕琢的、阿谀的、铺张的、空
> 泛的贵族古典文学，极其长技，不过如涂脂抹粉之泥塑
> 美人。②

在陈独秀看来，声律不过是"雕琢的"，是"铺张的"，只是一种
虚假的装饰。

　　但胡、刘等人的理论观点，并不能完全说明他们心中声律的
价值和功用，因为在"文学革命"初期，一些貌似激进的主张，
与其说是持论者深思熟虑的理论立场，还不如说是他们的理论姿
态。为了唤起诗学界的注意，为了取得更大的影响，论诗者常常
故作惊世之语，亦不为怪。比如胡适认为古文文学是"死文学"，
《水浒传》、《西游记》当为文学正宗，实则歪曲了古代文学的历
史真实。应当看到，胡适的这些理论主张，在诗史上并不具有多
大价值，它们只是为胡适的白话文学论开山铺路而已，它们更多
的是策略性的，而非持平之论。如果忽略了胡、刘二人持论的策
略性特征，仅仅局限于二人的论述而片面地理解他们的诗学主
张，是不会得出客观结论的，实如过其门而未入其室。

　　怎样才能获得二人真正的诗学主张呢？这要结合他们的创作
实际，因为胡、刘白话诗的尝试，本身就体现着他们文学革命的
意图。创作和理论如果存在着较大的张力，那么通过折衷的办

---

① 《新青年》第3卷第3号，第9页。
② 《新青年》第2卷第6号，第2页。

法，将会得到更为公允的结论。下面以胡适为主要对象，看一看他文学创作的状况。

（二）白话诗的创作实际

胡适自 1917 年 2 月在《新青年》第 2 卷第 6 号上发表八首白话诗，到 1918 年 4 月在《新青年》第 4 卷第 4 号上发表《老洛伯》以来，这两年多的时间，可以看做是胡适早期白话诗的创作期。胡适早期的文学创作，总体来看，有如下特点：

（1）语言上，胡适主要是以白话易文言。虽然诗篇中还有如"窗上青藤影，随风舞娟媚"这样的文言句法、文言语词，但诗篇中已较多地出现了白话，而且这种白话，已是很自然的白话了，与传统诗词的语言差别很大，大都用的是俗字俗语，如"什么"、"这个"、"爱他"之类。

（2）形式上，胡适主要继承了传统的诗体形式。胡适一方面继承了传统的诗体，采用五言、七言，或者词曲谱的三言、四言、五言形式。另一方面基本上沿用了传统诗体的句式，少有变更，比如五言用三二句式，七言用二二三，或四三句式。

（3）胡适的诗还保留有旧声调。胡适不少的白话诗都有律诗的平仄句子，比如《月》一诗中"窗上青藤影"，为仄起仄收之律句，"月可使人愁"为仄起平收之律句；《江上》一诗中"雨脚渡江来"，为仄起平收式，《孔丘》中"知其不可而为之"，为平起平收之七言句。除此之外还有不少的古律句子，比如三仄尾或者三平尾之类。

（4）传统诗的对仗有了突破。虽然胡适的诗中还是有很多对仗，比如："雨脚渡江来，山头动雾出"（《江上》），"忽在赫贞江上，忽到凯约湖边"（《一念》）。但是诗中已有了较多的突破，比如《朋友》、《月》等诗，都完全取消了对仗，这就使得诗歌的语言更加清新自然了。

　　胡适诗歌创作的形式特点，结合他提出的诗论主张，我们可以得到一个较新的整体印象，即在使用白话上，诗论和诗作都较为一致；在对仗上，虽然诗论部分反对对仗较为强烈，但诗作中还是使用了不少对仗（胡适打破了诗中某些位置必须对仗的旧规，虽然还使用对仗，但是已经不必在某联某句使用对仗，而且对仗的数量也减少了）；从句式上看，虽然这些诗作中沿袭不少旧的五七言等句式，但出现较多的"折腰"体，也有少量打破这种句式的口语句；从平仄上看，近体诗的平仄还保存了一部分，但是也有较多的解放；另外在押韵上，虽然有偶行押韵的旧格式，但也有全部押的，也有不押的，已经较为自由了。所以整体上看，胡适的"废律"不能简单地理解为彻底地打破平仄、对仗、押韵，实际上是一定程度地求新，是打破旧格律对一首诗的完全束缚。

　　刘半农的诗作也并不像他的理论主张那样废除格律，比如刘半农在《新青年》第4卷第1号上刊发的《相隔一层纸》一诗，全诗压"梭波"韵和"衣期"韵，几乎全押上声韵，句句用韵，这是沿袭了曲体的韵法。诗中有些诗句如："可怜屋外与屋里，相隔只有一层纸！"还是脱不了七言诗的调子。又如沈尹默《人力车夫》一诗，押"由求"韵和"梭波"韵，也往往在一个诗节押同声的韵。诗中如"人力车上人，个个穿棉衣，个个袖手坐，还觉风吹来，身上冷不过"，也是五言的句法。并且这首诗中的"日光淡淡，白云悠悠"之类，还用了对仗。

　　可以说，五四文学革命初期，诗学虽然有强烈的反叛气息，但诗作还基本依附在传统的古体诗的风格体式上，对于平仄和对仗，对于押韵规则，基本上还大致遵守着，只不过不如近体诗那样精切罢了。

（三）白话诗时期声律的价值和功用

如果把胡适、刘半农等人的创作和诗论折衷一下的话，我们就能认清他们心中的诗歌理想。实际上在这一早期阶段，胡适的诗歌理想就是"白话京调高腔"，是"长短无定之韵文"（《答钱玄同》），胡适受到了传统戏曲唱词的影响，以为戏曲唱词在形式上与近体诗的差别，实际上代表着一种自由解放的思想，文学革命的方向，正在于此。李思纯在《诗体革新之形式及我的意见》一文中，对胡适诗歌创作的意图，进行了分析，他说："他原想以文言创新体。进一步而以白话来做旧式的歌行及词曲。再进一步而打破旧形式，作自由句。"① 胡适在早期，是没有什么自由诗（Free Verse）观念的，他心中的诗歌理想，不过就是"旧式的歌行及词曲"而已。而对于胡适的诗学理想，刘半农甚至给出了施行的蓝图，刘半农在《我之文学改良观》中认为要保存古风、乐府这些诗体，并且"提高戏曲对于文学上之位置"②。

从胡、刘二人的诗学理想上，更能看清他们对声律的价值和功用的看法。实际上，胡、刘此时对待声律的态度，并不比"诗界革命"诸公有多少根本的不同。黄、梁二人认同"旧风格"，虽不薄近体，相较而言，尤重古风，而胡、刘二人菲薄律体，专重古风，此取彼弃之间，同样离不开传统诗体。从诗歌的功用上看，声律的副作用主要体现在非自然的约束力上，在这个张力之下，投射出的是论诗者对于自然表达的诉求，是对诗歌表情功用的重视。由此可以看出，此时诗律的存在环境的紧张，只是局部程度上的。

----

① 李思纯：《诗体革新之形式及我的意见》，《少年中国》第2卷第6期，第21页。
② 《新青年》第3卷第3号，第10页。

四　"诗体大解放"时期声律的价值和功用

(一) 新诗的产生

白话诗宛如一个滚落山崖的石块，跌跌撞撞不多久，就坠入自由诗的长河之中。

早在《新青年》第3卷第3号，刘半农发表了《我之文学改良观》，提出了"增多诗体"的观点。他说："彼汉人既有自造五言诗之本领、唐人既有自造七言诗之本领。吾辈岂无五言七言之外、更造他种诗体之本领耶。"①他还提倡"别增无韵之诗"，这些说法，都为新诗的产生创造了舆论条件。其后刘半农又在《诗与小说精神上之革新》一文中，对固守声调格律进行了批判。

新诗的产生，跟周作人密不可分。在《新青年》第4卷第2号上，周作人发表了《古诗今译》，这虽是一篇译作，但是在前言中，周作人的一番观点，几乎成了新诗成立的宣言。他说："口语作诗，不能用五七言，也不必定要押韵；止要照呼吸的长短作句便好。现在所译的歌就用此法，且来试试——这就是我的所谓'自由诗'。"②且不说周作人译的诗好不好，他的说法却给新诗人们一个新的思考。胡适果真在第4卷第4号上发表了一首译诗，对周作人的说法给予了回应，这就是《老洛伯》。随后胡适在1919年作了《谈新诗——八年来一件大事》，提出了"新诗"和"诗体大解放"的概念，并且对新诗的音节做了说明。他说：

---

① 《新青年》第3卷第3号，第10页。
② 《新青年》第4卷第2号，第124页。

　　直到近来的新诗发生，不但打破五言七言的诗体，并且推翻词调曲谱的种种束缚；不拘格律，不拘平仄，不拘长短；有什么题目，做什么诗；诗该怎样做，就怎样做。这是第四次的诗体大解放。①

打破了旧诗体旧声调，新诗的音节也就水到渠成了。

　　"诗体大解放"的新诗有什么特点呢？下面以胡适的诗作为例来说明。胡适在《新青年》第 4 卷第 4 号上发表的译诗《老洛伯》（Auld Robin Gray，亦可译成《罗宾·格雷老汉》），便是一首成功的自由诗。《老洛伯》全诗由四个音步组成，诗中有较多的轻重音步和轻轻重音步的替换，但整体上还是规则的四音步诗，胡适把它译成了自由诗。在这首译作里，胡适已经刷新了他的语言，形式上跨越了早期的诗篇，比如诗的第一节：

　　　　羊儿在栏，牛儿在家，
　　　　静悄悄地黑夜，
　　　　我的好人儿早在我身边睡了，
　　　　我的心头冤苦，都迸作泪如雨下。

这个诗节中，每个诗句都不再是白话诗时期的词曲调，诗句长长短短，没有一定的音节，也没有遵守近体诗的押韵规范。

　　除去胡适外，刘半农、沈尹默等人的诗，也都洗练了。比如刘半农作的《窗纸》、《无聊》等诗，沈尹默作的《月》、《耕牛》等诗，也都如胡适的《老洛伯》一样清新了。

　　这些自由诗在形式上，代表着诗体大解放的成果，也体现着

① 胡适：《新文学大系·建设理论集》，上海文艺出版社 2003 年版，第 299 页。

诗体大解放的特色，分析如下：

第一，不讲平仄。这些自由诗，不仅在一句之内，不再讲究"平平仄仄平"，而且在句末字上，不管押韵不押，也都没有固定的平仄规则。比如胡适的《老洛伯》，第一节的末尾字分别是"家、夜、了、下"，为"平、仄、仄、仄"，这不是近体诗的押韵规范，特别是"家"与"下"字押韵，没有平仄不同的限制。

第二，打破五七言等句式。早期白话诗，还有许多的五七言，后来的自由诗，完全以口语为本，基本不沿用五七言句式了。比如唐俟的《爱之神》一诗中有句诗："你要是爱谁，便没命的去爱他"，胡适的"我的心头冤苦，都迸作泪如雨下"，都没有这种五七言诗句一致的上下停顿了。

第三，对仗、押韵都不以传统诗词为规范了。胡适、刘半农的许多诗篇，都不用对仗了，即使有些地方偶然出现了对仗，也不像近体诗中那样严格要求，比如《老洛伯》中的"羊儿在栏，牛儿在家"，就不避"儿"字和"在"字的重复，并且两句中的平仄，也不需要相对。押韵在自由诗中也很自由了，有不少诗基本不押韵，比如刘半农的《卖萝卜人》，有一些诗虽然押韵，却不需要讲究平仄；虽然大多数诗篇是偶行押韵，但是奇行押韵，偶行不押的情况，也不是什么特别的例外，都在允许之列。

（二）"诗体大解放"时代诗律的价值和功用

白话诗时期诗律的存在环境，与新诗时期诗律相比有很大的差别。在白话诗时期，胡、刘二人都并非在观念上批判声律，他们是从功用上批判声律，所以他们并没有真正深入到声律的核心问题之中，他们只站在声律外部指点是非。而在新诗时期，不论是胡适、刘半农，还是后来的康白情、周作人等诗人，他们都有明确的、新的诗律观念，他们深入到诗律核心问题之中，冲出了古体诗的苑围，而让诗体焕然一新。

在新诗这个"诗体大解放"的时代，诗律的存在环境与前期相比，有什么具体的变化呢？

从人们对待诗律价值的看法上看，这一时期论诗者继承了否定声律的倾向。胡适在《谈新诗》一文中提出"不拘格律，不拘平仄，不拘长短"，这仍然是反声律的立场，而且要远较白话诗时代为甚。与胡适相呼应的，还有康白情，他在《新诗底我见》中谈道："新诗所以别于旧诗而言。旧诗大体遵格律，拘音韵，讲雕琢尚典雅。新诗反之，自由成章而没有一定的格律……"①这里同样把新诗看做是旧诗的对立面，一个有格有律，一个自由成章，没有束缚。但新诗理论还不满足于反声律本身，它有着自己的理论基点。这个理论基点就是"自然的音节"论。

胡适在《谈新诗》中说："现在攻击新诗的人，多说新诗没有音节。不幸有一些做新诗的人也以为新诗可以不注意音节。这都是错的。"②但新诗的音节是什么呢？胡适答道："诗的音节全靠两个重要分子：一是语气的自然节奏，二是每句内部所用字的自然和谐。至于句末的韵脚，句中的平仄，都是不重要的事。"③这里值得注意的是他拈出了"自然的节奏"一语，实际上，这是周作人"照呼吸的长短作句"观点的发展。胡适进而对其进行了解释，他将"自然的音节"分两层来说，第一层是"节"，即停顿，"新体诗的句子的长短，是无定的；就是句里的节奏，也是依着意义的自然区分与文法的自然区分来分析的"④。第二层是"音"，"新诗的声调有两个要件，一是平仄要自然，二是用意要

---

① 《少年中国》第 1 卷第 9 期，第 2 页。
② 胡适：《新文学大系·建设理论集》，上海文艺出版社 2003 年版，第 302 页。
③ 同上书，第 303 页。
④ 同上书，第 305 页。

自然"①。又说："内部的组织，——层次，条理，排比，章法，句法，——乃是音节最重要的方法。"②

　　诗的节奏如果有内在节奏和外在节奏的话，"自然的音节"论，实际上将诗律的重量放在了内在的节奏上。近体诗主要讲究平仄的规范，这形成了诗篇的音节上的节奏，而新诗废除声律，却并不是完全地无拘无束，它必须有它内在的节奏。正如郭沫若所说：

　　　　我相信有裸体的诗，便是不借重于音乐的韵语，而直抒情绪中的观念之推移，这便是所谓散文诗，所谓自由诗。这儿虽没有一定的外形的韵律，但在自体，是有节奏的。就譬如一张裸体美人，她虽然没有种种装饰的美，但自己的肉体，本是美的。③

以前平仄清浊的全部职责，现在落到了意义和文法身上。诗律内涵的这种变化，也带来另一种结果，先前规则性的诗律观念，在"诗体大解放"的时代，可能只沦为一种精神，一种像"文气"一样不可言传的东西。在这种结果下，传统的、形式上的诗律被迫解体，致使诗与文的界限渐趋模糊。

　　与对诗律的态度相关，论诗者对于诗律的功用也持消极态度。康白情在《新诗底我见》一文中说：

　　　　旧诗里音节的表见，专靠音韵平仄清浊等满足感官底东西。因为格律底束缚，心官于是无由发展；心官愈不发展，

---

① 胡适：《新文学大系·建设理论集》，上海文艺出版社2003年版，第305页。
② 同上书，第306页。
③ 郭沫若：《论节奏》，见《创造月刊》第1卷第1期，第14页。

愈只在格律上用工夫，浸假而仅能满足感官；竟嗅不出诗底气味了。①

这里形式的格律仍然和白话诗时期一样，被认为是束缚人的"感官底东西"。

总体来看，"诗体大解放"时期诗律的存在环境，与早期白话诗相比，更加紧张。论诗者对待形式格律的态度是消极的，他们否定声律的价值和意义，认为声律的规范束缚了诗人的创作。这一时期诗律的依存关系还有新的发展，论诗者发现了形式之下的内在韵律，使得形式的解放有了某种合法性。

五　小结

从"诗界革命"以来，到"诗体大解放"时期，人们对诗律价值和功用的看法可以用下表来演示：

条目 时期	对诗律价值的看法	对诗律功用的看法	创作实际以及诗学状况的补充	诗律存在环境
清代主体时期	肯定	肯定		优
"诗界革命"时期	不否定	不否定	要保存"旧风格"。古体诗创作渐多	良
白话诗时期	否定	否定	诗作多为古体诗，不弃声律	差
"诗体大革命"时期	否定	否定	不拘平仄，不拘五、七言，提出"自然的音节"说	最差

---

① 《少年中国》第1卷第9期，第4页。

　　由此可知，"诗界革命"之前诗律的存在环境较好，而自白话诗时期开始，诗律的存在环境渐趋恶化。虽然"文学革命"的发生有非常复杂的原因，但是"诗界革命"在诗歌观念上，而不在诗律上，发生了一些新的变化，从而促进了"文学革命"的发生，而这最终促使诗律领域发生了激变。

第二节　现代汉语与平仄规则的矛盾

　　声律的功用之所以会失效，除了"诗体大解放"运动对格律的抨击之外，也有语言层面的原因。白话入诗是"文学革命"之后一个突出的现象，声律规则却有着一千多年的存在时间，古老的规则必定会与变化的语言发生一定程度的矛盾。自胡适以来，许多论诗者都发现现代的白话诗与古代的平仄规则不再适应了。围绕着这个话题，1911 年以来，出现了不少的观点，方方面面地涉及白话与平仄的矛盾。

一　现代汉语没有固定的平仄

　　这种观点不是认为汉语没有平仄，不是声调语言了，它主要指出了现代汉语中某些字的平仄会发生改变，由于平仄的灵活性，使得传统的规则难以贯彻。现代汉语没有固定的平仄，主要可分以下几种情况来说明。

　　（一）轻声
　　胡适在《谈新诗》一文中说：

　　白话里的平仄，与诗韵里的平仄有许多大不相同的地方。同一个字，单独用来是仄声，若同别的字连用，成为别的字的一部分，就成了很轻的平声了。例如"的"字，"了"字，在"扫雪的人"和"扫净了东边"里，便不成仄声了。我们检直可以说，白话诗里只有轻重高下，没有严格的平仄。①

胡适看到了一些虚词在平仄上的灵活性，如果将他的发现扩展一下，这实在触及诸多的词类：

　　（1）助词：的、地、得、了
　　（2）趋动词：去、来
　　（3）量词：个、头、口

这些词为什么会成为平声呢？实际上胡适触及的是现代汉语的轻声问题，按照赵元任《中国话的文法》一书，除了一些虚词常常会成为轻声字外，一些由重复结构的复合词，一些有前缀或后缀结构的词，也会产生轻声。比如：

　　（1）重复：家家户户、冷冰冰
　　（2）前缀：阿哥、老虎
　　（3）后缀：工人、护士、骨气、暖和

这些加点的字，由于获得了轻声，就会失去原来的声调，比如

---

①　胡适：《新文学大系·建设理论集》，上海文艺出版社 2003 年版，第 305 页。文中"检直"即"简直"。

"士"、"气"这两个词，本来是去声，轻声后就失去了原来的声调。

(二) 变调

胡适可能也触及变调的问题，胡适所说的"同一个字，单独用来是仄声，若同别的字连用，成为别的字的一部分，就成了很轻的平声了"，不光对虚词适用，对一些变调的字也同样适用。赵元任发现汉语有四种变调现象，除了阳平变为阴平，上声和去声的最后部分会失去外，跨平仄的变调主要在两个上声间，赵元任说："当一个上声字连着另一个上声字，第一个上声会变成阳平。"① 比如下列词和短语中：

找火　　勇敢　　宝马　　顶起

第一个上声字都发生了变调，成为阳平字，因而使得原来的"仄仄"，变成了"平仄"。

二　平仄效果的失效

有些论诗者不否认现代汉语中平仄的存在，但是主张汉语中平仄的感受并不明显。这种说法可分为两种，一种是从平仄的语音构成上否定平仄的效果，一种是从现代汉语与古代汉语的对比中否定它的效果。前者与语音学相联系，而后者则与语言的历史有关。

---

① Yuen-ren Chao, *A Grammar of Spoken Chinese*. Berkeley：University of California Press，1968. p. 27.

（一）平仄效果在语音学上的失效

刘大白在《中国旧诗篇中的声调问题》一文中，对于平仄的语音构成作了分析，他借鉴了刘半农的《四声实验录》一书的实验成果。刘半农在《四声实验录》认为平声的音最为平实，上声的音最高，去声的音最为曲折，入声的音最短，这四声的音不但在音长、音高上有所区别，而且具有平实和曲折的不同。刘大白进而说：

> ……四声底不同是高低底不同，自然不错；而平仄底不同，却不在高低而在平实和曲折。但是平实和曲折，在实验图中固然容易识别；而在我们口中，却并没有公同的显明的标准，不比以轻重为抑扬或以长短为抑扬的标准显然。所以平仄这件东西，实在早经破产，而不足为构成抑扬律的工具了。①

刘大白对平仄构成的分析，实际上已经表现了他对音律观念的接受，但是从上面的引文中，也可以发现他对声律失效的看法。这种看法对于他接受音律观念，或者说他不返回到声律观念之中，是有解释的作用的。

（二）平仄效果在现代汉语中的失效

老诗人卞之琳在 80 年代对平仄效果的失效作了说明，虽然这种说明远远在音律观念接受之后，但它同样具有一定的代表

---

① 郑振铎编：《中国文学研究》上，商务印书馆 1927 年版，第 53 页。原文"公同的"一词等同于"共同的"。

性，对于 1921 年左右人们弃除声律的行为也有解释力。卞之琳说：

> 平仄问题，在白话新诗里，我认为不再是格律的基本因素问题。……例如《瞬息京华》这个著者自译的四字文言书名，是顺口、顺耳的，而改成《京华烟云》这个四字文言译书名就不然：这是因为前者是仄仄｜平平，而后者是平平｜仄仄。但是倘改成我们的白话，现代口语式，则不仅"京华的瞬息"，而且"京华的烟云"也就顺口、顺耳。可见在我们的白话或口语句式里平仄作用，关系不大了。①

卞之琳的说法与胡适不同，胡适认为"的"、"了"这样的字平仄不固定，而在卞之琳看来，即使这些字的平仄固定也无济于事，因为这些字的插入，破坏了原来句式的紧凑效果，弱化了它们的感受。

赵毅衡对卞之琳的看法作了补充，他说道：

> 现代汉语诗歌的朗诵速度比古典诗歌可以而且应该快得多，音长相应缩短，因而平仄的对比就渐趋模糊。失去声调的轻声衬字的加入使平仄对比效果更差。②

赵毅衡的论述解释了现代汉语平仄效果丧失的原因，其一是音长的缩短，其二是衬字的加入，这对于卞之琳的说法可以说是一个

---

① 卞之琳：《人与诗：忆旧说新》，三联书店 1984 年版，第 163 页。
② 赵毅衡：《汉语诗歌节奏结构初探》，《徐州师范学院学报》（哲社版）1979年第 1 期，第 49 页。

注脚。

三 现代汉语的变化不允许平仄规则

和卞之琳、赵毅衡的说法相对应，唐湜提出了现代汉语平仄失效的另一个原因，这就是现代汉语已不具有古代汉语的单音节词了。唐湜说：

> 我们的现代口语里很少有古代那种单音词语了，这个变化叫我们的语言构成渐渐离开古代的传统，而更容易接受西方诗歌的韵律构成了。我们决不能抱着民族偏见，硬要新诗"民族化"或民歌化，这实质上是反对新诗现代化的复古倒退，新诗首先是现代诗，首先必须符合现代口语的结构，能反映现代化的繁复的社会现实。①

唐湜的说法有一定的道理，古代汉语一个字往往是一个词，五律也好，七律也罢，诗句中的每个字都有较独立的词义，因而都有各自的意义和音节上的作用。现代汉语基本以双音节词为主，这就改变了诗句的长度和句式结构。以前五个字、七个字能表达出的意思，换在现代汉语中，就可能要九个字、十来个字，这样一来，传统的"平平仄仄平平仄"句式，就无法使用了。如果硬用现代汉语的五个字、七个字来套声律的句式，又会给表情达意带来缺陷。

---

① 唐湜：《一叶诗谈》，广西教育出版社 2000 年版，第 136 页。

四　现代格律诗中新声调理论成果的匮乏

（一）现代汉语与平仄规则矛盾的评价

现代汉语与平仄的上述矛盾，实则在很大程度上是一个伪命题。

就第一个矛盾来说，虽然现代汉语有许多轻声字、变调的字，导致一部分汉字平仄不固定，但这不能从根基上动摇声律的合法性。原因有两点：第一，除去这部分平仄不固定的字外，大部分的字平仄分别都是鲜明的，即汉语的主体上平仄分别还在，为什么就因为那一小部分的平仄变化，就否定了主体部分的平仄固定的事实呢？如此岂不是因小失大，持论不周？第二，即使有一部分平仄变化的字，这也无妨于声律的规则。由唐至清的千百年间，都是讲声律的，但这并不说明这千百年间，每个朝代的汉字平仄都极其固定。相反，古代汉语中也有较多平仄变化的字，比如一字有数音的情况，许印芳著《诗谱详说》一书，专门分析平仄变化的字，例如他论"姿"字时说："姿容、姿质，平声；姿媚，去声。"① 可见，汉字的平仄固定与否与声律的失效与否并无多大关系，只要对字音和字的位置加以区分，许多平仄变化的字也都可以加以固定，至于有些字成为轻声字时，只需将它大体看做是平声，与原来的字音加以区别即可。

就第二个矛盾来说，虽然现代汉语语句扩长，有许多的虚字，但是以这个理由来否定声律并不充分。汉语语句扩长现象由来已久，明清年间这种语言现象就出现了，绝不是直到"文学革命"之后，语言才突然变化，生出这许多衬字，扩展出这么长的

---

① 许印芳：《诗谱详说》，《丛书集成初编·199》，新文丰出版社 1991 年版，第636 页。

句子。即使在胡适等新文学作家的诗作中，也可以看到清新的白话诗严格讲究平仄，比如胡适的一首《生查子》：

> 也想不相思　　仄仄仄平平
> 可免相思苦　　仄仄平平仄
> 几次细思量　　仄仄仄平平
> 情愿相思苦①　仄仄平平仄

这一首词的平仄是符合《生查子》的词谱的。不少新诗中也潜藏着声律的影子，比如朱湘的一首诗：

> "美"开　｜　了一家当铺（仄仄平仄仄）
> 　　　　｜　专收人的心（平平平仄平）
> 到期　　｜　人拿票去赎（平平仄仄平）
> 　　　　｜　它已经关门（仄仄仄平平）

这首诗的前两句是一个古律句，宋之问《夜渡吴松江怀古》云："气赤海生日，光清湖起云。"正与此同。这首诗的后两句则是入韵近体诗的首联，虽然这里"赎"与"门"并不押韵，李白《静夜思》云："床前明月光，疑是地上霜。"正同此句。

　　就第三个矛盾来说，虽然现代汉语以二音节词为主，但是古代汉语也有二音节词，从单音节词发展到双音节词，这只是汉语本身的一个内部的变化，绝不能因为双音节词的大量出现，就认为现代汉语发生了质变，离英语、法语较近，而离古代汉语反而较远。如果坚持认为现代汉语已经接近印欧语言了，这不仅古人

---

① 胡适：《尝试集》，上海亚东图书馆1922年版，第61页。

不信，今人不信，连欧美人都不敢相信。

　　实际上现代汉语与传统声律出现这许多矛盾，并不是胡适、卞之琳等人主观造成的，他们的观点虽然站不住脚，但是却都指出了现代汉语与传统声律模式的矛盾。这种矛盾是客观存在的，但现代汉语能不能平仄入诗与现代汉语是否与传统平仄规则矛盾是两个不同的命题。前者是一个原则的问题，如果答案是否定的，那么现代汉语只能转向音律，别无他途；后者是一个策略性的问题，如果答案是否定的，那么这只能说明传统的平仄模式需要调整，需要改造，而不是拒绝平仄入诗。胡适也好，卞之琳也罢，他们实际上通过一个策略性的问题，得出了一个原则性的结论，这种混淆问题本质的做法，并不能让人得到满意的答案。

　　因而20世纪一二十年代之后的近一个世纪中，人们对平仄的否定，实际上只集中于一个策略性的问题上。与其说现代汉语本身的变化阻碍了声律的延续，还不如说是人们一直没有找出一个合适的方法来调整和改造传统的声律模式。虽然近一个世纪中不乏探索者，但是没有一个人成功地找出解决的办法，这就像哥伦布发现新大陆之前，虽然不乏环海者，但是美洲永远只是一个虚假的神话一样。

　　（二）现代汉语中平仄入诗的假设

　　探索新的声律规则，第一步必须要恢复平仄的价值。在1920年至1931年之间，正值诗律观念变迁的萌芽和初生期，报刊上出现了不少肯定平仄和声律的文章。

　　早在1920年，李思纯著《诗体革新之形式及我的意见》一文，文中说："平仄的作用，也是为求音节的更谐和，而天然造成的规范。并莫有谁人，能具这样伟大力量，强定平仄，而能使全国从风的。"① 这就将声律从人为的规则，从束缚人的枷锁中解放了出来。

饶孟侃在《诗镌》上发表《新诗的音节》一文，从语音特性上肯定了平仄的作用。饶孟侃说："……我们的文字是一种单音文字，但是单音文字当中我们又有一种平仄的保障；这种巧妙的作用是我们文字里面的一种特色，在任何外国文字里都没有。"② 又说："我们固然不是讲要恢复旧诗音节里死板平仄作用，不过一首诗里的平仄要是太不调和，那首诗的音节也一定是单调。"③ 这在一定程度上肯定了平仄在音节中的重要作用。

梁宗岱在《诗刊》上发表与徐志摩的论诗通信，信中也说道：

> 我从前曾感到《湘累》中的
>
> 太阳照着洞庭波
>
> 有一种莫明其妙的和谐；后来一想，原来它是暗合旧诗底"仄平仄仄仄平平"的。可知古人那么讲求平仄，并不是无理的专制。我们做新诗的，固不必（其实，又为什么不必呢？）那么循规蹈矩，但是如其要创造诗律，这也是一个不可忽略的元素。④

这几篇文章出现的时间都很早，在"诗体大解放"运动废除

① 李思纯：《诗体革新之形式及我的意见》，《少年中国》第 2 卷第 6 期，第 19 页。

② 饶孟侃：《新诗的音节》，《晨报副刊·诗镌》1926 年 4 月 22 日，第 50 页。

③ 同上。

④ 梁宗岱：《致徐志摩论新诗格律书》，《诗刊》1931 年第 2 期，第 123—124 页。原文无文章标题，此处系暂时拟定。

声律的大潮中，李思纯和梁宗岱提出了相反的看法，这是难能可贵的。李思纯和梁宗岱等人的观点，实际上给新诗格律化的发展，模糊地指出了另一条与后来并不相同的道路，新诗实验者如果按照这条道路走下去，是不会促使诗律观念变迁发生的。

（三）新声律的探索状况

从康白情、李思纯等人的倡议开始，到 20 世纪末期大陆和香港，以及海外诗人的建议和实践看，出现了不少有代表性的理论，它们有的属于新诗方面，有的属于新体词曲方面；有的付诸了实验，有的只留于纸上。这些理论都与传统声律模式的改造有关系。

（1）句式的改良。既然严格地遵照旧有的声律不太可取，那么打破原有的条条框框，将一部分旧有的近体诗的句式，或者词、曲的句式，融入新诗中，丰富新诗的声调，就是一条最便捷的路子了。这条道路就是新体词曲的道路，笔者（2005）已对新体词曲的理论建设和创作实践做了梳理。

最早明确提出要融合律句入诗的，要推李思纯，他于 1920 年提倡"融化旧诗及诗曲之艺术"，以为通过这条途径可以解决新诗在形式上的幼稚问题，他说："胡适之、康白情两位的新诗，都有融化旧诗、以创造新体的趋向，这是明瞭可见的。"①

对于怎样融化原有的律句，李思纯言之不详。刘大白在《中国旧诗篇中的声调问题》一文中，提到了创造"新声调"的方法，对于这个问题做了解释。他认为要打破句式的整齐，创造参差不齐的诗句，即"应该打破均等的等差律，就是各篇底停数，

---

① 李思纯：《诗体革新之形式及我的意见》，《少年中国》第 2 卷第 6 期，第 23 页。

各停底步数，各步底音数，都不妨参差而不取严格的均等"①。刘大白实际上是提倡将四言、五言、六言、七言等不同的句式混合使用。

傅东华 1924 年发表的《中国今后的韵文》一文，也同样提倡句式要自由，他说，要"除掉一切曲牌及律格上的限制，而为一种字眼无定数，且得依情绪的指使而自由为平仄，自由押韵的韵文"②。这里的"字眼无定数"，就是要打破传统的五、七言整齐句式，而使用富于变化的句式。

李思纯和傅东华只是给出了建议，刘大白则难能可贵地作了尝试，从下面一首《春去》中，我们可以看出这种句式的特点：

> 如此人间
> 春也无心再住。
> 去去，
> 去向何处？
> 落花流水迷前路。③

这一首诗刘大白作于 1926 年，正值诗律观念变迁初期。从诗作中，可以看出这首诗的句式为：四六二四七，词谱中没有这样的句式。《垂丝钓》为：四六四四三五三五，《西河》为：三六七四七六，都与这里的句式不同。

---

① 郑振铎编：《中国文学研究》，商务印书馆 1927 年版，第 54 页。所谓等差律，实际是指一句的顿数，一节的句数，一篇的节数的一定的参差和均等。而所谓的停，指的是由音顿组成的一句诗，相当于律诗中的一联中的一句，本书中称之为小句。

② 郑振铎主编：《中国新文学大系·文学论争集》，上海文艺出版社 2003 年版，第 317 页。

③ 刘大白：《刘大白诗集》，书目文献出版社 1983 年版，第 437 页。

（2）平仄规则。傅东华提倡要"依情绪的指使而自由为平仄"，实际上是打破了传统的平仄规则，而追求内在的情绪节奏，这实际上否定了其他的一切规则，因而是消极的。刘大白在《中国旧诗篇中的声调问题》一文中，则给出了一个积极的建议，他说"应该打破严格的对偶律，但有时略略参用对偶，也是不妨"。① 所谓的对偶律，在平仄上指传统的"对平仄法"。刘大白在这里肯定了上下句之间平仄相对、相重的可能性，理论上看，虽然有将传统的声律规则解体的危险，但也不乏创新的力量。在诗句之间或者说在调（王楷苏）的安排上，刘大白认为"应该酌量废去整齐的声底反复，就是不全用五七言律体诗式的声底反复，而相当地采用词调和曲调式的声底反复"②。这实际上要求打破五七言诗平仄在一调间的重复，而采用更加自由的组合。

王力（1959）对于一句诗中的平仄构成也作了新的设想，他说："（平仄的节奏）不一定是'平平仄仄'，'仄仄平平'，也可以考虑两字一节奏，三字一节奏。形式可以多样化，但是要求平衡、和谐。"③ 在王力看来，"平仄平仄平仄"或者"平平仄平平仄平平仄"都是有价值的新形式了。

还有不少学者对平仄是否分派到每一个字的问题做了思考，明清的时调民歌多在句末字上比较讲究，对于句中字则较自由，柳村由此提出平仄的效果只在句脚字上，"句脚以外的字即使你安排了'平仄'，实际上也是无用功，人们根本感受不到平仄对比的效果"④。吴洁敏、朱宏达（2001）则提出要在音顿末尾的

---

① 郑振铎编：《中国文学研究》，商务印书馆 1927 年版，第 54 页。

② 同上。

③ 王力：《中国格律诗的传统和现代格律诗的问题》，《文学评论》1959 年 3 月，第 9 页。

④ 柳村：《汉语诗歌的形式》，河南大学出版社 1990 年版，第 197 页。

字上讲究平仄，在音顿开始的地方可以自由不拘。

还以刘大白的一首《春半》为例，说明现代汉语中平仄规则的情况：

> 春来花满，
> 花飞春半：
> 花满花飞，
> 忙得东风倦。
>
> 开也非恩，
> 谢也何曾怨？
> 冷落温存，
> 花不东风管。①

笔者在《一九一七年以来新体词曲概要》一文中对这首诗的平仄做了分析："前三句作：'———｜，———｜，—｜——'，合《秋波媚》三四五句，阮阅词云：'一双燕子，两行征雁，画角声残'。五六句作：'—｜——，｜｜——｜'，合《醉花阴》末两句，李清照词云：'帘卷西风，人比黄花瘦'。七八句作：'｜｜——，—｜——｜'，合《点绛唇》下阕前两句，姜夔词云：'第四桥边，拟共天随住'。"② 可见，由于采用词体的缘故，诗中的平仄出现了一些并非相间的句式，上下句之间，有重复的，也有不重复的，与近体诗的"粘平仄法"不同。

---

① 《刘大白诗集》，书目文献出版社 1983 年版，第 437 页。
② 李国辉：《一九一七年以来新体词曲概要》，硕士论文，西南师范大学，2005年，第 12 页。

（3）声律标识。每个诗律都有它的标识（marker），拉丁诗以长音和短音为标识，英诗以轻音和重音为标识，中国古代的近体诗以平音和仄音为标识。现代汉语在新声律的探索中，对于传统的平仄标识也有涉及，这主要表现在两个方面，第一，平仄音的重新分配，第二，以四声为标识，而非平仄。

首先看第一个方面。王力对四声如何归入平仄做了新的设想，他说："以现代汉语而论，我们能不能仍旧把声调分为平仄两类，即以平声和非平声对立起来呢？能不能另分两类，例如阳平和上声作一类，阴平和去声作一类呢？"① 照王力的假设，下列平仄的划分是有可能的：

　　假设一：平声（阴平、阳平）
　　　　　　非平声（上声、去声）
　　假设二：平声（阳平、上声）
　　　　　　仄声（阴平、去声）

虽然有这样的假设，王力还是倾向于将阴平和阳平划为平声，将上声和去声划为仄声，因为"从普通话的实际调值来看，阴平和阳平都是高调和长调，上声和去声都是低调和短调"②。

陆丙甫和王小盾（1982）则认为上声和去声在调类和长短上存在区别，因而主张将阴平、阳平、上声划为一类，将去声划为一类，这实际上与王力的第一种假设完全相反：

---

① 王力：《中国格律诗的传统和现代格律诗的问题》，《文学评论》1959 年 3 月，第 9 页。
② 同上书，第 9 页。

假设三：非去声（阴平、阳平、上声）
　　　　去声（去声）

吴洁敏和朱宏达（2001）认为只要体现出异同对立原则，平声、上声和去声都可以同它之外的声调相配合，组成新的声调，这样就有了与上面三种假设不同的第四个假设：

假设四：上声（上声）
　　　　非上声（阴平、阳平、去声）

因为传统平仄在分类上，将上、去都归为仄声，所以上面的第二、第三、第四种假设都不符合传统的习惯，因而施行起来，有较大的困难。实际上后三种假设在现阶段只能是作为丰富诗歌音节的手段，而不能成为真正可行的声律标识。

除了平仄的重新归类外，另外一个方面的建议是认为可以打破平仄二元的划分法，以四声为声律的新标识。王力在提出第一种和第二种假设时，也对这一种新标识做了猜想："能不能考虑四声各自独立成类，互相作和谐的配合呢?"① 这样就有了假设五：

假设五：阴平＋阳平＋上声＋去声

这种假设比较大胆，但是可行性很小。第一，从中国的诗律史来看，近体诗的产生就是四声重新归并为平仄二类的结果，现在又

---

① 王力：《中国格律诗的传统和现代格律诗的问题》，《文学评论》1959年3月，第9页。

重新采取四声入诗，岂不是返回到沈约的时代，与中国诗律的发展史相背？第二，四声入诗使得声调的配合过于繁复，不如平仄简易，因而操作起来非常困难，难以有效地形成一个平行于粘对规则的声律模式。"文学革命"时期，新诗人连平仄规则都觉得是对性情的巨大束缚，四声入诗，更复何言？可见，这个假设只是一种纸上的猜想，没有施行的实效。

（四）新声律探索的评价

虽然在新声律的各个方面，自20世纪一二十年代以来，不少诗人和学者都做过假想和实验，但是这种假想和实验没有形成一个影响广泛的理论，因而对于现代格律诗，对于诗歌翻译和研究都没有产生大的影响。为什么没有形成较大的影响呢，这源于其理论本身的缺陷。这些缺陷表现在如下几点：

（1）破者多，立者少。以新体词曲为代表的新声调的探索，受到了胡适、刘半农"诗体大解放"等观念的影响，将理论的重点放在如何破除旧声律的规则上，于是在句式的组合上，在粘联的规则上，在调的重复上，都强调破的一面，而忽视立的一面。这使得他们的新声调宛如传统诗词的杂拌，像东拼西凑的衲衣，没有一个一致的规则能统领众多诗作。刘大白、傅东华，包括后来的赵朴初、丁芒等人，他们虽然提出了各自的观点，不少人还做了尝试，但是他们的理论和尝试与其说是在实践新声调，匡补自由诗，还不如说他们同样站在自由诗的阵营之中，他们打出的旗子也主要在"解放"两个字上。

（2）可行者少，不可行者多。虽然有不少理论提出来，但是这些理论除了以解放为宗旨的新体词曲收获不小外，其他的理论都是停留在纸上阶段，缺乏可行性，因而也只沦为空谈。在声律标识问题上，虽然目前至少有上述五种假设，但是可行的只有第一种，其他的只能作为"技巧"，而非"格律"存在着。在诗句的平仄构成上，王力提出的可以有两个字一节奏，三个字一节奏，使得平仄的变化过密，声调拗口，可行性小。吴洁敏、朱宏达提出在音顿尾字讲究平仄，在首字上不讲究的理论，虽然有"一三五不论"的古诀作为依据，但是现代汉语中常常有三字一顿，或者四字一顿的"音顿"，如果除了最末一个字讲究平仄外，其他的两个字、三个字都不需讲的话，平仄最终不和，"音顿"尾字又何必再论平仄呢？柳村认为在韵脚字上讲平仄，实际上是吴洁敏、朱宏达理论的放大版，即将"音顿"扩大到诗句上了，这种做法虽然有效，而且不少诗作在韵脚上都注意规则的平仄，但这也只是新声律极微小的一个局部而已，还远远不能形成新声律的规则。

总体上看，在"诗体大解放"之后，诗学界中出现了众多对声律规则的批判，认为它在现代汉语中已无适用性，另外一些学者和诗人虽然提出了建立新声律或者新声调的意见，但是由于在新声律规则探索上的乏力，没有形成一个普遍接受的，既能满足现代汉语的实际，又能在解放和规则间取得一个完美的平衡的新模式，因而也助长了废弃声律的力量。这两种因素结合在一起，对于20世纪一二十年代之后的诗律观念变迁有重要的作用。

第三节　中国语言和诗歌中的节奏基础

音律要传入中国，代替传统的声律观念，必须要有一个客观的基础：汉语应该和西方语言一样，具有重音，能建造出音步或者节奏组。有了这个语言基础，音律才能在中国的诗律话语中生效。

一　汉语中的重音和长音

虽然汉语是一种声调语言，与英法等国的重音语言不同，但是汉语的字音也有某种程度的轻重差异，这就给重音的节奏提供了一个基础。

沈约曾经说过他的诗律主张："一简之内，音韵尽殊；两句之中，轻重悉异。妙达此旨，始可言文。"① 既然是"轻重悉异"，那么诗句中的字音是有的可归为重音，有的可归为轻音的。陆法言在《切韵序》中说：

> 即一人之身而出辞吐气先后之间已有不能齐者，其重其疾则为入为去为上，其轻其迟则为平，迟之又迟，则一字而为二字，茨为蒺藜、椎为终葵是也。

可见，在隋唐之时，人们对平上去入就有了轻重的区别。

另外，陆法言实际上提到了四声中长短的分别，疾者为短音，迟者为长音，在他看来，字音的长短也同轻重一样，与四声有关，上去入三声较短，平声则较长。清代顾炎武在《音学五书》中说道："平声音长，入声音短。"② 这同样响应了陆法言的说法。

英语的重音在语音特性上，一般较高、较长，因此英诗中的重音与长音大致相伴随，同四声相比起来，平声和上去入同样前者轻而长，后者（或者说是仄声）重而短，这就与英语的重音不同了。

---

① 沈约：《宋书·列传第二十七》，中华书局 1974 年版，第 1779 页。
② 顾炎武：《音学五书》，中华书局 1982 年版，第 43 页。

古人对于四声的认识，也得到了现代学者的认同，刘半农作《四声实验录》，专门分析四声的区别，他在结论中说：

（1）平声的音，最为平实，因为它的曲折最少。

（2）上声的声最高，因为大多数的上声的全部或一部，都高出于中线之上，只有南京和北京的上，广州和福州的下上是例外。

（3）去声的音最曲折，因为除潮州上去和广州上下两去之外，其余都是曲折较多的线。

（4）入声的音最短，不短的只是武昌、长沙（和北京）。[①]

刘半农在结论中认为入声的音最短与顾炎武相同。不过赵元任的结论与刘半农有矛盾之处，刘半农认为上声的音最高，而赵元任（1968）则通过从一到五不同的数字来表示四声的音高，认为上声的声调为 214，是四声中音高最低的：

1st Tone	阴平	55
2nd Tone	阳平	35
3rd Tone	上声	214
4th Tone	去声	51 （Yuen Ren Chao, 1968：26）

比如下面的词语就可能有轻重的分化：

李丽　　雾舞　　厂长　　活火　　认人

[①] 刘复：《四声实验录》，中华书局 1951 年版，第 85 页。

各种声调的音节结合成词，如果上声在阴平前，比如"起初"、"铁箱"等词，第二个音节就有可能获得重音。另外，汉语中还有变调现象（the sandhi of tones），最常见的是两个上声字结合成词，第一个上声要变成类似于阳平的声调，赵元任据此认为这是"汉语轻重律音步中重要的变化"[①]。比如：

举手　　许久
酒鬼　　粉笔

除了四声间的差别外，赵元任还认为四声和轻声会形成轻重的差别。汉语中有不少轻声字，分类来看：

（1）有词缀的词：椅子　木头
（2）重叠的词：爸爸　星星
（3）动词后面的成分：出去　见过
（4）助词：明亮的　迅速地
（5）语气词：做完了　真的吗

除了上面的几种之外，某些动词和名词、代名词也有轻声的情况。

上面不同的类别中，有些是语句中经常出现的，比如后三类，它们是语法层面上的，经常重复出现；而前两类是构词层面的，它们不规则地出现，出现的次数也较少。

---

① Yuen-ren Chao, *A Grammar of Spoken Chinese*. Berkeley: University of California Press, 1968. p. 148.

上面众多类型的轻声字和其他四声的字结合在一起，就有了轻重的差别了。

二 汉语诗歌中的节奏组

中国文学很早就有了齐言的诗，比如《诗经》以四言为主，近体诗以五言和七言为主，甚至《楚辞》的诗句都有规则的字数。由于诗句字数规则，这自然以每句诗为中心，形成了一个音节群，西方等时重复观念上的节奏于是就产生了。《新普林斯顿诗歌与诗学百科全书》在"中国诗"一条下，说《诗经》是四字节奏（4-character rhythm），正表明了中国齐言诗在诗句上的等时性。比如以《关雎》为例来加以说明：

> 关关雎鸠 |　　4
>
> 在河之洲 |　　4
>
> 窈窕淑女 |　　4
>
> 君子好逑 |　　4

如此，诗节中的每句诗就有了等时的重复：4444。

除了诗句上的等时性外，诗句中常常划分为两部分，古代诗法著作称其为句法，或者句式，这种句法、句式常常比较规则，因而也就有了重复性的特点。《文镜秘府论》在"诗章用声法式"条目下说：

> 凡一字为一句，下二字为一句，或上二字为一句，下一字为一句。（三言）
>
> 上二字为一句，下三字为一句。（五言）
>
> 上四字为一句，下二字为一句。（六言）

上四字为一句，下三字为一句。（七言）①

从后文的诗例中看，这段话并不是指上几字作何声，下几字作何声，当指诗中的句法。可见在唐代时期，诗句句法整齐的问题就已得到注意了。

清代的论诗家刘熙载说道："但论句中自然之节奏，则七言可以上四字作一顿，五言可以上二字作一顿耳。"② 这里直接拈出了"节奏"一词。

在诗律观念变迁前期，比如说在"诗体大解放"时期，对古典诗歌句法的认识也延续着，比如胡适在《谈新诗》中说：

先说"节"——就是诗句里面的顿挫段落。旧体的五七言诗两个字为一"节"的。随便举例如下：

风绽——雨肥——梅（两节半）

江间——波浪——兼天——涌（三节半）③

虽然胡适将五言诗划为两节半，将七言诗划为三节半，与刘熙载的划法不同，但是他认为节是"诗句里面的顿挫段落"，可以长短不同，这同样继承了传统诗话中的句法观念。

三　1921 年之后论诗者对音律的信念

不管是汉语中的重音也好，还是节奏组也好，它们给音律只提供了一个局部程度的基础。在这个局部程度的基础上，以西方

---

① ［日］遍照金刚：《文镜秘府论》，人民文学出版社 1980 年版，第 17 页。

② 刘熙载：《诗概》，郭绍虞：《清诗话续编》，上海古籍出版社 1983 年版，第 2435 页。

③ 胡适：《新文学大系·建设理论集》，上海文艺出版社 2003 年版，第 304 页。

的音律入诗，或者来解释诗律只是一种可能，而并非必能。1921年之后，许多论诗者从必能的立场上看待音律适用性的问题，这是导致诗律观念变迁的一个主观原因。

1921 年以来，许多接受音律观念的诗人、学者，著文指出了由于语言或中国诗歌传统方面的特征，他接受音律观念的原委。下面从案例分析的角度看诗人、诗论家对音律的信念。

（一）汉语重音节奏的信念

陆志韦是最早尝试重音节奏的诗人，他认为英语与汉语相似，汉语中因而能建立起西方的音律结构：

> 好多年以前，听元任说，北平话的重音的配备最像英文不过。仔细一比较，他的话果然不错。当时我就有一种野心，要把英国古戏曲的格式用中国话来填补他。又不妨说要摹仿莎士比亚的神韵。[1]

陆志韦据此写出了《杂样的五拍诗》，他早年出版的《渡河》诗集，也贯彻了他重音节奏入诗的理念。

陆志韦常常给一个音组赋予唯一的一个重音，他在分析中国的古体诗时，常常人为地区分轻重，因而具有严重的缺陷。叶公超和罗念生则纠正了他的做法，他们只在存在明显的轻重差别时，才分出轻音和重音，比如实词和虚词，这样就避免了孰轻孰重的争执。叶公超认为汉语与希腊语相似，因而汉语诗歌可以建造起与希腊诗歌相似的诗歌节奏：

---

[1] 陆志韦：《杂样的五拍诗》，《文学杂志》1947 年 9 月第 2 卷第 4 期，第 55页。

在每个音组里，至少有一个略微长而重，或重而高，或长而重而高的音。除了单音的长短轻重高低之外，差不多同等轻重的连续字音也常见，类似希腊诗的双长或双短的音步。这种连续的"轻轻"或"重重"的音组在中国语言里似乎特别丰富，尤其多的是名词和形容词的语词……①

叶公超的音步较为复杂，比如他除了认为有重重律，还认为可能有重轻重律、重重轻律等音步。罗念生则提出了他的"重重律"音律，比叶公超的理论要稳定许多，他将中国的重重律诗行放在英诗诗律的后面来谈，明显将汉语和英语作了类比性的比较。

（二）音组、音步节奏单元的信念

朱光潜在《诗论》中提出他的顿诗理论，朱光潜认为中国的诗歌就是以顿建立起来的节奏，"中文诗每顿通常含两字音，奇数字句诗则句末一字音延长为一顿，所以顿颇与英文诗'音步'相当"②。朱光潜的论述有两点值得注意：第一，他将顿的字数基本限制在二字上，对于传统诗歌而言，他不太认同有四字的顿、三字的顿，这实际上与《文镜秘府论》以来的句法认识相左；第二，他将"顿"与"读"区分开来，以"顿"指形式化的停顿，以"读"指诗篇中的句法，因而朱光潜提出"形式化的节奏"的概念。但将顿与读区分开，不利于说明形式化的顿由何而来，实际上之所以有形式化的读法，是因为传统诗歌的句法比较

①　叶公超：《论新诗》，《文学杂志》1937年5月第1卷第1期，第17页。
②　朱光潜：《诗论》，上海古籍出版社2005年版，第134页。

稳定的原因，这给诗人造成了一种习惯心理，因而在折腰的诗句中也按照常见的读法。这说明形式化的顿并不是客观存在的，它只是人们心理上产生的一种感觉而已。

朱光潜受到了法国诗律的影响，既不认为音顿一定要严格等时，也不认为白话里字数必须限于二字左右，但何其芳则提出了一个较为机械的音顿理论。何其芳在 50 年代发表《关于现代格律诗》一文，系统地提出了他的音顿理论，在他看来，音顿原来就是中国传统诗歌特有的，它符合西方的音步观念："我说的顿是指古代的一句诗和现代的一行诗中的那种音节上的基本单位。每顿所占的时间大致相等。"[①] 这种顿实际上与中国传统诗歌的句法相去殊远，已经是改造过的顿了。

孙大雨在《诗歌底格律》一文中，不但将他的音组理论放诸古今中外，而且还清楚地提出了他音律观念变迁的情由。在孙大雨看来，音组理论既有本土基础，也有普遍的适用性："它顺利地承接了我们自己的古典传统，这音节单位在民族诗歌遗产里有从'关关│雎鸠，‖在河│之洲'以来的悠久的历史根源。"[②] 又说："它也合于普遍的音组原理，和国际间的从古到今的一些实例和标准是一致的，虽然也有具体的不同之处。"[③]

第四节 诗人、学者对音律的了解和接受

音律观念要传入中国，它必须要有一个合适的通道。音律传

---

① 何其芳：《何其芳选集》第 1 卷，四川人民出版社 1979 年版，第 142 页。
② 孙大雨：《诗歌底格律（续）》，《复旦学报》1957 年第 1 期，第 20 页。
③ 同上书，第 20 页。

入的通道比较复杂，大致说来，有人的作用，有媒体的作用。这
两方面细致地分一下，可以得到下列四种渠道：清末以来，大量
留学生赴外留学，有机会了解西方的诗歌和诗律；这些留学生回
来，通过沙龙、学会的形式传播西方诗歌的众多学问，这就给音
律的传入提供了条件；另外，清末以来，大量西式的大学建立起
来，西方文学，特别是西方诗歌课程的开设，为少数人了解西方
音律提供了便利；现代媒介的产生，特别是文学刊物、报纸副刊
的大量出现，为学者提供了介绍西方音律的媒介。

　　这四个主要原因中，就影响的规模看，第二种、第三种渠道
较第一种为大，而第四种则较第二种、第三种为大。下面把四种
原因简化为出版渠道和非出版渠道两个层面来分析。

一　非出版渠道对音律的传播

（一）留学生对音律的了解

　　近代官派留学生始于洋务运动之后，在留学生容闳的积极建
议以及曾国藩的支持下，清廷于 1872 年至 1875 年，分批将不少
学子派往美国留学。民国之后，留日学生、留美学生、留欧洲诸
国学生日益增多，而且较之于清末留学生，多有主修文学、哲学
专业的人员。这些学文或学理工医农的留学生，在国外的生活和
学习中，多多少少都会接受到西方诗歌，这就为他们了解和接受
西方音律提供了条件。

　　20 世纪有不少留学生在海外研习西方文学，他们或者主攻
文学学位，或者在主攻其他学位的间隙掌握了西方文学的知识，
这些人中不少人随后作文著书，影响了诗律观念的变迁，现简说
如下：

　　1917 年，吴宓去弗吉尼亚大学主修英国语言学，后转到哈
佛大学师从白璧德学习文学。《吴宓日记》中记载了他 1918 年在

哈佛大学的选课表：

> 予今兹所取，多文学，力取高深，实亦非难，但将来恐甚忙碌耳。各课开列如下：
>
> （1）Rousseau and His Influence（Comp. Lit. 9. Prof. Babbitt）；
>
> （2）Lyric Poetry（Comp. Lit. 32. Prof. Bliss Perry）；
>
> （3）English Novel from Richardson to Scott（English 29a. Dr. G. H. Maynadier）；
>
> （4）Studies in the Poets of the Romantic Period（English 24. Prof. J. L. Lowes）；
>
> （5）French Prose and Poetry（French 1. Dr. Hawkins）.
>
> 计每星期十五小时，上课时间，均在下午二时与四五时之顷。①

从上面的课单上看，除了第1门课和第3门课外，其他3门都与诗歌有关，特别是第2门和第5门，更是直接关系到西方诗歌的音律了。

1917年，陆志韦赴芝加哥大学学习生物心理学，后来获得芝加哥大学哲学博士学位。

1922年，叶公超考取爱默生大学，跟著名诗人弗罗斯特学习诗歌，他在《文学·艺术·永不退休》一文中回忆道：

---

① 吴宓：《吴宓日记·2》，三联书店1998年版，第14页。

爱默思的教育，完全是人文教育。当时著名的诗人佛洛斯特（Robert Frost）就在该校任教，我跟随他念了二年书。……到了四年级，他教我创作诗歌、小说。我也因此出了一本英文诗集名叫 Poems。①

孙大雨 1927—1928 年在达德穆斯学院主修英文文学，1928—1930 在耶鲁大学主修英文文学。

1928 年，王力赴法学习语言学。

1928 年，王光祈入柏林大学音乐系学习，之前他长期呆在德国，熟悉了德国的诗歌，并且著有《西洋音乐与诗歌》一书。

1928 年，朱光潜在英国爱丁堡大学获得文学硕士学位，1933 年又获得法国斯特拉斯堡大学博士学位。朱光潜曾直言他在爱丁堡大学读书时对于诗歌的喜爱："在爱大主要还是学文学，其次哲学、心理学、艺术史等，那时的趣味是两方面的，一是文学，特别是诗的方面；一是哲学和心理学。"②

闻一多在美国学习美术期间，也学习了大量的美国诗歌，他还经常把汉语诗翻译成英语诗，并且与美国的诗人都有交往。他在 1922 年致吴景超的信中说："前晚遇见这里一位女诗人 Eunice Tietjens，伊要看我的诗，我译了好几首去，其中伊最赏识的也就是你赏识的《玄思》。"③

（二）沙龙、学社对音律的传播

不少留学生在国外经常聚会，这种不定期的聚会经常涉及文

① 叶公超：《新月怀旧——叶公超文艺杂谈》，学林出版社 1997 年版，第 178—179 页。

② 朱光潜：《朱光潜全集·8》，安徽教育出版社 1993 年版，第 385 页。

③ 闻一多：《闻一多书信选集》，人民文学出版社 1986 年版，第 110 页。

学、诗歌问题，因而也对音律的传播具有影响作用，吴宓、闻一多就常与身边的中国留学生谈论文学。

除了这些小圈子的聚会外，不少学生或者学者在国内形成人数较多的文学沙龙和学社组织，这更积极地促进了音律观念的传播。这些沙龙和学社在1921—1932年左右，有名的有如下几个：

（1）少年中国学会。以王光祈、康白情等人为核心的少年中国学会成立于1919年，会员中的不少人都对新诗或者诗律问题特别关注，比如康白情、李璜、李思纯等人。

（2）清华文学社。在当时的清华，不少杰出学子在此学习，为出国深造做准备，这些学子中的闻一多、梁实秋、顾一樵等人，于1921年组织了"清华文学社"，社员有孙大雨、饶孟侃、朱湘等人。文学社常常谈论诗歌格律问题。

（3）新月社。新月社是一个涉及政治、文学的社团组织，新月社形成于1923年，社员常常在闻一多的住所定期聚会，谈论诗歌问题，也常常涉及诗律问题，经常与会的社员有孙大雨、徐志摩等人。闻一多在给梁实秋的信中说："新月社每周聚餐一次。志摩也常看见。"①

（4）读诗会。朱光潜1933年学成归国后，即在自己的住所组织了读诗会，与会的学者和诗人众多，有梁宗岱、孙大雨、罗念生、叶公超、何其芳、林庚、周煦良、冯至、林徽音等人。读诗会的活动中，常常涉及西方诗歌的音律，以及新诗的格律问题。

（三）大学课程对音律的传播

不少学成归国的留学生任教于各个大学之中，他们开设的西

---

① 闻一多：《闻一多书信选集》，人民文学出版社1986年版，第205页。

方文学课程，对于在大学中传播西方的音律观念起到了作用。开设诗歌课程的这些学者可简述如下：

1921 年，吴宓于东南大学任教，教授"英国文学史"、"英诗选读"等课。后来吴宓在东北大学、清华大学、西南联大均开设过与诗歌有关的课程。

孙大雨 1930 年学成回国后，先后在武汉大学、北平大学女子文理学院、北京大学教授英国文学。

朱光潜在留法期间就创作了《诗论》初稿，《诗论》中对于诗歌的节奏问题有专节讨论，并对中国诗歌的节奏进行了分析。朱光潜回国后，先后在北京大学、武汉大学等高校以《诗论》为教材开设课程。

二　出版渠道对音律的传播

不管对学者，还是对学社来说，为了传播学术思想，都必须要有发表的园地，因此许多刊物和著作就应运而生了。这些刊物和著作对于音律的传播起到了强大的宣传作用。

从刊物和论著介绍音律的方式来看，可分为两种。一种为直接介绍西方诗歌的节奏和音律，这一种较为直接，容易发现。另一种是一些理论文章。诗论家发表的一些理论文章，如果仔细分析的话，它们并没有解决西方诗律学的实际问题，也没有提出多少创见，它们的出现，主要是适应中国诗律学借鉴的需要而已。比如郭沫若发表于《创造月刊》的《论节奏》一文，陈匀水发表于《乐群月刊》的《论诗素》一文，都是如此。

对音律的介绍在层面上，可分为精神层面和具体层面。精神层面的介绍，主要涉及音律节奏的本质，诗论家多论述的是重复、相间相重等特性。因为他们常常认同自己介绍的理论，因此，诗论家一方面是音律观念的介绍者，另一方面又是接受者。

具体层面，主要考察的是英诗（包括法诗、德诗等）音律的构成，音步的种类等问题。在音律介绍的时限上，这里主要论述20世纪20年代至30年代的文章，不涉及40年代以后的文章。这种设限，一是基于篇幅的限制，另外一个原因是，这些早期的介绍文章，实际上对后来的诗律和诗律理论，起到了巨大的指导之效果，及示范之作用。

（一）《少年中国》对音律的介绍

王光祈、康白情等人创办的《少年中国》，是"少年中国学会"的机关杂志。该杂志自1919年创刊后，发表了不少讨论诗歌的文章，比如周无《诗的将来》，已经对西方诗歌的"节韵"观念有所涉及；宗白华《新诗略谈》一文，则从诗歌的"形"与"质"方面探讨诗歌的本质，在"形"的方面，已触及音节的节奏问题；李思纯《诗体革新之形式及我的意见》一文，亦从诗的本体角度，对诗歌的形式给予了特别的关注，文中对欧洲古代诗歌的形式特征做了归纳：（1）节音（sallable）；（2）叶韵（rhyme）；（3）叶律（metre）；（4）骈句（couplet）；（5）分段（stanza）；（6）首韵（alliteration）；（7）止音（pause）；（8）抑扬（cadence）；（9）格调（style）。

具体对西方音律进行介绍的文章，是1920年李璜在《少年中国》发表的《法兰西诗之格律及其解放》一文，虽然这篇文章主要是讲象征主义的诗律，但其中对法国诗的格律也有所说明，尤其对亚历山大体的停顿有所交代，如"3＋3＋3＋3，4＋4＋4"之类，与后来的现代诗律建造，甚相符合。

（二）《学衡》对音律的介绍

早在1922年，《学衡》第1期上，发表了胡先骕《评〈尝试集〉》一文，胡先骕对诗歌音节的论述，明显接受了音律的观念，他说：

> 夫诗与音节之关系綦巨，在拉丁文则以长短音表示之，在英文则以高低音以表示之，在有七音之中国文，则以平仄或四声以表示之。在西文以长短音或高下音相间以为音步，而用各种不同之音步如 iambus，trochle，dactyl，anapaest 之类，错综以成句。在汉文则以平仄相间而成句。①

胡先骕在这里明显地说明诗律在音节上，要有相间性，其音步一语，也可以适用到"平仄相间"上。

吴宓在 1922 年的《葛兰坚论新》一文中，提到了英诗的音律，吴宓在按语中说到："（节奏）其在拉丁古文诗中，则长音与短音相间相重也。其在近世英文诗中，则重读之部分与轻读之部分相间相重也。"② 随后吴宓在《诗学总论》中，更将其详细地作了说明：

> ……诗之音律有三种（一）如希腊拉丁文之诗，以长音短音之部分定之，故名长短音律 Quantity Metre。（二）如英文之诗，以字中重读轻读之处定之，故名轻重音律 Accent Metre。……音律之单位曰节 Foot。诗之每行曰一句 Verse。③

---

① 胡先骕：《评〈尝试集〉》，《学衡》第 1 期，1922 年 1 月，第 11—12 页。
② 吴宓：《葛兰坚教授论新》，《学衡》第 6 期，1922 年 6 月，第 10 页。
③ 吴宓：《诗学总论》，《学衡》第 9 期，1922 年 9 月，第 13 页。

这里提出的长短音律和轻重音律，也有人称为长短格、轻重格，或长短律、轻重律，二者和重音节奏的音律一起，共同组成了西方诗歌的三种主要的音律。这里所说的"节"，即是音步。吴宓随后还对节的构成作了说明，他举出了"Iambus，Trochee"等五种音步，从节的数量上分，他说明一行诗有一音步到八音步之多。吴宓是此时最早对西方的诗律进行详细介绍的学者。

1922 年 12 月的《学衡》中，吴宓又在《英诗浅释》一文中，对英诗的轻重律五音步诗，作了音律上的说明。

（三）《诗刊》、《新诗》对音律的介绍

新月社解散后，不少原来的社员重新组织在一起，先后创办了《新月》（1928）和《诗刊》两个杂志，这两个杂志都是上海新月书店出版的。同仁先后有徐志摩、闻一多、饶孟侃、罗隆基、梁实秋、叶公超、潘光旦、胡适等人。《新月》虽然对外国诗人及其作品有不少介绍和翻译，比如白朗宁夫人、哈代等等，但对于西方诗歌的音律则基本没有涉及。《诗刊》作为一个纯诗歌的刊物，与《新月》相比，对音律介绍的要多。1931 年《诗刊》刊发了梁宗岱给徐志摩的信，信中对亚历山大体的音节和节奏作了介绍。

《新诗》创刊于 1936 年，在《新诗》上，朱光潜发表《论中国诗的顿》、《答罗念生先生论节奏》等文章，文中对于英、法诗的抑扬，以及音步名称都有所交代。

（四）《大公报·诗特刊》对音律的介绍

梁宗岱主编《诗特刊》后，常常刊发讨论新诗格律的文章，这些文章常常会介绍到西方的音律。

1936 年罗念生《节律与拍子》一文，对古希腊、拉丁诗律及英诗的诗律，都有较为详细的介绍，文中说：

> 古希腊诗与拉丁诗底节律是由长短构成的。希腊文里有高低音（pitch accent），但不与节律发生关系。在这两种古文字里，一个长音差不多等于两个短音。这两种字音均匀地配合起来便可以生出各种不同的节奏。①

随后，罗念生介绍了"长短短、长短、短短长"这几种节奏。罗念生的说法是对的，古希腊诗里以长音和短音来构成音律，但与英诗音律不同，一个长音可以替换成两个短音，所以诗律就显得多变些。罗念生继续说道：

> 英文诗底节律多靠音量，再加上一点儿"长短"与"高低"便变成了轻重。这种节律有如鼓声，全看用力大小；古典节律有如笛音，全看时间底长短。……在英文诗里，"轻重"律和"轻轻重"律用得最多，前者较"重轻轻"律要沉重一些，这和古典节律底效力正相反。"重轻轻"律在英文诗里极不自然，采用得很少。②

在这里，罗念生对英诗的几种音律的使用情况作了说明，这是符合英诗诗律的实际的，英美诗律家认可这种观点。

（五）其他杂志对音律的介绍

除了上述对音律关注较多的杂志外，还有不少杂志在这一时

---

① 《大公报·诗特刊》1936 年 1 月 10 日，第 10 版。
② 同上。原文"再加上一点儿'长短'与'高低'便变成了轻重"中的"成"字，误为"或"字，此处据上下文改正。

期也刊发了一些重要的文章，起到介绍音律的作用。这些杂志有：

（1）《中国文学研究》。1927 年的《中国文学研究》上，发表了刘大白的两篇研究诗律的文章，两篇文章中都有对英美诗律相同的论述，而这两篇文章大概都作于 1926 年，在第一篇文章《中国旧诗篇中的声调问题》中，刘大白说：

> 抑扬律是以音底扬者和抑者相间相重而构成的。这在希腊、拉丁文的诗篇中，是以音底长者为扬，短者为抑，而长短音相间相重为抑扬的；英文的诗篇中，是以音底重者为扬，轻者为抑，而轻重音相间相重为抑扬的……①

这里除了沿用吴宓所说的"相间相重"外，还注意到了长短和轻重的构成要素，而一律以抑扬称之。

（2）《现代评论》。1928 年，《现代评论》刊发了朱光潜的《诗的实质与形式》一文，文中对于希腊拉丁诗歌以及英法诗的音律有较多的介绍，文中说：

> 希腊拉丁文中最普遍的行为"六节格"（hexameter），每节多含三音，法文中最普遍的行为"亚历山大格"（Alexandine），亦含六节，每节两音，英文中最普遍的行为"五行格"（如 blank verse）。②

文中还对音律的观念进行了分析，对平仄与轻重的关系作了比

① 郑振铎编：《中国文学研究》，商务印书馆 1927 年版，第 25 页。
② 朱光潜：《朱光潜全集·8》，安徽教育出版社 1993 年版，第 284 页。

较，一如吴宓《诗学总论》。

（3）《东方杂志》。1933 年，朱光潜在《东方杂志》上发表《替诗的音律辩护》一文，该文谈到了西方诗歌的节奏问题，虽然谈的是具体层面的节奏，但也有些地方触及节奏的精神层面。原文说："西文字多复音。一字数音时各音的轻重自然不能一致，西文诗的音节（metre）就是这种轻重相间的规律……"① 朱光潜的论述，也是提到了相间相重的实质。

（4）《文学杂志》。1937 年，陆志韦在《文学杂志》上发表《论节奏》一文，对莎士比亚的"五拍诗"（即五音步诗），作了具体的分析，并且得出一些轻音和重音配合的规律，比如"重音的重量可以差得很多"之类，虽然陆志韦的分析，有些地方存在失实之处，但仍旧具有一定的价值。

（六）专著和诗集中对音律的介绍

在 1921 年到 1941 年间，许多诗集和论著也对音律的观念作了介绍，现简述如下：

（1）《渡河》。陆志韦在《渡河·我的诗的躯壳》一文中，对英诗的诗律，作了简要的介绍，他说："英文诗没有不用抑扬，而 common verse 的一轻一重最算严整，自由诗用语气的强弱最易通融。"② 这里的"common verse"即普通诗，实指吴宓上文列出的"iambus verse"，即轻重律诗。陆志韦在介绍他的诗作时，也对英国的无韵体诗（也称为素体诗）作了介绍。

（2）《作诗法诗话》。1930 年商务印书馆出版了张铭慈翻译的《作诗法诗话》，张铭慈在序中对于西方的音律作了较为详细

---

① 《东方杂志》第 31 卷第 1 号，第 109 页。
② 陆志韦：《渡河·我的诗的躯壳》，亚东图书馆 1923 年版，第 16—17 页。

的介绍：

> （西洋之诗）均极重声律，或用抑扬律（iambus）⌣—
> （符号），或用扬抑律（trochee）—⌣，或用双抑一扬律（an-
> apest）⌣⌣—，或用一扬双抑律（dactyl）—⌣⌣，或用双扬
> 律（spondee）——，（因音调关系此例甚少）……①

（3）《新月诗选》。1931 年，陈梦家在《新月诗选》上，对十四行诗的形式作了介绍。

（4）《中国诗词曲之轻重律》。王光祈 1933 年出版的《中国诗词曲之轻重律》一书，也对欧洲诗歌的音律，作了介绍，他说："盖近代西洋诗词之'轻重律'，系以'轻音''重音'合组而成；古代希腊诗词之'轻重律'，则以'短音''长音'合组而成。"② 随后，王光祈引了法国和德国的国歌，并说道：

> 我们细看法国国歌之开始二句，其"单音"皆系一轻一
> 重，彼此相间，而且是先轻后重；西文名之为"扬波式"
> Jambus。反之，德国国歌开始二句，则系先重后轻，西文
> 名之为"突后式"Trochaus。……此外还有两种：一曰
> "阿娜拍斯土式"Anapaestus，其组织为⌣⌣—；换言之，
> 即两轻一重，是也。二曰"大克低波式"Daktybus，其组
> 织为—⌣⌣；换言之，即一重两轻，是也。（英国国歌即系此
> 格）以上数种，为西洋诗歌之根本格式。每诗之中，或者专

---

① 张铭慈：《作诗法诗话·序》，商务印书馆 1933 年版，第 2—3 页。引文中的标点有少量的改动。

② 王光祈：《中国诗词曲之轻重律》，中华书局 1933 年版，第 2 页。

用一个格式，或者将各种格式混合用之。①

这里的"扬波式"等，都是从声音上译出的词，上述德语词与前文不同，但实际上所指是相同的。

三　音律观念传播的作用

虽然 1921 年左右到 1941 年之前，出现了众多的渠道来传播音律，但是音律观念的介绍，本身并不能导致诗律观念的变迁。中国诗歌的声律在现代传入欧美的不在少数，但欧美国家的诗歌，并没有照着声律的法则来作诗。诗歌的传播，只会在诗体上有些影响，在诗歌观念上却难以对原有的观念施加作用。中国近代译诗的历史也有多年，当时的译诗者，当然对于英诗的音律不陌生，但是他们译诗的诗体，都还是古诗、词曲之类。

因此，就像英诗的翻译，音律观念的传播，对于诗律观念的变迁，难以有直接的作用，或者说，它不能成为一个独立的作用。实际上，音律的介绍对于诗律观念变迁来说，它是辅助性的，是在格律的地位发生波折之后才大规模发生的事件。因此，20 世纪二三十年代音律在中国诗歌领域的介绍，并不是一个自然的诗歌现象，它本身就是带有中国诗论家特定的眼光和价值判断。

---

① 　王光祈：《中国诗词曲之轻重律》，中华书局 1933 年版，第 7—8 页。

第五节　1919 年之后格律价值的重新恢复

一　自由诗由文胜到文弱

"诗体大解放"运动否定了声律的价值，追寻"自然的音节"，但是大刀阔斧的反形式主义，虽然解决了"文胜质"的诗病，却又带来了"质胜文"的缺陷。由"文胜质"发展到"质胜文"，恐怕连胡适都没有预料到这种结果。新文学运动好像一架失衡的马车，颠簸不休。

胡先骕早在 1919 年，对于胡适的文学革命论点，展开了针锋相对的批评，他在《中国文学改良论》中谈道："韵文者，以有声韵之辞句，传以清逸之词藻，以感人美术，道德，宗教之感想者也。故其功用不专在达意，而必有文采焉。"① 这里肯定了声韵的必要性。他后来发表的《评〈尝试集〉》一文说得更是明白："诗之有声调格律音韵，古今中外，莫不皆然。诗之所以异于文者，亦以声调格律音韵故。"② 胡先骕对胡适的批评，实际上可以看作是对新文学整体的批评。他说：

> 胡君既主张抛弃一切枷锁自由之枷锁镣铐，故对于音节与韵亦抱同等之态度，若不害于胡君作诗之自由，则自然之音节与夫国音字典上所能觅得同一反切之北京韵，亦可随意取用，若有碍于胡君作诗之自由者，亦不惜尽数抛弃之。窃

---

① 郑振铎主编：《新文学大系·文学论争集》，上海文艺出版社 2003 年版，第 104 页。

② 同上书，第 269 页。

独自谓胡君既爱其思想与言语之自由若此其挚，则何不尽以白话作其白话文，以达其意，述其美感，发表其教训主义，何必强掇拾非驴非马之言而硬谓之为诗乎？①

胡先骕站在诗体大解放的彼岸，反对新文学不讲格律，专用俗语，但这还不是对新诗最有力的批评，最有力的批评来自于认可新文学的人，甚至来自于新文学的内部。对新诗文弱之病，批评最多的是新文学阵营内的批评家，李思纯在《少年中国》第 2 卷第 6 期上，发表《诗体革新之形式及我的意见》一文，对新诗诗体解放以来的形式问题，作了反思。他这篇文章的初衷，用他的话说："我们不希望诗体的改革，永远为幼稚粗浅单调的新诗。而希望他进步成为深博美妙复杂的新诗。"② 李思纯在文中，肯定了律诗在史学上的重要性，他认为当时的新诗存在着三种毛病，第一是"太单调了"，第二是"太幼稚了"，这两条是艺术和内容上的缺陷，而第三条"太漠视音节了"，则是诗律上的问题了。李思纯说：

新诗的音节固然可以不必像旧诗那样铿锵，但自然的音节帮助他的适当之美的音节，却不可不要的。更具体说，他与散文（Prose）的区别，可以说十之八九，是属于音节方面。③

李思纯对新诗的批判，正中新诗成立几年中的诗体的现实。

---

① 《学衡》1922 年 1 月，第 11 页。
② 《少年中国》第 2 卷第 6 期，第 18 页。
③ 同上书，第 22 页。

失去形式的束缚之后，语言散化，分行随便，长短不拘，这伴随着艺术上的粗疏，内容上的肤浅，愈发显得诗体散漫不堪。正如梁宗岱在《新诗底十字路口》一文中说的那样：

> 我们底新诗对于旧诗的可能的优越也便是我们不得不应付的困难：如果我们不受严密的单调的诗律底束缚，我们也失掉一切可以帮助我们把捉和抟造我们底情调和意境的凭借；虽然新诗底工具和旧诗底正相反，极富于新鲜和活力，它底贫乏和粗糙之不宜于表达精微委婉的诗思却不亚于后者底腐滥和空洞。①

梁宗岱提到的"贫乏和粗糙"，主要指诗体和表达方式，这总结出了新诗早期出现的弊病的原因。

卢冀野在 1929 年编选诗选《时代新声》时，也曾说："窃观今日所谓'新兴文艺'，虽有六七年历史，自成效论之，令人不满意无疑也。"② 进而谈到新诗的六大缺陷，其一为"不讲究音节"："新诗音节本绝对自由，当求自然抑扬铿锵委婉之至，今日一般作品，读且不能上口，遑论音节哉？"③

一些新文学的作家们，也对新诗表示不满，散文家夏丏尊在《新体诗》一文中，借小说的主人公"慧修"之口，道出了对新诗的不满：

> 新诗破产了！

---

① 梁宗岱：《新诗底十字路口》，《大公报·诗特刊》1935 年 11 月 8 日第 12 版。

② 卢冀野：《时代新声》，泰东图书局 1929 年版，第 1 页。

③ 同上书，第 4 页。

什么诗！简直是
罗罗苏苏的讲学语录；
琐琐碎碎的日记簿；
零零落落的感慨词典！

　　这里不仅将新诗的内容和表现方法作了否定，实际上，还对其形式进行了批判，"罗罗苏苏的讲学语录"，有什么诗的形式可言？

　　甚至做新诗的人，也站出来批评当时的文弱之病，成仿吾在《创造周报》上发表《诗之防御战》一文，对胡适等人的创作，大加批判。成仿吾说：

　　　　他们大抵是一些浅薄无聊的文字；作者既没有丝毫的想象力，又不能利用音乐的效果，所以他们总不外是一些理论或观察的报告，怎么也免不了是一些鄙陋的嘈音。①

　　这里说的"音乐的效果"，即指诗的形式。

　　对新诗文弱之病的批评，实际上是对诗歌形式的呼唤，是对内容和形式的完美统一的强调。因此，在批评新诗文弱之病的同时，诗坛响起了对格律的重新肯定的调子，诗论家力图修补胡适、刘半农等新文学家们与格律的紧张关系。

二　格律价值的回归

　　新诗寻找形式，第一种原因是，诗论家认为形式是任何诗都不可缺少的要素。

---

　　① 《创造周报》第1号，第12页。文中的"嘈音"即"噪音"。

《少年中国》刊物，聚集起最初的新诗形式革新者，其中以周无、李思纯为代表。周无 1919 年在《诗的将来》一文中，认为诗有"节韵"，这里的节韵即是指节奏，他说："至于韵节，也是他特有要素，只有进化改善，没有根本除去的。"① 又说："须知律声是补助节韵，节韵是用来引起美情。"这种说法，一反前人对格律的看法，肯定了格律等要素对诗歌审美的积极意义。

李思纯在《诗体革新之形式及我的意见》一文中，将周无的思考，推进了一步。他从本体上看诗的构成：

> 诗的本体，不外是两方面。一面是属于思想的，所谓文学的内容。一面是属于艺术的，所谓文学的外象。内容的方面，是诗的精神。外象的方面，是诗的形式。②

李思纯还对新诗的形式建设，提出了具体的路线图，他说：

> 新诗创造的形式，是以整齐匀称为美呢？还是以参差零乱为美呢？这是创造新体的人，不能不留意于下笔之先的。不可以"诗体解放无有定形"的笼统话，便敷衍过去。③

值得注意的是，这里的整齐匀称与参差零乱二种美，正好是以后现代格律诗所谓格律建设的两种途径。另外，李思纯的这篇文章发表于 1920 年，他在这里提出"创造新体"的概念，距"诗体大解放"的提出，也才一年之久而已。

---

① 《少年中国》第 1 卷第 8 号，第 40 页。
② 《少年中国》第 2 卷第 6 期，第 17 页。
③ 同上。

陈勺水虽然不是《少年中国》派，但他的论述，与李思纯的也很相似，他的《论诗素》一文发表于1929年，文章说："凡诗都是具有形式的要素和实质的要素，两种要素的。缺了一方面，都不能成为诗。"① 又说："诗的形式的要素就是韵律。"这即是主张韵律说。

除了《少年中国》诗论群之外，以《诗镌》为中心，还聚集了一群后来称之为"新月诗派"的诗论家。饶孟侃在《新诗的音节》一文里，认为无论任何诗，都包括两件东西：

> 一件是我们能够理会出的意义，再一件是我们听得出的声音。假如一首诗里面只有意义，没有调和的声音，无论牠的意思多末委婉，多末新颖，我们只能算牠是篇散文……②

饶孟侃分别讨论了新诗的音节的诸种构成，这包括格调、韵脚、节奏、平仄等的相互关系。

朱湘在《说译诗》中，也同样强调音韵的价值。他说：

> 自从新文化运动发生以来，有些对于西方文学一知半解的人凭藉着先锋的幌子在那里提倡自由诗，说是用韵犹如裹脚，西方的诗如今都解放成自由诗了，我们也该赶紧效法，殊不知音韵是组成诗之节奏的最重要的分子，不说西方的诗如今并未承认自由体为最高的短诗形式，就说是承认了，我们也不可一味盲从，不运用自己的独立的判断。③

---

① 《乐群月刊》第1卷第6期，第3页。
② 《晨报副刊·诗镌》第4号，第49页。
③ 朱湘：《中书集》，上海书店1986年版，第411页。

朱湘为人直率，不留情面，他这里所说的"一知半解的人"，实指胡适。

除了新月诗人，不少学者也支持这样的观点，朱光潜在1933 年发表的《替新诗的音律辩护》一文，从题目上看，就知道是对胡适观点的反拨，他说：

> 胡先生的全部书都是隐约含着一个"作诗如说话"的标准，所以他特别赞扬韩愈和宋朝诗人的这一副本领。其实"作诗如作文"、"作诗如说话"都不是韩愈和宋朝诗人的"特别长处"。作文可如说话，作诗决不能如说话，说话像法国家莫利耶所说的，就是"做散文"，牠的用处在叙事说理，牠的意义贵直捷了当，一往无余，牠的节奏贵直率流畅。（胡先生的散文就是如此。）做诗却不然，牠要有情趣，要有"一唱三叹之音"，低徊往复，缠绵不尽。①

提倡形式的第二种原因，是把格律作为诗歌表现的一个重要工具，对诗歌的内容和审美而言是必须的。

这种观点主要是新月派诗人提出的，徐志摩在《诗刊弁言》中说：

> 我们信诗是表现人类创造力的一个工具，与音乐与美术是同等同性质的；我们信我们这民族这时期的精神解放或精神革命没有一部像样的诗式的表现是不完全的；我们信我们自身灵性里以及周遭空气里多的是要求投胎的思想的灵魂，我们的责任是替它们传造适当的躯壳，这就是诗文与各种美

---

① 《东方杂志》第 30 卷第 1 号，第 105 页。

术的新格式与新音节的发现；我们信完美的形体是完美的精
神唯一的表现……①

徐志摩的后一句话，可以看作他对格律的认识，一首诗的完美是
因内而符外的，形式美对诗歌表现而言，是必不可少的。

不仅徐志摩，陈梦家也持相似的观点，他在《新月诗选》
中说：

> 我们不怕格律，格律是圈，它使诗更显明，更美。形式
> 是官感赏乐的外助。格律在不影响于内容的程度上，我们要
> 它，如像画不拒绝合式的金框。②

陈梦家的观点，强调了格律的衬托和辅助作用。

梁宗岱在 1935 年的《大公报·诗特刊》上，将格律存在的
这种原因，总结得更为深入了，他认为形式是一切文艺永生的原
因，这实际上把格律的重要性，提高到文学的永恒价值上面了。
他说：

> 这是因为从效果言，韵律底作用是直接施诸我们底感官
> 的，由音乐和色彩和我们底视觉和听觉交织成一个螺旋式的
> 调子，因而更深入地铭刻在我们底记忆上；从创作本身言，
> 节奏，韵律，意象，词藻……这种种形式底原素，这些束缚
> 心灵的镣铐，这些限制思想的桎梏，一个真正的艺术家在它
> 们里面只看见一个增加那松散的文字底坚固和弹力的方法，

---

① 《晨报副刊·诗镌》第 1 号，第 1 页。
② 陈梦家：《新月诗选》，上海新月书店 1931 年版，第 15 页。

一个磨炼自己的好身手的机会，一个激发我们底最内在的精力和最高贵的权能，强逼我们去出奇制胜的对象。①

梁宗岱的第一个解释，颇有象征主义诗学的特色，格律能深入我们的记忆之中。第二个解释，主要谈到了格律对材料的组织作用，这一个解释，叶公超也有发挥。

叶公超在 1937 年发表的《论新诗》一文中说：

格律是任何诗的必需条件，惟有在适合的格律里我们的情绪才能得到一种最有力量的传达形式；没有格律，我们的情绪只是散漫的，单调的，无组织的，所以格律根本不是束缚情绪的东西，而是根据诗人内在的要求而形成的。②

格律对情绪有组织作用，这种认识，后来的何其芳等人也有所继承。

由上面的论述可以看出，在 20 世纪二三十年代的诗歌和诗学背景下，对格律的肯定和推崇，是一个普遍存在的现象。如果把这种思潮，称为格律回归的话，它并不仅限于新诗而言，不仅仅是一个新诗格律化的诉求。它涉及了一个更大的问题，就是对格律地位和重要性的认识。这种回归，对于新文学运动十年来的诗律观念，实际上有拨乱反正的效果。在这一时期，我们看到批评家们对"旧诗"的形式价值，有了较为冷静的认识，因而对早期胡适、刘半农等人的观念，多有批判的倾向。另外有很多文

---

① 《大公报·诗特刊》1935 年 11 月 8 日，第 20 版。
② 《文学杂志》第 1 卷第 1 期，1937 年 5 月，第 13 页。

章，从本体论的角度，来思考内容和形式的关系，而不再遵循早期的进化论思想。

对于"诗体大解放"运动的矫正，以及对于形式的理论思索，使得中国的诗律观念，由否定转为肯定，出现了一个波折。这一时期对于恢复声律的名誉和地位，非常有利，但让人吃惊的是，音律却进入了中国诗律界。这不得不让人重新思考20世纪二三十年代的格律回归运动，它原本就不是一次声律复兴运动，它的出现，本身就是在西方诗律的影响下产生的，即是说，这次格律回归，并不是什么纯粹本土意义上的。近体诗产生之后，诗史上也有"破弃声律"论，也有"诗必盛唐"论，但不论是宗古诗，还是宗唐律，都还苑囿于中国诗律观念之中，而20世纪二三十年代的格律回归，却不是诗律的复古，而是音律东渐的序幕。

在此意义上，虽然朱光潜、朱湘等人批评胡适、刘半农的诗律观念，以对方为理论之敌人，而实际上是共同作为声律的敌人，朱光潜、朱湘等人与胡、刘二人又何等相若，甚至比胡、刘二人有过之而无不及。胡适、刘半农虽说"废骈废律"，做起诗来，还有些"小脚鞋样"，照就平仄押韵，而朱光潜、朱湘等人却进一步粉碎了声律回归的可能，而引进了音律这一音步节奏上的诗律观念。这种诗律在英美自由诗人那里，也曾被认为是束缚情感的工具，但到了中国，却成为座上嘉宾、新诗的良药。这不禁让人苦恼，同样是音节的规范，为何一若此，一若彼？梁实秋在《近年来中国之文艺批评》一文中，对这种状况说得明白：

近几年来的中国新文学，实际上即是受西洋文学势力所支配的文学。新文学运动家口口声声的说要推翻传统精神，要打倒模仿的习惯，实际上他们只是不模仿古人，而模仿外人。①

从新文学革命到 20 世纪二三十年代，诗律观念的变化可谓一波三折。从声律的角度看，新文学革命到 20 世纪 20 年代初，是声律的否定期，新诗运动以离开声律、文言等语言形式规范为主要标志；到了二三十年代，为声律的失效期，声律由早期的否定，变为更进一步的失效，渐渐消隐在诗律的舞台上。从西方诗律的角度看，新文学革命到 20 世纪 20 年代，是自由诗观念渗入期，以周作人的《古诗今译》为起点，早期的五七言白话诗转变为具有英美诗歌特点的自由诗；到了 20 世纪二三十年代，为音律的进入期，新诗人和批评家，接受了西方诗歌理论，为音律进入中国提供理论支持。如果不分中西，从一个宽泛的诗律概念来看，新文学革命到 20 世纪 20 年代，是格律的破产期，而后来则是其回归期。

正是这种诗律的波折，造成了当时观念上的失序状况，它给音律东渐提供了一个绝佳的环境。就像是外来生物的入侵，常常是本地生态环境失衡之时，外来生物才会大行其道，音律的进入，正是 20 世纪初期诗律观念失衡，旧有的"诗学生态环境"被破坏的结果。若是在几十年前的黄遵宪时期，假若有人提倡以西方音律来建造格律诗，其响应者一定会被认为是离经叛道，不但从者笑，闻者亦大笑。而时过境迁，20 世纪二三十年代，讲节奏、讲音步，不啻为时髦新论。

---

① 梁实秋：《近年来中国之文艺批评》，《东方杂志》第 24 卷第 23 号，第 84 页。

第六节　诗人、学者反对自由诗的现实需要

虽然在 1921 年前后，由于声律价值的否定，以及出现了音律传播的有利媒介，但所有这些客观因素还不能完全解释中国诗律观念变迁的复杂原因。为什么呢？因为音律的生效不仅取决于诗学因素、语言因素、媒介因素，等等，它还需要一个关键的因素：人的因素。在本章第四节中已经交代了诗律观念变迁与留学生的关系，但是人们了解了一个观念并不意味着必定会以此代彼。中国的声律观念，不少美国汉学家也是了解的，但是这并不能导致美国的重音节奏变成中国的声调安排。

因此，分析音律的介绍和接受，不能忽略诗论家们主观的意识是如何促使它发生的。对于这个问题，我们可以简单地回答它，是因为诗论家们需要音律，认为音律是合适的。但诗论家为什么会觉得音律是适合的呢？音律对于诗论家有何适合的功用呢？这个问题触及了诗论家援用音律的目的。

一　新文学阵营接受音律观念的主观原因

以新月诗人为代表的诗论家，介绍和接受音律的目的，是为了纠正自由诗的形式弊病，以使新诗格律具有合法性。

早期新诗实际上只是自由诗，胡适、刘半农等人批判格律，原因主要是他们认为格律会妨碍情感的表达，这种观念在后来的戴望舒、冯文炳、郭沫若、林庚等人那里，都还存在。戴望舒《诗论零札》说：

> 韵和整齐的字句会妨碍诗情，或使诗情成为畸形的。倘

把诗的情绪去适应呆滞的，表面的旧规律，就和把自己的足去穿别人的鞋子一样。①

郭沫若 1926 年发表《论节奏》一文更提出"裸体的诗"论："我相信有裸体的诗，便是不借重于音乐的韵语，而直抒情绪中的观念之推移，这便是所谓散文诗，所谓自由诗。"② 如果说新文学运动，轻而易举地推翻了传统诗歌的话，那么现代格律诗的试验者们，反对自由诗的战争，则远远要困难得多。面对着众多拥护自由诗的诗论家，面对自 1917 年以来建立的自由诗的主流话语，现代格律诗论家们，想要战胜自然音节的观念，让格律重新在新诗中获得一席之地，谈何容易。

从策略上看，格律派诗论家一方面竭力肯定格律的地位，认为诗歌的形式，具有本体论的价值，另一方面认为格律不是妨碍情感的镣铐，它有助于情感的表达。但在这种理论性的主张之外，格律派诗论家们必须要有一个更为实际的工具，来反对自由诗理论，除了西方的格律诗和音律理论，还有什么能说服自由诗诗论者呢？

梁宗岱在《新诗底十字路口》一文中，对自由诗的命运，大有感叹：

欧美底自由诗，（我们新诗运动底最初典型），经过了几十年的抑扬与奋斗，已经肯定它是西洋诗底演进史上一个波浪——但仅是一个极渺小的波浪；占稳了它在西洋诗体中所要求的位置——但仅是一个极微末的位置，这就是说，在西

---

① 戴望舒：《诗论零札》，《望舒诗稿》，上海杂志公司 1937 年版，第 145 页。
② 郭沫若：《论节奏》，《创造月刊》第 1 卷第 1 期，第 14 页。

洋诗无数的诗体中，自由诗只是聊备一体而已。①

梁宗岱所用的"极渺小"、"极微末"等词眼，在 20 世纪二三十年代，有特别的含义，其对自由诗褒贬之心，是显然可见的。梁宗岱因而对自由诗的前途，大加忧虑：

> 所以，我们似乎已经走到一个分歧的路口。新诗的造就和前途将先决于我们的选择和去就。一个是自由诗的，和欧美近代的自由诗运动平等，或者干脆就是这运动的一个支流，就是说，西洋底悠长浩大的诗史中一个支流底支流。这是一条捷径。可是如果我们不甘心我们努力底对象是这么轻微，我们底可能性这么有限，我们似乎可以，并且应该，和欧洲文艺复兴各国新诗运动——譬如，意大利底但丁和法国底"七星社"——并列，为我们底运动树立一个远大的目标。除了发现新音节和创造新格律，我们看不见可以引我们实现或接近我们底理想的方法。②

梁宗岱从西方诗史出发，否定自由诗在英美诗歌的地位，这里用了类比的方法。与其说是从这一类比里，我们得出了这样一个结论：中国自由诗也将不是新诗的主流，要有一个格律诗体成为更伟大的形式，还不如说我们从这一推论中，看到了一个更为重要的现象，即西方诗歌成为一个强大的参照系，成为一个价值标准。穷人家的媳妇买了新帽子，会对生气的老公说，张太太、李

---

① 梁宗岱：《新诗底十字路口》，《大公报·诗特刊》1935 年 11 月 8 日，第 12 版。

② 同上。

太太早就买了，而且还贵得多。既然西方的诗歌都以格律为主，我们为什么死守着自由诗呢？如果再进一步推下去的话，诗律观念的变迁也就自然而然了：西方的格律诗都是讲节奏，讲音步的，为什么我们不呢？在一个本土诗律已被丢失的国家里，没什么能阻挡住这种步伐。

音律在格律派诗论家那里，成为反对自由诗的一大武器，他们从西方格律诗那里，看到了一种音乐性，这种音乐性，即来自于音律。罗念生说："一行英文诗底音乐性要看它的节律和本身时间的关系。即是看每个音步里所占的时间是否大约相等。"①这种音乐性，对读者的心理会产生什么样的感受？朱光潜认为有音律的诗与散文不同，它对于读者而言，"要有'一唱三叹之音'，低徊往复，缠绵不尽"②。这好像是中国古诗的音节特色，但它现在成为西方音律的节奏特色了。英文诗的音律，因而成为诗歌富有意味的形式规则。

由此，格律重新被确立起来，节奏和音步的观念大行其道，新诗格律从国外拿回了证书，获得了合法性地位，而这种观念马上扩散到古代诗歌研究、诗歌翻译等领域中去，成为一个全方位的诗律观念。这就是格律派介绍和接受音律的深层动机。

二 非新文学阵营接受音律观念的主观原因

建设新诗格律这个目的，只限于现代格律诗的试验者和诗论家们，并不是所有批评家都是这样。除了徐志摩、朱湘、刘大白、陆志韦、罗念生、叶公超这样的诗论家或诗人外，还有一些

① 罗念生：《节律与拍子》，《大公报·诗特刊》1936年1月10日，第10版。
② 朱光潜：《替诗的音律辩护》，《东方杂志》第30卷第1号，1933年1月1日，第105页。

评论家，比如吴宓、王光祈，他们并不怎么做新诗，不关心新诗格律的合法性问题，他们不大可能像前者那样，对新诗本体问题进行思考，因此他们介绍和接受音律的原因，与徐志摩、罗念生等人是不相同的。这后面的一些人，可以分为两类来谈。

第一类以胡先骕、吴宓为代表的保守知识分子。胡先骕和吴宓是《学衡》的撰稿人，二人反对新文学，对新体诗不以为然，他们根本就没有反对过声律，他们的理论立场是维护声律的。尤其是吴宓，他一直在创作近体诗，进行近体诗方面的研究，他和新文学家们有着巨大的分歧。

要使胡先骕和吴宓接受音律，是一件很困难的事情，他们都是晚清诗界革命新的开拓者，比如吴宓认为："须以新材料入旧格律，即仍存古近各体。而旧有之平仄音韵之律，以及他种艺术规矩，悉宜保守之、遵依之，不可更张废弃。"[①] 同胡适等人相比，吴宓认为格律并不是束缚人的桎梏，他说："凡作诗者，首须知格律韵调，皆辅助诗人之具，非阻抑天才之物，乃吾之友也，非敌也。信乎此，而后可以谈诗。"[②] 这种观点，既然和现代格律诗派的诗论家如出一辙，而其提出的时间，要远比后者为先。这是吴宓对格律的基本看法，具体到中国的声律，吴宓也一反自由诗人对声律的否定态度，他说：

> 今日旧诗所以为世诟病者，非由格律之束缚，实由材料之缺乏。即作者不能以今时今地之闻见、事物、思想、感情，写入其诗，而但以久经前人道过之语意，陈陈相因，反

---

① 吴宓：《论今日文学创造之正法》，《学衡》第 15 期，1923 年 3 月，第 14页。

② 同上书，第 14 页。

复堆塞，宜乎令人生厌。而文学创造家之责任，须能写今时今地之闻见、事物、思想、感情，然又必深通历来相传之文章之规矩，写出之后，能成为优美锻炼之艺术。①

吴宓把旧诗的弊病，归于材料，这就使声律解脱了罪责，成为有益于诗艺的规则。可见，吴宓等人是旧格律的坚守者，在20世纪二三十年代的时势下，吴、胡二人守旧还尚不足，怎么会接受音律观念呢？

实际上，他们接受音律的原因，恰恰是为了维护声律，使声律合法化。自由诗和"诗体大解放"运动，使得声律蒙受恶名，吴宓、胡先骕需要破除自由诗的观念。但在批判自由诗的任务中，他们面对了一个与现代格律诗派诗论家共同面对的困境，除了理论的说教外，还有什么实际的工具，来否定自由诗呢？他们不得不借助西方的音律。这一策略确实有效，因为音律是西方的诗歌不可或缺的。吴宓在《葛兰坚论新》一文中说：

Metre者，所以区别诗文者也。自由诗仅有Rhythm而无Metre，故自由诗不得为诗也。此其界限甚明。若吾国之诗正合此理，与西洋古今全同。盖吾国诗句由平声字仄声字相重相间而成者也，且依定规而每段相同者。故吾国之诗不惟具有Rhythm，且具有Metre，即平仄。是已吾国之文，亦仅有Rhythm而无Metre。故平仄之有无，实吾国之文与诗之别。无定平仄者不得为诗，故今之新诗实不得为诗。此

---

① 吴宓：《论今日文学创造之正法》，《学衡》第15期，1923年3月，第14页。

非吾国所独异，实各国文所共同者也。[1]

　　吴宓借音律来肯定平仄，以平仄来反新诗，以反新诗来举近体诗。但有意思的是，为什么吴宓不直接用平仄的有无，作为诗歌与散文的区别，来反击新诗"不得为诗"呢？这种心理，实则涉及音律变革的深层问题：平仄自身已经失去了话语权力，平仄的合法性需要靠音律来确定。这同样陷入了现代格律诗派诗论家们所陷的怪圈之中，西方诗歌成为一个价值标准了。

　　当然，援用音律，也有策略的问题。可以设想一下，如果以平仄来评价新诗，新诗人肯定会不以为然，而把西方音律拿来做工具，以西学为重的新文学家们，却不能不加以重视。这种以西学之矛，攻其之盾，最能对新文学家发生效果。

　　但是援用音律，来恢复近体诗和声律的地位，对于胡先骕、吴宓来说，却多少有违初衷。格律确实重新恢复了地位，但是声律并没有像二人料想的那样，重新受到重视，诗坛上活跃的是音律的观念。

　　至于像王力、王光祈这些学者，他们了解新文学，王光祈还有新诗作发表，他们接受音律观念，既不是出于新诗格律的合法性之目的，也不如吴宓等人，出于否定自由诗的需要，他们的接受，可能受到了前二种诗论家的影响，再加上西化倾向的推动，综合作用而成。另外还有一个原因需要注意，有些受到西式教育的文学批评家，虽然不像吴宓等人持保守主义立场，但也有可能因为同情旧诗，反对自由诗而接受音律观念。朱光潜在《从研究歌谣后我对于诗的形式问题意见的变迁》一文，披露了他早期维护格律的用心：

---

[1] 吴宓：《葛兰坚论新》，《学衡》第 6 期，1922 年 6 月，第 10 页。

> 像许多人一样，我对于习惯成自然的旧诗的形式不免有些留恋，对于未习惯而觉其不自然的新诗的形式不免有些失望。我揣想旧诗的固定的形式流传如许久远，应该有它的生存的道理。因此，我设法替它找一个学理的根据。①

朱光潜因为同情旧诗，看不惯自由诗，所以给声律找一个西方的学理依据，这种策略与吴宓、胡先骕异曲同工，只不过在动机上不太一样。

从前两种不同的状况看，传统和西化的诗论家对音律的介绍和接受，虽然有其不同的意图，但都有一个相同的针对性，就是反对自由诗。由于反对自由诗的现实需要，或者为了树立新诗的合法的格律，或者为了破除自由诗，重振近体诗，援用西方的诗学理论就成为大势所趋了。这种做法使得西方的音律观念成为一种形式的标准，成为一种价值尺度，因而促成了诗律观念的变迁。

---

① 《朱光潜全集·8》，安徽教育出版社 1993 年版，第 413 页。

第五章

中国诗律观念变迁后的问题

梁实秋在《新诗的格调及其它》一文中，评价新月诗人的格律创作时说道：

> 《诗刊》最明显的特色便是诗的格律的讲究。"自由诗"
> 宜于白话，不一定永远的宜于诗。《诗刊》诸作皆讲究结构
> 节奏音韵，而其结构节奏音韵又显然的是模仿外国诗。我想
> 这是无庸为讳的，志摩，你和一多的诗在艺术上大半是模仿
> 近代英国诗，有时候我能清清楚楚的指出哪一首是模仿哈
> 地，哪一首是模仿吉伯龄。①

新月诗人对西方诗律的模仿现象，在现代格律诗领域，在诗歌翻译领域，在古典诗歌研究领域都能看到，它实在是 20 世纪中国诗律观念变迁的一个缩影。

音律作为一个外来的诗学观念，它的广泛接受，有利于中国诗论家和读者了解西方的诗歌，可以让中国人更好地掌握英美诗歌特征，因而具有积极的认识价值。对于中国诗歌和诗律领域来

---

① 杨匡汉、刘福春：《中国现代诗论》，花城出版社 1985 年版，第 142 页。

说，音律的传入，也可以使中国的诗论家和诗人，对于传统诗歌有一个新的观察角度，因而能深化国人对传统诗歌和诗律理论的理解。

音律对于传统诗律有哪些积极作用呢？

第一，音律理论使古代诗歌的言数在诗律中的地位提高了。不管是五律，还是七绝，首先每句诗的言数，决定了诗律的基础，平仄不能离开严格的字数限制。但清代的诗律论著，对平仄的粘联、拗救规则，关注得最多，对于诗歌的言数，却很少涉及。比如王士祯《律诗定体》、赵执信《声调谱》，这些著作除了将五言七言，在论述上做了排列之外，行文中对言数的问题，均未有论述。个中原因，并不奇怪，诗论家认为诗歌的言数，是一个前提性的问题，是一个预先的存在，言数丝毫没有什么深刻和复杂的地方，它是不言自明的东西。因而言数在声律中的地位，是基本的，但不是主要的。

声律对于言数的沉默，与音律的取向截然相反，音律特别注重音节的数量，不管是盎格鲁—萨克森人的四重音节奏，还是后来的重音—音节节奏，音节的问题既是一个基本的问题，也是与轻重同等重要的问题。西方的音律观念，认为诗律的分类，大致有四种：长短节奏、重音—音节节奏、纯重音节奏、纯音节节奏。而中国的古代诗歌，由于音节的整齐，就被西方人看做是纯音节节奏的诗。比如《新普林斯顿诗歌与诗学百科全书》在"中国诗"条下，说："中国诗歌的基本节奏单元是单个的字，因为每个字都是一个音节，诗行的字数也就决定了音律。"① 进而，

---

① Alex Preminger and T. V. F. Brogan, ed., *The New Princeton Encyclopedia of Poetry and Poetics*. Princeton：Princeton University Press, 1993. p. 191.

中国的几乎任一诗体，都具有音律了。《新普林斯顿诗歌与诗学百科全书》认为《诗经》大多是四言节奏（4-character rhythm），而五言诗的节奏，则是基于奇数的字数上，是流动的节奏（fluid rhythm）。

正因为音组、音顿等理论，是建立在音律上的，所以他们在分析古代诗歌的形式时，也认可这种言数上的节奏。比如孙大雨曾提出"五级节奏"说，诗行与诗行之间的节奏，即为节奏层次上的第三级，换句话说，五七言诗也好，四言诗也好，它们在上下句之间，都有着重复的节奏。

第二，音律理论使中国古代诗歌的停顿获得了重要的诗律地位。早期盎格鲁—萨克森人的诗歌，就有一个行中停顿（middle pause），后来的重音—音节节奏虽然停顿点不甚确定，在诗律中也没有多大作用，但是法国诗歌却强调音步间的停顿。音律把停顿纳入视野，对中国古代诗歌的停顿来说，是一个新的机遇。《新普林斯顿诗歌与诗学百科全书》认为，《楚辞》的音律有一个特点，即诗行中部有个停顿（caesura），以"兮"为标志，五言诗有两个停顿："第二个字后有一个规则的停顿，第三或第四个字后有一个次要的停顿。"①

音组、音顿等理论，即以音律观念为旨归，在这一点上也同样有与西方相同的认识。陈本益的《汉语诗歌的节奏》一书，把中国诗歌中的这种停顿，称为顿歇，认为古代诗歌中，"五言诗每句有三个（有人划分为两个），七言诗句有四个（有人划分为三个）……"② 不但停顿有规律，陈本益还对它进行了层次的划

---

① Alex Preminger and T. V. F. Brogan, ed., *The New Princeton Encyclopedia of Poetry and Poetics*. Princeton：Princeton University Press，1993.，p. 192.

② 陈本益：《汉语诗歌的节奏》，文津出版社 1994 年版，第 69 页。

分，他认为句末和句中有四个不同大小的顿，"我们可以把这四个级别的顿歇分别叫做'大顿'、'中顿'、'小顿'和'微顿'"①。陈本益的看法，同《新普林斯顿诗歌与诗学百科全书》把停顿分为主要和次要的观念，是相一致的。

但是诗律观念变迁后，新来的音律与声律之间在解释性，在话语权上，必定会产生矛盾，这种矛盾导致了哪些结果？音律在现代中国的诗律话语中，是否获得了合格的考验？声律是否没落，无人问津？这种种问题，都关系到诗律观念变迁的评价，涉及近百年诗律问题的功过是非。

第一节　清代与 20 世纪中国诗律话语的断裂

因为音律观念是一种新的认识角度，它照亮了传统声律所忽视的一些领域，因而它具有一定的存在价值，值得肯定。但是作为一个外来的诗律观念，它又带来许多负面的影响，这些影响同它的积极作用相比，要严重得多。

音律观念的影响，除了促使诗律观念发生变迁之外，还使得清代的诗律话语规则，一变为民国的诗律话语规则，而后者与英美诗律的话语规则，基本是一致的。

当代思想家福柯在所著的《知识考古学》中，提供了一套分析特定领域话语的方法，他所分析的主要是话语构成的规则，他说：

当人们能于诸多论说中，描述一个散布的系统，当人们

---

① 　陈本益：《汉语诗歌的节奏》，台湾文津出版社 1994 年版，第 70 页。

能于对象、论说类别、观念或主题的选择中，确定一个规律，诸如次序、相互关系、位置和作用、转变等等，我们就可以方便地说，我们触及到了话语的构成。①

福柯主张从话语的对象、论说的策略、观念的构成等层次上，来分析话语的构成。福柯的话语理论，对于分析同一话语内部的断裂，提供了帮助。但是这一理论，本身并不过于看重断裂意味着什么，因为我们平常看来的许多学科，比如语法、经济，都存在着断裂的现象。既然同一种学科的历史，都存在着断裂，对于清代诗律话语来说，它内部难免有断裂存在，这样的话，挖掘清代诗律话语与 20 世纪 20 年代以来的诗律话语的断裂如何，对于呈现二者的巨大分别无甚帮助。

因而福柯式的话语分析方法，并不完全适用于这里的话语分析，如果要对清代与 20 世纪 20 年代以后的话语进行有价值的分析，必须将福柯所解构的话语，重新补好裂隙，因而我们必须要假定清代诗律话语是一致的，或者说从更大的视野出发，我们可以忽略掉细微的差异。这样看来，这里的话语分析，多少是结构主义的了，当然，福柯话语理论中思考问题的角度，同样是值得借鉴的。

为了对清代诗律话语的规则与 20 世纪 20 年代以来的诗律话语规则进行对比，探索 20 世纪西方诗律话语的规则，也是必要的。因此本章从这三个话语规则的比较进行论述。

一　话语的主体和客体状况

从主体和客体的角色上看，中国清代的诗律话语的主体，是

---

① Michel Foucault, *The Archaeology of Knowledge*. New York: Harper Colophen Book，1976．p. 38.

有经验的作诗者，也是深识诗律的知音之士，他诉说的对象，则是与其相对的诗歌初学者或试律的试子；而西方诗律著作中，诗律话语的主体是诗论家，是学者，而非有经验的诗人，话语的客体也不是什么试律的试子，而是诗律的一般读者，以及可以与其共同探讨的批评家。

中国清代的诗律著作中，诗律话语好像缺少主体，观点的论述，没有"我、吾"等人称标识，也没有"你、读者"等字眼，但这并不能说中国诗律话语是缺少主体和客体的，其主体和客体可以从论著的功能上看出来。清代的诗律家几乎把整个论诗的著作，都看成是传授性的。延君寿所编的《老生常谈》一书，说得明白："诗话之作，要皆为初学指示。若人之已深，心解则耳目皆废，况古人之陈言乎？"① 许多诗论家都谈到，他们早期学诗时，都借助过诗律著作，翁方纲在《小石帆亭著录》中自称受过王士禛诗律论著的影响，他说："束发学诗，得闻先生绪论于吾邑黄詹事，因得先生所为古诗声调谱者。"② 因为诗律著作有这样的功用，诗律家在写书时，也常常以示教的口气写作，浑然一教书先生，比如清人吴镇《松花菴声调谱》论律诗下三字俱平时说："此亦拗体正格，但场屋不可用。"③ 这里的主体就是教导者，而客体是聆听教诲的学子。又如许印芳《诗谱详说》，谈到起句押韵法时说："不押韵者，平韵宜仄落，仄韵宜平落，古人有不拘者，不可学也。"④ 这里又浑然是一副教训的口吻，它的

---

① 延君寿：《老生常谈》，郭绍虞：《清诗话续编》，上海古籍出版社 1983 年版，第 1792 页。

② 王懿荣：《声调三谱》，清光绪八年《天壤阁丛书》本。

③ 吴镇：《松花菴全集·卷十》，《中国西北文献丛书·第六辑》，兰州古籍出版社 1990 年版，第 568 页。

④ 许印芳：《诗谱详说》，《丛书集成续编·199》，新文丰出版社 1991 年版，第 577 页。

主体是诗坛先辈，而客体则是经验尚不成熟的学诗者。

　　而西方的诗律著作却并非如此，它的话语对象常常是读诗的人和批评家，不一定非是学诗的人。保罗·飞塞尔（Paul Fussell）在《诗意的音律与诗意的形式》一书的前言中说他的书是"想要帮助有心的读者，扩大他们对节奏和形式尺度的敏感性，从而增益他们的快感和心得，以使其成为一门高深艺术的称职熟练的读者"①。可见，这里的读者只限于一般读诗的人，与是否为诗人无关。同样，哈维·哥罗斯（Harvey Gross）在《诗歌的结构》一书中说："韵律研究的主体是关注音律，这个选集并不忽略广义上的韵律……"可见他将诗律著作看做是学术研究，而非"初学指示"。因为西方把诗律著作当作学术探讨的一种形式，所以诗律话语的主体和客体，就不同于讲诗者和学诗者了。恰特曼的《音律理论》中有一句话："如果音律是一种节奏，那就让我们来思考一下它是哪种节奏。"② 话语主体是一个思考者，而对象则是跟随着这个思考者的人，他可能是层次较低的研究者，也可能是相同层次的学者。温特斯（Yvor Winters）在《让心听诗》（The Audible Reading of Poetry）一文中说：

　　　　如果你说有各种各样的诗，因而我们有各种各样的读法，当然这是个堂皇的提问，它与我的缺乏文雅针锋相对，但我一定要说，你是对的，是有很多下流的诗。③

---

　　① Paul Fusell, *Poetic Meter and Poetic Form*. New York: Random House, 1965.

　　② Seymour Chatman, *A Theory of Meter*. The Hague: Mouton & Co., 1965. p. 18.

　　③ 转引自: Harvey Gross, ed. *The Structure of Verse: Modern Essays on Prosody*. New York: Fawcett Publication, 1966. p. 148。

这里的话语主体，可以与作者相等同，但是即使它可以等同，我们也可以看出主体是个诗律学家，而客体的"你"，则是与其辩论或者共同探讨的人，是主体要说服的对象。

清代诗律话语与20世纪英美诗律话语的这个差别，在20世纪中国诗律学话语那里不再存在了。清代诗律话语的隐藏状态，在20世纪中国诗律学中，变得清晰了。比如孙大雨的《诗歌底格律》一文，文中常常出现"我"、"我们"的字眼，当"我"出现时，话语的主体是一个正在陈说的诗律家，当"我们"出现时，话语的主体和客体，基本是一类的人了，都是对诗律问题探讨和共注的同道中人。文中说："但九九归原，我们的最后目标无非是要建立新诗里的韵文节奏底方式，它的音组。"① 即使有些文章中，有些句子话语的主体不太明显，但也可以从句子中推断出它的主体和客体，比如陈本益《汉语诗歌的节奏》一书中："什么是汉语诗歌的节奏？这个问题曾经聚讼纷纭，至今仍不清楚。"② 这里虽然话语的主体不太明显，但也同清代诗律话语中的传授诗法者不同，其客体是共同关注诗律问题的人，而不是专门学诗的人。

二 话语伴随的领域

中国古代诗律话语常常与音韵学相伴随，而西方的诗律话语主要是与语言学话语联系紧密，在20世纪又与哲学、心理学等发生了关系。中国古代的诗律著作，大都与《广韵》等韵书相关，《王文简古诗平仄论》、《声调谱》等诸书，都在具体分析诗律时，借助于诗句的平仄来解释。特别是有些多音字，必须要辨

---

① 孙大雨：《诗歌底格律》，《复旦学报》1957年第1期，第21页。
② 陈本益：《汉语诗歌的节奏》，台湾文津出版社1994年版，第2页。

明平仄，才能便于分析诗律，比如《王文简古诗平仄论》引《武昌西山》诗，尾句为"往和万壑松风哀"，依律当作：平平仄仄平平仄，"和"字作仄则拗，于是篇后按语道："末句'往和'，'和'字去声，非平声也。"① 至于押韵，有换韵、借韵的做法，必须清楚了解常用字都属于哪个韵部，才能运用得当，比如《沧浪诗话》论韵法，借韵条下注曰："如押七之韵可借八微或十二齐韵是也。"② 按《广韵·上平声卷》，之部为继东、钟等韵之后的第七个韵部，微部第八，齐部第十二，严羽认为押之部韵，可以稍稍用微部、齐部的韵字来替代。

　　早期的英诗诗律话语，大多是与较为常见的语言常识，比如元音、辅音、轻音、重音等相联系。英诗诗律话语在现代社会中，与20世纪的哲学、语言学、心理学有了较为复杂的联系。首先，20世纪诗律著作，受到了结构主义及结构主义语言学的影响。结构主义力图寻求事情之间的差异性及其作用，结构主义语言学又试图建构共时性的语言结构，这给诗律研究以启发作用。比如西蒙·恰特曼的《音律理论》，就是一本深受结构主义影响的诗律著作，恰特曼在该书序言中说道："以结构主义语言学，生发出一种音律理论，演其功用，是这本书的尝试。"③

　　20世纪初，西方心理学获得较大的发展，其对人的意识及无意识的分析，揭示了人类自我认识的新程度。诗律研究也受到了心理学的影响，具体表现在其对节奏的感觉以及心理意识的关注上，新批评的开拓者瑞恰兹就是其中的一个代表。瑞恰兹在

①　王夫之等：《清诗话》，上海古籍出版社1999年版，第226页。
②　郭绍虞：《沧浪诗话校释》，人民文学出版社1961年版，第74页。
③　Seymour Chatman, *A Theory of Meter*. The Hague：Mouton & Co., 1965. p.9.

《文学批评原理》中说:

> 对于节奏,特别是音律,不要认为它好像在词语本身之中,或者在锣鼓的敲打之中。它不在刺激中,它在我们的反应里。音律增加了所有在丰富变化着,且注定到来的期望,它使得节奏成为一个确定的时间模式,它的效果,不是出于让我们感受到一个存在于我们身外的模式,而是因为我们自己成了模式。①

瑞恰兹从心理期望上探究节奏的效果,这是典型的心理学式诗律观。另外,心理学还常常和读者反应批评在诗律著作中结合在一起,不说瑞恰兹的反应论本身就有读者接受的影子,诗律家恰特曼在《自由诗音律论》中,还直接给音律下了一个颇有接受主义论调的定义,他说"诗歌的韵律,是诗人主导读者时间体验的方法,特别是对这种体验的注意"②。在恰特曼看来,诗律的设置,成为读者和诗人之间联系的桥梁了。

20 世纪中国诗律话语,与音韵学没有多大关系了,而与普通的语言学、语音学联系密切。胡适在《谈新诗》里,就认为平声仄声在新诗里,没有重要的位置,既不需要讲究平仄交替,也不需在押韵字上限定平声韵和仄声韵。后来的诗论家在谈诗律时,基本不讲哪个字作平,哪个字作仄,押韵上只注重韵式,押十三辙,不拘平仄声。因而 20 世纪中国诗律学与古代的韵书,没有什么关系了。但 20 世纪中国诗律学,毕竟还和语言学联系

---

① I. A. Richards, *Principles of Literary Criticism*. London: Routledge and Kegan Paul, 1967. p. 107.

② Charles O. Hartman, *Free verse: An Essay on Prosody*. Princeton: Princeton University Press, 1980. p. 13.

着，早期的轻重音试验者也好，批评者也好，常常像英诗诗律家
一样，使用轻音、重音等语音要素。比如赵毅衡在《汉语诗歌节
奏结构初探》一文中说：

> 我们可以大致不差地说，汉语文学语言中的轻声，一般
> 在音节总的五分之一～十分之一以下，其中诗歌的语言，除
> 非模拟口语，否则轻音比例极小。①

一些分析节奏的著作，还要运用西方的语音学，比如朱光潜
《诗论》在分析中国诗的节奏时说："声浪如水浪，有长短、高
低、疏密种种分别，声的各种不同就由此起来的。"② 朱光潜进
而从长短、高低、轻重等方面，来分析中国诗歌的节奏。受到
象征主义诗风的影响，不少中国诗人也主张诗律要表现人的内
在感受，这就使 20 世纪中国诗律学，与心理学发生了联系。
比如穆木天主张诗要有"一个有统一有持续性的时空间的律
动"③。而这种律动，就在于形式方面，它与内心的波动相合。
如果穆木天只是倡导的话，那么梁宗岱的论说，就提供了明确
的证据。他说：

> 只有节奏和韵以及它们底助手双声叠韵之适当的配合和
> 安排，只有音律之巧妙的运用，寓变化于单调，寓一致于繁
> 复，才能够延长我们那似睡实醒，似非意识其实是最高度意
> 识的创造的时刻；才能够唤醒和弹出那沉埋在我们底无我深

---

① 赵毅衡：《汉语诗歌节奏结构初探》，《徐州师范大学学报》1979 年第 1 期，
第 49 页。

② 朱光潜：《诗论》，上海世纪出版集团 2005 年版，第 116 页。

③ 穆木天：《谭诗》，《创造月刊》第 1 卷第 1 期，第 84 页。

处的万千情条和意绪……①

三　话语的主题

中国清代诗律话语的主题，主要关注平仄的安排和作用，而英诗20世纪诗律著作，关注的是轻重音等音步的安排。平仄的安排，主要指诗句中粘联等调平仄的方法，以及押韵的要求。甚至粘的规则，本身就几乎成为声律的主体，许印芳在《诗法萃编》中说："诗家用字，以平对仄，以仄对平，上下相配，谓之相粘。作平韵诗，上下句相粘，上下联又相粘，谓之为律。"②可见，声律的精神，实在可以用一个"粘"来概括。平仄的作用，主要指中国古代诗律论著中，有关平仄与声情、风格的论述。李锳《诗法易简录》分析古诗《明月何皎皎》的音节说："大抵平声和而畅，仄声峻而厉，凄苦之音宜于仄声，故此诗两联中连用仄声作关纽也。"③冒春荣谈到律诗的起句之法时说："仄起者，其声峭急；平起者，其声和缓。"④李锳看到了平仄与情感的关系，而冒春荣则看到了平仄与音节风格的关系。

英诗音律关注的主要是轻重音的重复，或者说是音步问题。首先从重复上看，音律所关注的重复，被诗行所分开，而音节的节拍重复，则可以在一首曲子中无限延续下去。由于被诗行分开了，不同的诗行间的音步，有一种规则性的安排，所以音律所关

---

① 梁宗岱：《试论直觉与表现》，李振声：《梁宗岱批评文集》，珠海出版社1998年版，第275页。

② 许印芳：《诗法萃编》，《丛书集成续编·202》，新文丰出版社1991年版，第395页。

③ 李锳：《诗法易简录》，《续修四库全书·1702》，上海古籍出版社1995年版，第501页。

④ 冒春荣：《葚原诗说》，郭绍虞：《清诗话续编》，上海古籍出版社1983年版，第1572页。

注的重复，有一种数的规则，温特斯（Yvor Winters）因此说："音律是数的规则，是诗行纯粹理论上的结构。"①

其次从轻重音上看，诗行中的轻重音，与实际生活中的轻重音并不相同，在此意义上说，音律与普通语言学所论述的轻重音，实际上并不一致。普通语言学所要关注的轻重音，主要是词汇重音（lexical stress），以及由一句话中的强调语气所产生的语意重音（tone），而这些重音虽然在音律中有固定的重音地位，但是音律中的重音的形成，远较这些复杂。由于音律模式的影响，某些轻音音节在诗行中会成为重音，重音音节会成为轻音。另外，同中国古代的声律相比，英诗的轻重音是一个相对的概念，英诗没有绝对的轻音和重音的区别，音律模式和音节的环境对判定轻重音有重要作用，而中国诗的平仄，则是固定不变的，绝大多数的汉字都有唯一的平仄归属。因此，英诗的轻重音安排，在规则上虽远较中国诗简单，但是在操作中却特别复杂，诗人和批评家，不得不考虑各种各样不同轻重的音节在诗行中的确切类别。

20 世纪 20 年代以来的诗律话语，主要关注的是音步的重复，以及重复单元的问题，它常常对现代格律诗和古典诗歌都有解释效果。比如陈本益在《汉语诗歌的节奏》一书中说：

> 最初打算写新诗的格律，后来发现新诗格律的关键在节奏，而汉诗节奏是什么，还是一个尚待探索的问题；一旦那探索有了结果，又应该用探索出的节奏观去分析、总结古代

---

① 转引自：Harvey Gross, ed. *The Structure of Verse：Modern Essays on Prosody*. New York：Fawcett Publication, 1966. p. 133。

诗和新诗的各种主要节奏形式，并验证那种节奏观。①

陈本益的话代表了整个 20 世纪 20 年代以来中国诗律话语的一个普遍现象，虽然有众多的诗论家，有众多的理论，但诗律话语的范围，不过于发现节奏、验证节奏而已。从 20 世纪 20 年的节奏大发现，到 30 年代的继续深化，再到新中国成立后围绕新民歌运动的诗律讨论，每一次的焦点，都在争论不同的节奏，都在验证不同的节奏而已。

四　话语的对象

清代诗律话语在对象上，主要涉及近体诗，旁及词、曲以及古体诗，而 20 世纪英诗诗律话语主要涉及的是歌谣、十四行诗、素体诗等诗体。清代出现的诗律著作，大多专注于近体诗，如《律诗定体》、《律诗拗体》等。古体诗比较特殊，它本来不讲究平仄，但是由于近体诗产生后，古体诗的创作并没有中断，它就多少受了律调的影响，比如杜甫的古体诗就是如此。于是有些诗论家，就转而研究这些古体诗的声调，进而研究唐代之前的古体诗的声调。在这种背景下，古体诗就具有了平仄上的讲究了，比如王楷苏在《骚坛八略》中说："七古须讲音节，讲平仄，其平仄与近体诗迥别，近人多不知之，韩苏以下，宋金元明及本朝诸大家无一字不谐者。"② 由此可以看出，清代的诗律观念和明清以前的有些断裂，因为在唐宋时期，古体诗与平仄还没有多少关系。清代的诗律著作，大部分也论述古诗的声调，比如《声调谱》、《王文简古诗平仄论》、《骚坛八略》、《声调四谱》等书，都

---

① 陈本益：《汉语诗歌的节奏·序》，台湾文津出版社 1994 年版。
② 王楷苏：《骚坛八略》，清嘉庆二年钓鳌山房刊本，第 14 页。

对古体诗的声调，作了论述。

英诗的诗体众多，从节式上看，它不同于近体诗的四句一调，有较多的三行节、四行节、六行节、八行节，等等；从句式上看，中国的近体诗绝大多数为五七言，而英诗中每行可以由二音步到六、七个音步构成，音节多在四个到十几个之间，因此音节数更为丰富。英诗没有中国的古体诗的概念，早在古希腊时代，当时的诗歌就有了音步，英国早期的盎格鲁—萨克森诗歌也讲究重音的节奏。因此，英诗的音律观念要远比中国的声律观念出现得早。不过，同中国诗律话语相对应，英诗诗律话语在20世纪渐渐延伸到自由诗领域，恰特曼（Charles O. Hartman）的《自由诗音律论》一书，就是从诗行和语法等层面上，寻找自由诗的音律，温特斯（Yvor Winters）《保卫理性》一书，更是对自由诗的音步进行了探索，他说："自由诗唯一的规则，就音步结构而言，是持续变化。"①

20世纪中国诗律话语的对象，不仅同样涉及近体诗、词曲等，还涉及中国现代格律诗，甚至还涉及英美诗歌的诸多诗体，因此它是包罗中西的。由于现代格律诗自诞生起，就受到西方音律的影响，因而它可以解释的诗体比较宽泛。邹绛《浅谈现代格律诗》，不仅谈了中国传统诗歌的音顿，还谈了西方诗歌的相应音步。孙大雨《诗歌底格律》一文，认为音组是中西诗歌共有的特点，他说：

> 各种语言底韵文，我们知道，纵使在格律底具体表现上颇不一致，可是既然都有音组（因为都有整齐的节奏，这是

---

① Yvor Winters, *In Defense of Reason*. Denver：The University of Denver Press，1947. p. 128.

它们的共同性），就一定有相同的地方。①

所以，孙大雨不仅分析了英诗中的音组，对五七言诗，以及现代格律诗的音组，都作了分析。

五 话语的论说

清代诗律话语在论说上，常常是格式名称、诗歌作品、介绍和阐述的组合形成，诗例的重要性特别突出。英诗诗律话语在论说上，也有较多的格式名称、诗例与论说的组合，但是诗例的重要性小，另外，在按照诗体分类之外，还经常按照诗律话语的不同主题来分析音律。

清代之前的诗律著作，大都不对诗律作过多文字描述，比如《文镜秘府论》中论七言尖头律，后面附上诗例作为说明。明代谢天瑞论拗字、拗句，先说明格式如何，然后加上简短的说明，最后是举出诗例。比如《诗法》论"拗句格"：

> 拗句格：
> 此格拗在句上，后格拗在句下
> 金华山北涪水西。（"华"当仄而拗作平，"北"字当平而拗作仄）②

这里的组合方式，就是"名称＋说明＋诗例＋说明"。清代诗律著作，大多采用了名称、诗例和论说相结合的方式，赵执信

---

① 孙大雨：《诗歌底格律》，《复旦大学学报》1957 年第 1 期，第 21 页。
② 谢天瑞：《诗法》，《续修四库全书本·1695》，上海古籍出版社 1995 年版，第 384 页。

《声调谱》、李兆元《律诗拗体》，都是如此。清代的诗例与论说相结合，具体用法上有三种：第一种是先举诗例，主要结合诗例指出拗体与定体，以及诗篇中的音节特色，论说的话是作为注释，附在每一句诗的中间或末尾部分，比如李锳《诗法易简录》；第二种是先举诗例，文后对诗例所引出的声律问题，加以简要论述，比如王士祯《律诗定体》；第三种是先对诗律进行阐说，随后举例。第一种和第二种常常针对诗例而发，它适合分析一些优秀的代表诗作，比如杜甫、李白的诗作。第三种是条目的罗列，它适合对诗律格式进行分类式的说明。第一种和第二种常常混合起来使用，比如《律诗定体》、《声调谱》，就是二者的结合。第三种在清代之前较为常见，比如明代宋孟清《诗学体要类编》、谢天瑞《诗法》等著作，就是先加以说明，后附上诗例的。清代诗律话语中，诗例的问题特别重要，它本身是完美诗律的代表，因此清代著作中，诗例的选择都非常讲究，一般只有名家大家的诗才会选用，比如杜甫、韩愈的古诗，王维、李白的近体诗，一些无名诗作，即使是合乎规范，也不在选用之列。再有，清代诗律著作，自王轩、董文涣，始变歌诀为图谱，董文涣曰："平仄但有歌诀，向无作图之例，赵氏于平仄以〇●代之，兹准于式，仿词谱例，即以〇●为图，用代歌诀。"[1] 因而图谱亦为清代诗律话语论说上的一个特点。

　　而英诗像"名称＋说明＋诗例"式的论述，主要在格式汇集的书籍中才有，比如维廉姆斯（Miller Williams）的《诗式》一书，但是绝大多数的诗律研究著作，主要是"分析＋诗例"的方式。不同于中国传统诗律话语的简要说明，英美20世纪诗律话语，主要采用深入分析的方式，因而篇幅很大，讨论的问题要深

---

　　① 董文涣：《声调四谱》，广文书局1974年版，第15页。

入细致得多。与此相对，诗例所占的篇幅就较小，它常常只是作为一个注脚在使用，本身并不具有模范的性质，诗例本身在诗律上的丰富性，是不作强调的。中国诗律话语常常按照古体诗、五言律诗、七言律诗的顺序论述，有时平起、仄起，起句入韵、不入韵也是一个论述的顺序，但是西方诗律著作常常按主题来论述，比如飞塞尔的《诗意的音律与诗意的形式》一书，在音律的部分，就是按照"音律的本质"、"节奏划分的技巧"、"音律的变化"等层面来论述的。再有，英诗19世纪、20世纪诗律著作中，以"—"代轻音，以"′"代重音较为常见，因而音律的图谱也往往是英诗诗律话语不可缺少的一部分。与中国的图谱相对，英诗诗律话语常常用"｜"号将音步标示出来，声律则不论句法，所以没有在句间进行更多的划分。

　　中国现代诗律话语，抛弃传统的诗律论说方式，采用了西方诗律话语的论说方式。首先，中国20世纪诗律话语中，诗例不再是前辈的模范之作了，诗论家常常将自己的诗作拿来说明，比如闻一多拿《死水》说明他的音尺理论，孙大雨拿他的译诗说明音组理论。另外，民歌甚至是当代的新民歌，都可以拿来作为例子，比如朱光潜的《谈新诗格律》一文，就拿一首新民歌来进行论述。其次，中国20世纪诗律话语中，采用了西方的分析论述，而不再是清代的点评式说明法。因此20世纪诗律著作出现了较多的大部头的学术论著，比如朱光潜的《诗论》，陈本益的《汉语诗歌的节奏》等，即使是一些较短的文章，其文章的结构也较为复杂，对诗律的问题探讨得较深，层次也较多，比如罗念生《节律与拍子》一文，不仅探讨了节奏的原理，还分析了节奏的变化性问题，节奏的变化与语言变迁的问题等。由此看，中国现代诗律话语，吸取了西方诗律话语的学术性、系统性特点，抛弃了清代诗律话语的点评、品鉴的特点。中国现代诗律话语还吸取了英诗诗律话语的图谱格式，比如罗念生《节律与拍子》一文，就使用英诗话语式的符号，来表示轻音和重音，在邹绛和陈本益等人的诗律著作中，常常有"｜"号将音步标示出来。

从上面的五点可以看出，20 世纪 20 年代以来的诗律话语，在对象上虽然还与传统诗体有关，但在话语的主体和客体特征，在陈说的方式，在话语的主题，在伴随的领域上，都与清代的诗律话语发生了巨大的断裂，而与西方 20 世纪的诗律话语更加接近，或者相同。可以得出这样的结论，20 世纪 20 年代以来的诗律话语，实际上丢掉了传统的话语规则，而采用了西方的话语规则。

第二节　20 世纪中国诗律话语的内在矛盾

20 世纪 20 年代以来的诗律话语，它的断裂不仅仅表现在话语规则上，即所谓"前观念层次"（Preconceptual Level），它更明显地体现在观念层面上。《周易》在坤卦"上六"爻说："龙战于野，其血玄黄。"阴阳之争，必有败亡，音律在中国诗律话语中大行其道后，它必然地会与声律发生矛盾。这种矛盾来自于声律标准与音律标准的差异，也来自于音律与汉语的适配性上。

一　声律标准与音律标准的矛盾

现代格律诗和现代的诗歌翻译，基本避免了声律标准与音律标准的矛盾。唐湜在《如何建立新诗体》一文中说：

　　自由诗是节奏或节拍自由展开的诗，不受音顿、行数、节数多少的限制，格律诗则首先意味着顿数的整齐、均匀或有规律的多少行多少节，也行行押着脚韵。①

邹绛说："构成现代格律诗最关键的东西是顿。"② 这些观点都以音顿作为现代格律诗的标识，传统诗歌的平仄对仗，是不算数的。因此现代格律诗和现代的译诗，都可以完全归于音律的规则下，而不受声律的约束。

但是古代诗歌领域却不是这样，由于声律的先声夺人，音律无法独自行使判决能力。清人钱木菴《唐音审体》说："律诗始于初唐，至沈、宋而其格始备。律者，六律也，律其声之协律也；如用兵之纪律，用刑之法律，严不可犯也。"③ 黄佐《六艺流别》说："律，法也。律本阴气与阳气而为法，阴阳对偶，拘拘声韵以法而为诗也。"④ 明清以来的律诗观念，甚至中国古代律诗观念，主要关注的是对偶平仄，其规则在于法度谨严。这种观念到了现代社会，并不是完全消失掉了，受传统律诗观的影响，现代的诗论家中也有认可这种观念的。比如洪为法著有《律诗论》，说："律诗在各种诗体中是一种极有规律的诗体。在排比方面以及声韵方面，都有严密的限制。"⑤ 这里的声韵即指平仄押韵，而排比则涵盖对仗。可见，传统的诗律观在古代诗歌研究领域还在一定程度上延续着。

---

① 唐湜：《如何建立新诗体》，《一叶诗谈》，广西教育出版社 2000 年版，第123 页。

② 邹绛：《浅谈现代格律诗及其发展》，《中国现代格律诗选》，重庆出版社 1985 年版，第 2 页。

③ 钱木菴：《唐音审体》，王夫之等：《清诗话》，上海古籍出版社 1999 年版，第 781—782 页。

④ 黄佐：《六艺流别》，王云五：《景印岫庐现藏罕传善本丛刊》，台湾商务印书馆 1973 年版，第 1 页。

⑤ 洪为法：《律诗论》，商务印书馆 1935 年版，第 5 页。

传统的诗律观，对于现代格律诗而言，当然是不再有效的，但以现代格律诗为代表的音律观念，却要进入传统的诗律观念中。邹绛说："现代格律诗当然不同于古典格律诗，但它们有没有相通之处呢？有，这就是有规律的顿和有规律的押韵。"① 何其芳说："我说的顿是指古代的一句诗和现代的一行诗中的那种音节上的基本单位。每顿所占的时间大致相等。"② 由此以来，中国现代格律诗和传统诗歌由于声律而产生的鸿沟，音律又把它重新填平了，这产生了第一个矛盾。

由于诗律标准的矛盾，给律诗的归属问题也带来了矛盾，这是诗律标准矛盾的直接表现。中国传统诗歌，除去词曲不论，分古体诗和近体诗两种，近体诗称为律诗，法度严谨，古体诗自然属于无律之诗，因此古代诗律著作，多将七律、七绝、五律、五绝，以及排律看做是律诗的分类。比如王士祯《律诗定体》专论律绝，不及五古、七古，虽然像赵执信《声调谱》之类的著作，也讨论古体诗的平仄，但他们也将古、律分得很清，所以有律句，有古句，五古、七古仍在律诗之外。这种观念被现代的诗论家继承，洪为法的《律诗论》，就将五律、七律、排律看做是律诗的类别，古体诗一概排除在外。但是音律观念下的律诗分类，却将《诗经》、《楚辞》以降的所有诗体，尽囊其中。比如孙大雨的《诗歌底格律》一文，将《诗经》的格律，看做是每行由两个音组构成的，汉魏五七诗的格律，是三个或四个音组构成的；陈本益《汉语诗歌的节奏》一书，更是广大悉备，《诗经》、《楚辞》、五七言诗、词和曲的格律，都分章节做详细论述。这种观

---

① 邹绛：《浅谈现代格律诗及其发展》，《中国现代格律诗选》，重庆出版社1985年版，第2页。

② 何其芳：《关于现代格律诗》，《何其芳选集》，四川人民出版社1979年版，第142页。

念，甚至已在西方获得了权威地位，著名的《新普林斯顿诗歌与诗学百科全书》，在"中国诗歌"条下，对《诗经》、《楚辞》、五七言诗等，也作了格律分析，它在论《楚辞》格律时说：

> 与《诗经》以四言节奏为主不同，这些歌曲由新音律写成，诗行中部有个停顿，感叹的音节"兮"是标志。它有两种模式，第一，大大大兮大大大；第二，大大大的大大兮大大大的大大，"大"代表全部词语，"的"代表连词。①

这里的中间停顿，与林庚的"半逗"是一致的。由此可见，音律的观念，必然会对中国律诗之外的诗体，进行重复节奏的分析。

二 音律的规则同汉语实际的矛盾

英语本身就是一种富有节奏的语言，而汉语却少节奏的语言要素，具体看，汉语没有显著的重音，把诗行分割开，从而产生节奏单元。既然汉语不是节奏性的语言，那音律的建设，又怎能基础牢实呢？从早期重音节奏、轻重节奏、重重节奏的试验来看，大多与汉语的实际情况相违背。比如闻一多的重音节奏诗：

> 老′头儿和′担子′摔了一跤
> 满′地下是白′杏儿红′樱桃
> ……

① Alex Preminger and T. V. F. Brogan, ed., *The New Princeton Encyclopedia of Poetry and Poetics*. Princeton：Princeton University Press, 1993. p. 191.

早在 1931 年，梁宗岱就对这种节奏提出了怀疑，他说：

> 我亦只知道中国的字有平仄清浊之别，却分辨不出，除了白话的少数虚字，那个轻那个重来，因为中国文是单音字，差不多每个字都有它的独立的，同样重要的音的价值。即如闻先生那句：
>
> 老头儿和担子摔了一跤
>
> 如果要勉强分出轻重音来，那么"老，担，摔，跤"都是重音。①

重音节奏没有语音基础，长短节奏同样是如此，虽然一个字的四声大致有长短的分别，但是认为平声长，仄声短，却不符合汉语的实际，因为汉语没有明显的长短差别。

音顿、音组理论虽然不像轻重节奏、长短节奏那样，对英诗音律亦步亦趋，但它作为等时性原则下的节奏理论，本身也是在音律影响下产生的。音顿、音组理论同音律相比，同样缺乏汉语的有利支持。

从国外的传统来说，任何音律的音步，都是由两方面构成的。这一点可以参考塞恩斯伯里（George Sainsbury）所著的《英诗诗律史》（*A History of English Prosody*）一书，塞恩斯伯里在分析 11 世纪至 12 世纪的诗律时，用了音步的外在安排和内在安排的术语。所谓音步的外在安排，即指音步间的组合变化，若闻一多先生所言"每行都可以分成四个音尺"之类；而音步的内在安排，即指轻重音的安排，及音节数量上的设置。不但

① 原文在《诗刊》1931 年第 2 期，第 125 页，没有题名，文章是梁宗岱致徐志摩的信件，故可暂拟为《致徐志摩论新诗格律书》。

英诗如此，法诗中也是如此，法国诗律家马乍雷哈（Jean Maza-leyrat）也曾说道："诗歌因而能通过它合适的内在结构，以及作为它一部分的外在结构而确立起来。"① 这里的内在结构，即指塞恩斯伯里的内在安排。

音组或音顿理论，明显在音步的内在安排上存在缺陷，因为音组或音顿理论，不讲究音节的轻重长短。音组或音顿理论，以模仿英诗音步为尚，但这种理论清楚地知道无法利用轻重长短的音节，于是将轻重音去除不论，专门经营二二三三的音节群，以求合乎音步之实质，虽然较吴宓、刘大白等人稍有省悟，而难免有画虎不成反类犬之讥。赵毅衡较早地指出音组或音顿缺乏音步的内在安排的真相："顿诗模仿着音节—音长体或音节—音重体的音步结构，但由于汉诗没有可划分音步的音重或音长对比，顿诗理论失去了语音学根据。"②

三 音组、音顿等理论与中国古典诗歌传统的矛盾

在音律观念影响下的中国诗律，常常把古代的顿、逗解释成为节奏单元，从胡适的"节"，到朱光潜的"顿"，这一认识，几乎贯穿于整个 20 世纪中国诗律学之中，于是古代许多的语意停顿，成为古代诗律的基础了。

但是古代诗歌的停顿，与节奏单元是否就是一个东西呢？很难说是，虽然古体诗和近体诗，停顿大都有规律，但是古代的诗人和诗论家从来没有提到过等时性的问题，而等时性是判断节奏单元的一个基本尺度。

---

① Jean Mazaleyrat, *Éléments De Métrique Française*. Paris: Armand Colin Edition, 1990. p. 26.

② 赵毅衡：《汉语诗歌节奏结构初探》，《徐州师范大学学报》1979 年第 1 期，第 58 页。

早在《文镜秘府论》中，就曾记载道五言是上二下三，《诗概》中也曾说："五言可以上二字作一顿"，这些好像是讲"诗律的"节奏，但仔细分析，却并非如此。中国的顿或逗，并不是诗律上的什么节奏，而是基于意义上的分割，如果顿错了地方，诗句的意义就会弄错了。《礼记·月令》中有一句话："鸿雁来宾，爵入大水为蛤"，《镜花缘》一书中，就谈到了另外的顿法："鸿雁来，宾爵入大水为蛤"。《近轩偶录》对老杜的诗句，作了顿的说明：

> 作诗因要晓得句中用字，又要晓得句中有读（按：即逗）。如老杜："春山无伴独相求"，"春山"二字一读，"伐木丁丁山更幽"，"伐木丁丁"四字一读。……知得句中有读，则诗义自易明矣。①

这里明确指出了顿和意义的关系，诗中的顿既然是意义的分割，那么自然没有绝对的上二下三、上四下三的说法。所以这里有二字一顿，也有四字一顿，并不是要根据上下文的格律安排，生硬地把本来是四字一顿的，划成二字一顿。当然，五言诗的顿多是上二下三，这是正体，如果诗句的顿不是上二下三，这就叫"折腰"。但不论是折腰，还是正体，都是允许的，所以《葚原诗说》认为五言诗有八种顿法："五字为句，有上二下三，上三下二，上一下四，上四下一，上二下二中一，上二中二下一，上一中二下二，上一下一中三，凡八法。"② 冒春荣《葚原诗说》对这八种顿法，都附了诗例，并不因为上下文的上二下三，就强制性地割裂开语意关系，硬把它们扯上二字顿或三字顿的规则中去。

将中国诗文中的"顿"与西方诗歌中的音步相混淆，并不是一个孤立的现象，《马氏文通》就已将中国的"顿"与西方的短语（phrase）相混淆，称后者为顿，语言学家何容在《中国文法论》中对这两个概念做了分辨，这同样对于诗律问题有益。何容说：

> 中国之所谓句与顿，与西文法所谓 Senence 和 Phrase，属于两个不同的范畴：后者是讲语句构造法（Sentence structure）的术语，前者则是习惯上讲文章读断法（Textual division）的用语；语句构造好比军制学上的部队编制，文章读断好比行军时的纵长区分。①

又说："中国所谓读，是指文章中辞意未全而读起来须要稍停顿之处。"②

可见，中国古代的顿，它的形成和划分，以意义为标准，并不是按照等时性划分出来的，它也并不是以等时性为归宿的。音组或音顿理论强把语意的顿，当作音节节奏的顿，认为它们就是格律的要素，殊不合古法。如此，音顿理论怎么能说是"古典传统"呢？

音组、音顿理论所面对的问题，在林庚的"半逗律"，以及赵毅衡的新音组理论中都存在着。"半逗"的前后，都是音节相近的音组，它和新音组一样，都是意义节奏，它们不是按照等时

---

① 何容：《中国文法论》，商务印书馆 1985 年版，第 128 页。
② 同上。

性划分出的。离开了意义，这些音组完全失去了存在根据。那么它们又怎么会是节奏单元呢？

四　音组、音顿等理论与音律的矛盾

因为音组、音顿等理论，是声律破坏后，依着西方音律的样子，造出的诗律理论，它难以同西方的音律一样，使用轻重音的安排来产生节奏，那么，这种缺乏轻重音的音律，是否与西方的音律相一致呢？

（一）五、七言诗的音顿、音组与音律的矛盾

首先看音顿、音组理论对五、七言诗的解释，它实际上与西方的音律多有矛盾。按照音顿、音组理论，五言诗和七言诗的顿法，可以分为两种，一种是五言诗是二顿，七言诗是三顿，五言诗是上二下三，七文言诗是上二中二下三，卞之琳主此说。比如王维《相思》一诗：

红豆/生南国
春来/发几枝

这种分法，作为意义上的停顿是可以的，但作为"格律"的节奏，问题就来了。第一，这首诗可以看作是一个二音顿和一个三音顿构成的，西方诗歌也有二音节的音步，也有三音节的音步，有一些诗句，就是由二音节的音步和三音步的音步组合成的，比如布莱克《生病的玫瑰》一诗：

O Rose, thou art sick!
The invisible worm

That flies in the night
In howling storm
……

呵，玫瑰，你病了！
看不见的虫子
风雨嚎叫中
趁夜飞来
……

这一节诗，就是由一个轻重音步（iambus）和一个轻轻重音步（anapest）组成的。但是英诗中极少有一首诗通首由一个轻重音步和一个轻轻重音步构成，通常会出现重重音步，或者轻轻重音步被轻轻音步替换的情况。那么，为什么我们的五、七言诗，偏是绝对的一个二音步和一个三音步构成的呢？何况二音顿和三音顿并没有英诗的轻重音的支持。因此，上二下三式，在英诗诗律中得不到支持。另外，上二下三，与上四下三的分法，也与音顿、音组理论的"等时性"原则相矛盾。虽然英诗大多是同音节音步为主，即使诗中有较多的二音节音步和三音节音步组合的情况，三音节音步也不是固定的，常常在诗行的不同位置出现，有时是一个三音节音步，有时是两个，富有变化，三音节的音步换成二音节的，于诗律无碍，比如胡适译的《老洛伯》（Auld Robin Gray）一诗，原作就常常出现三音节音步。而五言诗的上二下三，却是一个极固定的格式，它与英诗音步的变化，大相径庭，把后一个三音节换成二音节，却成了四言诗，与五言诗丝毫不同，这又与英诗的音步传统相左。

另外一种分法是把五言诗分成上二中二下一，把七言诗分成上二中二又二下一，末尾的"一"是读时拉长了些，正好时值上和前面的二音节拍一样，比如邹绛说："……古典格律诗中的五言诗每行可以划分成三顿，由两个双音顿和一个单音顿组成，单音顿在吟诵的时候拉长一些。"① 孙大雨认为最后一个"一"是由于句末缺了一个音节：

　　……一般说来，五言古诗诗句底节奏是三音节的，每句末一音节缺一个音；七言古诗（包括不入乐的新乐府）诗句底节奏，除有些首诗里有三言、四言、五言、六言、八言、九言、甚至十言等诗句又当别论外（也是讲音节的，并不自由散漫地乱来一阵），一般说来是四音节的，每句末一音节也缺少一个音。②

还以王维诗为例：

　　红豆/生南/国
　　春来/发几/枝

　　邹绛所说的最后一个音节读时要拉长，恐怕是要在时间上凑齐的原因，朱光潜《诗论》、陈本益《汉语诗歌的节奏》二书，都认为五言诗的末一个字，"延长成为一顿"，或读起来要"延长约半拍"，如此一来，则全诗在拍子上，经过的时间就一致了，完全符合等时性的原则。

---

① 邹绛：《中国现代格律诗选·浅谈现代格律诗及其发展》，重庆出版社1985年版，第12页。

② 孙大雨：《诗歌底格律》，《复旦学报》1957年1期，第6页。

但这种说法亦站不住脚，单音顿是不会自动就"延长约半拍"的，因为诗词中，有些单音顿在句首位置，难以延长，比如李颀《篱笋》一诗："色因林向背"，"色"字当做一顿。单音顿的延音，是与它的位置有关的，它正好在句末位置，这个位置的停顿时间比较长，因此能获得与句中二音顿相似的时值。但是在四言诗或六言诗中，比如："关关雎鸠，在河之洲"，句末也有比句中更大的停顿，读诗时是应该有更长的延音的，那么照音顿理论的划分，本来好好的两个二音顿的等时音步，是不是时值又被破坏掉，前面是两音节的，后面是三音节的呢？这是音顿、音组理论在单音节音步的等时性上，自相矛盾的地方。从读诗的效果来分析诗行的格律，本身就同格律的实际不同，这种错误被诸多诗律家称之为"吟诵迷误"（Performative Fallacy），我们每个人的读诗，都是不一样的，而音律是众多读诗方式下的一种结构，它决定着实际的读诗。延音说试图调和等时性原则与五言诗的矛盾，它本身就是一种吟诵迷误。

孙大雨解释行末的单音顿，是"行末缺音"（Catalectic），但这种解释仍旧是错误的。英诗中确实存在着缺音，行末缺一音叫"catalectic"，缺二音叫"brachycatalectic"。缺音在英诗中是偶然的现象，比如文森特·米莱（Vincent Millay，1892—1950）《通往阿吴希内之道路》一诗，末两句为：

> Embraced upon the highway stood
> Love-sick you and I. ①

---

① Vincent Millay, *Collected Lyrics*. New York: Harper & Row, Publishers, 1981. p. 155.

徘徊长路侧，

忧愁入君怀。

　　这一首诗奇数行为四音步，偶数行为三音步，但是在
"love-sick you and I."，最后一个音步是由"i"单独构成的，
这里就缺了一个音节，补上了这个音节，诗行就完整了。五七
言如果看做是行末缺了一个音，就是首首缺音，句句缺音，这
对五七言诗来说，岂不是天大的缺陷，五七言诗难道彻头彻尾
是一种不完美的诗体？另外，缺音本身就说明它是完全可以把
缺掉的音填实的，四音步轻重律英诗如果行末出现缺音，就是
只有七个音节，但诗行中八个音节是完全合法的，而且也是正
体。五、七言诗既然是缺音，那当然可以再添一个音来填实它
的，但填实后，却变成了六言诗和八言诗，而五七言与六八言
诗相差何可以道里计？它们完全是不同的诗体。这是缺音说的
一个死穴。

　　再看"半逗律"，"半逗律"好像是很传统的诗律理论，林庚
本人也反对音组、音顿理论，其《关于新诗形式的问题的建议》
一文，详细论证音顿、音组理论在音顿的划分上，在音步的重复
上，所面临的问题，认为音顿、音组理论并不符合中国诗歌的民
族形式。但实际上，"半逗律"的理论根基，还是难脱音律观念
的影响。虽然林庚本人对音顿、音组理论持否定态度，但是林庚
的"半逗律"从本质上讲，同音顿、音组理论家一样，也是受到
了音律观念的影响。他在《关于新诗形式的问题的建议》中说得
明白："诗中的节奏如同音乐中的板眼或拍子，在诗行（或旋律）
的进行中划出均匀的段落……"① 由此可见，虽然林庚批评音

---

　　① 林庚：《问路集》，北京大学出版社1984年版，第263页。

组、音顿理论，不是说明他反对音律观念，而是认为音组、音顿理论是不合传统的音律理论而已。

林庚的"半逗律"既然合乎传统，又遵循着音律观念，它与音律有无矛盾呢？林庚的"半逗"，是基于意义停顿的基础之上的，"半逗律"与古代的顿逗说并无多大矛盾，因此一个意义上的停顿，拿来作为诗律的构造，本身就是不合适的。诗律的要素，必须建立在音节本身之上，而在林庚的"半逗律"中，所谓的"半逗"，无法离开意义的决定作用。如果不考虑诗歌的意义，也就无法确定逗的位置，那么，"半逗律"又有何格律自主性可言？另外，"半逗律"并没有提供出一个格律的实体要素出来。在逗前后的音组里，没有塞恩斯伯里（George Sainsbury）在《英诗诗律史》（*A History of English Prosody*）中所说的音步的内在安排。邓程在《论新诗的出路》一书中，认为林庚把"停顿与节奏单位混为一谈"①，这虽然是以音律的标准来判断林庚的缺失，但也同样说明了林庚的"半逗"并非是音律的构成要素。

赵毅衡的新音组理论同样如此，虽然赵毅衡大力批判等时性的音步理论，但是他对诗律的认识，何尝与音顿、音组理论家有所区别呢？赵毅衡明言道："节奏形式，是指音节在行间有对比效果的排列方式，这种排列方式使诗句的音流出现有规律的变化并产生音乐美。"② "有对比效果的排列方式"，同吴宓所说的"相间相重"并无多少不同，都属于音律的观念。实际操作中，

---

① 邓程：《论新诗的出路》，中国社会科学出版社 2004 年版，第 320 页。

② 赵毅衡：《汉语诗歌节奏初探》，《徐州师范大学学报》（哲学社会科学版）1979 年第 1 期，第 42 页。

赵毅衡认为这种对比，是诗行间的音节与其后的停顿或延音的对比，以与英诗的轻重音对比相对应，从这一点上说，其新音组理论，毕竟与音顿、音组理论并无二致。由于受音律观念的左右，所以赵毅衡的新音组理论，在民族形式上，同林庚一样，并未走多远。赵毅衡的新音组在划分上，紧紧守着意义，丝毫没有别的依赖力量，这与音律的音步，独立于语法和语意之上，完全依赖于语音要素，完全不同。

（二）诗与文的区别问题

音律是西方诗歌的一个形式特征，诗歌有了它，就和散文、日常语言区别开了，因此，音律的节奏单元，是诗歌与散文形式的一个区别特征。散文里偶尔会出现类似于音步的单元，但它不可能重复出现，更不可能产生什么规律性。这对于音顿、音组理论来说，也有操作上的借鉴意义。音顿、音组理论不仅要解释音顿在诗句中有何特点，还要解释音顿在散文或日常语言中，是如何与诗句的音顿相异的。即音顿作为诗律要素，它要不同于散文和日常语言中的音顿，如果散文或日常语言也有与诗歌相似的音顿安排，及其规律性的话，那么散文或日常语言岂不句句是诗？音顿、音组理论又有何独创性可言？

朱光潜认为诗中的音顿与散文中的音顿是有区别的：

> ……我们要特别注意的就是说话的顿和读诗的顿有一个重要的分别。说话的顿注重意义上的自然区分，例如"彼崔嵬"、"采芙蓉"、"多芳草"、"角声悲"、"月色好"诸组必须连着读。读诗的顿注重声音上的整齐段落，往往在意义上不连属的字在声音上可连属，例如"采芙蓉"可读成"采芙—蓉"，"月色好谁看"可读成"月色—好谁看"，"星河影动

摇"可读成"星河—影动摇"。①

这明明白白地说明了，音顿、音组不是什么特别的东西，它们在诗里和文章里都有；诗中的音顿和文中的音顿有一部分是相同的，一部分不相同，因为它可以把文中的意义组成的音顿分开；诗中的音顿不过是文中的音顿的重复或部分上的重新划分。这同英诗的诗律大相径庭，英诗中的轻重音安排，绝不是一部分与文相同，另一部分与文在音节上也相同，不过是作了重新的分组而已。实际上朱光潜的音顿理论，正是建立在日常语言的停顿上面，其所谓"形式化的节奏"，在音节上，与日常语言毫无二致。

孙大雨认为诗中的音组与文的区别，在于它是规律的、等时性的。他说：

> 可以分成这些规则地进行着的、时长相同或相似的构成单位，便是韵文在形式上异于散文的基本条件。当然，一篇散文也可以分解成一叠许多个构成单位；但那些单位一方面在进行上并不遵循时间上的规则，一方面在形成上亦不谋彼此间相当的整齐。②

这个论述较朱光潜明智，英国的散文中也有轻重音，但是只有诗中的轻重音，才有规则整齐的安排。但是细致分析，孙大雨的论述，仍然不成立。格律诗中的音组不一定"遵循时间上的规则"，比如中国的词曲，在形式上是有"律"的，但它们多为长短句，哪里有什么"规则地进行着的、时长相同或相似的构成单位"

---

① 朱光潜：《诗论》，上海世纪出版集团 2005 年版，第 134 页。
② 孙大雨：《诗歌底格律》，《复旦学报》1957 年第 1 期，第 16 页。

呢？中国的很多散文，大都有较规则的字数，比如《周易》中四字句是常见的，那它是不是有律呢？可能孙大雨会说，只有全篇合乎规则才是有律的，那么《论语》、《老子》中许多单独的句子，形式整齐，应该合乎全篇的规则了吧，比如《八佾》中有一段独立的话："人而不仁，如礼何？人而不仁，如乐何？"[1] 它们算不算是有律呢？按照孙大雨的标准，整部《论语》和《老子》几乎都合乎诗律标准了。

因为音顿、音组理论不能说明诗歌与散文中的音顿有何本质区别，所以随便拿来一段文字，有可能就是有格律的文字了。拿朱光潜《诗论》中论音顿的一段话来试试：

粗略/地说，	2
四言诗/每句/含两顿，	3
五言诗/每句/表面/似仅含/两顿半/而实在/有三顿，	7
七言诗/每句/表面/似仅含/三顿半/而实在/有四顿，	7
因为/最后/一字/都特别/拖长，	5
凑成/一顿。	2
这样/看来，	2
中文诗/每顿/通常/含两/字音，	5
奇数/字句诗/则句末/一字音/延长/成为/一顿，	7
所以/顿颇与/英文诗/"音步"/相当。	5

用音顿理论来分析的话，这一首"诗"由两节构成，第一节六句，六句中的音步是由二步升至七步，最后降至五步，又降至

---

① 《十三经注疏》，中华书局 1980 年版，第 2466 页。

二步；第二节四句，四句的音步亦从二步升至七步，又降成五步。先升后降，每句的音步全是二步、五步、七步，可见"音顿安排的齐整之至了"。或有曰：这段文字每句字数多寡不一，每节句数不同，不能称之为规则齐整。殊不知按照音顿、音组理论，不必每行字数划一，也不必每行顿数相同，只要有大致的规律就可以了。邹绛《现代格律诗选》中，张万舒《黄山松》，艾青《盼望》等诗，每行不但字数不同，顿数不同，而且每节句数也有不同，仍然被认为是"格律诗"，因此不能以此标准认为朱光潜的这段话就没有"格律"。况且，只要稍作变通，上述句子可以排列如下：

> 粗略／地说，／四言诗／每句／含两顿， 5
>
> 五言诗／每句／表面／似仅含／两顿半／而实在／有三顿， 7
>
> 七言诗／每句／表面／似仅含／三顿半／而实在／有四顿， 7
>
> 因为／最后／一字／都特别／拖长，／凑成／一顿。 7
>
> 这样／看来，／中文诗／每顿／通常／含两／字音， 7
>
> 奇数／字句诗／则句末／一字音／延长／成为／一顿， 7
>
> 所以／顿颇与／英文诗／"音步"／相当。 5

这样的话，全"诗"包括两节，第一节以一个五音步开始，后接三个整齐的七音步；第二节以两个七音步开始，以一个五音步为终，恰好对称，有始有终，整齐一致，具有"典型的格律"。

音顿、音组理论之所以面对这种尴尬，就在于所谓的音顿、音组，并非是一个格律要素，而是汉语中的意义停顿；音顿、音组不是什么等时的音步，而是一个在诗行中可多样划分的停顿；音顿、音组不是什么诗歌的特质，而是包括诗、文在内的众多文体共有的特征。

同样，林庚的"半逗律"也无法说明古体诗与近体诗在格律上有何不同。林庚分析五七言诗时，不论古体、近体，一律用上二下三，上四下三来概括之，但是古体与近体诗却有很大的区别。在中国传统诗学观念中，古体诗并非律诗，而"半逗律"无视这一传统观念，混淆古律，这就使得近体诗的格律性质被埋没了。并且，"半逗律"虽然能说明诗歌中的停顿，但无法说明散文和日常语言中的停顿与诗歌有何不同。诗歌和散文中，每一句话其实都有上下的停顿，比如林庚自己的话都可以用"半逗律"来分析，每句话都可分为"近于均匀的两半"：

> 这里轮到我们要研究/我们自己民族形式的规律了，
>
> 9/12
>
> 而事实上中国诗歌形式/从来就都遵守着一条规律，
>
> 10/11
>
> 那就是让每个诗行的半中腰/都具有一个近于"顿"的作用，
> 12/11
>
> 我们姑且称/这个为"半逗律"，　　　　　5/6
>
> 这样自然就把每一个诗行/分为近于均匀的两半；　11/9

这几句话中，被停顿分开的上半行和下半行，大致都是"近于均匀"的，是符合这种"半逗律"的要求的，但如果认为它们在形式上也具有格律性，这就是很荒唐的事情。

因为误把意义节奏当做格律要素，所以赵毅衡的新音组理论同样存在着不可逆解释的现象，它能解释诗歌的音组安排，却无法解释散文中的音组安排与诗歌有何不同。按照他的新音组理论标准，许多散文都具有格律性了。比如赵毅衡论文前的编者按语可以图式如下：

> 本文反对/目前流行的以"顿"/来分析诗歌节奏的理
> 论。   4/7/10
> 作者认为/汉语诗歌节奏产生自/各种音组的排列式。
>   4/9/8
> 音组排列节奏/不是一套有待实现的/"现代格律诗方
> 案"，   6/9/7
> 它是我们民族/自古以来无名和有名的诗人们/诗歌创作
> 中的现实。   6/13/8

这几句话，前两句以四字音组开始，接上两个七字以上的音组；后面两句，以六字音组开始，接上几个七字以上的音组。几句话中字数不同，但节奏单位的数量是一致的，如果把每句话中第二、第三个位置的轻声字看做衬字，不考虑到实际的字数中去，几句话的字数则更为相近，这基本符合赵毅衡所说的整齐的规则。但是这几句话，也很难认可它们具有格律性。

既然音顿或音组本身不是格律的构造要素，那么在音顿、音组基础上建立的较大的停顿，即意顿或者说四级、五级节奏单元，又何格律性可言呢？《周易》中，每一卦的爻辞和象辞，乾坤的《文言》，有相当多的是字数相近，句子上常常有对称关系，虽然符合意顿节奏的标准，但它们不是什么格律，词和曲中，有些词是单阕的，比如李甲《忆王孙》：

> 萋萋芳草忆王孙，
> 柳外楼高空断魂，
> 杜宇声声不忍闻。

欲黄昏，

雨打梨花深闭门。

　　这一首词，没有什么意顿的对称，那么作为与意顿节奏并列的另一节奏体系，意顿节奏在哪里呢？即使有些词上下阕不对称，几个曲牌字数句数多寡不同，它们也还是有格律的，比如《点绛唇》、《石州慢》，元曲中的套曲、带过曲，等等，它们没有什么意顿对称，但它们实实在在是有格律的。

五　音组、音顿内部的矛盾

　　上文已谈过音顿、音组理论将古典诗歌中意义的顿，强割裂为音节单元，已部分触及音顿或音组划分上的问题，现在详加论述。不同于西方的音步有确切的轻重重音等可以参考，音顿或音组没有音节平仄轻重等的支持，因而在如何划分上，多有龃龉之处。孙大雨在《诗歌底格律》中说："诗歌与韵文写作者所利用的是通常一个词或一个语式往往凝结两三个字（语音）在一起的那个意义或文法所造成的语音关系。"[①] 邹绛《浅谈现代格律诗及其发展》中也说："两个字或三个字在语法上或意义上有密切关系，就很自然地形成一个顿或一个音组。"[②] 按照这些说法，顿就是按照语法、意义来分的。而陈本益《汉语诗歌的节奏》一书，则认为除了意义和语法标准之外，还有将意义打破的标准。陈本益说："汉语音顿节奏的形成，从一方面看，是对汉语自然节拍群的分解与组合，从另一方看，又是对汉诗节奏单位音顿的

---

① 《复旦学报》1957年第1期，第1页。
② 邹绛：《中国现代格律诗选》，重庆出版社1985年版，第7页。

等时化与强化。"① 所谓的节拍群，其实就是意义上分开的较大的音节群，音顿的划分就是节拍群的细化，是一个等时化与强化活动。在此意义上，陈本益提出"形式化的音组"的说法，所谓形式化的音组，就是根据等时性的需要，根据上下文的音组的安排，而对某诗行划分出的音组。这种音组"对意义上不应被分拆开来的词和词组进行了分解、组合"②。朱光潜在《诗论》中，首先提出了"形式化的节奏"的概念，陈本益明显发展了朱光潜的观念。如此说来，意义和语法并不是划分音顿、音组的唯一标准，上下文也具有划分上的功用，这种划分说明音顿或音组理论的怪圈，它不是按照既有的节奏后划分出来的，即自然的存在，相反它是人工的，要先划分出音顿或音组，从而产生了节奏。同样的音顿、音组理论，说法不同，是是非非，不一而足。另外，音步的划分，在英诗那里，却与孙大雨，甚至陈本益的分法不同，前者都要注意意义的作用，而西蒙·恰特曼（Seymour Chatman）在《音律理论》（*A Theory of Meter*）一书中这样说道：

> 音步与语言无关，它们既非语法，又非词汇，因而与词语完整性、连音无关，与任何其他实际的语言特征无关。音步的分界可能会分开词语，两个毫不沾边的词语（比如被句号隔开）也会出现在同一个音步中。音步，一言以蔽之，纯粹是观念性的。③

---

① 陈本益：《汉语诗歌的节奏》，文津出版社 1994 年版，第 67 页。
② 同上书，第 68 页。
③ Seymour Chatman, *A Theory of Meter*. The Hague: Mouton & Co., 1965. p. 117.

恰特曼实际上说明音步的划分，与意义和英语词语的连音无关，是一种观念性的，按照音节的轻重划分出来的。音顿、音组理论模仿英诗，却以意义为划分原则；以意义为划分原则，却又割裂开意义，而作"形式化的音组"，西将不西，东亦不东，这是由音顿、音组理论本身的疏漏所带来的。

另外，对于中国诗歌的节奏单元，诗论家并未有统一的认识，有认为是音顿、音组的，有认为是"半逗"的，有认为新诗应以二字音组、三字音组为主的，有认为新诗应以四字音组、五字音组为主的。黄宗羲在《易学象数论》中说："天下之物，一人以为然，千万人以为然，其为物也不远矣。一人可指之为此，又一人可指之为彼，其为物也无定名矣。"① 20 世纪沸沸扬扬的节奏理论，实际上就是一个没有定名的东西。出现这种原因，并不在于诗论家们诗学水平参差不齐，从本质上看，是由音律与中国诗律和语言的实际矛盾而引发的。

音组、音组理论既不合乎英诗的音步规则，又不是中国原来的顿，基本是音顿、音组理论者心中的假想，并非真实可信的诗歌格律要素。

第三节　中国声律观念的解体

从唐宋以来，声律在诗格、诗话，特别是诗法著作中，占有非常重要的位置，在清代的诗律著作中，更处于中心的地位。"诗体大解放"以及随后的诗律观念变迁，使得中国的声律蒙受

---

① 黄宗羲：《易学象数论》，《文渊阁四库全书·40》，台湾商务印书馆 1986 年版，第 7 页。

恶名，渐渐消失在诗学话语之中，好像一个被驱逐的国王，流落在荒郊野外。随着声律遭受否定，它在20世纪诗律话语中，失去了言说能力，几乎只在部分古文学研究领域，才存在着。

伴随着声律的流落，一个值得注意的现象发生了，在节奏观念确立之后，声律观念受到了节奏观念的重新审判。与音律观念下人们对平仄节奏特征的寻找不同，学者们纷纷指摘声律观念不合乎节奏特征，它对于古代诗歌本身并没有多少有效的功用。

如果说吴宓、刘大白等人试图以音律观念来肯定声律的价值，那么这里更多的是以音律观念来击破声律观念。以音律观念来肯定声律，促进了音律话语的确立，而作为两种不同的诗律观念，音律的确立则意味着声律的解体。

音律的相重相间的本质，被现代的诸多诗论家接受后，平仄的节奏如何，是诗论家们关心的一个问题，吴宓、刘大白等人都曾对此作过探索。同这一问题相关，许多诗论家认识到中国的声律与音律的重复原则并不一致，由此导致了对平仄效果的怀疑。具体到中国古代诗律，诗论家们认为平仄难以作为节奏的材料；平仄的安排，与节奏的精神相违背。这就取消了平仄作为诗律的合法性。

一　平仄难以成为节奏的材料

诗论家们首先发现平仄四声难以作为节奏的材料。陆志韦在《渡河·我的诗的躯壳》中，从语言学和诗史出发，来重新打量平仄的作用。他说：

> 世界上用语音的高低当节奏的，据我所知，只有中国一国。拉丁诸语用长短，条顿诸语用抑扬。可见我们的用平仄并无非此不能的原理。依心理学家来说，音的强度一抑一

扬，是论节奏最根本的现象。其次是长短，再次才是高低。似乎，中国人的用平仄，恰巧采取了最劣的方法。①

陆志韦在这里，是想说明平仄不是组成节奏的较好的要素。随后他指出中国古代只有平入声，后来才把上去二声与入声合在一起，统称为仄声，但是把这四声分成平仄两种，依据并不科学。

陆志韦认定平仄无节奏的另一重要依据，是律诗中的拗体出现的平仄变通现象。他说："平仄破产最彰明较著的证据是律诗里的'一三五不论，二四六分明'。那明明说有了节奏，平仄可以不必用的；用了平仄，没有节奏，依旧是没有效力的。随便举一句五七言诗，随口念下去，譬如'风急天高猿啸哀'，他的节奏是靠平仄的呢，还是别有所恃呢？"② 陆志韦在这里把平仄和律诗中的二字一组的节奏作了对比，他想说明平仄同这种节奏相比，并没有节奏性可言，诗中的节奏，不是靠着平仄的。也许十几年后，陆志韦《论节奏》一文，将他的观点说得更明白一些。他说："一种方言无论有几'声'，有没有入声，人都不能在平仄上建造节奏。"③

陆志韦的说法，得到了不少响应，1933 年，朱光潜在《替诗的音律辩护》一文中，认为中国诗与西方诗不同，西方诗的节奏在于音节的轻重上，而中国诗里音节的轻重（可以看做是平仄）没有明显的区别，所以中国诗主要在韵上见出节奏。朱光潜的说法，有一定的道理，五七言的诗偶行押韵，所以韵的节奏是很规则的，也完全合乎"相间相重"的原则。后来朱光潜在《诗

①　陆志韦：《渡河·我的诗的躯壳》，亚东图书馆 1923 年版，第 14—15 页。按引文中所称的"条顿语"，即 Teutonic，指日耳曼语。
②　陆志韦：《渡河·我的诗的躯壳》，亚东图书馆 1923 年版，第 15 页。
③　《文学杂志》第 1 卷第 3 期，1937 年 7 月 1 日，第 8 页。

论》中，从语言学角度来分析四声平仄的节奏，从方法上看，他主要分析的是平仄四声与语音的长短、轻重、高低众要素的关系。他认为每首诗平仄四声虽然一定，但是各音的长短、轻重、高低，可以随"文义语气"有所变化，而且每一音都要受到周围语音的影响，在长短、轻重、高低上有所变化。这都使得平仄相间，与长短、轻重、高低没有多大关系，不能认为是长短或是轻重或是高低的节奏。朱光潜说：

> 因为上述缘故，拿西方诗的长短、轻重、高低来比拟中国诗的平仄，把"平平仄仄平"看作"长长短短长"，"轻轻重重轻"或"低低高高低"，一定要走入迷路。①

朱光潜的这个结论是正确的，他这里的话，对前面寻找平仄节奏的诗论家来说，非常有针对意义。朱光潜以音律为中心，虽然指出了"拿西方诗的长短、轻重、高低来比拟中国诗的平仄"观念是错误的做法，他却仍然坚持只有"相间相重"，才是诗歌格律的原则，因而导致他从事其他方面的探寻，偏离了正途。

二 平仄法则不合乎节奏要求

既然平仄四声难以建立节奏，那么古代诗歌的平仄，在节奏上起到了什么样的作用呢？它与节奏是否矛盾呢？一种观点认为，平仄对于节奏起到了协助作用，它是一种辅助性的工具；另一种观点认为平仄抵触了节奏。

---

① 《东方杂志》第 30 卷第 1 号，1933 年 1 月，第 109 页。

（一）平仄辅助节奏

朱光潜认为平仄四声的作用，虽然在节奏上不大，但是在调值上，却促进了诗行的和谐。1936 年，罗念生在《节律与拍子》一文中说："有许多人认为我们的节律是由平仄造成的，这实在是一个很大的误解。平仄大半是高低，它除了协助音调以外，没有什么旁的用处。"[①] 这种观点，与朱光潜的说法相仿。

除了朱光潜和罗念生外，孙大雨也认为平仄的目的，是辅助节奏的，他对近体诗的平仄与音组的关系，进行了较为细致的分析，因而更具有代表性。

孙大雨以七言绝句的平仄格式为准，他举出两种格式，第一种为仄起仄收式，称之为子式，另一种为平起仄收式，称之为丑式。孙大雨认为七言诗的音组是二二二一式，因此可以将七绝的平仄图式与音组格式合二为一，得到如下图式：

七绝子式综合图：

仄仄	平平	平仄	仄	a
平平	仄仄	仄平	平	b
平平	仄仄	平平	仄	c
仄仄	平平	仄仄	平	d

七绝丑式综合图：

| 平平 | 仄仄 | 平平 | 仄 | c |
| 仄仄 | 平平 | 仄仄 | 平 | d |

---

① 罗念生：《节律与拍子》，《大公报·诗特刊》1936 年 1 月 10 日，第 10 版。

仄仄	平平	平仄	仄	a
平平	仄仄	仄平	平	b

由图中可以看出，子式和丑式的 a、b 两句，前两个音组较为规则，"平平"和"仄仄"交替出现，而后两个音组，一个是"缺音"，一个是平仄杂合而成，有六个不规则音节。子式和丑式 c、d 两句，前三个音组都有两平两仄有规律的交替，末尾是一个"缺音"音组，共有两个不规则的音节。不规则的音节，前后加起来，一共有八个。孙大雨说 c、d 两句：

> 都是从字音们规则地相同或相异的感觉中加强地显示出音节们底有秩序的进行的：两个平声或仄声之后，继之以两个相反的声音——这样就可以加强字音们底黏着性所形成的原有的韵文节奏感。这就是说，这两式八行三十二个音节之中，除八个音节外，其他音节底平仄安排都是为音组服务的，都是为加强语音间原有的黏着性所造成的音组底效果的。[①]

孙大雨在这里是想说明平仄对于音组的加强作用，音组与音组之间，在音节上互相分割，靠着一个停顿或者延音，将每个节奏组确立起来，而这个停顿或者延音，即成为节奏组间的静默。中国七绝诗中，前后音组的平仄，常常相反，这样就对于节奏组的分割有促进作用。比如"平平 | 仄仄 | 平平 | 仄"前三个音组中，音组的分割与平仄的差异结合了起来。

因此孙大雨的观点，不是吴宓、刘大白等人的延续，不是对

---

① 孙大雨：《诗歌底格律》，《复旦学报》1957 年第 1 期，第 8 页。

于平仄节奏的探索，而是对于平仄与音组的结合关系的新思考。这种思考的逻辑是，诗歌的格律来自于音组，而平仄促进了音组的分离，因此平仄这种安排，对诗律是有帮助的。

在此基础上，中国古代诗歌的声律，变形为"旋律句"。孙大雨说：

> 总之，这四个体式里各有音组句（就是说，纯粹音组性质的句子，即"平平仄仄平平仄"或"仄仄平平仄仄平"），也各有旋律句（就是说，含有旋律酵母的句子，即"平平仄仄仄平平"或"仄仄平平平仄仄"）……①

七绝中 c、d 两种句子，成为音组句，a、b 两种句子，成了旋律句。但什么是旋律呢？旋律不仅包括节奏的要素，也包括音高的变化。因此，旋律句是有节奏基础的、字词音高有变化的诗句，而这种变化即来自于声律。从这个结论出发，声律便难以独立出音组节奏了，即使是有声律的诗句，也还是以节奏为基础的。可以看出，不管是讲平仄的律诗，还是不讲平仄的古诗，诗律上大致相似，它们都有着相同的节奏基础，而声律的作用，在其中是较微小的。

孙大雨的观点，得到后来诗论家的认可。叶桂桐在《中国诗律学》一书中，持论与孙大雨如出一辙："我们认为，声调因素中的轻重（强弱）长短，构成了近体诗、词、曲中的节奏，而声调的高低、升降、曲折构成了它们的不同的旋律线。"② 平仄在这里同样成为节奏的装饰。但按照这种观点作一个推论，古体诗

---

① 孙大雨：《诗歌底格律》，《复旦学报》1957 年第 1 期，第 9 页。
② 叶桂桐：《中国诗律学》，（台湾）文津出版社 1998 年版，第 62 页。

没有规则的平仄粘联，但同样有平仄的音节，那么古体诗有没有这种旋律线？这种旋律线与近体诗有何根本不同？近体诗的平仄安排大都一样，那么千万首平仄一致的近体诗旋律线是否一致？平仄可以分析，旋律线如何分析？与音乐中的旋律有何差异？从这些疑问中可以看出，将声律看做旋律作用的观点，实际上混淆古体诗与近体诗的不同，否定了声律的效果。

（二）平仄与节奏矛盾

林庚也对诗行中的平仄作用进行了思考，但他认为声律不是加强了音组节奏，而是抵消了音组节奏。他说：

> 诗中的节奏如同音乐中的板眼或拍子，在诗行（或旋律）的进行中划出均匀的段落，韵就是在于加强行与行之间的这一划分，而韵又正是一种重复。至于诗行的节奏则又是要在一行上划出均匀的段落，这就是一切诗歌形式构成的基本原理。……这里我们又从而可以看到平仄的作用是恰恰与此相反的。首先按照平仄律是绝不允许出现"平仄、平仄、平仄"，或"平平、仄仄、平平"，这正是避免重复的排列。……而平仄律之避免重复的原则又同样体现在行与行间的关系上。……这实质上正是直承"四声八病"的精神，不是在积极建立诗行的节奏，而是有意在冲淡诗行上的板眼作用。①

与孙大雨不同，林庚不认为平仄的安排加强了节奏，相反它抵消

---

① 林庚：《问路集·再谈新诗的建行问题》，北京大学出版社1984年版，第263页。

了节奏，使节奏弱化。虽然林庚最后同样认为平仄对于节奏具有修饰作用，但这种修饰作用与孙大雨的说法是有区别的。

林庚认为近体诗的平仄，在于避免重复，这是正确的认识，这对于吴宓等人试图寻找到平仄的"相间相重"性，是有意义的。但是林庚同样是从音律的观念出发，以节奏、重复的有无，来判断诗律的效果，因而对声律的诗律价值，进行了否定。

总之，朱光潜、孙大雨、林庚这些诗论家，他们超越了吴宓、刘大白的观点，认为平仄与音律并不相同，它不合乎相间相重的原则，但他们仍旧深陷在音律的泥潭中，都是音律中心论者，他们实际上否定了声律在诗律中的有效性，把声律排斥在诗律之外。他们在研究对象上，将古今体诗、骚体诗等一概而论，也破坏了中国传统的律诗观念。

结　语

一　中国诗律观念变迁的结论

（一）中西诗律观念的总结

如果对由唐至清的诗律观念进行总结的话，可以发现，中国古代的诗律关注的是平仄的协调问题，每一句、每一调中都体现出变化的精神。个中原因，在于中国的声律观念与《周易》为代表的中国哲学渊源甚深。平仄的对立实际上也是另一个阴阳，平仄变化与《周易》中体现的变化观相近，粘对法则与《周易》的"覆变"观念相仿，一调四句与四象相应，这说明声律的规则并不是机械的规定，它本身代表了中国变动不居的宇宙观。

与其相对，古希腊哲学将对立统一看做是万物构成的法则，因而二元的结构成为西方哲学一个基本的观念。这与音律的轻重音对立，音步的重复构造等观念有关系。从中西诗律观念的哲学渊源上，可以发现中国的声律和音律一样，是一种结构，但声律可以超越这种结构，而体现道的演进。在此意义上，声律成为一种陈说（statement）了。由此可以看出，以音律观念来阐释声律的研究，其实质在于将一种陈说改变为结构，它忽视了中国声律的本质特征。

（二）诗律观念变迁过程的总结

从诗律观念变迁的发生过程看，音律进入中国呈现着"V"字形的过程。自1919年之后，音律观念开始出现在中国诗律话语中，宗白华、康白情在《少年中国》发表的文章，都体现了音律的观念。音律观念在1923年至1937年迎来了初成，新文学阵营中的陆志韦、闻一多、孙大雨等人都开始按照音律观念来作诗，不少学者如朱光潜、叶公超等人，也在音律观念的影响下讨论诗歌问题。但是自1937年7月至1966年，由于服务于抗战的需要，诗歌迎来了民族形式的回归，新诗格律化趋于退潮，音律的影响减弱，而与之相对的是民歌体的大量涌现。自1976年之后，伴随着西方话语的复兴，音律观念下的各种节奏理论恢复了生机，新、老学者一同致力于此，诗律观念的变迁最终确定。

因此，音律在中国诗律话语中站稳脚跟，也是经历过一番曲折的。它在新时期的重新恢复，表明了诗律观念变迁的完成，即声律观念最终替换为音律观念。但如果从1919年诗律观念变迁的初期详加考查的话，我们会发现音律的起伏并不代表音律观念的起伏，即使在新中国成立后的"新民歌"话语中，也浮现着音律观念的影子。而声律的观念则自1917年之后，基本没有经历过回归期。在此意义上，音律观念并不是在与声律观念冲突中曲折确立的，它只是在诗歌的新旧形式的斗争中确立的。它寄身在这两种形式之间，但更依赖于新形式。

（三）诗律观念变迁的原因较为复杂，与音律和声律均有关系

就声律失效的原因看，由于"诗体大解放"运动对它的批评，古代的诗律被认为是束缚人性的，是无益于表达的，诗律失

去了价值和意义，古代的诗律话语和观念，也面临着解体的危险。另外，现代汉语和古代汉语出现了一些变化，不少诗人和学者认为现代汉语不再有平仄的效果，另外一些学者虽然提出创建新声调，但破多于立，没有提出一个普遍可行的建议出来。

从音律的原因看，音律的生效是内外因素的综合作用。第一，中国古代的诗学和语言有音律观念部分的适用基础；第二，不少留学生赴欧美留学，了解了西方的音律观念，他们或是通过著述，或是回国后通过沙龙、学社、大学课程的形式传播音律，使音律在 20 世纪 20 年代之后成为一种显要的学问；第三，自由诗毁坏近体诗的地位和名誉后，诗坛充斥着形式散漫的诗篇，不少诗人和学者开始呼唤格律的回归，这给音律的传入也准备了条件；第四，新文学家和旧文学家为了否定自由诗的合法性，使得音律获得了话语权力。

从这些原因可以看出，虽然诗律观念的东渐与"西学东渐"风潮紧密相关，但它还不能完全归结于这个文化现象，诗人和学者对待声律的态度、平仄规则的改良问题都对这个变迁负有责任。

（四）诗律观念变迁后果的总结

诗律观念的变迁最终确立后，它给中国的诗律研究带来了新的视野，有利于重新认识中国古代诗歌的形式特点。但它也带来了诸多的问题，这些问题表现在 20 世纪中国诗律话语与清代的诗律话语发生了断裂，音律与声律观念产生了矛盾，甚至在音律影响下的节奏理论内部都矛盾重重。这说明音律观念并没有完全解释中国诗律问题的能力。诗律观念变迁之后，音律虽然确立起它合法的地位，为广大学者所接受，但是它并没有与中国原有诗律观念进行融和，成为一个具有丰富解释力的观念。因此诗律观念的变迁虽然完成了，但诗律观念问题还没有完全的解决，它在未来注定还将有进一步的变化。

二　人为的变迁还是自然的变迁

20世纪中国诗律观念的变迁，它作为一个西学东渐下的产物，具有复杂的原因，它跟当时中国的经济、文化状况有关系，也跟当时世界的诗歌风潮有关，它有其发生的客观基础。

但是尽管这样说，从诗律和语言这两个角度看，这种变迁的发生，更多的是人为的变迁，而不是中国诗律的自然发展，不是汉语本身的内在要求。

（一）诗律观念的变迁不是中国诗律的自然发展

中国诗律观念的变迁不是中国诗律的自然发展，道理很简单，中国诗律从来就没有轻重音的讲究。虽然沈约在《谢灵运传论》中说："欲使宫羽相变，低昂互节，若前有浮声，则后须切响。一简之内，音韵尽殊；两句之中，轻重悉异。"① 顾炎武在《音学五书》中说道："平声音长，入声音短。"② 这里都拈出了轻音、重音的名目，但是这只限于语音的描述。轻重音的区别，与平仄或四声的差异还不完全相同。朱光潜在《诗论》中也曾说："拿西方诗的长短、轻重、高低来比拟中国诗的平仄，把'平平仄仄平'看作'长长短短长'，'轻轻重重轻'或'低低高高低'，一定要走入迷路。"③

既然中国古代的诗律不讲究轻重、长短，那么能不能将音顿

---

① 沈约：《宋书》，中华书局1974年版，第1779页。
② 顾炎武：《音学五书》，中华书局1982年版，第43页。
③ 朱光潜：《诗论》，上海古籍出版社2005年版，第126页。

或音组看做是古代的顿，把音顿理论看做是平仄蜕化之后的理论呢？实际上就现有的理论来看，除了林庚的五字节奏音组论、赵毅衡的新音组理论之外，占主流的音顿理论都难以看成是声律蜕化后的句法理论。朱光潜、何其芳、卞之琳、孙大雨，甚至包括早期的闻一多、朱湘等人的理论，是和林庚、赵毅衡的理论有很大的矛盾的。这些矛盾主要表现在音顿的划分标准上，即意义的作用问题。何其芳、孙大雨等人的理论，常常打破语言的意义结构，将诗句划分得比较繁琐，比如孙大雨对自己的译诗的划分：

> 我们 ｜ 要耐守 ｜ 在高墙的 ｜ 监里，｜ 直等到
> 那班 ｜ 跟月亮 ｜ 底盈亏 ｜ 而升降 ｜ 的公卿①

这种建设诗律的方法，简直让人难以卒读。这两句诗暴露出一个问题：在没有重音在场的情况下，诗人是如何将第一句的"的"字划在"在高墙"里，而把第二句中的"的"字划在"公卿"里的呢？孙大雨唯一的解释是它们"久暂显得相同或相似的一个个单位"，因为这些单位时间大致相同，这就形成了一个音组。但是孙大雨没有指出这个"单位"是怎样存在的？是重音分隔出的？是意义分隔出的？对于孙大雨而言这些都无关紧要，但这恰恰表明了西方的音步与我国古代句读的不同。

简言之，中国古代的句读与西方观念下产生的音顿、音组理论有下面的不同：

第一，句读是意义产生的，诗句中常常只有一个或两个顿；而音顿没有产生的合理依据，一个诗句中常常可以有四个、五

---

① 孙大雨：《诗歌底格律（续）》，《复旦学报·人文科学》1957年第1期，第12页。

个、六个以上的顿。

第二，句读可长可短，而音顿则要求有所谓的"等时性"。

因为没有意义的束缚，需要等时性的要求，所以音顿理论常常将中国的五、七言诗划出一个"单音顿"，以为它后面的停顿足以和它组成一个等时的音节单位，或者它常常打破意义的联系，声称有什么"形式化的节奏"，比如朱光潜对下面一句诗的分析：

> 静爱｜竹时｜来野｜寺，
> 独寻｜春偶｜到溪｜桥①

而按照真正的中国古代的句法，应该是这样的：

> 静爱竹｜时来野寺，
> 独寻春｜偶到溪桥

可见，朱光潜从等时性出发进行的分析，与中国古代的句法理论是相悖的。

从上面的两个标准来看，20 世纪中国诗律学中出现的众多理论，主要是西方音律观念下影响的，它与中国古代的句法理论有着根本的不同。它是人工提倡的结果，而不是声律蜕化后句法主导诗律的结果。

（二）诗律观念的变迁不是汉语本身的内在要求

对中西语言进行分析，20 世纪中国诗律观念的变迁并不是

---

① 朱光潜：《诗论》，上海古籍出版社 2005 年版，第 135 页。

在汉语剧变下产生的。

（1）现代汉语与古代汉语的关系。有论者认为汉语变为双音节词为主，语言散化，这是促使音顿、音组音律观念下的节奏单元产生的原因。但是汉语的发展史显示，从明清以来，汉语的双音节化、散化现象就存在了，而1917年前后并没有发生明显的语言变化。因此诗律观念的变迁与1917年前后的汉语没有必然的牵连。

如果从现代汉语的特性上看，现代汉语的每个字词都还保留着平仄，虽然现代汉语的语词和语法与古代汉语有了很大的区别，但作为声调语言这一点，现代汉语和古代汉语都是一样的，这说明现代汉语与诗歌平仄的安排没有矛盾，古代汉语可以用旧的声律，现代汉语可以探索新的声律。

（2）现代汉语的重音问题。有些论者认为既使汉语没有发生激变，但它具有重音，这就可以建立起诗歌的节奏来，下面简要说明之。

首先，汉语没有充分的轻重音对比，它与英语和法语的不同在于汉语的重音过多，而且这些重音常常不是词汇性（lexical）的，它与语调（intonation）关系密切。

其次，英语、法语之类的语言，它们属于重音语言，与汉语的声调语言并不相同。重音语言本身就会有一个节奏结构，在此基础上，容易产生音步，诗律学家凯歌（René Kager）在《语词重音的音律理论》一文中说："在一个轻重音交替，相邻重重音间的冲突得到避免的系统中，重音有节奏。"[1] 海斯（Hayes，B）在《音律重音理论》一书中认为

---

[1] René Kager, *The Metrical Theory of Word Stress*, in *The Handbook of Phonological Theory*, edited by John A. Goldsmith. Oxford: Blackwell Publishers, 1996. p. 367.

重音语言中存在着一个节奏结构（rhythmical structure）。汉语作为一种声调语言，它没有与英语相似的节奏结构。汉语中过多的重音使得音节难以成群，变通的办法在于调和不同的声调，这就是声律产生的语言基础。

由此看来，20 世纪中国诗律观念的变迁，是在现代汉语还存在普遍的平仄区别，不具备英语、法语式的重音的前提下发生的，它并不是现代汉语内在的迫切要求。

（三）中国诗律的未来

既然 20 世纪中国诗律观念的变迁，在诗律和语言方面，都不是一种自然发生的变迁，它更多的是人为的作用，是清末以后西学东渐之下的一股细流，是中国文化和文学现代化过程中一个被动的产物，那么，我们就应该对音律观念之下的诸多理论保持谨慎，就应该用怀疑、反思的眼光去重审它们的科学性。

每个国家的诗律都要与它的语言相适应，这样诗律才不会成为无本之花，《新普林斯顿诗歌与诗学百科全书》说：

> 选择语音特征形成的格律标识（Marker），与诗人没多大关系，它几乎全要靠语音，因而它取决于每个语言长期运用的音位系统（Phonological processes）。诗人当然可以选用其他的标识，就像文艺复兴期诗人试图选用长短音，去模仿古典长短音律一样，但是如果它不是某一语言的语音特征，就像长短音不是英语的语音特征，这种诗就最多只是个练习，或者是逞才好事之作。①

----

① Alex Preminger and T. V. F. Brogan, ed., *The New Princeton Encyclopedia of Poetry and Poetics*. Princeton：Princeton University Press，1993. p. 769.

不管是学者，还是诗人，在汉语中使用音律观念同样面临着这个尴尬，汉语没有轻重音，汉诗没有等时重复的节奏观念，那么音律观念会不会是"逞才好事"之作呢？

音律观念的传入，与整个现代文学的发生、发展相伴随，它也几乎是现代学术产生、变化的一个缩影。任何有关音律的疑问，似乎都注定与中国现代文学、现代学术的评价相联系，可谓牵一发而动全身。因而音律观念进入中国，或许并不容全盘否定，它有它的时代价值，它提供了一个新的诗律视角，促进了新文学的发展。但也不能不承认一个事实，音律给中国诗律观念带来了混乱，现代格律诗的试验多有误入歧途之憾。

或许诗人和学者需要一个更为务实的态度。在学术研究上，学者们应对 20 世纪中国诗律观念的变迁有一个清醒的认识，看到中西诗律观念的不同，不以音律切割声律；在诗歌创作上，如果诗人硬要作格律诗的话，就要考虑声律在声调语言中的存在基础，恢复声律的价值，结合中国古代诗歌句法的实际，探寻现代汉语下声律的变通模式。如果诗人和学者能对这两个方面重新探索，中国诗律可能会有一个新的未来。

参考文献

中文著（译）作类

阿英主编：《中国新文学大系·史料·索引》，上海文艺出版社 2003 年版。

艾青：《诗论》，人民文学出版社 1983 年版。

［日］遍照金刚辑：《文镜秘府论》，人民文学出版社 1980 年版。

卞之琳：《英国诗选》，湖南人民出版社 1983 年版。

卞之琳：《人与诗：忆旧说新》，三联书店 1984 年版。

蔡钧：《诗法指南》，《续修四库全书·1702》，上海古籍出版社 1995 年版。

曹顺庆：《中西比较诗学》，北京出版社 1988 年版。

曹顺庆等：《中国古代文论话语》，巴蜀书社 2001 年版。

陈本益：《汉语诗歌的节奏》，文津出版社 1994 年版。

陈本益：《中外诗歌与诗学论集》，西南师范大学出版社 2002 年版。

陈僅：《竹林答问》，《清诗话续编》，上海古籍出版社 1983 年版。

陈敬之：《中国新文学的诞生》，成文出版社 1980 年版。

陈懋仁：《续文章缘起》，学海类编本。

陈梦家主编：《新月诗选》，上海书店 1983 年版。

陈彭年：《宋本广韵》，中国书店 1982 年版。

陈绎曾：《文筌》，《续修四库全书·1713》，上海古籍出版社 1995 年版。

陈寅恪：《金明馆丛稿初编》，北京三联书店 2001 年版。

陈应行：《陈学士吟窗杂录》，《续修四库全书·1694》，上海古籍出版社 1995 年版。

陈铮主编：《黄遵宪全集》，中华书局 2005 年版。

陈振孙：《直斋书录解题》，商务印书馆 1937 年版。

陈子善主编：《叶公超批评文集》，珠海出版社 1998 年版。

程毅中：《中国诗体流变》，中华书局 1992 年版。

〔俄〕茨维坦·托多罗夫：《俄苏形式主义文论选》，蔡鸿滨译，中国社会科学出版社 1989 年版。

戴望舒：《望舒诗稿》，上海杂志公司 1937 年版。

邓程：《论新诗的出路》，中国社会科学出版社 2004 年版。

邓廷桢：《双砚斋笔记》，中华书局 1987 年版。

董文涣：《声调四谱》，台北：广文书局 1974 年版。

段玉裁：《六书音韵表》，中华书局 1982 年版。

范德机：《诗学禁脔》，《何文焕历代诗话本》，中华书局 2004 年版。

范况：《中国诗学通论》，香港商务印书馆 1959 年版。

范文澜：《文心雕龙注》，人民文学出版社 1958 年版。

范晔：《后汉书》，中华书局 1965 年版。

费经虞：《雅伦》，《续修四库全书·1697》，上海古籍出版社 1995 年版。

冯胜利：《汉语的韵律、词法与句法》，北京大学出版社

1997 年版。

 冯文炳：《谈新诗》，人民文学出版社 1984 年版。

 顾龙振：《诗学指南》，台北：广文书局 1987 年版。

 顾炎武：《音学五书》，中华书局 1982 年版。

 郭绍虞：《沧浪诗话校释》，人民文学出版社 1961 年版。

 郭绍虞：《语文通论》，开明书店 1941 年版。

 郭绍虞：《语文通论续编》，开明书店 1949 年版。

 郭绍虞：《中国历代文论选》，上海古籍出版社 1979 年版。

 何其芳：《何其芳选集》，四川人民出版社 1979 年版。

 何容：《中国文法论》，商务印书馆 1985 年版。

 洪为法：《律诗论》，商务印书馆 1935 年版。

 胡方平：《易学启蒙通释》，《文渊阁四库全书·20》，台湾商务印书馆 1986 年版。

 胡适：《尝试集》，上海亚东图书馆 1922 年版。

 胡适：《胡适留学日记》，上海书店 1990 年版。

 胡适主编：《中国新文学大系·建设理论集》，上海文艺出版社 2003 年版。

 胡应麟：《诗薮》，上海古籍出版社 1979 年版。

 黄宗羲：《易学象数论》，《文渊阁四库全书·40》，台湾商务印书馆 1986 年版。

 黄佐：《六艺流别》，《景印岫庐现藏罕传善本丛刊》，台湾商务印书馆 1973 年版。

 蒋承勇：《现代文化视野中的西方文学》，上海社科院出版社 1998 年版。

 蒋承勇：《西方文学"人"的母题研究》，人民出版社 2005 年版。

 姜亮夫：《中国声韵学》，台北：文史哲出版社 1986 年版。

蒋寅：《清诗话考》，中华书局 2005 年版。

江永：《古韵标准》，中华书局 1982 年版。

金丝燕：《文学接受与文化过滤——中国对法国象征语义诗歌的接受》，中国人民大学出版社 1994 年版。

孔颖达：《周易正义》，《十三经注疏》，中华书局 1980 年版。

邝健行：《韩国诗话中论中国诗资料选粹》，中华书局 2002 年版。

李重华：《贞一斋诗说》，《清诗话》，上海古籍出版社 1999 年版。

李鼎祚：《周易集注》，《文渊阁四库全书·32》，台湾商务印书馆 1986 年版。

李东阳：《麓堂诗话》，《历代诗话续编》，中华书局 1983 年版。

李复波等：《南词叙录注释》，中国戏剧出版社 1989 年版。

李庆甲：《瀛奎律髓汇评》，上海古籍出版社 2005 年版。

李汝襄：《广声调谱》，《清诗话访佚初编·10》，台北：新文丰出版公司 1987 年版。

李锳：《诗法易简录》，《续修四库全书·1702》，上海古籍出版社 1995 年版。

李振声：《梁宗岱批评文集》，珠海出版社 1998 年版。

梁启超：《饮冰室诗话》，人民文学出版社 1982 年版。

梁章钜：《退庵随笔》，《清诗话续编》，上海古籍出版社 1983 年版。

林庚：《问路集》，北京大学出版社 1984 年版。

林庚：《新诗格律与语言的诗化》，经济日报出版社 2000 年版。

刘攽：《中山诗话》，何文焕历代诗话本，中华书局 2004

年版。

刘大白：《中国旧诗篇中的声调问题》，《中国文学研究》，商务印书馆 1927 年版。

刘大白：《说中国诗篇中的次第律》，《中国文学研究》，商务印书馆 1927 年版。

刘大白：《刘大白诗集》，书目文献出版社 1983 年版。

刘大櫆：《论文偶记》，人民文学出版社 1998 年版。

刘熙载：《诗概》，清诗话续编本，上海古籍出版社 1983 年版。

龙榆生：《词曲概论》，上海古籍出版社 1980 年版。

吕进：《中国现代诗学》，重庆出版社 1991 年版。

卢冀野：《时代新声》，泰东图书局 1929 年版。

陆志韦：《渡河》，亚东图书馆 1923 年版。

冒春荣：《葚原诗说》，《清诗话续编》，上海古籍出版社 1983 年版。

启功：《汉语现象论丛》，中华书局 1997 年版。

齐己：《风骚旨格》，《历代诗话续编》，中华书局 1983 年版。

钱木菴：《唐音审体》，《清诗话》，上海古籍出版社 1999 年版。

钱仲联：《人境庐诗草笺注》，上海古籍出版社 1981 年版。

钱钟书：《谈艺录》（修订本），中华书局 1984 年版。

乔亿：《剑溪说诗》，《清诗话续编》，上海古籍出版社 1983 年版。

［日］森泰次郎：《作诗法诗话》，张铭慈译，商务印书馆 1933 年版。

沈辰垣：《历代诗余》，上海书店 1985 年版。

沈约：《宋书》，中华书局 1974 年版。

施蛰存：《中国近代文学大系·翻译文学集三》，上海书店1991年版。

孙德谦：《六朝丽指》，1923年四益宦刊本。

〔日〕松浦友久：《中国诗歌原理》，孙昌武、郑天刚译，辽宁教育出版社1990年版。

唐湜：《一叶诗谈》，广西教育出版社2000年版。

万树：《词律》，上海古籍出版社1984年版。

王冰：《黄帝内经素问》，《中国医学大成续编·1》，上海科学技术出版社2000年版。

王冰：《黄帝灵枢经》，《中国医学大成续编·4》，上海科学技术出版社2000年版。

王构：《修辞鉴衡》，《丛书集成初编》，商务印书馆1937年版。

王光祈：《中国诗词曲之轻重律》，中华书局1933年版。

王国维：《王国维戏曲论文集》，中国戏剧出版社1957年版。

王骥德：《王骥德曲律》，湖南人民出版社1983年版。

王楷苏：《骚坛八略》，清嘉庆二年钓鳌山房刊本。

王珂：《百年新诗诗体建设研究》，上海三联书店2004年版。

王力：《王力诗论》，广西人民出版社1988年版。

王力：《汉语诗律学》，上海教育出版社2005年版。

汪师韩：《诗学纂闻》，《清诗话》，上海古籍出版社1999年版。

王士贞：《艺苑卮言》，《历代诗话续编》，中华书局1983年版。

王士禛：《律诗定体》，清光绪八年《天壤阁丛书》本。

王士禛：《带经堂诗话》，人民文学出版社1963年版。

王士禛：《分甘余话》，中华书局1989年版。

王士禛：《师友诗传续录》，《清诗话》，上海古籍出版社1999年版。

王士禛等：《师友诗传录》，《清诗话》，上海古籍出版社1999年版。

王文禄：《诗的》，《百陵学山》，台湾商务印书馆1969年版。

王渔洋：《渔隐丛话》，《文渊阁四库全书·1480》，台湾商务印书馆1986年版。

韦居安：《梅磵诗话》，《历代诗话续编》，中华书局1983年版。

魏庆之：《诗人玉屑》，上海古籍出版社1978年版。

魏源：《老子本义》，《诸子集成·3》，上海书店1986年版。

闻一多：《红烛》，泰东图书局1923年版。

闻一多：《死水》，新月书店1929年版。

闻一多：《闻一多全集》，湖北人民出版社1993年版。

翁方纲：《小石帆亭著录》，清光绪八年《天壤阁丛书》本。

吴洁敏、朱宏达：《汉语节律学》，语言出版社2001年版。

（旧题）吴沆：《环溪诗话》，《文渊阁四库全书·1480》，台北：台湾商务印书馆1986年版。

吴可：《藏海诗话》，《历代诗话续编》，中华书局1983年版。

吴梅：《顾曲麈谈》，上海古籍出版社2000年版。

吴梅：《词学通论》，中国书籍出版社2006年版。

吴宓：《吴宓诗话》，商务印书馆2005年版。

吴为善：《汉语韵律句法探索》，学林出版社2006年版。

吴文治：《宋诗话全编》，江苏古籍出版社1998年版。

吴相洲：《永明体与音乐关系研究》，北大出版社2006年版。

吴镇：《松花菴全集》，《中国西北文献丛书·第六辑第六卷》，兰州古籍书店1990年版。

萧斌如：《刘大白研究资料》，天津人民出版社 1986 年版。

萧子显：《南齐书》，中华书局 1972 年版。

谢天瑞：《诗法》，续修四库全书本第 1695 册，上海古籍出版社 1995 年版。

谢榛：《四溟诗话》，历代诗话续编本，中华书局 1983 年版。

许德邻：《分类白话诗选》，人民文学出版社 1988 年版。

徐青：《古典诗律史》，青海人民出版社 1980 年版。

许慎：《说文解字》，中华书局 1963 年版。

徐氏：《易传灯》，文渊阁四库全书本第 15 册，台北：台湾商务印书馆 1986 年版。

许霆、鲁德俊：《新格律诗研究》，宁夏人民出版社 1991 年版。

许学夷：《诗源辩体》，人民文学出版社 1987 年版。

许印芳：《诗谱详说》，《丛书集成续编·199》，台北：新文丰出版社 1991 年版。

许印芳：《诗法萃编》，《丛书集成续编·202》，台北：新文丰出版社 1991 年版。

徐增：《而菴诗话》，清诗话本，上海古籍出版社 1999 年版。

徐志摩：《翡冷翠的一夜》，新月书店 1928 年版。

徐志摩：《猛虎集》，新月书店 1931 年版。

颜之推：《颜氏家训》，《诸子集成·8》，上海书店 1986 年版。

延君寿：《老生常谈》，《清诗话续编》，上海古籍出版社 1983 年版。

杨德豫：《华兹华斯抒情诗选》（英汉对照），湖南文艺出版社 1996 年版。

杨匡汉、刘福春：《中国现代诗论·上编》，花城出版社

1985 年版。

杨匡汉、刘福春：《中国现代诗论·下编》，花城出版社 1986 年版。

杨明照：《增订文心雕龙校注》，中华书局 2000 年版。

杨慎：《升菴诗话》，《历代诗话续编》，中华书局 1983 年版。

杨载：《诗法家数》，《何文焕历代诗话》，中华书局 2004 年版。

姚思廉：《梁书》，中华书局 1973 年版。

叶葆：《应试诗法浅说》，道光十二年晋祁书业堂重刊本。

叶桂桐：《中国诗律学》，台北：文津出版社 1998 年版。

叶维廉：《叶维廉文集》，安徽教育出版社 2002 年版。

永瑢等：《四库全书总目》，中华书局 1965 年版。

游艺：《诗法入门》，武汉古籍出版社 1986 年版。

袁枚：《随园诗话》，人民文学出版社 1982 年版。

翟翚：《声调谱拾遗》，《清诗话》，上海古籍出版社 1999 年版。

张伯伟：《全唐五代诗格汇考》，江苏古籍出版社 2002 年版。

张健：《元代诗法校考》，北大出版社 2001 年版。

张君劢等：《科学与人生观》，山东人民出版社 1997 年版。

张懋贤：《诗源撮要》，《夷门广牍》，台湾商务印书馆 1969 年版。

长孙无忌等：《隋书》，中华书局 1973 年版。

章锡琛：《马氏文通校注》，中华书局 1988 年版。

张炎：《词源》，《唐圭璋词话丛编·1》，中华书局 2005 年版。

赵撝谦：《学范》，《四库全书存目丛书·121》，齐鲁书社 1997 年版。

赵翼：《瓯北诗话》，《历代诗话续编》，中华书局 1983 年版。

赵毅衡：《诗神远游》，上海译文出版社 2003 年版。

赵贞信：《封氏闻见记校注》，中华书局 1958 年版。

赵执信：《声调谱》，清光绪八年《天壤阁丛书》本。

郑玄：《易纬》，光绪二十五年《广雅书局刊》本。

郑振铎主编：《中国新文学大系·文学论争集》，上海文艺出版社 2003 年版。

周履靖：《骚坛秘语》，夷门广牍本，台湾商务印书馆 1969 年版。

周振甫：《诗品译注》，中华书局 1998 年版。

邹绛：《中国现代格律诗选》，重庆出版社 1985 年版。

朱光潜：《诗论》，上海古籍出版社 2005 年版。

朱光潜：《朱光潜全集》，安徽教育出版社 1993 年版。

朱庭真：《筱园诗话》，《清诗话续编》，上海古籍出版社 1983 年版。

朱湘：《石门集》，商务印书馆 1934 年版。

朱湘：《中书集》，上海书店 1986 年版。

朱自清：《中国新文学大系·诗集》，上海文艺出版社 2003 年版。

朱自清：《新诗杂话》，三联书店 1984 年版。

论文类

卞之琳：《分歧在哪里》，《诗刊》1958 年 11 月。

卞之琳：《对于白话新体诗格律的看法》，《社会科学辑刊》1979 年第 1 期。

陈本益：《汉语语音与诗的节奏》，《四川大学学报》（哲学社会科学版）1986 年第 4 期。

陈本益：《汉语诗歌节奏的形成》，《西南师范大学学报》（人文社会科学版）2000年第5期。

陈本益：《汉语诗歌节奏的特点——兼与英语诗歌节奏的特点比较》，《湘潭大学学报》（哲学社会科学版）2006年第1期。

陈勺水：《论诗素》，《乐群月刊》第1卷第5期，1929年版。

陈熙春：《诗法撮要》，《南京文献》第18号，1948年6月。

陈莹：《英汉节奏对比分析》，《西安外国语学院学报》2004年第2期。

陈业勋：《论"自由格律诗"》，《文学评论》1959年第3期。

陈寅恪：《四声三问》，《清华学报》第9卷第2期，1934年4月。

成仿吾：《诗之防御战》，《创造周报》第1号，1923年5月。

邓程：《论新诗格律不可能实现的原因——兼论诗歌与口语的关系》，《四川师范大学学报》（社会科学版）2004年第1期。

端木三：《汉语的节奏》，《当代语言学》2000年第4期。

端木三：《重音理论和汉语的词长选择》，《中国语文》1999年第4期。

端木三：《汉语的节奏》，《当代语言学》2000年第4期。

冯胜利：《汉语韵律句法学引论（上）》，《学术界》2000年第1期。

冯胜利：《汉语韵律句法学引论（下）》，《学术界》2000年第2期。

冯胜利：《韵律构词与韵律句法之间的交互作用》，《中国语文》2002年第6期。

傅东华：《中国今后的韵文》，《文学周报》1924年3月30

日，第 115 期。

葛晓音：《关于诗型与节奏的研究——松浦友久教授访谈录》，《文学遗产》2002 年第 4 期。

郭沫若：《论节奏》，《创造月刊》第 1 卷第 1 期，1926 年 3 月。

郭沫若：《"民族形式"商兑》，《大公报》1940 年 6 月 9 日。

郭小川：《诗歌向何处去?》，《处女地》，1958 年 7 月。

贺敬之：《关于民歌和"开一代诗风"》，《处女地》，1958 年 7 月。

何其芳：《话说新诗》，《文艺报》第 2 卷第 4 期，1950 年 5 月 10 日。

何其芳：《关于新诗的"百花齐放"问题》，《处女地》，1958 后 7 月。

何其芳：《关于诗歌形式问题的争论》，《文学评论》，1959 年 1 月。

黄新渠：《中英诗歌格律的比较与翻译》，《外国语》（上海外国语大学学报）1992 年第 4 期。

胡风：《论民族形式问题底提出和争点》，《中苏文化》第 7 卷第 5 期，1940 年 10 月。

胡适：《文学改良刍议》，《新青年》第 2 卷第 5 号。

胡适：《白话诗八首》，《新青年》第 3 卷第 2 号。

胡适：《老洛伯》，《新青年》第 4 卷第 4 号。

胡先骕：《评〈尝试集〉》，《学衡》第 1 期，1922 年 1 月。

季羡林：《对于新诗的一些看法》，《文学评论》1959 年第 3 期。

金戈：《试谈现代格律诗问题》，《文学评论》1959 年第 3 期。

金克木：《诗歌琐谈》，《文学评论》1959 年第 3 期。

鞠玉梅：《英汉古典诗格律对比研究》，《西安外国语学院学报》2003 年第 1 期。

康白情：《新诗底我见》，《少年中国》第 1 卷第 9 期，1919 年 3 月。

李国辉：《1917 年以来新体词曲概要》，硕士论文，西南师范大学，2005 年版。

李璜：《法兰西诗之格律及其解放》，《少年中国》第 2 卷第 12 期。

李思纯：《诗体革新之形式及我的意见》，《少年中国》第 2 卷第 6 期，1920 年 12 月。

力扬：《诗国上的百花齐放》，《文学评论》，1959 年 1 月。

梁宗岱：《新诗底十字路口》，《大公报·文艺·诗特刊》1935 年 11 月 8 日第 10 版。

刘半农：《爱尔兰爱国诗人》，《新青年》第 2 卷第 2 号。

刘半农：《我之文学改良观》，《新青年》第 3 卷第 3 号。

刘半农：《缝衣曲》，《新青年》第 3 卷第 4 号。

龙清涛：《林庚新诗格律探索评价》，《诗探索》2000 年第 1 期。

龙清涛：《新诗格律探索的历史进程及其遗产》，《中国现代文学研究丛刊》2004 年第 1 期。

陆丙甫、王小盾：《现代诗歌中的声调问题》，《天津师大学报》，1982 年 6 月。

陆志韦：《论节奏》，《文学杂志》第 1 卷第 3 期，1937 年 7 月 1 日。

陆志韦：《杂样的五拍诗》，《文学杂志》第 2 卷第 4 期，1947 年 9 月。

罗念生：《节律与拍子》，《大公报·文艺·诗特刊》1936年1月10日第10版。

罗念生：《音节》，《大公报·文艺·诗特刊》1936年2月28日第10版。

罗念生：《诗的节奏》，《文学评论》1959年第3期。

马钟元：《浅谈英诗的韵律与格律——兼与汉诗比较》，《天津外国语学院学报》1996年第2期。

茅盾：《旧形式·民间形式·与民族形式》，《中国文化》第2卷第1期，1940年9月。

穆木天：《谭诗——寄郭沫若的一封信》，《创造月刊》第1卷第1期，1926年3月。

欧外鸥：《也谈诗风问题》，《诗刊》，1958年10月。

钱谷融：《论节奏》，《文艺理论研究》1994年第6期。

饶孟侃：《新诗的音节》，《晨报副刊·诗镌》第4号，1926年4月22日。

饶孟侃：《再论新诗的音节》，《晨报副刊·诗镌》第6号，1926年5月6日。

任二北：《南宋词之音谱拍眼考》，《东方杂志》第24卷第12号。

沙鸥：《新诗的道路问题》，《人民日报》1958年12月31日，第7版。

孙大雨：《诗歌底格律》，《复旦学报》（人文科学版）1956年第2期。

孙大雨：《诗歌底格律（续）》，《复旦学报（人文科学版）》1957年第1期。

孙大雨：《格律体新诗的起源》，《文艺争鸣》1992年第5期。

唐弢：《从"民歌体"到格律诗》，《文学评论》1959 年第 3 期。

田间：《关于诗的问题》，《文艺报》第 1 卷第 7 期，1949 年 12 月 25 日。

田间：《写给自己和战友》，《文艺报》第 1 卷第 12 期，1950 年 3 月 10 日。

田孟沂：《英国诗与中国旧体诗的韵律比较》，《重庆师范大学学报》（哲学社会科学版）1985 年第 1 期。

田孟沂：《从英诗与中诗的格律谈起》，《外国文学研究》1985 年第 2 期。

王独清：《再谭诗——寄给木天、伯奇》，《创造月刊》第 1 卷第 1 期，1926 年 3 月。

王洪君：《汉语的韵律词与韵律短语》，《中国语文》2000 年第 6 期。

王力：《中国格律诗的传统和现代格律诗的问题》，《文学评论》1959 年第 3 期。

王亚平：《论诗人思想情感的改造》，《诗文学》第 1 辑，1945 年 2 月。

闻一多：《诗的格律》，《晨报副刊·诗镌》第 7 号，1926 年 5 月 13 日。

吴洁敏：《什么是语言的节奏——汉语音律研究札记》，《语文建设》1991 年第 5 期。

吴洁敏：《现代汉语新诗格律探索》，《广播电视大学学报》（哲学社会科学版）2001 年第 4 期。

吴宓：《葛兰坚教授论新》，《学衡》第 6 期，1922 年 6 月。

吴宓：《诗学总论》，《学衡》第 9 期，1922 年 9 月。

吴宓：《论今日文学创造之正法》，《学衡》第 15 期，1923

年3月。

　　夏沛丰：《雨中感怀》，《英文杂志》第3卷第1号，1917年1月。

　　向林冰：《论"民族形式"的中心源泉》，《大公报》1940年3月24日，第4版。

　　萧三：《谈谈新诗》，《文艺报》第1卷第12期，1950年3月10日。

　　萧殷：《民歌应当是新诗发展的基础》，《诗刊》，1958年11月。

　　谢冕：《从诗体革命到诗学革命》，《诗探索》1994年第1期。

　　徐迟：《谈民歌体》，《文学评论》，1959年1月。

　　徐迟：《谈格律诗》，《诗刊》，1959年6月。

　　许霆：《新诗"新韵律运动"始末》，《上海师范大学学报》（哲学社会科学版）1990年第2期。

　　许霆：《十四行体与中国传统诗体》，《中国韵文学刊》1994年第2期。

　　许霆：《20世纪中国现代诗体流变论》，《文学评论》2006年第1期。

　　徐志摩：《诗刊弁言》，《晨报副刊·诗镌》第1号，1926年4月1日。

　　徐志摩：《诗刊放假》，《晨报副刊·诗镌》第11号，1926年6月10日。

　　叶公超：《关于音节》，《大公报·文艺·诗特刊》1936年1月31日，第10版。

　　叶公超：《论新诗》，《文学杂志》，1937年5月1日。

　　叶公超：《音节与意义》，《大公报·文艺·诗特刊》1936年

4 月 17 日，第 10 版。

叶桂桐：《五律与七律之平仄比较》，《山东师范大学学报》（人文社会科学版）1985 年第 6 期。

张光年：《在新事物面前——就新民歌和新诗问题和何其芳同志、卞之琳同志商榷》，《人民日报》1959 年 1 月 29 日，第 7 版。

赵毅衡：《汉语诗歌节奏结构初探》，《徐州师范大学学报》（哲学社会科学版）1979 年第 1 期。

赵毅衡：《汉语诗歌节奏不是由顿构成的》，《社会科学辑刊》1979 年 1 期。

郑先朴：《声调谱阐说》，《中国学报》第 9 期，1913 年 7 月。

周无：《诗的将来》，《少年中国》第 1 卷第 8 号，1919 年 2 月。

周煦良：《论民歌、自由诗和格律诗》，《文学评论》1959 年第 3 期。

周扬：《新文艺和旧形式·上》，《大公报》1940 年 3 月 28 日，第 4 版。

周扬：《新文艺和旧形式·中》，《大公报》1940 年 3 月 29 日，第 4 版。

周扬：《新文艺和旧形式·下》，《大公报》1940 年 3 月 30 日，第 4 版。

周仲器：《为新诗格律三辩》，《南京师大学报》（社会科学版）1985 年第 3 期。

周作人：《古诗今译》，《新青年》第 4 卷第 2 号。

朱光潜：《替诗的音律辩护》，《东方杂志》第 30 卷第 1 号，1933 年 1 月。

朱光潜：《谈新诗格律》，《文学评论》1959 年第 3 期。

英法著作

Abrams, M. H. , *A Glossary of Literary Terms*. Beijing: Foreign Language Teaching and Research Press, 2004.

Adams, Hazard & Searle, Leroy, *Critical Theory Since Plato*. BeiJing: Peking University Press, 2006.

Barthes, Roland, *Le Degré zero de l'écriture*. Paris: Editions du Seuil, 1972.

Baudelaire, Charles, *Les Fleurs du Mal*. Insel-verlag: Bibliotheca Mundi.

Bridges, Robert, *Milton's Prosody*. Oxford: Oxford University Press, 1921.

Brooks, Cleanth and Warren, Robert Penn, *Understanding Poetry*. Beijing: Foreign Language Teaching and Research Press, 2004.

Burnet, John, *Early Greek Philisophy*. London: A. & C. Black, LTD. , 1930.

Chao, Yuen-Ren. 1930. A System of "Tone-letters". In Yuenren Chao, *Linguistic Essays by Yuenren* Chao. Beijing: The Commercial Press, 2006.

Chao, Yuen-Ren. 1932. A Preliminary Study of English Intonation (with American Variants) and Its Chinese Equivalents. In Yuenren Chao, *Linguistic Essays by Yuenren* Chao. Beijing: The Commercial Press, 2006.

Chao, Yuen-ren, *A Grammar of Spoken Chinese*. Berkeley: University of California Press, 1968.

Chatman, Seymour, *A Theory of Meter*. The Hague: Mouton & Co. , 1965.

Eliot, T. S. , *Literary Essays of Ezra Pound*. New York: New Directions Book, 1935.

Eliot, T. S. , *Selected Essays*. Florida: Harcourt, Brace and Company, 1950.

Ferguson, Margaret. etc. , *The Norton Anthology of Poetry*. New York: W. W. Norton & Company, 1977.

Foucault, Michel, *The Archaeology of Knowledge*. New York: Harper Colophen Book, 1976.

Fraser, G. S. , *Metre, Rhyme and Free Verse*. London: Methuen & Co Ltd, 1970.

Frye, Northop. *Anatomy of Criticism: Four Essays*. Princeton: Princeton University Press, 1971.

Fusell, Paul. *Poetic Meter and Poetic Form*. New York: Random House, 1965.

George Gerdon, Lord Byron, *Selected Poems of Byron*. London: Oxford University Press, 1931.

Giegerich, Heinz J. , *Metrical Phonology and Phonological Structure*. New York: Cambridge University Press, 1985.

Grammont, Maurice, *Le Vers française, ses moyens d'expression, son armonie*. Paris: Librairie Alphonse Picard et Fils, 1904.

Gross, Harvey ed. , *The Structure of Verse: Modern Essays on Prosody*. New York: Fawcett Publication, 1966.

Haft, Lloyd, *The Chinese Sonnet: Meanings of a Form*. Leiden: CNWS Publications, 2000.

Hartman, Charles. O. , *Free verse: An Essay on Prosody*, Princeton: Princeton university Press, 1980.

Hobsbaum, Philip, *Metre, Rhythm and Verse Form*. London: Routledge, 1996.

Hollander, John, *Rhyme's Reason: A Guide to English Verse*. New Haven: Yale Nota Bene Book, 2001.

Hough, Graham, *Image and Experience*. Westport: Greenwood Press, 1960.

Jones, P. Mansell, *The Background of Modern French Prosody*. New York: Cambridge University Press, 1951.

Kager, René, The Metrical Theory of Word Stress. In *The Handbood of Phonlogical Theory*. Edited by Goldsmith, John A. Oxford: Blackwell Publishers, 1996.

Kao, Yu-Kung, The Aesthetics of Regulated Verse. In *The Vitality of the Lyric Voice*. Edited by Shuen-Fu Lin and Stephen Owen. Princeton: Princeton University Press, 1986.

Lee, Ok Joo, *The Prosody of Question in Beijing Mandarin*. Ph. D. Dissertation, Columbus: The Ohio State University, 2005.

Liu, James J. Y. , *The Art of Chinese Poetry*. Chicage: The University of Chicago Press, 1962.

Liu, James J. Y. , *Chinese Theories of Literature*. Chicago: The University of Chicago Press, 1975.

Long, A. A. , *The Cambridge Companion to Early Greek Philosophy*. New York: Cambridge University Press, 1999.

Longfellow, Henry Wordsworth, *The Complete Poetical Work of Henry Wordsworth Longfellow*. Boston: Houghton,

Mifflin and Company, 1902.

Lurin, J. M. , *Éléments du rhythme dans la versification et la prose française*. Paris, 1850.

Mazaleyrat, Jean, *Éléments de métrique française*. Paris: Armand Colin Editeur, 1990.

McCarthy, John J. and Prince, Alan S. , Prosodic Morphology. In *The Handbood of Phonlogical Theory*. Edited by Goldsmith, John A. Oxford: Blackwell Publishers, 1996.

Pound, Ezra. *ABC of Reading*. New York: New Directions, 1960.

Preminger, Alex. *Princeton Encyclopedia of Poetry and Poetics*. Princeton: Princeton University Press, 1974.

Preminger, Alex and Brogan, T. V. F. , ed. , *The New Princeton Encyclopedia of Poetry and Poetics*. Princeton: Princeton University Press, 1993.

Ransom, John Crone, *The New Criticism*. Westport: Greenwood Press, 1979.

Richards, I. A. , *Practical Criticism*. London: Kegan Paul, and Trench Trubner &. Co. LTD, 1946.

Richards, I. A. , *Principles of Literary Criticism*. London: Routledge and Kegan Paul, 1967.

Saintsbury, George, *A History of English Prosody*. London: Macmillan and Co. , Limited, 1923.

Valery, Paul, *The Art of Poetry*. New York: Bollingen Foundation, 1958.

Wellek, Rene and Waren, Austin, *Theory of Literature*. Florida: Harcourt, Brace and Company, 1949.

Wilhelm, Hellmut. Change: Eight Lectures on the I Ching. In *Understanding the I Ching*. Princeton: Princeton University Press, 1995.

Wilhelm, Richard. Lecture on the I Ching: Constancy and Change. In *Understanding the I Ching*. Princeton: Princeton University Press, 1995.

Wimsatt, JR. W. K. and Beardsley, Monroe C. , *The Verbal Icon*. Lexington: The University Of Kentucky Press, 1954.

Wimsatt, W. K. and Beardsley, M. C. , *Hateful Contraries*. Lexington: University of Kentucky Press, 1966.

Winters, Yvor, *In Defense of Reason*. Denver: The University of Denver Press, 1947.

Yeh, Michelle, *Modern Chinese Poetry: Theory And Practice Since* 1917. New Haven: Yale University Press, 1991.

Yip, Moira, *Tone*. Beijing: Peking University Press, 2005.

后　记

　　正是英华耀树的季节，我却觉得正处于某一段终点中。是飘零生涯的结束？还是书生意气的不再？赴巴蜀求学似乎早已注定，记得我在信阳读大学的时候，曾借路费出门游览，正好在重庆和成都落脚。可能这种巴蜀情结在我心中太重了，我读硕、读博又坐上了西去的列车。

　　但和巴蜀情结相比，我的诗歌情节更为久远，更为深沉。小学读李白的诗，常常觉得诗人是飘逸不群的，于是心向往之。读中学时，作了大量的古体诗和绝句，于是熟悉了平仄之法。读大学时大量作新诗，悦之于一多、其芳之法，拘拘于音尺、音顿之数，不之疑也。

　　爱诗自然及于诗论。本科的学位论文，我选的是诗律的停顿问题；硕士的学位论文，我选的是新体词曲研究，自然也与平仄、节奏有关；博士论文我又选了这个领域的题目。之所以"画地为牢"，绝不是因为选一个熟悉的题目省心省力，而是因为多读书之后，我对于整个 20 世纪中国诗律理论产生了怀疑。众所周知，中国 20 世纪的诗律理论可谓层出不穷，五花八门，但是为什么会有这么多迥然不同的诗论呢？为什么各个理论常常互相龃龉呢？到底是讲究平仄对仗是律诗呢？还是讲究音步节奏是律诗呢？经过一年左右的苦思，我得出了一个大胆的结论：20 世纪中国诗律理论的巨大矛盾，正是来自于中西诗律观念的不同。西方有音律的诗律观念，中国有声律的诗律观念，不同的诗律观念有某一文明语言、哲学和音乐等观念的深厚土壤，不能强加改变。由于这种观念性的不同，导致了诗律规则之间的矛盾，也促成了众多截然不同的节奏理论。随着思考和读书的深入，我发现20世纪中国诗律话语主要是西方式的音律话语，而这揭示了一个重大的历史事实，即中国诗律观念在清代和现代中国发生了断裂，我把这种断裂称为"20世纪中国诗律观念的变迁"。我戏为一副对联，评介了整个20世纪诗律建设和研究的功过：

> 学音步造音步反反复复不知轻重
> 废格律兴格律起起落落无关仄平

　　20世纪中国诗律观念变迁的研究，决不仅是一个现当代文学的题目，它需要对古代诗律有深入的理解，要有会心，也需要对英国和法国诗律较为熟悉。所以它是一个比较诗学可以大展身手的选题。

　　两三年的努力，成了现在这篇论文。由于我学识尚浅，不少地方论述乏力，材料不足，可能有不少地方持论武断，有待修正。

　　导师蒋承勇先生在我选题确定和写作期间，一直给予我很大关怀。他在学习方法、写作策略、论文结构方面，都给了我很好的指导，我也曾多次到临海为论文的事麻烦过蒋老师。

　　蒋老师为人谦和可亲，记得第一次去临海，汽车晚八点左右才到达，蒋老师和师母竟然没有吃晚饭，一直在学校等着我。蒋老师出差期间，有时还不忘给我买些有用的书籍。师风高远，师恩深重，我一定会把蒋老师的风范发扬下去，这可能是报答师恩最好的方法。

　　曹师顺庆国学深厚，不苟一笑，富有理论家的气魄，他开设的古代文学理论课，让我受益良多。在曹老师的授意下，我们的班长都很负责，同学们之间互相帮助，亲如兄妹，这是我们永远的财富。赵师毅衡是我硕士论文的答辩主席，不料来到川大，又得沐春风。赵师为人坦诚平易，邓良兄是赵老师的弟子，师徒二人一前一后骑着破旧的自行车徜徉于望江楼西，蜿蜒于香樟林下，自在自得，着实为川大一大美谈。

李国辉

2008 年 5 月 11 日下午于红瓦寺，

2009 年 11 月修改于北固山下。